Para Carrie Feron, por su increíble bon-
dad, su trabajo duro y su visión, y por dar
alegría a mi vida y a mis libros

Papel certificado por el Forest Stewardship Council®

Penguin
Random House
Grupo Editorial

Título original: *Devil in Spring. Ravenels 3*

Primera edición en B de Bolsillo: julio de 2019
Cuarta reimpresión: octubre de 2021

Printed in Spain – Impreso en España

ISBN: 978-84-9070-952-8
Depósito legal: B-12.874-2019

Impreso en QP Print

BB 0 9 5 2 A

Serie Bow Street
Ángel o demonio
El amante de Lady Sophia
El precio del amor

Serie Teatro Capitol
Mi bella desconocida
Porque eres mía
Sí, quiero

Serie Friday Harbor
Una noche mágica
El camino del sol
El lago de los sueños
La cueva de cristal

Serie Travis
Mi nombre es Liberty
El diablo tiene ojos azules
Buenas vibraciones
La chica de los ojos color café

Serie Vallerands
Una boda entre extraños

Títulos independientes
Irresistible
Rendición
La antigua magia
Un extraño en mis brazos
Donde empiezan los sueños

LISA KLEYPAS, que publicó su primera obra de ficción a los veintiún años, es autora de más de veinte novelas románticas históricas, muchas de las cuales han figurado en las listas de best sellers estadounidenses. También ha publicado con éxito novelas románticas de contexto actual. Ha ganado, entre otros premios, el Career Achievement Award del Romantic Times.

www.lisakleypas.com

Serie Ravenel
Un seductor sin corazón
Casarse con él
El diablo en primavera
Como dos extraños
La hija del diablo

Serie Wallflowers
Secretos de una noche de verano
Sucedió en otoño
El diablo en invierno
Escándalo en primavera
Una navidad inolvidable

Serie Hathaways
Tuya a medianoche
Seducción al amanecer
Tentación al anochecer
Esposa por la mañana
Amor en la tarde

El diablo en primavera

LISA KLEYPAS

Traducción de María José Losada Rey

Prólogo

Evangeline, duquesa de Kingston, sacó a su nieto de la bañera en la habitación infantil y lo envolvió con una suave toalla blanca. El bebé gorjeó y tensó sus robustas piernas para ponerse en pie en su regazo. Al mismo tiempo, exploró la cara de su abuela con las manos mojadas, intentando agarrarse a su pelo.

—Sé bueno, Stephen —dijo Evie entre risas, con cariño, e hizo una mueca cuando la criatura se aferró a la doble hilera de perlas que le rodeaba el cuello—. Oh, ya sabía yo que no debería haber venido a la hora del baño con el collar puesto. Demasiada te... tentación. —Siempre había tenido un ligero tartamudeo, aunque resultaba muy leve comparado con lo que había sido en su juventud.

—Excelencia —exclamó la joven doncella, Ona, corriendo hacia ella—. Debería haber sacado yo al señorito Stephen de la bañera. Pesa mucho. Es sólido como un ladrillo.

—No hay ningún problema —aseguró Evie, besando las rosadas mejillas del bebé mientras intentaba que soltara las perlas.

—Su excelencia es muy amable al echar una mano con los niños en el día libre de la niñera. —La doncella recogió con suavidad al bebé de los brazos de Evie—. Si usted tiene cosas que atender, cualquiera de las criadas estará encantada de ayudarme.

—No hay na... nada más importante que mis nietos. Me gus-

9

ta pasar tiempo en la habitación de los niños... Me recuerda la época en la que mis hijos eran pequeños.

Ona se rio cuando Stephen le agarró la cofia de volantes.

—Voy a echarle los polvos de talco y a vestirlo.

—Yo ordenaré las cosas del baño —dijo Evie.

—Su excelencia, no debería. —Era evidente que la doncella trataba de lograr imprimir a su tono un equilibrio eficaz entre severidad y súplica—. Lleva un elegante vestido de seda, debería estar sentada en el salón leyendo un libro o bordando. —Cuando Evie abrió la boca para protestar, Ona añadió de forma significativa—: la niñera me mataría si supiera que le he permitido hacer todo esto.

Jaque mate.

Sabiendo que la niñera pediría la cabeza de ambas, Evie hizo un gesto de resignación.

—Llevo delantal —murmuró, incapaz de reprimirse.

La doncella salió del cuarto de baño con una sonrisa de satisfacción para llevarse a Stephen a la *nursery*.

Aún de rodillas sobre la alfombra, delante de la bañera, Evie se llevó la mano a la espalda para deshacer los lazos del delantal de franela. Pensó con pesar que no era tarea fácil satisfacer las expectativas de la servidumbre sobre cómo debía comportarse una duquesa. Estaban decididos a impedir que hiciera cualquier cosa más agotadora que revolver el té con una cucharilla de plata. Pero, aunque tenía ya dos nietos, seguía estando en forma y esbelta, y era perfectamente capaz de levantar a un resbaladizo bebé de la bañera o de entretener a los niños en el jardín. Incluso la semana anterior le había reprendido el jefe de jardineros por subirse a un muro de piedra para recuperar unas flechas de juguete de la calle.

Mientras buscaba con obstinación el nudo del delantal, escuchó pasos a su espalda. A pesar de que el visitante no hizo ningún otro sonido y no mostró ninguna señal de identidad, supo quién era antes de que se arrodillara detrás de ella. Unos fuertes dedos apartaron los suyos y notó que el nudo se soltaba con habilidad.

Un sedoso y ronco murmullo le acarició la sensible piel de la nuca.

—Veo que hemos contratado a una nueva niñera. Delicioso...

—Las experimentadas manos masculinas se movieron por debajo del faldón que acababan de aflojar y se deslizaron con la suavidad de una pluma desde la cintura hasta sus pechos—. Una moza con curvas. Estoy seguro de que lo harás muy bien aquí.

Evie cerró los ojos, inclinándose hacia atrás entre aquellos muslos separados. Una boca tierna y diseñada para el pecado y las tentaciones vagó por su cuello con ligereza.

—Probablemente debería advertirte —continuó la seductora voz— que te mantengas alejada del amo. Es un infame libertino.

Evie esbozó una sonrisa.

—Eso he oído. ¿Es tan malo como dicen?

—No. Es todavía peor. En especial cuando se trata de mujeres con el pelo rojo. —Le quitó un par de horquillas del peinado hasta que la larga trenza le cayó sobre el hombro—. Pobre chica, me temo que no voy a poder dejarte en paz.

Evie se estremeció de placer mientras sentía cómo la besaba en el lateral del cuello.

—¿C... cómo debo tratarlo?

—Con frecuencia —dijo él entre besos.

A ella se le escapó una risita al tiempo que se retorcía entre sus brazos hacia él.

Incluso después de treinta años de matrimonio, a Evie le daba un vuelco el corazón cada vez que veía a su marido, antiguo lord Saint Vincent y actual duque de Kingston. Sebastian había madurado hasta convertirse en un hombre magnífico, con una presencia que intimidaba y deslumbraba a la vez. Desde que heredó el ducado, diez años atrás, había adquirido el barniz de dignidad que correspondía a un hombre de su considerable poder. Sin embargo, nadie podía mirar aquellos notables ojos azules, claros y vivaces, capaces de mostrar el mayor ardor y el más frío hielo, sin recordar que una vez había sido el libertino más pervertido de Inglaterra. Evie podía dar fe de que todavía lo era.

El tiempo había tratado amablemente a Sebastian, y siempre lo haría. Era un hombre atractivo, delgado y elegante, con el cabello dorado rojizo y canoso en las sienes. Un león en invierno, al que nadie se enfrentaría salvo que lo hiciera bajo su propio riesgo. La madurez le había dado un aspecto de fría e incisiva autoridad, y transmitía la sensación de que lo había visto y experimentado todo, de forma que rara vez —o nunca— se le podía pillar por sorpresa. Pero cuando algo le divertía o le importaba, su sonrisa era a la vez irresistible y estaba llena de encanto.

—¡Oh, eres tú! —exclamó Sebastian en tono de leve sorpresa, como si estuviera reflexionando para sí acerca de cómo había terminado de rodillas sobre la alfombra del baño con su esposa entre los brazos—. Estaba preparado para corromper a una frágil niñera, pero tú eres un caso más complicado.

—Puedes corromperme igual —aseguró Evie con tono divertido.

Él sonrió al tiempo que deslizaba su resplandeciente mirada por los rasgos de Evie, alisándole hacia atrás los rizos que se le habían escapado del peinado. Los años habían aclarado el intenso rubí de sus cabellos hasta un suave tono melocotón.

—Mi amor, llevo intentándolo desde hace tres décadas. Pero a pesar de mis delicados esfuerzos... —le rozó los labios con erótica dulzura— todavía tienes la inocente mirada de la tímida florero que se fugó conmigo. ¿No puedes tratar de parecer al menos un poco hastiada? ¿Desilusionada, quizá? —preguntó, riéndose de los esfuerzos de Evie y la besó de nuevo, esta vez con una juguetona presión sensual que hizo que se le acelerara el pulso.

—¿Por qué has venido a buscarme? —preguntó Evie con languidez, echando la cabeza hacia atrás mientras él deslizaba los labios por su garganta.

—He recibido noticias sobre tu hijo.

—¿Cuál de ellos?

—Gabriel. Está relacionado con un escándalo.

—¿Por qué es tu hijo cuando estás satisfecho con él y el mío cada vez que mete la pata? —preguntó Evie cuando Sebastian le quitó el delantal y empezó a desabrocharle la parte delantera del corpiño.

—Porque soy un padre virtuoso —replicó él—, así que, por lógica, su mal hacer tiene que venir de ti.

—Sabes q... que es e... exactamente al revés —le informó ella.

—¿Lo sé? —Sebastian la acarició lánguidamente mientras sopesaba sus palabras—. ¿Soy malo? No, cielo, eso no puede ser cierto. Estoy seguro de que es por ti.

—Por ti —afirmó ella con decisión antes de que se le acelerara la respiración cuando sus caricias se volvieron más íntimas.

—Mmm... Esto tiene que quedar claro de una vez por todas. Te voy a llevar directamente a la cama.

—Espera, quiero saber más sobre Gabriel. ¿El escándalo tiene algo que ver con... con esa mujer? —Todo el mundo sabía de forma más o menos pública que Gabriel estaba manteniendo una aventura con la esposa del embajador de Estados Unidos. Evie había desaprobado la relación desde el principio, por supuesto, y esperaba de todo corazón que concluyera pronto. Pero habían pasado ya dos años.

Sebastian levantó la cabeza y la miró con el ceño algo fruncido. Suspiró.

—Se las ha arreglado para poner en peligro a la hija de un conde. Una de las Ravenel.

Evie frunció el ceño, pensando que el nombre le resultaba muy familiar.

—¿Qué sabemos de esa familia?

—Trataba con el viejo conde, lord Trenear. Su esposa era una mujer muy frívola y superficial. La conociste en una exposición de flores y te habló sin cesar de su colección de orquídeas.

—Sí, la recuerdo. —Por desgracia, no le había gustado nada aquella mujer—. ¿Tuvieron una hija?

—Mellizas. Este año es su primera temporada. Al parecer, pillaron in fraganti al idiota de tu hijo con ella.

—Se parece a su padre —concluyó Evie.

Sebastian se levantó con un grácil movimiento y tiró de ella. Parecía sentirse muy insultado.

—A su padre no le pillaron nunca.

—Salvo conmigo —replicó ella con aire de suficiencia.

—Cierto. —Sebastian se echó a reír.

—¿Qué significa exactamente in fraganti?

—¿Su definición literal? «En el mismo momento en el que se está cometiendo el delito o realizando una acción censurable.» —La tomó en brazos con facilidad—. Creo que te haré una demostración práctica.

—Pero... ¿qué pasa con el e... escándalo? ¿Qué le ocurrió a Gabriel con esa chica de los Ravenel...?

—El resto del mundo puede esperar —declaró Sebastian con firmeza—. Te voy a corromper por enésima vez, Evie, y quiero que por una vez prestes atención.

—Sí, señor —replicó ella recatadamente, rodeando con los brazos el cuello de su marido mientras la llevaba al dormitorio.

1

Londres, 1876
Dos días antes...

Lady Pandora Ravenel estaba aburrida.

Muy aburrida.

Aburrida de estar aburrida.

Y la temporada londinense apenas acababa de empezar. Tendría que soportar cuatro meses de bailes, veladas, conciertos y cenas antes de que el Parlamento cerrara las puertas y las familias de la nobleza pudieran regresar a sus mansiones en el campo. Habría al menos sesenta cenas, cincuenta bailes y solo Dios sabía cuántas veladas.

No iba a sobrevivir.

Hundió los hombros y se reclinó en la silla para mirar la escena que se desarrollaba en el atestado salón de baile. Había caballeros vestidos formalmente de negro y blanco, oficiales con uniforme y botas, y damas envueltas en seda y tul. ¿Por qué estaban allí? ¿Qué podían decirse los unos a los otros que no se hubieran dicho en el último baile?

Era la peor clase de soledad, pensó de mal humor: ser la única persona que no se lo estaba pasando bien de esa multitud.

En algún lugar del montón de parejas que bailaban el vals se encontraba su hermana melliza, danzando con elegancia en brazos de un esperanzado pretendiente. Hasta ese momento, Cassandra había encontrado la temporada casi tan aburrida y decepcionante como ella, pero se mostraba mucho más dispuesta a participar en el juego.

—¿No preferirías moverte por el salón y hablar con la gente en vez de quedarte en un rincón? —le había preguntado Cassandra antes de llegar al baile.

—No, al menos cuando estoy sentada puedo pensar en cosas interesantes. No sé cómo eres capaz de soportar la compañía de esa gente tan tediosa durante horas.

—No todos son tediosos —había protestado Cassandra. Pandora la había mirado con escepticismo—. De los caballeros que has conocido hasta el momento, ¿hay alguno al que te gustaría ver de nuevo?

—Conocido uno —había replicado ella con aire sombrío—, conocidos todos.

Cassandra se encogió de hombros.

—Hablar hace que las noches pasen más rápido. Deberías probar.

Por desgracia, a Pandora se le daba fatal charlar. Le resultaba imposible fingir interés cuando algún pomposo patán comenzaba a presumir de sí mismo y de sus logros, de lo buenos que eran sus amigos con él y de lo mucho que lo admiraban. Ella no sería capaz de tratar con paciencia a ninguno de esos nobles, ya en la decadencia, que querían una chica joven como compañera y cuidadora, o un viudo que buscaba, obviamente, un buen linaje con el que reproducirse. La idea de que la rozaran siquiera, incluso con las manos cubiertas por guantes, le ponía la piel de gallina. Y la idea de mantener una conversación con ellos le recordaba lo aburrida que se encontraba.

Clavó la mirada en el brillante suelo de madera, tratando pensar qué palabras podía formar con las letras de la palabra «aburrida»: burrada, rabuda, brida, arriba...

—Pandora... —Era la nítida voz de su chaperona—. ¿Por qué

estás otra vez sentada en un rincón? Déjame ver tu carnet de baile.

Pandora levantó la mirada hacia Eleanor, lady Berwick, y le entregó de mala gana la pequeña tarjeta en forma de abanico.

La condesa, una mujer alta que poseía una extraordinaria presencia y una columna vertebral que competía en rigidez con un palo de escoba, desplegó las cubiertas de madreperla del carnet de baile y examinó con una mirada de acero las finas páginas color crema.

Estaban todas en blanco.

Lady Berwick apretó los labios como si se los hubieran cosido.

—Deberías haberlas rellenado.

—Me he torcido el tobillo —replicó ella sin mirarla a los ojos. Fingir una lesión menor era la única manera de poder estar sentada a salvo en un rincón y, al mismo tiempo, evitaba cometer un grave error social. De acuerdo con las reglas de la etiqueta, cuando una dama se negaba a bailar por culpa de la fatiga o de una lesión, no podía aceptar ninguna invitación durante el resto de la noche.

—¿Es así como piensas devolver la generosidad de lord Trenear? —La desaprobación era patente en la helada voz de la matrona—. Todos esos vestidos nuevos y sus costosos complementos... ¿Por qué le has permitido que los adquiriera para ti, si ya tenías pensado no aprovechar la temporada?

Ya que estaba, Pandora se sentía mal por ello. Su primo Devon, lord Trenear, había heredado el título el año pasado, después de que su hermano muriera, y había sido muy amable con ella y Cassandra. No solo les había pagado los vestidos necesarios para afrontar la temporada, también había previsto unas dotes lo suficientemente sustanciales como para garantizar el interés de cualquier soltero interesante. Estaba segura de que sus padres, que habían fallecido hacía ya algunos años, habrían sido mucho menos generosos.

—No tenía intención de no aprovechar la temporada —murmuró—. Aunque no sabía lo dura que iba a ser.

En especial en lo referente a bailes.

Algunas danzas, como la marcha real y la cuadrilla, eran abordables. Incluso podía enfrentarse a un galop, siempre y cuando su pareja no girara demasiado rápido. Pero el vals presentaba un peligro en cada paso... literalmente. Ella perdía el equilibrio cada vez que la hacían dar una curva cerrada. Además, también se veía despojada del sentido de la orientación en la oscuridad, cuando no podía depender de la visión para orientarse. Lady Berwick no conocía su problema y, por razones de orgullo y vergüenza, no pensaba decírselo. Solo Cassandra conocía su secreto y la historia que había detrás, de hecho, llevaba años ayudándola a ocultarlo.

—Solo te resulta dura porque quieres —repuso lady Berwick con severidad.

—No entiendo por qué tengo que hacer todo esto para pescar a un marido que nunca me va a gustar.

—El hecho de que te guste o no tu marido es intrascendente. El matrimonio no tiene nada que ver con sentimientos personales. Es una mera unión de intereses.

Pandora se mordió la lengua, a pesar de que no estaba de acuerdo. Hacía aproximadamente un año que su hermana mayor, Helen, se había casado con el señor Rhys Winterborne, un galés de baja cuna, y vivían la mar de felices. Y también estaban enamorados su primo Devon y su esposa, Kathleen. Era posible que fuera poco frecuente encontrar el amor en el seno del matrimonio, pero no resultaba imposible.

Aun así, Pandora no lograba imaginar ese tipo de futuro para ella. A diferencia de Cassandra, que era una romántica incurable, ella nunca había soñado con casarse y tener hijos. No quería pertenecer a nadie y, sobre todo, no quería que nadie le perteneciera. No importaba cuánto intentara obligarse a desearla, sabía que nunca sería feliz con una vida convencional.

Lady Berwick se sentó a su lado con un suspiro, con la espalda tan rígida que quedaba paralela al respaldo de la silla.

—Ha comenzado el mes de mayo. ¿Recuerdas lo que te comenté al respecto?

—Es el mes más importante de la temporada, en el que suceden todos los grandes acontecimientos.

—Exacto. —Lady Berwick le entregó de nuevo el carnet de baile—. Espero que después de esta noche hagas un esfuerzo. Se lo debes a lord y a lady Trenear, y también a ti misma. Y del mismo modo me atrevería a decir que después de todos mis esfuerzos para mejorar tu predisposición, me lo debes también a mí.

—Tiene razón —reconoció Pandora en voz baja—. Lo siento, de verdad que lo siento. Lamento todas las molestias que le he causado. Pero a mí me ha quedado muy claro que no estoy destinada a nada de esto. No quiero casarme con nadie. He hecho planes para ganarme la vida por mí misma y vivir de forma independiente. Con un poco de suerte, tendré éxito, y nadie tendrá que preocuparse más tiempo por mí.

—¿Te refieres a ese juego de mesa sin sentido? —preguntó la condesa, con cierta inflexión de desprecio en la voz.

—No es un juego sin sentido. Es real. Me han dado la patente. Pregúntele al señor Winterborne.

El año anterior, Pandora, que siempre había adorado los juegos y entretenimientos de mesa, había diseñado su propio juego. Con el apoyo del señor Winterborne, había inscrito la patente con la intención de producirlo y distribuirlo. El señor Winterborne poseía los grandes almacenes más importantes del mundo, y ya le había dicho que le haría un pedido de quinientos ejemplares. El juego tenía el éxito garantizado, aunque solo fuera porque no había prácticamente ninguna competencia. En Estados Unidos, y gracias a los esfuerzos de la empresa Milton Bradley, estaba floreciendo una industria basada en juegos de mesa, pero en Gran Bretaña todavía se encontraba en pañales. Pandora había desarrollado dos juegos más y estaba casi preparada para pedir las patentes. Algún día ganaría el dinero suficiente para trazar su propio camino en la vida.

—A pesar del aprecio que le tengo al señor Winterborne

—aseveró lady Berwick—, comete un error al alentar esta locura.

—Él piensa que tengo lo que hace falta para llegar a ser una excelente mujer de negocios.

La condesa se retorció en la silla como si le hubiera picado una avispa.

—Pandora, eres hija de un conde. Ya sería atroz que te casaras con un comerciante o el dueño de una fábrica, pero que tú misma te conviertas en ello es impensable por completo. No te recibirían en ningún lugar. Estarías condenada al ostracismo.

—¿Por qué a cualquiera de estas personas —echó un rápido vistazo a la multitud que llenaba el salón— le debe importar lo que yo quiero hacer?

—Porque eres una de ellos. Un hecho que, seguramente, les gusta tan poco como a ti. —La condesa negó con la cabeza—. No soy capaz de entenderte, muchacha. Tu cerebro siempre me ha parecido como esos fuegos artificiales que giran de esa manera alocada.

—Girándulas.

—Sí, esas mismas. Que giran lanzando chispas, llenas de luz y de ruido. Haces juicios sin molestarte en averiguar los detalles. No es malo ser inteligente, pero si se es en exceso acaba produciendo, por lo general, el mismo resultado que la ignorancia. ¿Por qué crees que puedes pasar por alto la opinión de todo el mundo? ¿Esperas que la gente te admire por ser diferente?

—Por supuesto que no. —Pandora jugueteó con su carnet de baile en blanco, abanicándose con él tras abrirlo y cerrarlo varias veces—. Pero podrían, al menos, tratar de ser tolerantes.

—Tonterías, niña, ¿por qué habrían de hacerlo? La inconformidad es consecuencia del interés en ocultar algo. —A pesar de que era obvio que a la condesa le hubiera gustado soltarle un sermón en toda regla, cerró la boca de golpe y se levantó—. Continuaremos esta discusión más tarde. —Lady Berwick se volvió y lanzó una penetrante y avinagrada mirada hacia el extremo opuesto del salón.

En ese momento, Pandora percibió un sonido metálico en la oreja izquierda, como cuando vibra un hilo de cobre; algo que le solía ocurrir cuando se ponía nerviosa. Para su horror, sintió que los ojos comenzaban a picarle por las lágrimas de frustración que los inundaban. ¡Oh, Dios santo! Eso sería la humillación absoluta: la torpe y excéntrica florero, lady Pandora, llorando en un rincón del salón de baile. No, eso no iba a ocurrir. Se puso en pie tan rápido que la silla casi cayó hacia atrás.

—Pandora —la llamaron con urgencia desde algún lugar cercano—. Necesito que me ayudes.

Perpleja, se volvió justo cuando Dolly, lady Colwick, la alcanzaba.

Dolly, una vivaz chica de cabello oscuro, era la menor de las dos hijas de lady Berwick. Las familias habían trabado amistad después de que lady Berwick se hubiera comprometido a enseñar etiqueta y comportamiento a Pandora y Cassandra. Dolly era guapa y muy querida, además de haberse comportado con amabilidad con ella cuando otras jóvenes se habían mostrado indiferentes o le habían hecho objeto de burla. El año anterior, durante su primera temporada, Dolly se había convertido en la debutante más destacable; en los eventos siempre se veía rodeada por multitud de caballeros solteros. Se había casado hacía muy poco tiempo con Arthur, lord Colwick, que, a pesar de ser unos veinte años mayor que ella, disponía de una fortuna considerable y heredaría un marquesado.

—¿Qué ha ocurrido? —preguntó Pandora, preocupada.

—Antes de nada, debes prometerme que no le dirás nada a mi madre.

Pandora sonrió con ironía.

—Sabes de sobra que jamás hablo con ella si puedo evitarlo. ¿Qué ha ocurrido? —repitió—.

—He perdido un pendiente.

—Oh, bueno... —repuso Pandora con simpatía—. Eso le podría pasar a cualquiera. Yo me paso el día perdiendo cosas.

—No, no lo entiendes. Lord Colwick sacó los pendientes

de zafiros de su madre de la caja fuerte para que me los pusiera esta noche. —Dolly movió la cabeza para enseñarle el pendiente con un contundente zafiro que todavía colgaba en una de sus orejas—. El problema no es que lo haya perdido —continuó con tristeza—, sino dónde desapareció. Me alejé de la casa durante unos minutos con uno de mis antiguos pretendientes, el señor Hayhurst. Lord Colwick se pondrá furioso si llega a enterarse.

Pandora abrió los ojos como platos.

—¿Por qué has hecho eso?

—Bueno... Es que el señor Hayhurst siempre ha sido mi pretendiente favorito. Y el pobre muchacho tiene el corazón roto desde que me casé con lord Colwick. Me persigue insistentemente, así que tuve que aplacarlo con un rendezvous. Fuimos a un cenador que hay un poco más allá de las terrazas de la parte trasera. Estoy segura de que se me cayó el pendiente cuando estábamos en el sofá. —Las lágrimas hicieron brillar sus ojos—. No puedo regresar a buscarlo, he estado ausente demasiado tiempo. Y como mi marido se dé cuenta de que lo he perdido... No quiero ni imaginarme lo que puede pasar.

Hubo un momento de expectante silencio.

Pandora miró por las ventanas del salón de baile, donde los cristales reflejaban las fulgurantes luces. Fuera estaba muy oscuro.

Le bajó por la espalda un escalofrío de inquietud. No le gustaba salir de noche, y menos sola. Pero Dolly parecía desesperada y había sido siempre muy amable con ella. No podía negarse.

—¿Quieres que vaya a ver si lo encuentro? —se ofreció a regañadientes.

—¿Lo harías? No tardarías nada en ir al cenador, recuperar el pendiente y regresar de nuevo. Es fácil de encontrar, solo tienes que seguir el camino de grava que hay entre el césped. Por favor, por favor, mi querida Pandora, te debo la vida.

—No es necesario que me lo ruegues —dijo Pandora, entre

perturbada y divertida—. Haré todo lo que esté en mi mano para encontrar ese pendiente. Sin embargo, Dolly, ahora que estás casada, no creo que debas tener más encuentros con el señor Hayhurst. El riesgo es demasiado alto, y no creo que él lo valga.

Dolly le dirigió una mirada de pesar.

—No me disgusta lord Colwick, pero jamás me hará sentir como el señor Hayhurst.

—Entonces ¿por qué no te casaste con él?

—Porque el señor Hayhurst es el tercer hijo y jamás heredará el título.

—Pero es el hombre que amas...

—No seas tonta, Pandora. El amor es para las muchachas de clase media. —Dolly escudriñó la estancia con una mirada de ansiedad—. Nadie mira —anunció—. Si eres rápida, puedes salir ahora mismo.

¡Oh, sí! Iba a ser tan rápida como una liebre. No pasaría más tiempo del necesario en el exterior por la noche. Ojalá pudiera decirle a Cassandra que la acompañara; su hermana siempre era una conspiradora dispuesta a secundarla. Sin embargo, para Cassandra sería mucho mejor continuar bailando; así lady Berwick estaría distraída.

Recorrió un lateral del salón de baile de forma casual, sin participar en ninguna conversación sobre la ópera, los jardines o la «última novedad». Cuando pasó por detrás de la espalda de lady Berwick, medio esperaba que su dama de compañía se volviese y la pescara como a un salmonete. Por fortuna, lady Berwick continuó observando a las parejas que bailaban en la pista, dando al ambiente un colorido caos de faldas tornasoladas y piernas enfundadas en pantalones oscuros.

En lo que a ella respectaba, su salida del salón de baile pasó absolutamente desapercibida. Bajó corriendo la enorme escalinata y atravesó la sala de balcones hasta llegar a una galería iluminada que se extendía a lo largo de la fachada de la mansión. Había filas de retratos en las paredes; generaciones de aristócratas la miraban mientras recorría el suelo taraceado.

Al llegar a la puerta que conducía a la terraza trasera, se detuvo en el umbral y miró hacia el exterior como haría un pasajero en la barandilla de un barco en alta mar. La noche era oscura, fresca y profunda. Odiaba abandonar la seguridad de la casa, pero se sintió más tranquila al ver la procesión de antorchas de aceite que, colocadas en unos cuencos sobre altos postes de hierro, iluminaban los jardines, alineadas junto al camino que recorría el extenso césped.

Pandora se centró en su misión y se deslizó por la terraza hacia la hierba. Una espesa arboleda de abetos escoceses inundaba el aire con su agradable e intenso aroma. Eso ayudaba a enmascarar el olor que desprendía el Támesis, que discurría paralelo al borde de los terrenos de la propiedad.

Desde el camino que había junto al río, llegaban las voces masculinas y los poderosos martillazos de los obreros que reforzaban los andamios para el espectáculo de fuegos artificiales. Al final de la velada, los invitados se reunirían en la terraza trasera y a lo largo de los balcones de la planta superior para ver la pirotecnia.

El sendero de grava serpenteaba alrededor de una enorme estatua del antiguo dios del río de Londres, el Padre Támesis. Enorme y robusta en su construcción, la gran figura estaba reclinada en un pedestal de piedra, sujetando descuidadamente un tridente con la mano. Estaba completamente desnuda, salvo una tela, lo que hizo pensar a Pandora que mostraba una imagen muy estúpida.

—¿*Au natural* en público? —se preguntó con ligereza mientras pasaba junto a la estatua—. Se puede esperar de una escultura clásica, pero usted, señor, no tiene excusa.

Continuó su camino hasta el cenador, que quedaba parcialmente protegido por un seto de tejo y una profusión de hortensias. La edificación, abierta por los lados y con paredes a media altura que unían la mitad de las columnas, estaba levantada sobre una base de ladrillo, y decorada con paneles de vidrio de colores. La única iluminación era una pequeña lámpara de estilo marroquí, que colgaba del techo.

Subió vacilante los dos escalones de madera y accedió al interior de la estructura. El mobiliario se limitaba a un sofá con el respaldo de rejilla, que parecía haber sido atornillado a las columnas más cercanas.

Mientras buscaba el pendiente perdido, trató de subir el borde de la falda para que el vestido no se ensuciara. Llevaba sus mejores galas, un modelo de iridiscente seda tornasolada, que parecía plateado desde un ángulo y color lavanda desde otro, realizado especialmente para los bailes de la temporada. Por delante, el diseño era sencillo; tenía un corpiño liso y bien ajustado y el escote bajo. Una red de intrincados pliegues en la espalda desembocaba en una cascada de seda que se agitaba y brillaba cada vez que se movía.

Después de mirar debajo de los cojines, se subió al asiento. Rebuscó en el espacio que quedaba entre el sofá y la pared curva. Esbozó una sonrisa de satisfacción cuando apreció un brillo en el borde de la moldura que adornaba la unión entre la pared y el suelo.

La cuestión ahora era cómo recuperar la joya. Si se arrodillaba en el suelo, regresaría al salón de baile tan sucia como un deshollinador.

El respaldo del sofá estaba tallado siguiendo un patrón de adornos y florituras, pero con espacios lo suficientemente grandes como para meter la mano. Pandora se quitó los guantes y los guardó en el bolsillo oculto del vestido. Luego se subió las faldas, se arrodilló sobre el asiento y metió el brazo por uno de los huecos, sin detenerse hasta llegar al codo. Sin embargo, las yemas de sus dedos no llegaban al suelo.

Se inclinó más hacia el espacio, empujando también la cabeza, y sintió un ligero tirón en el peinado, seguido por el tintineo de una horquilla al caer al suelo.

—Maldición... —susurró. Inclinó el torso y retorció los hombros para adaptarse a la abertura, bajando la mano hasta que pudo cerrar los dedos en torno al pendiente.

Sin embargo, cuando trató de incorporarse, se encontró con

unas dificultades inesperadas. Las tallas de madera del sofá parecían haberse cerrado a su alrededor como si fueran las mandíbulas de un tiburón. Retrocedió con fuerza, hasta que sintió que el vestido se enganchaba y oyó que se rompían unas puntadas. Se quedó inmóvil. No iba a poder regresar al salón de baile con el vestido roto.

Se esforzó para llegar a la parte trasera del vestido, pero se detuvo de nuevo al oír que la frágil seda comenzaba a romperse. Quizá si se deslizaba un poco hacia delante y trataba de inclinarse en un ángulo diferente... Pero la maniobra solo sirvió para quedarse atrapada más firmemente y que los dentados bordes de madera se le clavaran en la piel. Después de forcejear y retorcerse durante un minuto, Pandora se quedó quieta, salvo por los compulsivos movimientos de sus pulmones.

—No es posible que esté atascada —murmuró—. No puede ser. —Intentó moverse sin éxito—. ¡Oh, Dios! Sí, estoy atascada. ¡No! ¡No!

Si la encontraban así, significaría su ruina más absoluta. Ella encontraría la manera de vivir con ello, pero el hecho acabaría afectando a su familia, y arruinaría la temporada de Cassandra, lo que resultaba inaceptable.

—¡Cáspita! —Estaba tan desesperada y frustrada que soltó la peor palabra que conocía.

Al momento, se quedó rígida de horror al oír que un hombre se aclaraba la garganta.

¿Sería un sirviente? ¿Un jardinero?

«Por favor, Dios, por favor, que no sea uno de los invitados.»

Escuchó unos pasos en el interior del cenador.

—Parece estar teniendo algunas dificultadas con el sofá —comentó el desconocido—. Por lo general, no recomiendo meter la cabeza, ya que tiende a complicar el proceso. —La voz contenía una ronca y fría resonancia que consiguió enervarla de una forma muy agradable. Notó que se le ponía la piel de gallina.

—Estoy segura de que todo esto debe parecerle muy divertido —dijo ella con cautela, intentando conseguir echar un vistazo a aquel hombre a través de la madera tallada. Estaba vestido de gala. Sin duda se trataba de un invitado.

—De eso nada. ¿Por qué me iba a parecer divertido encontrarme a una joven posando boca abajo sobre un mueble?

—No estoy posando. Se me ha quedado enganchado el vestido. Le quedaría muy agradecida si me ayudara a liberarme.

—¿Del vestido o del sofá? —preguntó el desconocido, sonando muy interesado.

—Del sofá —replicó ella, irritada—. Me he quedado enredada en estos... —vaciló, preguntándose cómo debía llamar a las elaboradas curvas de madera y los recovecos tallados en el respaldo del sofá— *recocurvas* —concluyó.

—Volutas de acanto —dijo el hombre a la vez. Pasó un segundo antes de que él preguntara—: ¿Cómo las ha llamado?

—Da igual —repuso ella con evidente disgusto—. Tengo el mal hábito de inventarme palabras, pero se supone que no debo decirlas en público.

—¿Por qué?

—Porque la gente puede llegar a pensar que soy un tanto excéntrica.

La tranquila risa le hizo sentir mariposas en el estómago.

—En este momento, querida, inventarse palabras es el menor de sus problemas.

Pandora parpadeó al escuchar el casual término cariñoso, y se tensó cuando él se sentó a su lado. Fue suficiente esa cercanía para que oliera su fragancia, una especie de aroma ambarino con esencia de cedro, envuelto en el frescor de la tierra húmeda. Olía como un bosque caro.

—¿Va a ayudarme? —le preguntó.

—Es posible. Si antes me dice qué estaba haciendo en el sofá.

—¿Es necesario que lo sepa?

—Sí —aseguró él.

Pandora frunció el ceño.

—Quería alcanzar algo.

Él apoyó un largo brazo por el borde del respaldo del sofá.

—Me temo que tendrá que ser más específica.

Aquel hombre no estaba siendo precisamente un caballero, pensó Pandora con fastidio.

—Un pendiente.

—¿Cómo ha perdido el pendiente?

—No es mío. Pertenece a una amiga y tengo que devolvérselo lo antes posible.

—¿Una amiga? —repitió él con escepticismo—. ¿Cómo se llama?

—No puedo decírselo.

—Una pena. Bueno, que tenga buena suerte. —Él empezó a marcharse.

—Espere. —Pandora se retorció, consiguiendo que se estallaran más puntadas. Se detuvo con exasperación al escuchar los sonidos—. Es un pendiente de lady Colwick.

—Ah. ¿Puedo suponer que ha estado aquí con Hayhurst?

—¿Cómo lo sabe?

—Lo sabe todo el mundo, incluyendo a lord Colwick. Es posible que más adelante le dé igual que Dolly tenga sus *affaires*, pero ahora es un poco pronto. Todavía no le ha dado un hijo legítimo.

Ningún caballero le había hablado a Pandora con tanta franqueza, y le resultó impactante. También era la primera conversación realmente interesante que había mantenido en un baile.

—Ella no tiene un *affaire* con él —aseguró Pandora—. Solo fue un *rendezvous*.

—¿Sabe lo que es un *rendezvous*?

—Por supuesto que sí —dijo ella con gran dignidad—. He tenido clases de francés. Significa que han tenido un encuentro.

—Según el contexto —le explicó él—, significa mucho más que eso.

Pandora se retorció una vez más.

—Me importa un pepino lo que Dolly estuviera haciendo con el señor Hayhurst en este sofá, solo quiero salir de aquí. ¿Puede ayudarme o no?

—Supongo que es mi deber. La novedad de estar hablando con un *derrière* comienza a desaparecer.

Pandora se puso rígida, y el corazón se le aceleró cuando sintió que él se inclinaba sobre ella.

—No se preocupe —la tranquilizó él—. No la molestaré. No siento inclinación por las jovencitas.

—Tengo veintiún años —replicó ella, indignada.

—¿En serio?

—Sí, ¿por qué parece tan escéptico?

—No esperaba encontrar en tal situación a una mujer de su edad.

—Casi siempre acabo metida en situaciones complicadas. —Se estremeció al sentir una suave presión en la espalda.

—Estese quieta. Tiene el vestido enganchado en tres puntos diferentes. —Él estuvo tirando con destreza de los pliegues de seda y de los volantes—. ¿Cómo ha conseguido atravesar un espacio tan pequeño?

—Meterme fue fácil. Pero no tuve en cuenta todas esas malditas *recocur*... Es decir, cuando retrocedí, se convirtieron en púas.

—He liberado el vestido. Intente salir.

Pandora empezó a retroceder, pero soltó un grito cuando la madera volvió a clavarse en su carne.

—Todavía no puedo. ¡Oh, no!

—No se asuste. Mueva los hombros... No, de esa manera no, al revés. Espere... —El extraño sonaba divertido—. Esto es como tratar de abrir un puzle japonés.

—¿Qué es eso?

—Se trata de una caja de madera realizada con piezas que encajan entre sí. Solo se puede abrir si se conocen los movimientos necesarios para desbloquearla. —Notó una cálida palma en su hombro desnudo, obligándola a inclinarse con suavidad.

Su contacto la hizo estremecerse. Respiró profundamente, llenando de aire fresco sus ardientes pulmones.

—Relájese —le dijo él—, enseguida la libero.

—No me puedo relajar si tiene ahí la mano. —Su voz salió más aguda de lo habitual.

—Si coopera, esto irá mucho más rápido.

—Lo intento, pero la posición es realmente incómoda.

—La posición es suya, no mía —le recordó.

—Sí, pero... ¡Ay! —Un borde de la madera le arañó la parte superior del brazo. La situación estaba volviéndose intolerable. Estimulada por una creciente alarma se movió sin descanso en los límites punzantes de las volutas talladas—. ¡Oh, esto es *horrículo*!

—Tranquila. Permita que le guíe la cabeza.

Los dos se quedaron paralizados cuando llegó un áspero grito desde el exterior del cenador.

—¡¿Qué está pasando ahí dentro?!

El hombre que estaba inclinado sobre Pandora maldijo por lo bajo. Ella no conocía la palabra, pero estaba segura de que significaba algo mucho peor que «cáspita».

—¡Sinvergüenza! —continuó su diatriba el enfurecido recién llegado—. No me habría esperado esto ni siquiera de usted. Está obligando a una mujer indefensa y abusando de mi hospitalidad durante un baile benéfico.

—Milord —intervino Pandora con autoridad—, ¡no ha entendido la situación!

—Estoy seguro de que la he comprendido perfectamente. Suéltela.

—Pero sigo atascada —expuso Pandora con voz lastimera.

—¡Qué vergüenza! Por lo que parece, pillados in fraganti —comentó el viejo cascarrabias a lo que parecía un tercer extraño.

Desconcertada, Pandora notó que el desconocido se levantaba del sofá y que le cubría la cara brevemente para protegerla de los rasguños. Su tacto era suave, pero muy inquietante, y le hizo sentir un ardiente escalofrío en todo el cuerpo. En cuanto se sintió libre de las volutas de madera, Pandora se levantó con rapidez. La cabeza le dio vueltas después de haber estado inclinada tanto tiempo, y perdió el equilibrio. Sin pensar, el desconocido la sostuvo contra su cuerpo cuando se tambaleó. Ella tuvo la breve y vertiginosa impresión de estar pegada a un duro pecho formado por muchos músculos antes de que él la soltara. El aflojado peinado le cayó sobre la frente cuando bajó la vista para evaluar los daños. Tenía las faldas sucias y arrugadas, y profundas marcas rojas en los hombros y la parte superior de los brazos.

—¡Maldición! —dijo entre dientes el hombre que se encontraba frente a ella—. ¿Quién es usted?

—Lady Pandora Ravenel. Y debo decirle que... —Su voz se apagó al encontrarse mirando a un joven y arrogante dios, alto y grande, con una elegante figura repleta de gracia felina. La pequeña lámpara del techo arrancaba reflejos dorados a los espesos mechones del bien cortado cabello color ámbar. Tenía los ojos azul oscuro, y los pómulos altos y prominentes. La línea de su mandíbula parecía lo suficientemente dura como para estar cincelada en mármol. Las curvas sensuales y llenas de sus labios dotaban a sus rasgos de una discordancia erótica. Un solo vistazo fue más que suficiente para hacer que se sintiera como si le faltara el aire. ¿Cómo era posible que un hombre fuera tan sobrecogedoramente guapo? Eso no podía ser bueno.

Presa de la sorpresa, Pandora metió la mano en el bolsillo del vestido y dejó caer el pendiente en el interior.

—Les aseguraré que no pasó nada. Es la verdad, después de todo.

—La verdad no va a importar —fue la seca respuesta.

Él le indicó que lo precediera fuera del cenador, donde se tuvieron que enfrentar inmediatamente a lord Chaworth, el anfitrión del baile y propietario de la finca. Dado que era amigo de los Berwick, era una de las últimas personas que Pandora hubiera querido que la encontrara en una situación comprometida. Estaba acompañado por otro hombre de pelo oscuro que no había visto nunca.

Chaworth era bajo y fornido, con el tronco en forma de manzana. Las patillas blancas y la barba parecían estremecerse alrededor de su cara cuando hablaba.

—El conde y yo estábamos caminando junto al río para ver cómo iban los preparativos de los fuegos artificiales cuando hemos oído los gritos de la joven pidiendo auxilio.

—Yo no he gritado —protestó Pandora.

—Allí es donde he ido yo para hablar con el contratista —explicó el joven que la había liberado—. Cuando regresaba a la mansión, me he encontrado con que lady Pandora necesitaba ayuda, pues parte de su vestido estaba atrapado en el sofá. Así que estaba tratando de resolver su problema.

Las nevadas cejas de Chaworth subieron casi hasta el nacimiento del pelo cuando se volvió hacia ella.

—¿Es cierto?

—Sí, milord.

—Bien, para empezar, ¿dígame qué hacía aquí fuera? —Pandora vaciló, poco dispuesta a dejar en evidencia a Dolly—. Estaba tomando un poco de aire fresco. Allí dentro me... Aburría.

—¿Se aburría? —repitió Chaworth con indignación—. ¿Con una orquesta de veinte músicos y un salón de baile lleno de caballeros elegibles?

—Nadie me ha invitado a bailar —reconoció Pandora entre dientes.

—Posiblemente lo hubieran hecho si no hubiera estado aquí, relacionándose con un notorio donjuán.

—Chaworth —intervino el hombre del pelo oscuro en voz baja—, si me permite un momento...

El orador era bastante atractivo, con rasgos bien labrados y la tez bronceada de un hombre que pasaba tiempo al aire libre. A pesar de que no era joven —sus cabellos negros estaban salpicados de canas y el tiempo había profundizado las líneas de la risa alrededor de los ojos, la nariz y la boca—, tampoco podía considerársele un anciano. Poseía un aire demasiado saludable, y la apariencia de un hombre con considerable autoridad.

—Conozco a este muchacho desde el día en que nació —continuó el hombre con la voz profunda y un poco ronca—. Como bien sabe, su padre es un buen amigo mío. Si me lo permite, voy a responder por su carácter y su palabra. Por el bien de esta joven, le sugiero que mantengamos silencio y manejemos este asunto con discreción.

—Yo también conozco a su padre —manifestó lord Chaworth—, en su día arrancó muchas flores hermosas. Es evidente que el hijo sigue sus pasos. No, Westcliff, no pienso guardar silencio, debe rendir cuentas por sus acciones.

¿Westcliff? Pandora lo miró con interés. Había oído hablar del conde de Westcliff, el hombre que, después del duque de Norfolk, poseía el título más antiguo y respetado de Inglaterra. Su enorme finca en Hampshire, Stony Cross Park, era famosa por las actividades de pesca, caza y tiro.

Westcliff buscó sus ojos.

—¿Su padre era lord Trenear? —preguntó, sin parecer sorprendido.

—Sí, milord.

—Lo conocía. Acostumbraba a venir a cazar a mi propiedad. —El conde la miró con atención—. Lo invité numerosas veces a acudir con su familia, pero siempre prefirió venir solo.

No era una sorpresa. Su padre siempre había considerado que sus tres hijas eran parásitos. Además, su madre también había mostrado poco interés por ellas. Como resultado, Cassandra, Helen y ella se pasaban meses sin ver a sus padres. Le sorprendió que aquel recuerdo todavía pudiera hacerle daño.

—Mi padre quería vernos lo menos posible —repuso Pandora sin andarse con rodeos—. Nos consideraba una molestia. —Bajó la cabeza—. Es evidente que he confirmado que tenía razón —murmuró.

—Yo no diría eso. —Había un toque de simpatía en la voz del conde—. Mis hijas me han asegurado, más de una vez, que cualquier chica bien intencionada puede meterse en problemas de vez en cuando.

—Este problema en particular —intervino lord Chaworth— debe quedar resuelto de inmediato. Iré a buscar a la acompañante de lady Pandora. —Se volvió hacia el joven—. Y a usted, le sugiero que acuda a la casa de los Ravenel de inmediato, que se reúna con la familia y agilice los trámites correspondientes.

—¿Qué trámites? —preguntó Pandora.

—Se refiere a los arreglos matrimoniales —dijo secamente el joven con una fría mirada. Ella notó un escalofrío de alarma por la espalda.

—¿Qué? No. No. No pienso casarme. —Se dio cuenta de que él podía tomárselo como algo personal—. No tiene nada que ver con usted —añadió en tono conciliador—, es solo que no deseo casarme.

—Imagino que saber que el hombre que tiene delante es Gabriel, lord Saint Vincent, heredero de un ducado, acabará con sus objeciones —intervino lord Chaworth con aire de suficiencia.

Pandora negó con la cabeza.

—Prefiero ser fregona que la esposa de un noble.

La fría mirada de lord Saint Vincent se deslizó por sus hombros llenos de arañazos y por su vestido rasgado antes de regresar a su cara.

—El hecho es —dijo él en voz baja— que ha estado ausente del salón de baile el tiempo suficiente como para que se haya percibido su ausencia.

Pandora comenzó a darse cuenta de que estaba metida en un serio problema, de esos que no se pueden resolver con explicaciones superficiales o dinero, ni siquiera con la influencia de su familia. El pulso le comenzó a resonar como un coro de tambores en los oídos.

—No, si me dejan regresar en este mismo momento. Nadie se da cuenta de si estoy o existo.

—Me parece imposible creerlo.

La forma en que lo dijo no parecía un cumplido.

—Es cierto —aseguró ella desesperadamente, hablando con

rapidez, pero pensando todavía más deprisa—. Soy una florero. Solo accedí a participar en la temporada para ayudar a mi hermana Cassandra. Mi melliza es mucho más guapa que yo, y usted es el tipo de marido que está esperando. Si me dejara presentársela, podría comprometerse con ella, luego desapareceré del mapa. —Al ver su inexpresiva mirada, siguió con la explicación—: La gente no puede pretender que se case con las dos.

—Me temo que nunca arruinaría a más de una joven en la misma noche. —Su tono manifestaba una burla cortés—. Un hombre tiene sus límites.

Pandora decidió cambiar de estrategia.

—No es posible que quiera casarse conmigo, milord. Sería la peor esposa imaginable. Soy olvidadiza y muy terca, y no logro quedarme quieta más de cinco minutos. Siempre estoy haciendo cosas que no debería. Espío a otras personas, grito y corro en público y se me da muy mal bailar. Además, me gusta muchísimo leer toda clase de lecturas inapropiadas. —Cuando hizo una pausa para tomar aliento, se dio cuenta de que lord Saint Vincent no parecía impresionado por su lista de fallos—. Y tengo las piernas tan flacas como las patas de una cigüeña.

Ante la indecente mención de las partes del cuerpo, lord Chaworth jadeó de forma audible, mientras que lord Westcliff desarrollaba un repentino interés por las rosas de un rosal cercano.

Pandora notó que Saint Vincent contraía los labios, como si estuviera divirtiéndole a su pesar.

—Aprecio su franqueza —dijo él después de un momento. Luego lanzó una mirada helada a lord Chaworth—. Sin embargo, ante la heroica insistencia de lord Chaworth en que se haga justicia, no me queda más remedio que discutir la situación con su familia.

—¿Cuándo? —preguntó Pandora con ansiedad.

—Esta noche. —Saint Vincent dio un paso adelante, cerrando la distancia entre ellos. Inclinó la cabeza hacia ella—. Vaya con Chaworth —dijo—, y comuníquele a su acompañante que iré inmediatamente a Ravenel House. Y, por el amor de Dios, trate de no ser vista. No me gustaría que la gente pensara que hice un trabajo tan sumamente incompetente a la hora de arruinar a alguien. Además —añadió en voz baja después de una pausa—, todavía tiene que devolverle el pendiente a Dolly. Arrégleselas para que se lo entregue un criado.

Pandora cometió el error de levantar la vista. Cualquier mujer se habría visto afectada al ver la cara de aquel arcángel por encima de la de ella. Hasta el momento, todos los jóvenes que había conocido durante la temporada parecían estar intentando alcanzar cierto ideal, una especie de fría confianza aristocrática. Pero ninguno de ellos llegaba, ni remotamente, a la altura de ese deslumbrante extraño que, sin duda, había sido admirado durante toda su vida.

—No puedo casarme con usted —repitió una vez más, aturdida—. Lo perdería todo.

Se apartó y, agarrándose al brazo de Chaworth, lo acompañó de regreso a la casa mientras que los otros dos hombres hablaban en privado.

Chaworth se rio con exasperante satisfacción.

—Por Dios, qué ganas tengo de ver la reacción de lady Berwick cuando le dé la noticia.

—Me va a asesinar —alcanzó a decir Pandora, que estaba ahogándose en la desesperación y la tristeza.

—¿Por qué? —preguntó el anciano con incredulidad.

—Por haberme visto comprometida.

Chaworth soltó una carcajada.

—Querida, me sorprendería que no baile una giga. ¡Acabo de ayudarla a pescar al mejor partido de la temporada!

2

Gabriel soltó una maldición y se metió los puños en los bolsillos.

—Lo siento —dijo Westcliff con sinceridad—. Si no hubiera sido por Chaworth...

—Lo sé. —Gabriel caminó de un lado para otro frente al cenador como un tigre enjaulado. No podía creerlo. Después de eludir con facilidad unas cuantas trampas elaboradas e inteligentes para pescarle, le habían capturado finalmente. Y no había sido una mundana seductora o una bella debutante pulida para brillar en sociedad. Su caída había llegado de la mano de una excéntrica florero. Pandora era hija de un conde, lo que significaba que incluso aunque estuviera loca (lo que por cierto no estaba fuera de lo posible), él debía redimir su honor.

Transmitía la abrumadora impresión de una constante energía nerviosa, como un pura sangre esperando para salir disparado. Incluso sus más pequeños movimientos parecían contener una potencial acción explosiva. El efecto era inquietante, pero, al mismo tiempo, se había encontrado queriendo capturar todo ese fuego desatado y domarlo hasta que ella estuviera exhausta, agotada debajo de su cuerpo.

Sin duda, acostarse con ella no sería ningún problema.

Lo sería todo lo demás.

Con el ceño fruncido, Gabriel volvió a apoyar la espalda contra una de las columnas del cenador.

—¿Qué quiso decir cuando mencionó que iba a perderlo todo si se casaba conmigo? —preguntó en voz alta—. Quizás está enamorada de alguien. Si es así...

—Hay algunas jóvenes —señaló Westcliff con sequedad—, que tienen objetivos distintos a encontrar un marido.

Gabriel cruzó los brazos antes de lanzarle una mirada mordaz.

—¿Existen? No he conocido a ninguna.

—Creo que es posible que sí que lo hayas hecho. —El conde volvió la vista en la dirección en la que había desaparecido lady Pandora—. Una florero... —musitó por lo bajo con una sonrisa tierna en los labios.

Además de su propio padre, no había hombre en el que Gabriel confiara más que en Westcliff; siempre había sido como un tío para él. El conde era el tipo de hombre que siempre actuaría según le dictara su moral, daba igual lo difícil que fuera.

—Ya conozco tu opinión sobre lo que debería hacer —murmuró Gabriel.

—Una chica con la reputación arruinada está a merced del mundo —dijo Westcliff—. Eres consciente de tu obligación como caballero.

Gabriel negó con la cabeza mientras se le escapaba una risita incrédula.

—¿Cómo voy a casarme con una chica así? —No encajaría en su vida. Terminarían matándose el uno al otro—. Apenas está civilizada.

—Parece que lady Pandora no ha alternado en sociedad el tiempo suficiente como para estar familiarizada con sus reglas —admitió Westcliff.

Gabriel observó una polilla amarilla que parecía seducida por la luz de las antorchas que iluminaban la zona exterior del cenador.

—Le importan un comino las reglas sociales —aseguró con

certeza. La polilla volaba trazando círculos cada vez más pequeños, escapando en varias ocasiones de la vacilante llama en su
danza fatal—. ¿Qué tipo de familia son los Ravenel?

—El apellido es antiguo y respetado, pero perdieron su fortuna hace algunos años. Lady Pandora tenía un hermano mayor, Theo, que heredó el condado después del fallecimiento de
su padre. Por desgracia, no tardó mucho en morir en un accidente de equitación.

—Lo conocí —dijo Gabriel, frunciendo el ceño de forma pensativa—. Hace dos... No, tres años, en Jenner's.

La familia de Gabriel era propietaria de una casa de juego privada, un club de caballeros frecuentado por la realeza, la aristo-
cracia y otros hombres influyentes. Antes de heredar el ducado,
su padre, Sebastian, había dirigido y gestionado personalmente
el club, que se había convertido en uno de los establecimientos
de moda en Londres.

Durante los últimos años, muchos intereses comerciales de
la familia habían recaído sobre los hombros de Gabriel, incluyendo Jenner's. Desde entonces, siempre había mantenido una
estrecha vigilancia sobre el lugar, sabiendo que era una de las
preocupaciones de su padre. Una noche, Theo, lord Trenear, había visitado el club. Theo había sido un hombre robusto y apuesto, rubio y de ojos azules. Aparentemente, resultaba encantador,
pero reprimía en su interior una fuerza explosiva.

—Acudió a Jenner's con algunos amigos una noche que yo
estaba allí —continuó Gabriel—, y se pasó casi toda la noche en
la mesa de juego. No sabía apostar, era el típico hombre que hacía más grandes las pérdidas en lugar de saber cuándo debía dejarlo. Antes de marcharse, solicitó convertirse en miembro del
club, así que el gerente vino a verme, un tanto agitado, y me pidió que tratara yo con él directamente, dado su rango.

—¿Tuviste que rechazarlo? —preguntó Westcliff, haciendo
una mueca ostensible.

Gabriel asintió.

—Tenía mal crédito, y la familia estaba ahogada por las deudas. Lo rechacé en privado, de la manera más civilizada posible. Sin embargo... —Negó con la cabeza al recordar.

—Se puso rabioso —supuso Westcliff.

—Como un toro delante de un capote —dijo Gabriel con tristeza, recordando cómo se había lanzado Theo a por él sin avisar—. No se detuvo hasta que lo lancé al suelo. He conocido a algunos hombres que no podían controlar su temperamento, en especial cuando bebían. Pero jamás había visto a nadie explotar de esa manera.

—Los Ravenel son conocidos por su temperamento volátil.

—Gracias por la noticia —comentó Gabriel con acritud—. Espero que no te sorprendas cuando mi futura descendencia tenga cuernos y cola.

Wescliff sonrió.

—Por experiencia propia, te diré que todo está en la forma de tratarlos. —El conde era un hombre tranquilo, referencia constante de su ruidosa familia, que incluía una esposa con mucho espíritu y una camada bulliciosa.

Y lady Pandora hacía que todos le parecieran sosegados.

Gabriel se pellizcó el puente de la nariz entre el dedo índice y el pulgar.

—No tengo ni pizca de paciencia, Westcliff —murmuró. Un momento después, se dio cuenta de que la polilla se había aventurado finalmente demasiado cerca de la llama. Las delicadas alas empezaron a arder y la criatura desapareció en el aire—. ¿Conoces al nuevo lord Trenear?

—Se llama Devon Ravenel. Por lo que cuentan, es un hombre muy querido en Hampshire, y está gestionando la finca con una enorme competencia. —Westcliff hizo una pausa—. Parece que se casó con la viuda del conde anterior, algo que, aunque no es ilegal, hizo enarcar algunas cejas.

—Debía tener una buena dote —reflexionó Gabriel con cinismo.

—Es posible. En cualquier caso, si fuera tú, no esperaría que Trenear se opusiera a un enlace entre lady Pandora y tú.

Gabriel torció los labios.

—Créeme, va a alegrarse de que se la quite de las manos.

La mayoría de las mansiones de South Audley, una calle en el corazón de Mayfair, estaban construidas en estilo georgiano, con varias columnas en el porche. Ravenel House, sin embargo, respondía al estilo jacobino. Se erigía en tres pisos desde el suelo y estaba coronada con un tejado a cuatro aguas repleto de esbeltas chimeneas.

El enorme vestíbulo tenía las paredes cubiertas con paneles de roble tallado, y el techo de escayola blanca estaba adornado con figuras mitológicas. Había ricos tapices y jarrones franceses llenos de flores frescas recién cortadas. A juzgar por el ambiente tranquilo, Pandora no había regresado todavía.

El mayordomo le condujo hasta un salón bien equipado, donde le anunció pomposamente. Cuando Gabriel dio un paso adelante y se inclinó en una venia, Devon Ravenel se puso en pie.

El nuevo conde de Trenear era un hombre delgado, con los hombros anchos, y no parecía tener más de treinta años. Poseía asimismo una abundante cabellera oscura y una mirada astuta. El aire que lo envolvía vibraba de forma agradable, transmitiendo una relajada confianza que a Gabriel le gustó de inmediato.

Su esposa Kathleen, lady Trenear, se mantuvo sentada en el sofá.

—Bienvenido, milord.

Una mirada fue suficiente para darse cuenta de que no se sostenía su suposición de que Trenear se había casado con ella para obtener ganancias financieras. O, al menos, no era la única razón. Lady Trenear era una mujer hermosa, de delicadeza felina. Tenía los ojos rasgados, y la forma en que sus rizos rojizos intentaban liberarse de sus horquillas le hacía recordar a su madre y a su hermana mayor.

41

—Antes de nada me gustaría pedirles disculpas por entrometerme en su privacidad —dijo Gabriel.

—No es necesario —respondió Trenear con amabilidad—. Es un placer conocerlo.

—Es posible que no piense así después de que le explique por qué estoy aquí. —Gabriel sintió que enrojecía al encontrarse con sus miradas de curiosidad. Furioso y sorprendido al verse enredado en ese dilema que parecía más una charada, continuó hablando mientras intentaba no mostrar sus sentimientos—. Acabo de llegar del baile en casa de los Chaworth. Allí ha ocurrido una situación inesperada... Que debe ser resuelta con la debida celeridad. Parece que... —Se interrumpió para aclararse la garganta—. Parece que he comprometido el honor de lady Pandora.

Sobre la estancia cayó un silencio absoluto.

Lady Trenear fue la primera en romperlo.

—¿Qué quiere decir con que «ha comprometido», milord? ¿Ocurrió por casualidad al coquetear con ella? ¿Quizá discutieron sobre algún tema inapropiado?

—Me descubrieron a solas con ella. En el cenador que hay detrás de la mansión.

Otro elocuente silencio.

—¿Qué estaban haciendo allí? —preguntó el conde sin andarse con rodeos.

—Estaba ayudándola a liberarse de un sofá.

Lady Trenear parecía cada vez más desconcertada.

—Eso fue muy amable por su parte, pero ¿qué...?

—Concretamente estaba ayudándola a salir de él —continuó Gabriel—. Es decir, tuve que sacarla a través del sofá. Lady Pandora se las arregló de alguna manera para introducir la mitad superior de su cuerpo a través del respaldo del mueble, tallado en madera, y no era capaz de liberarse sin que se le rompiera el vestido.

Trenear se frotó la frente y apretó brevemente el dorso de sus manos contra los ojos.

—Sí, parece algo propio de Pandora —murmuró—. Voy a servirme un brandy.

—Que sean tres vasos —le dijo su esposa antes de volver a mirar preocupada a Gabriel—. Lord Saint Vincent, venga, siéntese a mi lado, por favor, y empiece desde el principio. —Mientras él seguía su sugerencia, ella recogió distraídamente un dedal, un carrete de hilo y unos trozos de tela, que guardó en la cesta de costura que tenía a los pies.

Gabriel les explicó los acontecimientos de la noche lo más sucintamente que pudo, omitiendo, claro está, la parte del pendiente de Dolly. A pesar de que no tenía obligación de guardar ese secreto, sabía que Pandora querría que él mantuviera silencio sobre ese punto.

Trenear se sentó al lado de su esposa y lo escuchó con atención.

Poco tiempo después, apareció un criado con una bandeja en la que llevaba tres vasos cortos de brandy; le ofreció uno a Gabriel.

Después de tomar un buen trago, Gabriel sintió en la garganta el ardor provocado por el licor.

—Incluso si Chaworth no estuviera tan decidido a seguir adelante —dijo—, la reputación de lady Pandora estaba comprometida. No debería haber salido del salón de baile.

Lady Trenear hundió los hombros como si fuera una colegiala cansada.

—Todo esto es culpa mía. Fui yo quien convenció a Pandora para que participara en la temporada.

—No empieces con eso, por el amor de Dios —repuso el conde con ternura antes de mirarlo a él—. No es culpa suya por mucho que le guste pensar lo contrario. Todos hemos animado a Pandora a frecuentar la sociedad. La alternativa era permitir que se quedara en casa mientras Cassandra iba a bailes y fiestas.

—Como se vea obligada a casarse, su espíritu se marchitará.

Trenear cogió la pequeña mano de su esposa y entrelazó sus dedos con los de él.

—Nadie va a obligarla a hacer nada. Pase lo que pase, tanto ella como Cassandra pueden contar siempre con mi protección.

Los ojos castaños de su esposa tenían una mirada tan radiante como tierna cuando le sonrió.

—Querido mío, ni siquiera quieres pensar sobre ello, ¿verdad?

—Por supuesto que no.

Gabriel estaba desconcertado. Bueno, entre desconcertado e intrigado por la forma en la que discutían la situación, como si no hubiera ninguna decisión que tomar. ¡Santo Dios!, ¿es que iba a tener que explicarles la desgracia que arrojaría eso sobre toda la familia? ¿Que les negarían la amistad y cortarían cualquier conexión con los Ravenel? ¿Que la melliza de Pandora no tendría ninguna posibilidad de encontrar un pretendiente decente?

Lady Trenear volvió a concentrar en él su atención.

—Milord, quizá deberíamos explicarle que Pandora no es una chica normal y corriente —dijo lentamente la condesa al ver su expresión confusa—. Posee un espíritu libre, una mente original. Y... bueno, es evidente que se trata de una muchacha un poco impulsiva.

La descripción era tan contraria al ideal de una adecuada prometida inglesa, que Gabriel sintió que se le encogía el estómago.

—... ella y sus hermanas... —estaba diciendo lady Trenear— crecieron en el extremo aislamiento de la finca familiar. Todas recibieron una educación adecuada, pero poco mundana. Las conocí el día que me casé con su hermano Theo. Me parecieron un trío de espíritus de la naturaleza, ninfas del bosque sería más adecuado, como salidas de un cuento de hadas. Helen, la mayor, era tranquila y tímida, pero las mellizas habían crecido salvajes en la finca, sin ser sometidas a ninguna vigilancia durante la mayor parte de su vida.

—¿Por qué sus padres permitieron tal cosa? —preguntó Gabriel.

—Sus hijas no les resultaban útiles —respondió el conde en voz baja—. Solo valoraban a su hijo.

—Lo que tratamos de transmitirle —intervino lady Trenear con expresión seria— es que Pandora no sería feliz con un marido que esperara que fuera... er... convencional. Necesita a alguien que aprecie sus cualidades únicas.

Después de hacer girar el brandy en el vaso, Gabriel se lo terminó en dos tragos, esperando que el licor aliviaría el aterrador frío que inundaba sus entrañas.

No lo hizo.

Nada conseguiría que se sintiera mejor ante el desastroso traspié que acababa de dar su vida.

Nunca había esperado poder disfrutar de un matrimonio como el de sus padres, poca gente lo conseguía. Pero, al menos, tenía la esperanza de casarse con una mujer sensata y respetable que llevaría su casa de forma eficiente y criaría correctamente a sus hijos.

En su lugar, iba a casarse con una ninfa del bosque. Con una mujer con una mente original.

No quería ni imaginar las consecuencias que eso tendría para las propiedades, arrendatarios y sirvientes de la familia. Por no hablar de su descendencia. ¡Santo Dios!, Pandora no sabría cómo actuaba una madre.

Dejó a un lado la copa vacía mientras decidía que se iría a su casa en busca de una botella para él solo. O mejor todavía, iría a visitar a su amante; en sus brazos encontraría un olvido temporal. Cualquier cosa sería mejor que quedarse allí, hablando de la peculiar jovencita que en tan solo diez minutos había logrado arruinar su existencia.

—Trenear —dijo con gravedad—, si se puede encontrar una solución que no sea el matrimonio, le juro que bailaré al son de un violinista sobre los escalones de Saint Paul. Sin embargo, lo más probable sea que escuchemos la *Marcha Nupcial*. —Metió la mano en el bolsillo interior de la chaqueta y sacó una tarjeta—. Esperaré su decisión en mi residencia de Londres.

—La decisión es mía, y ya he dicho que no —dijo alto y claro una desafiante voz desde el umbral.

Gabriel se levantó de forma automática, igual que Trenear, cuando Pandora irrumpió en la sala. Iba seguida por su melliza, una joven rubia y bonita, y por Eleanor, lady Berwick.

El vestido de Pandora estaba hecho un desastre, con el corpiño retorcido, y sus guantes habían desaparecido. Unos arañazos rojos estropeaban la piel del hombro y las horquillas que le quedaban la última vez que la vio, se habían volatilizado en el viaje en el carruaje, lo que permitía que una profusión de pesados rizos oscuros cayera sobre su espalda hasta la altura de la cintura formando ondas. Toda ella se estremecía como una criatura salvaje sometida a restricciones. Desprendía una especie de... energía, de... no encontraba la palabra adecuada, pero Gabriel notaba la irresistible tensión que flotaba en el espacio que los separaba. Cada célula de su cuerpo parecía alerta, concienciada de la presencia de esa joven.

¡Dios mío! Para arrancar de ella su fascinada mirada tuvo que hacer un enorme esfuerzo. Finalmente, se inclinó ante lady Berwick.

—Condesa —murmuró—. Un placer, como siempre.

—Lord Saint Vincent... —No cabía ninguna duda ante el brillo de satisfacción que brillaba en los ojos de la matrona mientras lo miraba. El soltero escurridizo que por fin había sido capturado—. Obviamente, ya conoce a lady Pandora. —Señaló a la chica rubia—. Le presento a su hermana, lady Cassandra.

La joven hizo una grácil reverencia con un ensayado movimiento.

—Milord... —Era guapa, tranquila, y llevaba todos los rizos en su lugar. Mantenía la mirada modestamente abatida, y no levantaba los ojos por encima de su corbata. Sin duda, una chica preciosa. Pero no despertaba su interés.

Pandora se acercó a él de una forma directa. Ninguna muchacha de su rango se hubiera atrevido a hacerlo. Ella tenía unos ojos extraordinarios, de color azul oscuro y bordeados de negro, como zafiros con los bordes carbonizados. Sus cejas eran como dos alas negras que destacaban con fuerza en su pálida tez invernal. Olía al aire de la noche, a flores blancas y a un leve toque de sudor. Aquella fragancia lo excitaba y sus músculos se tensaron como las cuerdas de un arco.

—Sé que está tratando de hacer lo correcto, milord —indicó ella—. Pero no necesito que me proteja, ni que se ocupe de reparar mi reputación. Por favor, regrese a su casa.

—Cállate —le dijo lady Berwick a Pandora en tono ominoso—. ¿Es que te has vuelto loca?

Pandora se giró hacia ella.

—No he hecho nada malo —insistió—. O al menos no he hecho nada lo suficientemente terrible como para tener que casarme con él.

—Son tus mayores los que decidirán lo que va a pasar —aseguró la matrona.

—Pero es mi futuro. —Pandora clavó los ojos en Gabriel—. Por favor, váyase —le sugirió con urgencia—. Por favor...

Ella estaba tratando de controlar la situación desesperadamente. No entendía —o no aceptaba— que eso sería como tratar de detener una locomotora fuera de control.

Él no sabía cómo responder. Había sido criado por una madre amorosa, y había crecido con dos hermanas, por lo que comprendía a las mujeres todo lo bien que podía comprenderlas un hombre. Sin embargo, esa chica escapaba a su entendimiento.

—Sí, me iré —claudicó—. Sin embargo, esta situación no es algo que vayamos a poder ignorar durante mucho tiempo. —Le tendió a Trenear su tarjeta—. Milord, es evidente que tiene mucho que discutir con su familia. Confíe en mi honor, la oferta que le he hecho a lady Pandora es indefinida.

Sin embargo, antes de que Trenear pudiera reaccionar, Pandora le arrebató la cartulina de los dedos.

—No me voy a casar, ¿entiende? Prefiero que me lancen al sol con un cañón. —Y procedió a romper la tarjeta en pedazos muy pequeños.

—Pandora —intervino lady Berwick ominosamente mientras los confetis blancos de papel revoloteaban hasta el suelo.

Ni Pandora ni Gabriel le hicieron caso. Cuando sus miradas se encontraron parecieron enredarse, y el resto de la habitación desapareció.

—Mire —dijo Pandora en tono serio—, el matrimonio no está sobre la mesa.

¿Mire? «¿Mire?» Gabriel se sintió a la vez divertido e insultado. ¿De verdad estaba dirigiéndose a él como si fuera el chico de los recados?

—Jamás he querido casarme —continuó Pandora—. Puede decírselo cualquier persona que me conozca. Cuando era pequeña, no me gustaban las historias de princesas que necesitaban ser rescatadas. No pedí ningún deseo a una estrella fugaz, ni deshojé margaritas mientras decía «me ama, no me ama». En la boda de mi hermano, repartieron trozos de la tarta nupcial a todas las muchachas solteras y dijeron que si los poníamos debajo de la almohada, soñaríamos con nuestro futuro marido. Yo me lo comí. Hasta la última miga. Los planes que he hecho para mi vida, no incluyen convertirme en la esposa de nadie.

—¿Qué planes? —preguntó Gabriel. ¿Cómo podía una chica de su posición, con su aspecto, hacer planes que no incluían la posibilidad de casarse?

—Eso no es asunto suyo —replicó ella con elegancia.

—De acuerdo —dijo él—. Solo me gustaría preguntarle una cosa: ¿qué demonios hacía en el baile si no quiere casarse?

—Se me ocurrió que me aburriría menos que si me quedaba en casa.

—Cualquier persona que se oponga al matrimonio tanto como usted no debería tomar parte en la temporada.

—No todas las chicas que asisten a un baile quieren ser la Cenicienta.

—Si estamos en la temporada de caza del urogallo —señaló Gabriel en tono ácido—, y está en un páramo, rodeada de aves, resulta un poco ingenuo que le pida a un cazador que finja que no ve ningún urogallo.

—¿Es eso lo que opinan los hombres de la temporada? No es de extrañar que yo odie los bailes. —Pandora se mostró desdeñosa—. Lamento mucho haberme entrometido en su coto de caza.

—No estoy buscando esposa —espetó él—. No estoy más interesado que usted en casarme.

—Entonces ¿por qué estaba en el baile?

—¡Quería ver los fuegos artificiales! —Después de un breve silencio cargado de tensión, Pandora agachó la cabeza. Él notó que le temblaban los hombros y, por un alarmante momento, pensó que había empezado a llorar. Pero entonces oyó un delicado resoplido y un tintineante sonido...Y supo que estaba ¿riéndose?

—Bien —murmuró ella—, pues parece que lo ha logrado.

Antes de que Gabriel supiera lo que estaba haciendo, se acercó y le levantó la barbilla con los dedos. Ella estaba intentando contener su diversión, pero se le escapó una risa disimulada, puntuada con hipidos, mientras en sus ojos azules brillaban unas chispas que parecían tímidas estrellas. Aquella sonrisa le hizo sentirse mareado.

«¡Maldición!»

Cualquier signo de molestia desapareció, desplazado por un alboroto de calor y placer. El corazón comenzó a latirle con redoblada intensidad, impulsado por una fuerte necesidad de estar con ella a solas. Todo su cuerpo se había encendido como una hoguera, y la deseó. La deseó con una arbitraria necesidad que, por lo general, se las arreglaba para mantener contenida. Eso no tenía sentido. Él era un hombre con experiencia, un tipo experimentado con gustos sofisticados, y ella era... ¡Dios! ¿Qué era ella?

Deseó no tener tantas ganas de averiguarlo.

La diversión que mostraba Pandora desapareció. Fue como si lo que ella vio en sus ojos provocara que un suave color rosado se extendiera por su cara. Y él notó que se le calentaba la piel.

Gabriel retiró la mano de mala gana.

—No soy su enemigo —aseguró.

—Pero tampoco es mi prometido.

—Aún no.

—Jamás.

Gabriel quiso caer sobre ella. Quiso tomarla entre sus brazos y besarla hasta que perdiera el sentido.

—Dígame eso de nuevo dentro de unos días —replicó él, con calma—. Mientras tanto... —volvió a meterse la mano en el bolsillo para sacar otra tarjeta—, le entregaré esto a Trenear.

Deliberadamente, le lanzó una mirada burlona, de esas que siempre volvían locas a sus hermanas..., y sostuvo la tarjeta delante de ella.

Como había supuesto, Pandora no pudo resistir el desafío, e intentó coger la cartulina.

Gabriel la hizo desaparecer, aparentemente en el aire, antes de que pudiera tocarla. Cuando era pequeño, había aprendido juegos de manos con los tahúres cuando visitaba Jenner's.

Pandora lo miró con los ojos muy abiertos. Su expresión había cambiado por completo.

—¿Cómo ha hecho eso?

Él hizo aparecer de nuevo la tarjeta en un alarde de habilidad.

—Aprenda a pedírmelo como Dios manda —le sugirió—, y quizá se lo enseñe algún día.

Ella frunció el ceño.

—No importa. No me interesa.

Pero él supo que era mentira. La verdad brillaba en sus ojos. Estaba interesada, daba igual que intentara negarlo.

Y que Dios le ayudara... ¡él también!

3

Dos noches después del baile de los Chaworth, Gabriel jugaba al billar en las estancias privadas de la planta superior de Jenner's. Las lujosas habitaciones, que en otros tiempos habían sido ocupadas por sus padres durante los primeros días de su matrimonio, estaban ahora destinadas a la comodidad de la familia Challon. Raphael, uno de sus hermanos pequeños, acostumbraba a vivir en el club, pero en ese momento se encontraba de viaje por el extranjero, concretamente en América. Había ido para comprar una gran cantidad de madera de pino en nombre de una de las compañías familiares, dedicada a la construcción de líneas ferroviarias. El pino americano era muy apreciado por su dureza y elasticidad, y se utilizaba en las traviesas de las vías del ferrocarril. Ahora que la madera nativa escaseaba, estaba muy demandada en Gran Bretaña.

El club no era lo mismo sin la presencia de Raphael, pero al mismo tiempo poder estar allí a solas era mejor que la bien ordenada quietud de su residencia de soltero en Queen's Gate. Gabriel disfrutaba de la atmósfera masculina aderezada con aroma a licor caro, tabaco de pipa, tapicerías de cuero engrasado de Marruecos y el tacto áspero del paño verde. Aquel aroma nunca dejaba de recordarle sus años mozos, cuando acompañaba a su padre al club.

Durante años, el duque había acudido casi todas las semanas

a Jenner's para reunirse con los gerentes y mirar los asientos contables. Evie, su esposa, había heredado el club de su padre, Ivo Jenner, un antiguo boxeador profesional. El club era el inagotable motor financiero de la familia; sus enormes beneficios habían permitido que el duque hiciera mejoras importantes en sus propiedades agrícolas y que levantara un imperio, todavía en expansión, con sus inversiones. El juego estaba prohibido por ley, por supuesto, pero la mitad de los miembros del Parlamento lo eran también de Jenner's, así que estaban virtualmente exentos de cualquier enjuiciamiento.

Visitar Jenner's con su padre había supuesto toda una conmoción para un niño protegido. Siempre había cosas nuevas que ver y aprender, y los hombres que había conocido allí eran muy diferentes de los respetables sirvientes e inquilinos de la finca. Los clientes y el personal del club utilizaban un lenguaje grosero y contaban chistes subidos de tono, además le habían enseñado a hacer trucos con las cartas y otras florituras. A veces, Gabriel se había sentado en un alto taburete junto a una mesa circular de juegos de azar, con el brazo de su padre casualmente sobre los hombros. Protegido contra el cuerpo del duque, Gabriel había visto a hombres ganar o perder fortunas enteras en una sola noche cuando caían los dados.

Al crecer, los *croupiers* le habían enseñado las leyes matemáticas de la probabilidad. También le habían mostrado cómo detectar si alguien usaba dados trucados o cartas marcadas. Además, se había familiarizado con las señales de complicidad como guiños, encogimientos de hombros u otras técnicas sutiles que utilizaban los estafadores. Conocía todas las formas posibles de hacer trampas, sabía cómo se marcaban las cartas, de qué manera se ocultaban y cómo se cambiaban. Durante esas visitas al club, había aprendido mucho sobre la naturaleza humana sin ni siquiera ser consciente de ello.

No fue hasta muchos años después, que descubrió que llevarlo a Jenner's había sido la forma que tuvo su padre de hacerlo un poco más mundano, de prepararlo para todas las ocasiones en las que la gente intentaría aprovecharse de él en el futuro. Esas lecciones le habían servido de mucho. Cuando por fin abandonó el ambiente seguro de la casa familiar, descubrió con rapidez que, como heredero del duque de Kingston, era objetivo de todo el mundo.

Tras alinear las cinco bolas blancas, Gabriel colocó la bola roja en la esquina opuesta. Después, de forma metódica, fue metiendo cada una de las bolas limpia y ordenadamente en las bolsas de red. Siempre le había gustado jugar al billar; los ángulos y movimientos le ayudaban a desatascar su cerebro cuando necesitaba pensar con claridad.

Después de hacer el último tiro, notó una presencia en la puerta. Todavía inclinado sobre la mesa, alzó la vista y sus ojos se encontraron con la vibrante mirada de su padre. Esbozó una sonrisa.

—Me preguntaba cuánto tiempo tardarías en enterarte.

Sebastian, duque de Kingston, entró en la estancia con aparente indiferencia. Siempre parecía saber todo lo que ocurría en Londres, a pesar de que vivía en Sussex durante meses.

—Hasta ahora he oído tres versiones diferentes de la historia.

—Elige la peor y seguro que aciertas —dijo Gabriel con sequedad, dejando el taco a un lado. Era un alivio ver a su padre; siempre había resultado para él una fuente inagotable de tranquilidad y confort. Estrecharon las manos con un movimiento firme y luego se abrazaron durante un instante con el brazo libre. Tales demostraciones de afecto no eran comunes entre padres e hijos de su estrato social, pero, claro, ellos nunca habían sido una familia convencional.

Después de darle algunas palmadas en la espalda, Sebastian se echó hacia atrás y lo miró con la preocupación que formaba parte de los primeros recuerdos de Gabriel. Sabía que tenía huellas de cansancio en su rostro, y su padre le revolvió el pelo de la misma forma que cuando era niño.

—No has dormido bien.

—Me fui de juerga con algunos amigos la noche pasada —confesó Gabriel—. No regresamos hasta que todos estábamos demasiado borrachos para hacer la O con un canuto.

Sebastian sonrió y se quitó la chaqueta exquisitamente hecha a medida, dejándola en una silla cercana.

—Disfrutando de tus últimos días de soltería, ¿no?

—Sería más exacto decir que estoy intentando mantenerme a flote como una rata.

—Es lo mismo. —Sebastian se desabrochó los puños y empezó a subirse las mangas de la camisa. La activa vida que llevaba en Heron's Point, la propiedad familiar en Sussex, lo mantenía tan en forma y ágil como un hombre con la mitad de su edad. La frecuente exposición a la luz del sol había aclarado su cabello y bronceado su tez, por lo que destacaban mucho más sus brillantes y pálidos ojos.

Mientras otros hombres de su generación se habían vuelto mesurados y se habían retirado de la vida pública, el duque estaba más vigoroso que nunca, en parte porque su hijo más pequeño tenía todavía once años. La duquesa, Evie, había concebido de forma inesperada mucho después de creer que habían pasado sus años reproductivos. Como resultado, el benjamín era ocho años más joven que Seraphina, la hermana anterior. Evie se había sentido un poco avergonzada al tener un hijo a su edad, sobre todo por las burlas constantes de su marido, afirmando que ella era un anuncio andante de su potencia. Y, en efecto, Sebastian había mostrado un poco más que su arrogancia habitual en el último embarazo de su esposa.

El quinto hijo era un niño muy guapo con el pelo del mismo tono castaño rojizo de un setter irlandés. Le habían bautizado con el nombre de Michael Ivo, pero de alguna manera, el segundo nombre le iba mejor que el primero. En la actualidad, Ivo era un muchacho animado y alegre que acompañaba a su padre a casi todas partes.

—Tú sacas —dijo Sebastian, acercándose al bastidor de tacos de billar y eligiendo su favorito—. Necesito ventaja.

—Sí, ya —respondió Gabriel con ironía, preparando la partida—. La única razón por la que perdiste la última vez que jugaste contra mí fue porque permitiste que Ivo hiciera muchos de tus tiros.

—Dado que perder era una conclusión inevitable, decidí utilizar a tu hermano como excusa.

—¿Dónde está Ivo? No me creo que te permitiera abandonar Heron's Point sin él.

—Casi pilló una rabieta —explicó Sebastian con pesar—. Pero le expliqué que tu situación requería de toda mi atención. Como de costumbre, vengo repleto de consejos prácticos.

—¡Oh, Dios! —Gabriel se inclinó sobre la mesa para hacer el tiro de apertura. En esa posición, golpeó la bola blanca que a su vez dio en la amarilla, que cayó en la red. Dos puntos. En el siguiente golpe, introdujo la roja.

—Bien hecho —le felicitó su padre—. Qué agudo estás.

Gabriel resopló.

—No dirías eso si me hubieras visto hace dos noches en el baile de los Chaworth. Allí me hubieras dado el premio al más idiota, y con razón, por haberme visto atrapado por una jovencita ingenua.

—Ah, bueno... Es que no hay toro que pueda evitar el yugo para siempre. —Sebastian se movió alrededor de la mesa para elegir su tiro, que ejecutó con perfección—. ¿Cómo se llama esa chica?

—Lady Pandora Ravenel. —Según seguían jugando, Gabriel siguió hablando con palpable mal humor—. Para empezar, ni siquiera quería ir a ese condenado baile. Pero algunos amigos me convencieron, diciéndome que Chaworth se había gastado una fortuna en unos fuegos artificiales artesanos. Se suponía que habría una exhibición a última hora. Como no tenía interés en el baile, me acerqué al río para ver cómo preparaban los cohetes. Al regresar —se detuvo para ejecutar una carambola, un tiro que le daría tres puntos al hacer caer simultáneamente dos bolas—, escuché a una chica maldiciendo en un cenador. Se había metido por el respaldo de un sofá y tenía el vestido atrapado en las volutas talladas.

Percibió el brillo divertido en los ojos de su padre.

—Un señuelo tan diabólico como inteligente. ¿Qué hombre podría resistirlo?

—Así que me acerqué a ayudarla como un zoquete. Lord Chaworth y Westcliff nos encontraron antes de que pudiera liberarla. Westcliff se ofreció a mantener la boca cerrada, por supuesto, pero Chaworth estaba determinado a que actuara como corresponde. —Gabriel lanzó a su padre una mirada penetrante—. Casi como si tuviera alguna vieja cuenta que saldar.

Sebastian pareció algo avergonzado.

—Puede que haya tenido un breve coqueteo con su esposa —admitió— algunos años antes de casarme con tu madre.

Gabriel hizo un disparo sin medirlo, por lo que la bola rodó sin rumbo por la mesa.

—Ahora, esa chica está arruinada y tengo que casarme con ella. Por cierto, la mera sugerencia, hizo que ella aullara en protesta.

—¿Por qué?

—Probablemente porque no le caigo bien. Como te puedes imaginar, dadas las circunstancias, mi comportamiento no fue demasiado encantador.

—No, estoy preguntándote por qué tienes que casarte con ella.

—Porque es lo único honorable. —Gabriel se quedó paralizado—. ¿No es eso lo que se espera de mí?

—En absoluto. Tu madre quizás espera que hagas lo más honorable. Yo, sin embargo, me sentiría feliz de que hicieras algo deshonroso si así puedes salirte con la tuya. —Sebastian se inclinó y evaluó una jugada con los ojos entrecerrados, apuntó y acertó a la bola roja—. Alguien tiene que casarse con esa chica —dijo como si tal cosa—, pero no tienes por qué ser tú. —Recuperando la bola roja, volvió a ponerla en la mesa—. Vamos a comprar un marido para ella. Hoy en día, las familias nobles están endeudadas hasta las cejas. Por la suma correcta, podremos ofrecer uno de sus herederos con más pedigrí.

Gabriel consideró la idea mientras estudiaba a su padre. Podría imponer otro hombre a Pandora y descargar su problema en otra persona. Ella no se vería obligada a vivir como una apestada y él sería libre de seguir con su vida como antes.

Sin embargo...

Sin embargo, él no podía dejar de pensar en Pandora. Era como una música pegadiza que no abandonaba su cabeza. Se había obsesionado tanto con ella, que ni siquiera había visitado a su amante, consciente de que el extenso repertorio de Nola no serviría para distraerlo.

—¿Y bien? —le presionó su padre.

Cuando estaba preocupado, Gabriel tardaba en responder.

—La idea tiene su mérito.

Sebastian lo miró con curiosidad.

—Creo que esperaba algo tipo: «Sí, por Dios, haré lo que sea para evitar pasarme la vida encadenado a una chica con la que no puedo cumplir.»

—No he dicho que no pueda cumplir con ella —replicó Gabriel con irritación.

Sebastian lo miró con una leve sonrisa.

—¿Es agradable a la vista? —dedujo.

Gabriel se acercó a un aparador para servirse una copa de brandy.

—Es condenadamente impresionante —murmuró.

—Entonces ¿cuál es el problema? —preguntó su padre, que parecía cada vez más impresionado.

—Es un poco salvaje. Parece genéticamente incapaz de morderse la lengua. Por no hablar de otras peculiaridades. Va a los bailes, pero nunca baila, solo está sentada en un rincón. Dos de los tipos con los que me emborraché anoche me contaron que le habían pedido bailar el vals con ellos en otras ocasiones. A uno le dijo que un caballo del carruaje le había pisado el pie, y al otro que uno de los lacayos le había golpeado sin querer la pierna con

57

la puerta. —Gabriel tomó un trago de brandy antes de seguir—. No es de extrañar que sea una florero.

Sebastian, que había comenzado a reírse, pareció afectado por el último comentario.

—Ahhh... —dijo por lo bajo—. Eso lo explica todo. —Guardó silencio durante un momento, perdido en un recuerdo lejano y placentero—. Son criaturas peligrosas las florero... Hay que aproximarse a ellas con la máxima cautela. Se quedan silenciosas en los rincones, pareciendo abandonadas y tristes, cuando en realidad son sirenas que hacen caer a los hombres. Ni siquiera te darás cuenta de en qué momento te arranca el corazón. Y una florero no te lo devuelve nunca.

—¿Has terminado de divertirte? —preguntó Gabriel, impaciente con las ensoñaciones de su padre—. Porque tengo problemas muy reales.

Sin dejar de sonreír, Sebastian cogió la tiza y la aplicó en la punta del taco.

—Perdona. Esa palabra me pone sentimental. Sigue.

—A todos los efectos prácticos, Pandora solo me sería de utilidad en la cama. Sería una novedad, cierto, pero cuando eso desapareciera, me aburriría en una semana. Es más, resulta temperamentalmente inadecuada para ser mi esposa. La esposa de nadie. —Tuvo que terminarse el brandy antes de seguir—. A pesar de todo... No quiero que la toque nadie más —admitió con voz ronca, apoyando las manos en el borde de la mesa mientras miraba sin ver el paño verde.

La reacción de su padre fue inesperada y optimista.

—Voy a ejercer de abogado del diablo, ¿se te ha ocurrido que lady Pandora podría madurar?

—Me sorprendería —murmuró Gabriel, recordando aquellos ojos azul pagano.

—Mi querido muchacho, claro que lo hará. Siempre te sorprenderá lo que es capaz de hacer una mujer. Puedes pasarte la vida tratando de descubrir lo que le excita e interesa, pero nunca lo sabrás todo. Siempre hay más. Cada mujer es un misterio, no es necesario entenderlo, sino disfrutarlo. —Sebastian cogió una bola de billar, la arrojó al aire y la atrapó con habilidad—. Lady Pandora es joven, pero el tiempo remediará eso. Es virgen, bien, eso es un problema fácil de resolver. Prevés hastío conyugal, algo que, perdona que te lo diga, es el *summum* de la arrogancia, solo igualada por mí cuando tenía tu edad. La chica parece cualquier cosa menos aburrida. Si le das la oportunidad, quizá pueda complacerte más que la señora Black.

Gabriel le lanzó una mirada de advertencia.

No era ningún secreto que su padre desaprobaba a su amante, cuyo marido era el embajador de Estados Unidos. Dado que sus heridas de guerra como ex oficial del ejército de la Unión impedían que satisficiera a su esposa en el dormitorio, la hermosa y joven señora Nola Black disfrutaba de los placeres donde los encontraba.

Durante los últimos dos años, Nola había satisfecho todos los deseos de Gabriel, permitiendo unos encuentros que no se habían visto obstaculizados por la moral ni las inhibiciones. Ella siempre encontraba un límite más atrevido que superar, nuevos trucos que despertaban su interés y sabía complacer sus complejos deseos. A él no le gustaba que estuviera casada, y le molestaba su temperamento y el afán de posesión que mostraba por él. Por no hablar que empezaba a darse cuenta de que aquel asunto le estaba convirtiendo en la peor versión posible de sí mismo.

Sin embargo, seguía acudiendo a ella en busca de más.

—El problema es —reconoció con dificultad— que nadie me complace más que la señora Black.

Su padre dejó muy despacio el taco sobre la mesa con una expresión impasible.

—¿Estás enamorado de ella?

—No. ¡Dios, no! Es solo que yo... —Gabriel bajó la cabeza y se frotó la nuca, que empezaba a molestarle. A pesar de que hablaba con su padre sobre una gran variedad de temas, rara vez discutían sobre cuestiones sexuales personales. Sebastian, gracias a Dios, no se entrometía en la vida privada de sus hijos.

Gabriel era consciente de que no existía una manera fácil de describir el lado oscuro de su naturaleza, y tampoco quería concederle especial importancia. Como hijo mayor de la familia Challon, siempre se había esforzado en cumplir las altas expectativas propias y ajenas. Desde temprana edad, había sido consciente de que, a causa de su apellido, riqueza e influencia, era mucha la gente que quería que fracasara. Decidido a demostrar su valía, había alcanzado buenas calificaciones en Eton y Oxford. Cuando otros niños habían buscado pelea o intentado ser mejores que él en atletismo, había tenido que probarse ante los demás en repetidas ocasiones. Cada vez que había percibido una debilidad en él mismo, había trabajado para superarla. Después de graduarse, se había ocupado de los asuntos financieros de su familia de forma competente, y había hecho sus propias inversiones en nuevas empresas, que luego habían tenido éxito. En la mayoría de las áreas de su vida, se regía por la disciplina y el trabajo. Era, en resumen, un hombre que tomaba muy en serio sus responsabilidades.

Pero luego estaba su otro lado. Sexual, descarnado y salvaje, como si estuviera condenadamente cansado de intentar ser perfecto. Y le hacía sentirse muy culpable.

Gabriel todavía no había encontrado la manera de reconciliar las dos mitades opuestas de su naturaleza, al ángel y al diablo que llevaba dentro. Dudaba de que llegara a conseguirlo. Lo único que sabía con certeza era que Nola Black estaba dispuesta a hacer lo que él quisiera, tan a menudo como necesitara, y que nunca había encontrado ese tipo de alivio con nadie más.

Avergonzado, tenía problemas para explicarlo sin que pareciera un monstruo depravado de la naturaleza.

—El problema es que requiero en particular... Es decir... Ella me permite... —Se interrumpió con una maldición gutural.

—Cada uno tiene sus gustos —aseguró Sebastian con sensatez—. Dudo que los tuyos sean tan chocantes.

—Es muy probable que lo que tu generación consideraba chocante, no lo sea para la mía.

Hubo un corto silencio. Cuando Sebastian respondió, su voz seca hacía saber que se sentía ofendido.

—A pesar de ser un antiguo y decrépito fósil, creo que las ruinas de mi cerebro senil pueden llegar a comprender lo que estás tratando de transmitir. Te has entregado al exceso carnal desenfrenado durante tanto tiempo, que te sientes desencantado. Las menudencias que excitan a otros hombres, te dejan indiferente. Y los encantos de una pálida virgen no serán capaces de competir con los perversos talentos de tu amante.

Gabriel lo miró con sorpresa.

Su padre sonrió con ironía.

—Te aseguro, muchacho, que el libertinaje sexual estaba inventado mucho antes de tu generación. Los libertinos actos que se cometían en tiempos de mi abuelo harían sonrojar a un sátiro. Los hombres de nuestro linaje buscan el placer desde que nacen. Obviamente, no fui un santo antes de casarme, y Dios sabe bien que no esperaba encontrar satisfacción entre los brazos de una sola mujer durante el resto de mi vida. Pero así fue. Lo que significa que no hay razón para que no te ocurra lo mismo.

—Si tú lo dices...

—Lo digo. —Sebastian tardó un tiempo de contemplativo silencio en volver a hablar—. ¿Por qué no invitas a los Ravenel a Heron's Point durante una semana? Dale a esa chica una oportunidad, y familiarízate con ella antes de tomar una decisión.

—No es necesario invitar a su familia a Sussex para eso. Es más conveniente para mí visitarla en Londres.

Su padre negó con la cabeza.

—Es necesario que pases unos días alejado de tu amante —le dijo con franqueza—. Un hombre con tu desarrollado paladar disfrutará más de su próximo bocado si se eliminan los sabores de la competencia.

Gabriel apoyó las manos en el borde de la mesa mientras consideraba la sugerencia con el ceño fruncido. Cada día que pasaba, más gente le perseguía para hablarle del escándalo incipiente. En especial Nola, que le había enviado ya media docena de mensajes exigiendo saber si los rumores eran ciertos. Los Ravenel debían estar defendiéndose de las mismas cuestiones, y seguramente darían la bienvenida a la oportunidad de escapar de Londres. La propiedad de Heron's Point, con sus once mil acres de bosques, cultivos y costa virgen, ofrecía una absoluta privacidad.

Entrecerró los ojos cuando vio la expresión de su padre.

—¿Por qué estás animándome a hacer tal cosa? ¿No deberías ser un poco más exigente cuando se trata de la potencial madre de tus nietos?

—Tienes veintiocho años y todavía no has engendrado un heredero. Llegados a este punto, no creo que deba ser especialmente exigente con respecto a con quien te casas. Lo único que te pido es que nos des algunos nietos antes de que tu madre y yo estemos demasiado decrépitos para tomarlos en brazos.

Gabriel le lanzó una mirada irónica.

—No pongas todas tus esperanzas en lady Pandora. Según me ha hecho saber, casarse conmigo sería lo peor que podría pasarle.

Sebastian sonrió.

—Por lo general, el matrimonio es lo peor que podría pasarle a cualquier mujer. Por fortuna, eso no las detiene nunca.

4

Pandora supo que iba a recibir malas noticias cuando Devon la hizo llamar para que acudiera a su estudio sin la compañía de Cassandra. Para empeorar las cosas, Kathleen, que solía hacer de intermediaria entre Pandora y Devon, no estaba presente. Había ido esa tarde a visitar a Helen, que se recuperaba en casa después de haber dado a luz un hermoso bebé hacía semana y media. La robusta criatura de cabello oscuro —a la que llamaban Taron— se parecía mucho a su padre. «Aunque es más guapo que yo, gracias a Dios», había dicho el señor Winterborne con una sonrisa. El nombre del niño procedía de la palabra galesa para denominar al trueno, algo que, de momento, el bebé había justificado plenamente cada vez que tenía hambre.

Durante el alumbramiento, Helen había sido atendida por la doctora Garrett Gibson, que era uno de los médicos de los grandes almacenes que poseía el señor Winterborne. La doctora había sido una de las primeras mujeres en obtener el título de médico y cirujano en Inglaterra, por lo que además de ser muy capaz, estaba familiarizada con las técnicas modernas. Se había ocupado de Helen de una forma magnífica, a pesar de que su hermana había tenido un momento difícil durante el parto y desarrollado un leve caso de anemia por la pérdida de sangre. El médico le había recetado pastillas de hierro y un prolongado reposo en cama. Helen mejoraba día a día.

Sin embargo, el señor Winterborne —que ya era un hombre protector por naturaleza— había insistido en estar junto a su mujer cada minuto posible, dejando de lado la montaña de responsabilidades que se iban acumulando en la tienda. No importaba que Helen le asegurara que no corría peligro de padecer una fiebre puerperal ni ninguna otra condición peligrosa, él permanecía junto a su cama en una vigilia constante. Helen se pasaba la mayor parte del tiempo leyendo, cuidando al bebé y jugando a entretenimientos sosegados con su pequeña hermanastra Carys.

Esa mañana, Helen había enviado una nota, pidiéndole a Kathleen que la visitara para que el señor Winterborne aceptara acudir a su despacho y atender algunos asuntos urgentes de la empresa. Por lo que contaba Helen, los empleados de su marido estaban volviéndose locos sin él, y ella estaba volviéndose loca con él.

La casa parecía anormalmente tranquila cuando Pandora llegó al despacho de Devon. La luz de la tarde entraba sesgada por los múltiples cristales de las ventanas que había entre los paneles de roble.

Devon se puso de pie cuando ella entró en la estancia.

—Tengo noticias —anunció, haciéndole un gesto para que tomara asiento junto al escritorio—. Dado que es algo referente a Saint Vincent, he pensado que debía consultarlo contigo antes de comunicárselo a los demás.

A ella se le aceleró el corazón al escuchar ese nombre. Se hundió en la silla y colocó las manos sobre el regazo.

—¿De qué se trata? ¿Ha retirado su propuesta?

—Todo lo contrario. —Devon volvió a sentarse y se enfrentó a ella—. Saint Vincent ha extendido una invitación para que vayamos a visitar la finca de su familia en Sussex. Estaremos allí una semana. Eso permitirá que las dos familias...

—No —lo interrumpió Pandora, que sintió repentinamente como si sus nervios se pusieran en alerta—. No puedo consentir eso.

Devon la miraba con el ceño fruncido de perplejidad.

—Es la oportunidad perfecta para que nos familiaricemos con ellos.

Eso era exactamente lo que temía Pandora. Los duques de Kingston y su prole de alta cuna solo querrían mirarla por encima de su elegante hombro. Su desprecio quedaría cubierto tan solo por una fina pátina de cortesía. Cada pregunta sería una prueba, y cada error anotado y almacenado para futuras referencias.

Pandora se paseó por el perímetro de la estancia presa de la agitación, su falda se movió, haciendo que las motas de polvo se arremolinaran en el aire, formando pequeñas y relucientes constelaciones. Cada vez que pasaba junto al contundente escritorio, los montones de papeles se agitaban en protesta.

—En el momento en que terminen conmigo, voy a estar hecha polvo y consumida como una trucha preparada para cocinar.

—¿Por qué iban a maltratarte después de haberte invitado? —preguntó Devon.

—Podrían estar tratando de intimidarme para que rechace la propuesta de lord Saint Vincent, así no tendrá que retirarla, lo que sería impropio de un caballero.

—Solo quieren conocerte —repuso Devon con tanta paciencia que ella quiso explotar como un budín horneado demasiado tiempo—. Ni más ni menos.

Ella se detuvo en seco, con el corazón retumbando en su pecho como un pájaro salvaje al que hubiera enjaulado.

—¿Qué opina Kathleen sobre esto?

—Todavía no lo sabe. Pero se mostrará de acuerdo en que es necesario hacer esta visita. El hecho es que ninguno de nosotros puede salir por Londres sin verse acosado por preguntas sobre tu relación con Saint Vincent. Kathleen y yo acordamos ayer por la noche que la familia tenía que salir de la ciudad hasta que se resuelva esta situación.

—Entonces, yo regresaré a Eversby Priory. No voy a ir a Sussex. Para ello sería necesario que me ataras y me subieras al carruaje, y por supuesto...

—Pandora. Ven aquí. No, no seas terca, quiero hablar contigo. —Devon señaló la silla con firmeza—. Ahora.

Era la primera vez que Devon ejercía su autoridad sobre ella como cabeza de familia. Pandora no sabía muy bien qué sentir. A pesar de que sufría una innata aversión por la autoridad, Devon siempre había sido justo. Nunca le había dado razones para no confiar en él. Se sentó poco a poco, hundiéndose en la silla. Luego clavó los dedos en los brazos de madera, hasta que la presión hizo que sus dedos se pusieran blancos. El odiado timbre comenzó a sonar en su oído izquierdo. Se llevó la palma de la mano sobre la oreja y se dio un par de toques en la parte posterior del cráneo, lo que a veces provocaba que el irritante ruido se calmara. Por suerte, funcionó.

Devon se inclinó hacia delante en la silla y la contempló con unos ojos que tenían el mismo tono azul que los de ella.

—Creo que entiendo de qué tienes miedo —comentó despacio—. Al menos en parte. Pero no creo que tú comprendas mi punto de vista. Dado que no tienes un padre o un hermano mayor que te proteja, esa tarea recae en mí. Independientemente de lo que tú o cualquier otra persona pueda pensar, no pienso obligarte a casarte con Saint Vincent. De hecho, incluso aunque quisieras hacerlo, podría no dar mi consentimiento.

—Lady Berwick me dijo que no tenía elección —dijo Pandora, desconcertada—. Si no me caso, mi única opción es arrojarme al volcán activo más cercano. Esté donde esté.

—En Islandia. Y la única manera de que llegues a casarte con Saint Vincent, es que tú me convenzas de que lo prefieres al volcán.

—Pero mi reputación...

—A una mujer le pueden pasar cosas mucho peores que ver su reputación arruinada.

Miró a Devon sorprendida, y sintió que empezaba a relajarse, que sus nervios se aflojaban a pesar del frenético chirrido. Se dio cuenta de que él estaba de su lado. Cualquier otro hombre de su posición la habría obligado a casarse sin pensárselo dos veces.

—Eres parte de mi familia —continuó él con tono uniforme—. Y no pienso entregarte a un desconocido sin asegurarme antes de que me garantiza tu bienestar. Haré todo lo posible para evitar que cometas el mismo error que cometió Kathleen cuando se casó con tu hermano.

Pandora guardó silencio, estupefacta. Theo era un tema sensible del que rara vez se hablaba en el hogar de los Ravenel.

—Kathleen no sabía apenas nada sobre Theo antes de su boda —explicó Devon—. Solo descubrió cómo era realmente después de casarse. Tu hermano bebía mucho, y cuando estaba borracho, se ponía violento. No era un secreto ni entre sus amigos ni en los círculos que frecuentaba.

—Qué mortificante... —murmuró Pandora, volviendo la cara, que sentía ardiendo.

—Sí. Pero Theo tuvo la prudencia de ocultar su lado más brutal mientras cortejaba a Kathleen. Si lord y lady Berwick estaban al tanto de los rumores que corrían sobre él, y no me puedo creer que no les llegara alguno, nunca los discutieron con ella. —Devon se mostraba sombrío—. Ellos sí que deberían sentirse avergonzados.

—¿Por qué no dijeron nada?

—Mucha gente piensa que el matrimonio puede cambiar el temperamento de un hombre. Lo cual es falso, por supuesto. Igual que no puede el leopardo cambiar sus manchas. —Devon hizo una pausa—. Si Theo viviera, habría hecho la vida imposible a Kathleen. No permitiré jamás que quedes a merced de un marido capaz de maltratarte.

—Pero si no me caso, el escándalo será un problema para todos. En especial para Cassandra.

—Pandora, querida, ¿crees que alguno de nosotros podría ser feliz si supiera que eres maltratada? West o yo acabaríamos matando a ese bastardo.

Abrumada por la gratitud, Pandora sintió que le picaban los ojos. Lo más extraño de todo era que ahora, que sus padres y su hermano ya no estaban, sentía que por fin formaba parte de una familia.

—No creo que Saint Vincent pudiera mostrarse violento conmigo —dijo pensativa—. Parece más el tipo de hombre que se mostraría frío y distante. Lo que sería insufrible, pero podría manejarlo.

—Antes de tomar una decisión, trataremos de averiguar todo lo que sea posible sobre qué tipo de hombre es lord Saint Vincent.

—¿En una semana? —preguntó ella, dubitativa.

—No es demasiado tiempo para ahondar en sus complejidades —admitió Devon—, pero uno puede descubrir mucho sobre un hombre cuando lo observa interactuar con su familia. También intentaré informarme de lo que pueda por la gente que lo conoce. Winterborne es una de esas personas. Ambos forman parte del consejo de una empresa que fabrica equipos hidráulicos.

Pandora no podía imaginarlos hablando. ¿El hijo de un tendero de Gales y el hijo de un duque? ¡Ja!

—¿El señor Winterborne tiene una buena opinión de él? —se atrevió a preguntar.

—Eso parece. Dice que Saint Vincent es inteligente y práctico. Y no se da aires. Viniendo de Winterborne es un gran elogio.

—¿Helen y el señor Winterborne nos acompañarán a Heron's Point? —indagó, cruzando los dedos. Se sentiría mejor si toda su familia estuviera allí con ella.

—El bebé nació hace muy poco. Es demasiado pronto —explicó Devon con ternura—. Helen necesita recuperarse del todo antes de viajar. Además, quiero decirte que pienso insistir en que lady Berwick no nos acompañe a Heron's Point. No quiero que soportes el peso de una acompañante tan estricta. Me gustaría que tuvieras un par de oportunidades para estar a solas con Saint Vincent.

Pandora lo miró boquiabierta. Jamás hubiera esperado que Devon, que siempre había sido muy protector, dijera tal cosa.

De hecho, parecía un poco incómodo.

—Sé cómo se supone que debe conducirse un cortejo —continuó su primo—. Sin embargo, Kathleen nunca pudo disponer de un momento a solas con Theo hasta que se casaron, y los resultados fueron desastrosos. No sé de qué otra manera puede evaluar una mujer a un posible marido si no tiene al menos un par de conversaciones privadas con él.

—Bien, esto es muy raro... —comentó Pandora un momento después—. Nadie me había dado permiso para hacer algo indebido.

Devon sonrió.

—Entonces ¿aceptamos la invitación para estar en Heron's Point una semana y la consideramos como una oportunidad para investigar?

—Supongo. Pero ¿y si lord Saint Vincent resulta horrible?

—Entonces, no te casarás con él.

—¿Qué pasará con el resto de la familia?

—No te preocupes por eso —repuso Devon con firmeza—. Por el momento, lo único que tienes que hacer es intentar conocer un poco a Saint Vincent. Y si decides que no deseas casarte con él, sea cual sea la razón, no tendrás que hacerlo.

Se levantaron los dos. Siguiendo un impulso, Pandora se adelantó y apretó el rostro contra el pecho de Devon mientras lo abrazaba, sorprendiéndolo, sin duda, tanto como a sí misma. Rara vez buscaba contacto físico con nadie.

—Gracias —dijo bajito—. Significa mucho para mí que te importen tanto mis sentimientos.

—Claro que sí, querida.

Devon la estrechó de forma reconfortante antes de soltarla para mirarla.

—¿Sabes lo que dice el lema que hay en el escudo de armas de los Ravenel?

—«*Loyalté nous lie.*»

—¿Sabes lo que significa?

—¿Que nunca nos enfadamos? —elucubró Pandora, viéndose recompensada por una profunda risa—. En serio, en realidad sí sé lo que significa —añadió ella—. «La lealtad nos une.»

—Exactamente —convino Devon—. Pase lo que pase, los Ravenel seguirán siendo leales los unos a los otros. No nos sacrificamos por el bien de los demás.

5

Sentada en el suelo de la salita del piso de arriba de Ravenel House, Pandora cepillaba el pelaje del cocker negro que llevaba diez años con la familia. *Josefina* permanecía sentada a su lado, obedientemente, mientras le deslizaba las suaves cerdas sobre las orejas. *Napoleón* descansaba no muy lejos, con el hocico apoyado en el suelo, entre sus patas.

—¿Estás preparada? —preguntó Cassandra desde el umbral—. No podemos perder el tren. ¡Oh, no hagas eso! Acabarás cubierta de pelos de perro. Tienes que estar presentable cuando conozcas a los duques. Y cuando veas a lord Saint Vincent, por supuesto.

—¿Qué más da? —Se levantó—. Ya sé lo que van a pensar de mí. —Pero se quedó inmóvil mientras Cassandra la rodeaba, sacudiéndole las faldas, lo que hizo que un montón de pelos negros flotaran en el aire.

—Vas a gustarles —¡*Zas!*—, solo tienes que —¡*Zas! ¡Zas!*— mostrarte agradable con ellos.

El vestido de viaje de Pandora estaba confeccionado con lana de batista verde y tenía una chaqueta a juego sin mangas, adornada con un encaje Medici blanco que estaba elevado en la parte posterior del cuello y disminuía de forma progresiva hasta un punto del corpiño. Era un conjunto elegante y estiloso, que se completaba con un pequeño sombrerito adornado con plumas de terciopelo color esmeralda combinadas con la faja. Cassandra lucía un modelo similar en tonos azul pálido, con el sombrerito azul zafiro.

—Seré tan agradable como pueda —aseguró Pandora—. Pero ¿recuerdas lo que ocurrió en Eversby Priory cuando una gansa construyó su nido en el terreno de los cisnes? El animal pensó que sería suficiente con comportarse como ellos. Solo que tenía el cuello demasiado corto, las patas demasiado largas y sus plumas no eran las adecuadas, por lo que los cisnes siguieron atacándola y persiguiéndola hasta que por fin la expulsaron.

—Pero tú no eres una gansa.

Pandora hizo un gesto con la boca.

—Entonces soy un cisne deficiente.

Cassandra suspiró y la atrajo hacia su cuerpo.

—No quiero que te cases con lord Saint Vincent por mí —dijo por enésima vez.

Pandora apoyó la cabeza en el hombro de su melliza.

—Jamás podría vivir conmigo misma si tienes que sufrir las consecuencias de un error que cometí yo.

—No voy a sufrir nada.

—Si me convierto en una paria, ningún caballero elegible te ofrecerá matrimonio.

—Podría ser feliz sin eso —aseguró Cassandra con firmeza.

—No, no es cierto. ¿No quieres casarte algún día? ¿Tener un hogar y unos hijos propios? —suspiró Pandora—. Me gustaría que pudieras ser la esposa de lord Saint Vincent. Estáis hechos el uno para el otro.

—Saint Vincent no me miró dos veces. Lo único que hizo fue fijarse en ti.

—Con absoluto horror.

—Creo que el horror solo fue por tu parte —dijo Cassandra—. Él estaba tratando de manejar la situación. —Alisó con suavidad el cabello de Pandora—. Dicen que es el elegible de la temporada. El año pasado, lady Berwick intentó que se interesara por Dolly, pero él no quiso saber nada.

Cassandra pasó la mano demasiado cerca de su oreja, y Pandora se echó hacia atrás por reflejo. Ciertas partes de la oreja, tanto dentro como fuera, eran dolorosamente sensibles.

—¿Cómo te has enterado? Dolly no me ha mencionado nada.

—Es solo un chisme de salón. Y Dolly no quiere hablar de ello, porque resultó una gran decepción.

—¿Por qué no me lo habías contado antes?

—No pensé que pudiera interesarte; no habíamos visto nunca a lord Saint Vincent, y me dijiste que no querías saber nada de caballeros elegibles.

—¡Ahora sí quiero! Cuéntame todo lo que sepas de él.

—Corre el rumor —dijo Cassandra, bajando la voz después de echar un vistazo a la puerta vacía— de que tiene una amante.

Pandora la miró con los ojos abiertos como platos.

—¿Alguien te ha dicho eso en un salón de baile? ¿Durante una velada?

—No abiertamente, solo es un rumor. ¿De qué piensas que cotorrea la gente durante los bailes?

—De cosas como el clima.

—No se cotorrea sobre el clima, solo son chismes cuando se trata de algo de lo que no deberías estar hablando.

Pandora se indignó al pensar que habría podido enterarse de toda esa interesante información durante aquellas ocasiones que tan mortalmente aburridas le habían parecido.

—¿Quién es su amante?

—Nadie mencionó su nombre.

—Pues apuesto algo a que tiene sífilis —comentó con amargura, cruzando los brazos sobre el pecho.

Cassandra pareció desconcertada.

—¿Qué?

—Mucha —añadió Pandora con aire serio—. Después de todo, es un libertino. Es lo que dice la canción.

Cassandra gimió y movió la cabeza; sabía perfectamente a qué canción se refería. La habían oído cantar en una ocasión a uno de

73

los mozos de cuadras. Era un tema que se titulaba *El desafortunado libertino*, y el muchacho había entonado unos versos para divertir a sus compañeros. La letra, muy subida de tono, contaba la desaparición de un libertino por culpa de una enfermedad no identificada tras haber dormido con una mujer de mala reputación.

Más tarde, tanto Pandora como Cassandra habían acosado a West para que les explicara en qué consistía aquella misteriosa enfermedad. Finalmente, él respondió de mala gana que se trataba de sífilis. No era una enfermedad usual, sino una en particular que solo infectaba a los hombres y mujer promiscuos. Con el tiempo, al parecer volvía locos a los que la padecían y hacía que se les cayera la nariz. Era conocida también como el mal francés y otros la llamaban el mal inglés. West les había pedido que no repitieran sus palabras o Kathleen le arrancaría la cabeza.

—Estoy segura de que lord Saint Vincent no tiene sífilis —dijo Cassandra—. Por lo que vi la otra noche, tiene una nariz perfecta.

—Pues la pillará algún día —insistió Pandora con aire ominoso—, si es que no la ha pillado ya. Y luego me la transmitirá a mí.

—Estás siendo muy dramática. Y no todos los libertinos tienen sífilis.

—Le pienso preguntar.

—¡Pandora, no lo hagas! Ese pobre hombre se asustará.

—También me asustaré yo si termino perdiendo la nariz.

Los Ravenel se acomodaron en un compartimento privado de primera clase de la línea que unía Londres y Brighton, atravesando la costa sur. Cada kilómetro que pasaban, acercándolos más a su destino, Pandora estaba más tensa. Ojalá aquel tren avanzara en dirección contraria, rumbo a cualquier otro lugar que no fuera Heron's Point.

No podía decidir si estaba más preocupada por cómo se comportaría la familia Challon o por cómo lo haría ella. No cabía ninguna duda de que lord Saint Vincent se veía resentido por la situación en la que lo había puesto, a pesar de que hubiera sido de forma accidental por su parte.

¡Dios!, estaba cansada de provocar problemas y de luego sentirse culpable por ello. A partir de ese momento, se comportaría como una dama correcta y respetable. La gente se maravillaría por su moderación y dignidad. Puede que incluso llegara a desconcertarlos un poco: «¿Se encuentra bien, Pandora? Siempre es tan prudente.» Incluso lady Berwick podría ufanarse orgullosa y asesorar a otras chicas para que emularan la notable reserva de la que hacía gala su pupila. Llegaría a ser conocida por eso.

Sentada junto a la ventana, Pandora observó el cambiante paisaje y, en ocasiones, lanzaba una mirada a Kathleen, que estaba sentada enfrente, con el pequeño William en el regazo. A pesar de que habían llevado a una niñera para que ayudara con el niño, Kathleen prefería estar con él todo el tiempo posible. El bebé de pelo oscuro estaba entretenido con una serie de carretes, investigando los diferentes tamaños y texturas, y llevándolos a la boca para roerlos con toda su concentración. Devon descansaba junto a ellos, entretenido por las travesuras del niño, con un brazo apoyado en el borde del respaldo.

Mientras Cassandra estaba ocupada tejiendo unas zapatillas con lana de Berlín, Pandora introdujo la mano en la maleta y sacó el diario, un volumen con las cubiertas de cuero. Sus páginas de lino estaban llenas de recortes, dibujos, flores prensadas, entradas, tarjetas postales y todo tipo de cosas que habían estimulado su imaginación. Había llenado al menos la mitad con toda clase de ideas y bocetos para juegos de mesa. De la cuerda que envolvía el libro para mantenerlo cerrado, colgaba un lápiz mecánico plateado.

Después de soltar la cuerda, Pandora abrió el diario en una de las páginas en blanco que quedaban al final. Hizo girar la mitad inferior del lápiz hasta que surgió la punta por el extremo y pudo comenzar a escribir.

VIAJE A HERON'S POINT
O
La inminente condena de lady Pandora Ravenel al matrimonio

Hechos y observaciones:

Núm. 1: Si la gente piensa que estás deshonrada, no es diferente a haber sido deshonrada de verdad, solo que sigues sin saber nada jugoso.

Núm. 2: Una vez que estás deshonrada, solo tienes dos opciones: la muerte o el matrimonio.

Núm. 3: Puesto que estoy sana como una manzana, la primera opción no es probable.

Núm. 4: Por otra parte, no se puede descartar el ritual del autosacrificio en Islandia.

Núm. 5: Lady Berwick aconseja el matrimonio y comenta que lord Saint Vincent es «un buen ejemplar». Dado que una vez hizo la misma observación acerca de un semental que lord Berwick y ella compraron para sus establos, me pregunto si le habrá mirado los dientes.

Núm. 6: Parece que lord Saint Vincent tiene una amante.

Núm. 7: La palabra «amante» parece surgir del cruce entre «amor» y «diamante».

—Estamos atravesando Sussex —comentó Cassandra—. Y es una tierra todavía más bonita de lo que esperaba por lo que dice la guía. —Su hermana había adquirido la *Guía popular y direcciones a visitar en Heron's Point* en un quiosco de la estación, y había insistido en leer partes en voz alta durante la primera hora de viaje.

Conocida como «la tierra de la salud», Sussex era la región más soleada de Inglaterra, donde se encontraba el agua más pura y los pozos de caliza más profundos. De acuerdo con la guía, el condado poseía ochenta kilómetros de costa. Los turistas acudían a la localidad de Heron's Point para disfrutar de su aire suave y dulce, las propiedades curativas del agua de mar y los baños termales.

La guía estaba dedicada al duque de Kingston que, al parecer, había construido un dique para proteger la costa de la erosión, así como un hotel, una plaza pública y un muelle comercial de más de treinta metros para proporcionar refugio a los barcos de vapor para recreo, los buques de pesca y su propio yate privado.

Núm. 8: La guía local no incluye ni un solo detalle desfavorable sobre Heron's Point. Debe de ser el lugar más perfecto de la tierra.

Núm. 9: O el autor de la misma estaba adulando a los Challon, que son los dueños de la mitad de Sussex.

Núm. 10: ¡Santo Dios! Van a ser insoportables.

Mientras Pandora miraba por la ventanilla del tren, su atención se vio atraída por una banda de estorninos que parecían fluir a través del cielo con sus movimientos sincronizados, que dividían al conjunto como una gota de agua antes de volver a unirse para continuar su trayectoria en una forma similar a una cinta.

El tren siguió su camino a través de una miríada de pueblos pintorescos, dedicados a la lana, con casas de entramado de madera, iglesias ancestrales, ricas tierras de cultivos y suaves laderas que parecían enmoquetadas por las flores púrpuras del brezo. El cielo estaba despejado, salvo algunas nubes esponjosas que parecían algodón recién lavado y puesto a secar.

Núm. 11: Sussex tiene muchas vistas con encanto.

Núm. 12: Observar la naturaleza es aburrido.

Cuando el tren se acercó a la estación, pasó junto a un depósito de agua, un puñado de tiendas, una oficina de correos, una ordenada fila de almacenes y un punto de recogida donde se mantenían refrigerados los productos lácteos y de mercado hasta que fueran transportados.

—Allí está la propiedad Challon —murmuró Cassandra.

Pandora siguió su mirada y vio una mansión blanca en una colina distante, casi en la cima, con vistas al océano. Un imponente palacio de mármol habitado por arrogantes aristócratas.

El tren llegó a la estación y se detuvo. El aire —tan cálido que olía como la habitación de la plancha— estaba inundado de muchos sonidos: el de las campanas en la lejanía, el de las voces de los guardagujas y los maquinistas, el de la apertura de puertas o el de los maleteros que manejaban los carritos por los andenes. Cuando bajaron del vagón, la familia se encontró con un hombre de mediana edad, semblante agradable y maneras corteses. Después de presentarse como señor Cuthbert, administrador del duque, ordenó a los porteros y criados que recogieran el equipaje de los Ravenel, que incluía un cochecito infantil realizado en mimbre para William.

—Señor Cuthbert, ¿siempre hace tanto calor en esta época del año? —preguntó Kathleen mientras el administrador los guiaba hasta debajo de un toldo abovedado, al otro lado de la estación.

Cuthbert se secó el sudor que le cubría la frente con un pañuelo blanco doblado.

—No, milady, esta temperatura es inusualmente alta incluso en Heron's Point. Ha llegado un cálido viento del sur desde el continente después de un período de sequía, a pesar de que se mantiene la refrescante brisa marina en la bahía. Por otra parte, el promontorio —señaló un alto acantilado que sobresalía sobre el océano— ayuda a que haya un clima único en esta zona.

La familia Ravenel y su séquito de sirvientes procedieron a atravesar la sala de espera de la estación para llegar a los vehículos aparcados junto a la torre del reloj. El duque había enviado tres carruajes de reluciente color negro, con el interior tapizado con brillante cuero de Marruecos en color marfil y adornos en palo de rosa. Después de subirse al primer vehículo, Pandora se puso a investigar una bandeja con compartimentos divididos. Al instante, se desplegó un pequeño toldo junto a la puerta, y apareció un estuche rectangular de cuero escondido junto a un apoyabrazos abatible. En el interior había unos binoculares. No se trataba de los anteojos que utilizaría una dama en la ópera, sino de un potente conjunto de lentes para el campo.

—Lo siento... —empezó a disculparse Pandora cuando el señor Cuthbert llegó hasta la puerta del coche y la vio con los prismáticos.

—Estaba a punto de enseñárselos, milady —repuso el administrador, que no parecía molesto en absoluto—. El océano es visible desde la mayor parte de los terrenos de la finca. Esos prismáticos de aluminio son uno de los últimos diseños; resultan mucho más ligeros que los de latón. Le permitirán ver con claridad hasta una distancia de seis kilómetros. Es posible observar las aves marinas, e incluso las manadas de marsopas.

Pandora se llevó los prismáticos a los ojos con rapidez. Sí, la naturaleza podía ser aburrida, pero resultaba mucho más entretenida con la ayuda de aparatos tecnológicos.

—Se pueden ajustar con la rueda que hay en el centro —explicó el señor Cuthbert con una sonrisa—. Lord Saint Vincent ha pensado que disfrutaría con ellos.

Las lentes se llenaron brevemente de imágenes sin definición ante los ojos de Pandora antes de que bajara los prismáticos a toda prisa.

—¿Los ha puesto él aquí para mí?

—Sí, milady.

Después de que el administrador desapareciera, Pandora frunció el ceño y le pasó los prismáticos a Cassandra.

—¿Por qué lord Saint Vincent ha supuesto que me podrían gustar? ¿Acaso se cree que necesito que me distraigan con juguetitos, como el pequeño William con sus carretes?

—Solo es un detalle considerado por su parte —repuso Cassandra con suavidad.

A la antigua Pandora le hubiera gustado utilizar los prismáticos durante el trayecto hasta la casa. A la nueva, digna, respetable y adecuada Pandora, sin embargo, le parecía mejor entretenerse sola con sus propios pensamientos. Los pensamientos de una dama.

¿En qué solían pensar las damas? En organización de eventos benéficos, en visitas a sus arrendatarios, en recetas de *blancmange*... Sí, las damas siempre estaban llevando *blancmange* a la gente. Y ¿qué era el *blancmange*? No tenía sabor ni color. En el mejor de los casos se lo podía considerar un flan de crema. ¿Seguiría siendo *blancmange* si se lo rellenaba con algo? ¿Quizá bayas, o salsa de limón?

Al darse cuenta de que estaba dejándose llevar por sus pensamientos, Pandora se obligó a concentrarse en la conversación con Cassandra.

—La cuestión es —dijo a su hermana con gran dignidad— que no necesito juguetes que me mantengan ocupada.

Cassandra estaba mirando por la ventana abierta con los prismáticos.

—Puedo ver una mariposa del camino tan claramente como si estuviera posada en mi dedo —comentó su hermana sorprendida.

Pandora se incorporó al instante.

—Déjame echar un vistazo.

Cassandra mantuvo los binoculares fuera de su alcance.

—Pensaba que no los querías —se burló, sonriente.

—Ahora sí que los quiero. ¡Devuélvemelos!

—Todavía no he terminado. —Cassandra se negó a entregárselos durante al menos cinco minutos, hasta que Pandora, exasperada, amenazó con entregarla a los piratas.

En el momento en que recuperó los prismáticos, el carruaje estaba iniciando el ascenso a la larga y suave colina. Logró fijarse en una gaviota en vuelo, en un barco de pesca que navegaba cerca del cabo y en una liebre que desapareció debajo de un arbusto de enebro. De vez en cuando, una fresca brisa del océano entraba por una de las ventanillas, trayendo consigo un momentáneo alivio al calor. Pandora había comenzado a transpirar y el sudor se reunía debajo del corsé consiguiendo que la lana del vestido de viaje le irritara la piel. Por fin, aburrida y muerta de calor, dejó los prismáticos de nuevo en la funda de cuero.

—Es como si fuera verano —comentó, llevando a la frente una de las mangas largas—. Cuando lleguemos, voy a estar roja como un camarón.

—Yo ya lo estoy —afirmó Cassandra, tratando de utilizar la guía como abanico.

—Ya casi hemos llegado —las consoló Kathleen, recolocando a William en su hombro—. En cuanto lleguemos a la mansión, nos pondremos unos vestidos más ligeros. —Miró a Pandora—. E intenta no preocuparte, querida. Vas a pasar unos días estupendos.

—Me dijiste lo mismo justo antes de que saliera para el baile de los Chaworth.

—¿En serio? —Kathleen sonrió—. Bueno, supongo que de vez en cuando me equivoco. —Hizo una pausa—. Sé que te sentirías más segura y cómoda en casa, Pandora, pero me alegra que hayas accedido a venir.

Pandora asintió mientras se retorcía incómodamente para mover las mangas del vestido de lana, que estaba pegándosele a la piel.

—La gente como yo debe evitar nuevas experiencias —dijo—. Nunca le salen bien.

—No digas eso —protestó Cassandra.

—Todo el mundo tiene sus defectos, Pandora —intervino Devon en tono suave—. No seas tan dura contigo misma. Cassandra y tú partís con desventaja, después de que crecierais en un lugar aislado. Pero estáis aprendiendo muy rápido. —Sonrió a Kathleen—. Como puedo dar fe personalmente, cometer errores forma parte del proceso de aprendizaje.

A medida que el carruaje se acercaba a la puerta principal, fue quedando a la vista la mansión. Al contrario de lo que esperaba Pandora, no resultaba fría ni imponente. Era una residencia elegante, de dos pisos de altura, por lo que no parecía demasiado alta y se adaptaba a los terreros con armónica fluidez. Las líneas clásicas quedaban suavizadas por una abundante hiedra verde que salpicaba la fachada de estuco color crema, y por una pérgola de rosales que se arqueaban sobre la entrada al patio. Dos alas se extendían a ambos lados de los jardines delanteros, como si la casa hubiera decidido abrazar los árboles. Muy cerca, había una suave ladera con un bosque oscuro, dormido bajo un manto de luz solar.

El interés de Pandora se vio atrapado por la imagen que ofrecía un hombre caminando hacia la casa. Llevaba a un niño pequeño sobre los hombros, mientras que un muchacho pelirrojo algo más mayor caminaba a su lado. Un arrendatario, quizá, con sus dos hijos. Lo extraño era que atravesaba el jardín delantero con suma audacia.

Vestía solo unos pantalones, una camisa fina y un chaleco abierto. No llevaba ni sombrero ni corbata. Caminaba con la grácil elegancia de alguien que pasaba mucho tiempo al aire libre. Resultaba obvio que aquellas prendas sencillas que cubrían ligeramente las poderosas líneas musculosas de su cuerpo eran las más convenientes. Y cargaba al niño sobre los hombros como si no pesara nada.

Cassandra se acercó a mirar por la ventanilla.

—¿Es un trabajador? —preguntó—. ¿Un granjero?

—Creo que sí. Con esa vestimenta no podría ser más que...

—Se interrumpió cuando el carruaje trazó el amplio arco hacia la entrada, ofreciendo una vista mejor. El cabello de aquel hombre era de un color peculiar que solo había visto una vez antes, el dorado oscuro de las antiguas monedas de oro. Sus entrañas comenzaron a revolverse como si hubieran decidido jugar a las sillas.

El hombre alcanzó el vehículo cuando se detuvo delante del pórtico principal. El conductor le dijo algo, y él respondió con una relajada y profunda voz de barítono.

Era lord Saint Vincent.

6

Después de hacer bajar al niño con facilidad desde los hombros al suelo, lord Saint Vincent abrió la puerta del vehículo por el lado donde estaba Pandora. La luz plena del mediodía iluminaba sus rasgos perfectos y arrancaba brillantes luces de su cabello entre bronce y dorado.

Hecho núm. 13 —quiso escribir—. *Lord Saint Vincent posee su propia aureola personal.*

Aquel hombre tenía demasiado de todo. Apariencia, riqueza, inteligencia, pedigrí y buena salud.

Hecho núm. 14: Algunas personas son la prueba viviente de que el universo es injusto.

—Bienvenidos a Heron's Point —saludó Saint Vincent, abarcando con la mirada a todo el mundo—. Pido disculpas, pero he acompañado a mi hermano pequeño hasta la orilla para probar un nuevo diseño de cometa, y nos hemos entretenido más tiempo del que esperábamos. Mi intención era regresar antes de que llegaran.

—No pasa nada —aseguró Kathleen alegremente.

—La cuestión más importante es —intervino Devon—, ¿qué tal vuela la cometa?

El muchacho pelirrojo se acercó a la puerta del carruaje y mostró con pesar una larga cuerda con retazos de tela roja y una cola para que Devon la viera.

—Se desintegró en pleno vuelo, milord. Es necesario que haga algunas modificaciones en su diseño.

—Les presento a mi hermano, lord Michael —dijo Saint Vincent—. Aunque le llamamos por su segundo nombre, Ivo.

Ivo era un apuesto muchacho de unos diez u once años, con el cabello profundamente castaño rojizo, los ojos de un azul tan intenso como el cielo y una sonrisa ganadora. Realizó ante ellos una torpe reverencia, usual en alguien que acababa de tener un estirón y trataba de acostumbrarse a la nueva longitud de sus brazos y sus piernas.

—¿Y yo qué? —exigió el niño descalzo que lord Saint Vincent acababa de dejar en el suelo. Era robusto, de pelo castaño y tenía las mejillas rosadas. No aparentaba más de cuatro años. Al igual que Ivo estaba vestido con un albornoz ceñido a la cintura y unos pantalones cortos.

Saint Vincent curvó los labios mientras miraba al impaciente niño.

—Tú eres mi sobrino —replicó con gravedad.

—¡Yo ya lo sé! —replicó el crío con exasperado desparpajo—, pero se supone que tienes que decírselo a ellos.

Con la cara muy seria, lord Saint Vincent se volvió hacia los Ravenel.

—Permítanme presentarles a mi sobrino Justin, lord Clare.

Llegó un coro de saludos desde el interior del carruaje. En ese momento se abrió la puerta del otro lado del vehículo y todos comenzaron a salir del interior con la ayuda de un par de lacayos.

Pandora se estremeció un poco cuando la inescrutable mirada de lord Saint Vincent se encontró con la de ella; sus ojos eran tan brillantes y penetrantes como los rayos del sol.

Él le tendió la mano sin decir una palabra.

Con la respiración entrecortada, Pandora buscó a tientas sus guantes, pero estos parecían haber desaparecido junto con su maleta. Un lacayo estaba ayudando a Kathleen y a Cassandra mientras bajaban por el otro lado, así que se volvió de mala gana hacia Saint Vincent y aceptó su mano antes de dar un paso fuera del vehículo.

Era todavía más alto de lo que recordaba, más grande, con los hombros más anchos. Las otras ocasiones en las que lo vio estaba apresado dentro de la ropa negra y blanca más formal que usaban los caballeros en los bailes, perfectamente arreglado de pies a cabeza. Sin embargo, ahora estaba en un chocante estado de semidesnudez, sin chaqueta ni sombrero, y con la camisa abierta en el cuello. Su pelo estaba despeinado por el viento y las capas de cabello se oscurecían a la altura de la nuca, húmedas por el sudor. Una agradable fragancia inundó las fosas nasales de Pandora, el olor a sol, a árboles, que recordaba de su encuentro anterior, estaba ahora mezclado con el intenso aroma salobre de la brisa del mar.

Hubo una gran actividad a su alrededor cuando los criados se bajaron de los otros carruajes y los lacayos retiraron el equipaje. Con el rabillo del ojo, Pandora vio que su familia entraba en el interior de la casa. Lord Saint Vincent, sin embargo, no parecía tener prisa por seguirlos.

—Perdóneme —se disculpó él en voz baja, mirándola con intensidad—. Tenía la intención de estar esperándola, debidamente ataviado, cuando llegara. No quiero que piense que su visita no es importante para mí.

—¡Oh, pero no lo es! —repuso Pandora con torpeza—. Es decir, no me esperaba demasiada fanfarria a mi llegada. No tenía que estar esperándome, ni vestido ni nada. Me refiero a bien vestido. —Nada de lo que decía parecía correcto—. Esperaba que llevara ropa, por supuesto. —Notó que se ponía roja y agachó la cabeza—. ¡Agg! —murmuró.

Oyó la profunda risa de Saint Vincent, un sonido que erizó la piel de sus brazos sudorosos.

—Hemos llegado tarde por mi culpa —los interrumpió Ivo,

que parecía muy contrito—. Tuve que encontrar todas las piezas de la cometa.

—¿Por qué se ha roto? —preguntó Pandora.

—El pegamento no resistió.

Pandora había aprendido mucho sobre los diferentes pegamentos mientras desarrollaba un prototipo para el juego de mesa que había diseñado, así que estaba en disposición de preguntar qué tipo había usado. Sin embargo, Justin empezó a hablar antes de que ella pudiera decir una palabra.

—También fue culpa mía. Perdí los zapatos y tuvimos que buscarlos.

Pandora se agachó para que su cara quedara a la altura de la de él, sin importarle que la falda se amontonara sobre el polvoriento camino de grava.

—¿No los habéis encontrado? —preguntó con simpatía, fijándose en sus pies desnudos.

Justin negó con la cabeza mientras emitía un suspiro, como si fuera un adulto en miniatura cargado de preocupaciones mundanas.

—A mamá no le va a gustar nada.

—¿Qué crees que puede haber ocurrido?

—Los dejé en la arena y desaparecieron.

—Quizá te los haya robado un pulpo. —Al instante, Pandora se arrepintió de su observación; era precisamente el tipo de comentario excéntrico que lady Berwick le habría reprochado.

—Si fue un pulpo —intervino sin embargo lord Saint Vincent con el ceño fruncido, como si el asunto fuera bastante grave—, no se detendrá hasta conseguir ocho zapatos.

Pandora esbozó una vacilante sonrisa.

—No tengo tantos —protestó Justin—. ¿Qué podemos hacer para detenerlo?

—Podríamos inventar un repelente para pulpos —sugirió Pandora.

—¿Cómo? —Los ojos del niño brillaron con interés.

—Bueno —comenzó Pandora—, estoy segura de que necesitaríamos... ¡Uf! —No llegó a terminar la frase porque se vio sorprendida por una criatura que llegó corriendo a toda velocidad desde un lado del carruaje. Una fugaz visión de unas orejas y unos alegres ojos castaños llenó su vista antes de que el perro se abalanzara de forma entusiasta con tanto ímpetu que ella, que estaba en cuclillas, acabó sentada en el suelo. Aterrizó sobre su trasero y el impacto hizo que su sombrerito se cayera también. Se le soltó un mechón de cabello y se le deslizó por la cara mientras que un cachorro de retriever marrón y negro saltaba a su alrededor como si le hubiera dado un ataque de éxtasis. Ella sintió los jadeos del perro en la oreja antes de que el animal le lamiera la mejilla.

—¡*Ajax*, no! —Oyó que exclamaba Ivo.

Al darse cuenta del lío que había formado en cuestión de segundos, Pandora experimentó una profunda desesperación, que fue seguida al instante por una sensación de rendición. Estaba claro que ocurriría algo así. Por supuesto, tendría que conocer a los duques después de caerse al suelo como si fuera idiota. Se trataba de algo tan terrible que comenzó a reírse mientras el perro empujaba su cabeza contra la de ella.

Al momento siguiente, Pandora se vio puesta en pie y apoyada con firmeza contra una dura superficie. El impulso le hizo perder el equilibrio, por lo que se aferró a Saint Vincent con frenesí. Él la mantuvo anclada con firmeza contra su cuerpo tras rodearle la espalda con un brazo.

—¡Abajo, idiota! —ordenó Saint Vincent. El perro se tranquilizó un poco, aunque siguió jadeando, tan feliz.

—Debe de haberse escapado por la puerta —dedujo Ivo.

Saint Vincent le retiró el pelo de la cara.

—¿Está herida? —preguntó, recorriéndola de arriba abajo con rapidez.

—No... No... —Le costaba retener la risa que burbujeaba en su interior como resultado de la tensión nerviosa. Trató de sofocar los vertiginosos sonidos contra su hombro—. Estaba... intentando comportarme como una dama...

A él se le escapó también una risita al tiempo que trazaba

un círculo en su espalda con la mano intentando tranquilizarla.

—Imagino que no es fácil intentar ser una dama con un perro tan apabullante alrededor.

—Milord... —intervino un lacayo cercano—, ¿la joven ha sufrido algún daño?

Ella no pudo escuchar la respuesta de lord Saint Vincent, solo oía los latidos de su corazón. Su cercanía, el brazo protector con que la rodeaba, la mano que vagaba itinerante por su espalda... Todo se unía para despertar partes de ella de las que jamás había sido consciente. Un extraño y novedoso placer la atravesó, estimulando cada una de sus terminaciones nerviosas como si fueran pequeñas velas de cumpleaños. Clavó la mirada en la pechera de la camisa; la fina capa de lino blanco hacía muy poco para ocultar las contundentes prominencias y depresiones de los músculos que había debajo. Se puso roja al vislumbrar un poco de vello rojizo en el triángulo que tenía abierto en el cuello, así que retrocedió, presa de la confusión.

Se llevó una mano a la cabeza.

—El sombrerito... —dijo vagamente, pasándose los dedos por el pelo. Miró por encima del hombro, para encontrarse con que *Ajax* había hallado el sombrero de terciopelo y se había sentido tentado por las plumas. El perro lo había capturado con la boca y lo sacudía de forma juguetona.

—*Ajax*, ven aquí —lo llamó al instante Saint Vincent, pero el rebelde retriever estaba demasiado concentrado retozando y saltando fuera de su alcance.

Ivo se acercó al perro poco a poco.

—*Ajax*, déjame cogerlo, anda... —dijo al animal en tono persuasivo—. Venga, muchacho... —Pero el cachorro se volvió y echó a correr—. Voy a recuperarlo —prometió Ivo, alejándose detrás del perro.

—¡Y yo! —Justin lo siguió sobre sus cortas piernas—. Pero va a acabar empapado. —Advirtió por encima del hombro.

Saint Vincent negó con la cabeza mientras miraba al retriever corretear por el césped.

—Le debo un sombrero nuevo —dijo a Pandora—. Ese volverá hecho pedazos.

—Da igual. *Ajax* todavía es un cachorro.

—Es un caso perdido —repuso él con rotundidad—. No escucha ni obedece órdenes. Intenta hacer agujeros en las alfombras y, por lo que he observado, no sabe caminar en línea recta.

Pandora sonrió.

—Rara vez camino en línea recta —confesó—. Soy demasiado distraída para mantener la dirección, siempre me desvío a uno y otro lado para asegurarme de que no me falta nada. Así que aunque quiera dirigirme a un nuevo lugar, siempre termino donde empecé.

Lord Saint Vincent se volvió hacia ella y la examinó con sus hermosos ojos azules.

—¿Adónde quiere llegar?

La pregunta hizo que Pandora parpadeara sorprendida. Solo había estado haciendo unos comentarios tontos, de esos a los que nadie presta atención.

—Da igual —dijo prosaicamente—. Dado que me muevo trazando círculos, jamás llegaré a mi destino.

Él clavó los ojos en su cara.

—Siempre podría hacer los círculos más grandes.

Aquella observación resultaba perspicaz y lúdica a la vez, como si de alguna manera entendiera en qué forma funcionaba su mente. O quizá solo se estaba burlando de ella.

Cuando los carruajes estuvieron vacíos y se alejaron en dirección a las cocheras, lord Saint Vincent la guio hasta la entrada.

—¿Qué tal el viaje? —le preguntó.

—No es necesario que charle conmigo —dijo ella—. No me gusta y no se me da demasiado bien.

Se detuvieron a la sombra del pórtico, junto a una glorieta envuelta en un dulce aroma a rosas. Saint Vincent apoyó el hombro de forma casual contra una columna color crema, y curvó los labios lentamente mientras la miraba.

—¿No le ha enseñado lady Berwick?

—Lo ha intentado. Pero no me gusta verme obligada a charlar sobre el tiempo. ¿De verdad le importa a alguien qué temperatura hay? Prefiero hablar de cosas como... Como...

—¿Como qué? —la presionó él cuando ella vaciló.

—Darwin. El sufragio femenino. Las casas de trabajo, la guerra. Por qué estamos vivos, si cree en las sesiones de espiritismo, si ha llorado alguna vez escuchando música, qué verdura es la que más odia... —Se encogió de hombros antes de levantar la mirada hacia él, esperando encontrarse con la rígida y familiar expresión de un hombre a punto de huir como si le fuera la vida en ello. En cambio, se vio atrapada por su mirada interesada mientras el silencio los envolvía.

—Zanahorias —repuso él en voz baja, un momento después.

Desconcertada, Pandora intentó responderle.

—¿Esa es la verdura que más odia? ¿Zanahorias cocidas?

—De cualquier forma.

—¿Entre todas las verduras? —insistió ella con un movimiento de cabeza—. ¿Qué le parece la tarta de zanahoria?

—No.

—Pero es tarta.

Él sonrió de oreja a oreja.

—Pero lleva zanahoria.

Ella quiso discutir la superioridad de las zanahorias sobre otros vegetales realmente atroces, como las coles de Bruselas, pero la conversación fue interrumpida por una sedosa voz masculina.

—Oh, aquí estás. Me han enviado a buscarte.

Pandora se encogió al ver acercarse a un hombre alto a elegantes zancadas. Supo al instante que era el padre de lord Saint Vincent porque el parecido era sorprendente. Tenía la tez bronceada y se notaba en ella el paso del tiempo, como las marcadas líneas de la risa en las comisuras de los ojos azules. Su pelo poseía un tono entre el rojizo y el dorado, generosamente plateado en las sienes. Habiendo oído hablar de su antigua reputación de libertino, había esperado a un viejo verde, de rasgos toscos y mirada torva... No ese magnífico espécimen que vestía su formidable presencia con un elegante traje a medida.

—Hijo mío, ¿cómo se te ocurre mantener a esta encantadora criatura bajo el calor del mediodía? Y, ¿por qué está tan desaliñada? ¿Ha ocurrido algún accidente?

—La atacaron y derribaron al suelo... —comenzó a explicar Saint Vincent.

—Estoy seguro de que tú todavía no la conoces lo suficiente para hacer eso.

—Fue el perro —aclaró Saint Vincent con acritud—. ¿No deberías estar entrenándolo?

—Lo está entrenando Ivo —fue la inmediata respuesta de su padre.

Saint Vincent lanzó una mirada a la distancia, donde se veía a su hermano pelirrojo persiguiendo al cachorro.

—Da la impresión de que es el perro el que entrena a Ivo.

El duque sonrió y ladeó la cabeza, concediéndole la observación, antes de concentrarse en ella.

Pandora recordó de repente sus modales, e hizo una reverencia un tanto desesperada.

—Su excelencia... —murmuró.

Las arruguitas que rodeaban sus ojos se profundizaron sutilmente cuando sonrió.

—Me da la impresión de que necesita ser rescatada. ¿Por qué no me acompaña al interior, lejos de esta gentuza? Mi duquesa está ansiosa por conocerla. Puede confiar en mí —añadió, al darse cuenta de que Pandora dudaba y que se sentía completamente intimidada—. De hecho, soy casi un ángel. Acabará adorándome.

—No se fíe —aconsejó Saint Vincent a Pandora con sarcasmo mientras se abrochaba el chaleco—. Mi padre es el flautista de Hamelín de las mujeres crédulas.

—Eso no es cierto —replicó el duque—. Las incrédulas también me adoran.

Pandora no pudo reprimir la risa, y notó que los ojos azul

plateado estaban iluminados por unas chispas de humor y picardía. Había algo tranquilizador en él, como si transmitiera que era un hombre que realmente apreciaba a las mujeres.

Cuando Cassandra y ella eran niñas, habían deseado tener un padre guapo que les prodigara a ellas afecto y consejos, que las mimara y consintiera un poco, aunque no demasiado. Un padre que dejara que se subieran a sus pies para bailar. El hombre que tenía delante se parecía mucho al que se había imaginado.

Se adelantó y lo tomó del brazo.

—¿Qué tal ha resultado el viaje, querida? —le preguntó el duque mientras la acompañaba a la casa.

—Papá, a lady Pandora no le gusta la charla intrascendente —informó lord Saint Vincent desde atrás antes de que Pandora pudiera responder—. Prefiere discutir de temas como Darwin o el voto femenino.

—Naturalmente, cualquier joven inteligente prefiere pasar por alto las tonterías —aseveró el duque al tiempo que miraba a Pandora con un brillo aprobatorio en los ojos—. Sin embargo —continuó, pensativamente—, la mayoría de las personas necesitan sentirse seguras antes de atreverse a revelar sus opiniones a alguien que acaban de conocer. Después de todo, cada cosa tiene un principio. Cada ópera tiene su preludio, cada soneto su apertura. La charla intrascendente es una manera de ayudar a un extraño a confiar en ti, encontrando previamente algo en lo que se pueda estar de acuerdo.

—Nadie me lo había explicado así antes —aseguró Pandora sorprendida—. En realidad, desde esa óptica, tiene sentido. Pero ¿por qué siempre versa sobre el clima? ¿No hay otra cosa en la que estemos todos de acuerdo? Las cucharas tenedor le gustan a todo el mundo, ¿verdad? Y la hora del té, o dar de comer a los patos.

—Y la tinta azul —añadió el duque—, o el ronroneo de un gato. Y las tormentas de verano, aunque imagino que eso nos lleva de vuelta al tiempo.

—No me importaría hablar sobre el clima con usted, excelencia —dijo Pandora con ingenuidad.

El duque se rio por lo bajo.

—Es usted una chica encantadora.

Cuando llegaron al vestíbulo, que era espacioso y luminoso, con molduras de yeso y suelos de madera de roble, vio una doble escalinata curva que conducía al primer piso, con un amplio pasamanos —perfecto para lanzarse por él—. Olía a cera de abeja y aire fresco, y al aroma de las grandes gardenias blancas que habían dispuesto en jarrones, sobre pedestales en forma de columna.

Para sorpresa de Pandora, la duquesa estaba esperándolos en el pasillo. Brillaba como una llama en aquel entorno blanco con su tez dorada y llena de pecas, y una espesa mata de pelo color cobre que había recogido en una masa trenzada. Su forma voluptuosa pero contenida estaba cubierta con un vestido de muselina azul, ceñido a su esbelta cintura con un cinturón. Transmitía una sensación cálida, atenta y tierna.

El duque se acercó a su mujer y le puso la mano en la parte baja de la espalda. Parecía considerar su presencia un lujo, y disfrutaba de ella como un gato panza arriba.

—Querida —murmuró—, te presento a lady Pandora.

—Por fin —comentó la duquesa en tono alegre, tomando sus manos con las de ella—. Me pregunta... taba qué habían hecho con usted.

Pandora habría hecho una reverencia, pero la duquesa seguía sosteniendo sus manos. De todas formas, ¿se suponía que debía hacer una reverencia?

—¿Por qué habéis tardado tanto, Gabriel? —preguntó la duquesa, apretando ligeramente sus manos antes de soltárselas. Pandora hizo entonces una tardía reverencia, aunque acabó balanceándose como un pato en un charco de barro.

Lord Saint Vincent describió el percance sufrido con *Ajax*, haciendo hincapié en la falta de disciplina del perro con gran comicidad.

La duquesa se rio.

—Pobrecilla. Venga, vamos a relajarnos tomando una limonada helada en la sala de verano. Es mi lugar favorito de la casa. Llega una brisa fresca desde el océano a través de las ventanas de re... rejilla. —Un leve tartamudeo interrumpió el ritmo de su discurso, pero fue muy leve y ella no pareció darse cuenta de él.

—Sí, su excelencia —susurró Pandora, decidida a no cometer ningún error. Quería ser perfecta para esa mujer.

Comenzaron a caminar por el pasillo, debajo de la escalinata, hacia la parte posterior de la casa mientras los hombres las seguían.

—Bien, si puedo hacer algo para que su visita sea más agradable —dijo la duquesa a Pandora—, quiero que me lo haga saber en cuanto se le ocurra. Hemos puesto rosas en su habitación, pero si tiene otra flor fa... favorita, solo tiene que decírnoslo. Mi hija pequeña, Seraphina, ha seleccionado algunos libros y los ha dejado en la mesilla, aunque puede haber algo más fiel a sus gustos en la biblioteca. Si es así, los cambiaremos de inmediato.

Pandora asintió en silencio. Después de pensar laboriosamente sobre el tema, por fin se le ocurrió algo apropiado para una dama.

—Milady, tiene una casa preciosa.

La duquesa esbozó una radiante sonrisa.

—Si le apetece, puedo enseñársela esta tarde. Tenemos algunas piezas interesantes de arte, y varios muebles a... antiguos. Además, las vistas desde el segundo piso son muy bonitas.

—Oh, eso sería... —empezó a decir, pero lord Saint Vincent la interrumpió desde atrás.

—He planeado llevar a lady Pandora de excursión esta tarde.

Ella lo miró por encima del hombro con el ceño fruncido.

—Preferiría visitar la casa con la duquesa.

—No me fío de usted cerca de muebles que no le resultan familiares —se burló Saint Vincent—. Podría ser desastroso. ¿Y si la tengo que sacar de un armario o, Dios no lo quiera, de un aparador?

—No sería apropiado que fuera de excursión con usted sin acompañante —dijo Pandora, avergonzada por la forma en que él le había recordado cómo se habían conocido.

—No le preocupará que pueda comprometerla, ¿verdad? —indagó él—. Porque ya lo he hecho.

Olvidando cualquier resolución de comportarse con la mayor dignidad posible, Pandora se detuvo y se volvió para mirar a aquel hombre que tantas ganas tenía de provocarla.

—No, no lo hizo. Me comprometió el sofá. Usted solo pasaba por allí.

Lord Saint Vincent parecía disfrutar de su indignación.

—Lo que sea —añadió él—, no es algo que ahora deba preocuparla.

—Gabriel... —intervino la duquesa, aunque se interrumpió cuando él le lanzó una mirada llena de picardía.

El duque observó a su hijo con recelo.

—Si estás tratando de ser encantador —intervino—, debo decirte que no lo estás consiguiendo.

—No es necesario que sea encantador —respondió lord Saint Vincent—. Lady Pandora solo está fingiendo desinterés. Debajo de esa capa de indiferencia está enamorada de mí.

Pandora le lanzó una mirada irritada.

—¡Eso es lo más *ridimposo* que he oído en mi vida! —Antes de terminar la frase, vio sin embargo la malicia que brillaba en los ojos de lord Saint Vincent, y se dio cuenta de que él estaba tomándole el pelo. Sonrojada y confusa, bajó la cabeza. Solo hacía unos minutos que había llegado a Heron's Point, pero ya se había caído, había perdido el sombrero y el temperamento ecuánime, y había usado una palabra inventada. Menos mal que lady Berwick no estaba allí; le habría dado una apoplejía.

Mientras seguían avanzando, lord Saint Vincent se colocó a su lado mientras que la duquesa se acercaba al duque.

—*Ridimposo* —murmuró él con una sonrisa—. Esa me gusta.

—Le agradecería que no se burlara de mí —susurró ella—. Ya me resulta suficientemente difícil comportarme como una dama.

—No tiene que hacerlo.

Ella suspiró, su momentánea irritación se había convertido en resignación.

—No lo hago —afirmó con vehemencia—. Jamás se me dará bien, pero lo importante es que seguiré intentándolo.

Era la declaración de una joven consciente de sus limitaciones, pero decidida a no verse derrotada por ellas. Gabriel no tenía que mirar a sus padres para saber que Pandora les encantaba. En cuanto a él...

La reacción que había tenido ante ella no era propia de él. Ella estaba llena de vida y la quemaba como los girasoles bajo la escarcha de las heladas del otoño. Si la comparaba con las lánguidas y tímidas debutantes del mercado londinense del matrimonio, Pandora parecía pertenecer a otra especie. Era tan hermosa como recordaba e igual de impredecible. Se había reído después de que el perro saltara sobre ella, cuando cualquier otra joven se habría enfadado o avergonzado. Y en el momento en el que se había puesto a discutir con él sobre zanahorias, lo único en lo que Gabriel había podido pensar era en lo mucho que quería llevarla a un lugar fresco, oscuro y tranquilo, donde poder disfrutar con ella a solas.

Pero a pesar de los convincentes atractivos de Pandora, no había duda de que ella no se había adaptado bien a la única clase de vida que él podía ofrecerle. La vida para la que había nacido. No podía renunciar a su título, ni podía dar la espalda a las familias y empleados que dependían de él. Su responsabilidad era administrar las tierras ancestrales de los Challon y preservar su patrimonio para futuras generaciones. Su esposa debería encargarse de gestionar múltiples hogares, desempeñar funciones en la corte, asistir a las reuniones del comité de caridad y otras fundaciones varias... Y así sucesivamente.

Pandora odiaría eso. Incluso aunque hubiera sido criada para adaptarse a ese papel, jamás lo desempeñaría con comodidad.

Entraron en la sala de verano donde los demás Ravenel charlaban amigablemente con sus hermanas, Phoebe y Seraphina.

Phoebe, la mayor de todos los hermanos, había heredado la calidez y la naturaleza cariñosa de su madre, así como el ingenio mordaz de su padre. Se había casado hacía cinco años con su novio de toda la vida, Henry, lord Clare, el cual había sufrido una enfermedad crónica durante la mayor parte de su existencia. Cuando la dolencia empeoró, Clare se vio gradualmente reducido a ser la sombra del hombre que había sido, y al final, sucumbió a ella cuando Phoebe estaba embarazada de su segundo hijo. Aunque ya había pasado el primer año de luto, Phoebe no había vuelto a ser ella misma. Pasaba tan poco tiempo al aire libre que sus pecas habían desaparecido, y estaba pálida y más delgada. El fantasma de la pena todavía brillaba en su mirada.

Su hermana menor, Seraphina, una efervescente chica de dieciocho años con el pelo rubio rojizo, estaba hablando con Cassandra. Aunque tenía edad suficiente para haber sido presentada en sociedad, los duques la habían convencido para que esperara un año más. Una chica con ese dulce carácter, guapa y con una dote enorme, sería blanco de todos los hombres elegibles de Europa y más allá. Para Seraphina, la temporada londinense sería todo un desafío, y cuanto más preparada estuviera, mejor.

Después de hacer las presentaciones pertinentes, Pandora aceptó un vaso de limonada helada y se mantuvo tranquila, ya que la conversación fluía a su alrededor. Cuando la discusión se centró en la economía de Heron's Point, en la industria del turismo y la pesca, fue obvio para él que los pensamientos de Pandora se habían movido en una dirección que no tenía nada que ver con aquel momento. ¿Qué estaba pasando por aquel cerebro inquieto?

Gabriel se acercó a ella.

—¿Ha ido alguna vez a la playa? —le preguntó en voz baja—. ¿Se ha bañado en el océano y sentido la arena bajo sus pies?

Pandora levantó la mirada hacia él, abandonando la expresión vacía que había en su rostro.

—No. ¿Hay por aquí cerca alguna playa de arena? Pensaba que todas estaban llenas de guijarros y piedras.

—La finca cuenta con una cala privada de arena. Iremos por una hondonada.

—¿Qué es una hondonada?

—Es la forma en la que se conocen los caminos hundidos en los condados del sur. —A Gabriel le encantó la forma en la que ella movió los labios para decir la palabra «hondonada», saboreándola como si fuera un bombón—. Esta tarde iré con lady Pandora a la cala —dijo mirando a Seraphina, que estaba de pie, muy cerca—. Espero que Ivo nos acompañe, ¿te gustaría venir con nosotros?

Pandora frunció el ceño.

—No he dicho que...

—Me encantaría —exclamó su hermana, volviéndose hacia Cassandra—. Tiene que venir. Un día como este darse un chapuzón en el océano resulta muy refrescante.

—En realidad —se disculpó Cassandra—, preferiría echar una siesta.

—¿Cómo es posible que quieras echar una siesta? —exigió Pandora, mirándola con incredulidad—. Durante todo el día no hemos hecho otra cosa que estar sentadas.

Cassandra se puso a la defensiva.

—No hacer nada también es agotador. Necesito descansar por si acaso no hacemos nada nuevo más tarde.

Pandora se volvió hacia Gabriel.

—Yo tampoco puedo ir. No tengo traje de baño.

—Puede usar uno de los míos —se ofreció Seraphina.

—Gracias, pero no puedo ir sin carabina.

—Phoebe ha aceptado ser su acompañante —intervino Gabriel.

Su hermana mayor, que estaba escuchando con interés el intercambio, enarcó las cejas.

—¿De verdad? —preguntó con frialdad.

Gabriel le lanzó una mirada significativa.

—Lo hemos hablado esta mañana, ¿no lo recuerdas?

Phoebe entrecerró sus ojos grises.

—En realidad, no.

—Añadiste que habías pasado demasiado tiempo dentro de casa últimamente —dijo él—. Que te vendría bien un paseo y un poco de aire fresco.

—Bueno, sí que estaba habladora —comentó Phoebe en tono cáustico mientras lo miraba prometiendo venganza. Sin embargo, no discutió más.

Gabriel sonrió al ver la expresión rebelde de Pandora.

—No sea terca —la engatusó en voz baja—. Le prometo que disfrutará. Y, si no lo hiciera..., tendría la satisfacción de demostrar que estaba equivocado.

7

Después de que la condujeran a una habitación con paredes de delicado color rosado y amplias ventanas con vistas al océano, Pandora se puso el traje de baño que le había llevado la doncella de Seraphina. El conjunto consistía en un vestido de mangas cortas y abullonadas con una falda que resultaba sorprendentemente corta, y se completaba con unos pantalones turcos debajo. Confeccionado en franela de color azul claro con adornos trenzados en blanco, la prenda resultaba muy ligera y cómoda.

—Ojalá las mujeres pudieran vestir así todo el tiempo —deseó Pandora con entusiasmo, dando vueltas de forma experimental. Perdió el equilibrio y cayó de forma dramática de espaldas sobre la cama con las medias blancas en el aire como si fuera una mesita para el té con las patas para arriba—. Me siento muy libre sin un apretado y anticuado corsé.

Su doncella, una corpulenta joven con el pelo rubio que respondía al nombre de Ida, la miró con recelo.

—Las damas necesitan corsés para sujetar su débil espalda.

—Yo no tengo la espalda débil.

—Pues debería fingirlo. Los caballeros prefieren a las mujeres delicadas. —Ida acostumbraba a estudiar minuciosamente cientos de publicaciones sobre los modos y maneras de las damas—. Siga mi consejo —continuó con autoridad—, y encuentre una razón para desmayarse cuando esté en la playa, así lord Saint Vincent podrá tomarla en brazos.

—¿Que me desmaye con qué?

—Diga que la asustó un cangrejo.

Todavía tendida en la cama, Pandora comenzó a reírse.

—¡Me persiguió! —exclamó ella teatralmente, abriendo y cerrando las manos como si fueran tenazas.

—Y no resople, por favor —dijo Ida con acritud—. Suena como una trompeta.

Pandora se apoyó en los codos y la miró con una sonrisa de medio lado. Habían contratado a Ida a principios de temporada, cuando se decidió que las mellizas necesitaban una doncella propia. Tanto Ida como la otra joven, Meg, habían competido con entusiasmo por conseguir el privilegio de asistir a Cassandra, que tenía una preciosa melena dorada y una disposición mucho más dócil que Pandora.

Sin embargo, Cassandra había elegido a Meg, lo que había obligado a que Ida se convirtiera en la doncella de Pandora. La joven no se había reservado la decepción que le había supuesto tal hecho. Para diversión de Pandora, Ida había prescindido de la mayoría de las atenciones y cortesías habituales, mostrándose hosca y cortante desde entonces. De hecho, cuando las dos estaban solas, sus observaciones rozaban la insolencia. A pesar de todo, Ida era eficiente y trabajadora, y estaba decidida a que su señora se convirtiera en un éxito. Hacía todo lo posible para que la ropa estuviera en perfecto estado, y era experta a la hora de organizar su pesado y escurridizo pelo, llegando a conseguir que se le mantuvieran los peinados.

—Ida, tu tono carece de la debida deferencia —dijo Pandora.

—La trataré con toda la deferencia del mundo, milady, si logra pescar a lord Saint Vincent. Entre los sirvientes de los Challon corre el rumor de que están arreglándolo todo para que se case con otro hombre si no se adapta a lord Saint Vincent.

Repentinamente molesta, Pandora se bajó de la cama y se alisó el traje de baño.

—¿Como si se tratara de un juego tipo «pasa el paquete»? Solo que en este caso el paquete soy yo.

—No lo ha dicho lord Saint Vincent —la interrumpió Ida. Le ofreció una túnica con capucha, que también era un préstamo de Seraphina—. Se comentaba entre los criados, y solo estaban especulando.

—¿Cómo sabes lo que dicen sus criados? —Pandora se volvió, airada, y metió los brazos bajo el manto—. Solo llevamos aquí una hora.

—Era lo único de lo que hablaban allí abajo. —Ida le aseguró la túnica a la cintura. Hacía juego con el resto del traje de baño y dotaba a su apariencia de un aspecto adecuado—. Bien, ya está presentable. —Se arrodilló y le puso unas zapatillas de lona—. No diga en voz alta todo lo que se le pase por la mente, estarán presentes las hermanas de milord y pueden contárselo a sus padres.

—¡Qué fastidio! —se quejó Pandora—. Me gustaría no tener que ir. —Frunció el ceño mientras se colocaba un sombrero de paja con el ala ancha sobre el pelo y salió de la habitación.

Finalmente, el grupo que iba a la playa estaba compuesto por lord Saint Vincent, Seraphina, Ivo, Phoebe y su hijo Justin, Pandora y *Ajax*, que correteaba por delante y ladraba como si los estuviera instando a darse prisa. Los más pequeños hacían gala de muy buen humor y llevaban consigo un surtido de cubos de hojalata, espadas y cometas.

La hondonada no solo era lo suficientemente ancha como para que cupiera un carro o una carreta, sino que estaba tan hundida en algunos lugares que las bancadas laterales eran más altas que la propia Pandora. A lo largo de las paredes, crecían matas de hierba verde grisácea, salpicada de flores de tallo largo, y arbustos espinosos de color amarillo, cargados de brillantes bayas naranja. Las gaviotas blancas y grises sobrevolaban el extenso mar trazando espirales con la brisa, con las alas extendidas en el plácido cielo.

Como todavía seguía rumiando la idea de que lord Saint Vincent estaba evaluándola y que lo más probable era que pagara a alguien para que ocupara su lugar, Pandora apenas decía palabra. Para su desconcierto, el resto del grupo parecía inclinado a alejarse de ellos dos. Phoebe no hacía ningún esfuerzo para velar por ellos, al contrario, encabezaba la expedición llevando a Justin de la mano.

Obligada a seguir el ritmo más relajado de las zancadas de lord Saint Vincent, Pandora vio cómo aumentaba la distancia entre ellos y el resto de sus compañeros.

—Deberíamos tratar de alcanzar a los demás —sugirió.

Él no alteró el ritmo.

—Saben que acabaremos llegando.

Pandora frunció el ceño.

—¿Lady Clare no sabe qué hacen las carabinas? No nos presta ninguna atención.

—Sabe que lo último que necesitamos es estar sometidos a una estrecha supervisión, a fin de cuentas, estamos tratando de conocernos.

—Pero eso es una pérdida de tiempo, ¿verdad? —No pudo resistirse a soltarlo—. Dados sus planes.

Lord Saint Vincent la miró alarmado.

—¿Qué planes?

—Los de casarme con otro hombre —espetó ella—, para no tener que hacerlo usted.

Lord Saint Vincent se detuvo en mitad de la hondonada, obligándola a hacer lo mismo.

—¿Dónde ha oído eso?

—Un chisme de criados. Y si es cierto...

—No lo es —la interrumpió.

—... No necesito que me busque un novio dispuesto en ninguna parte y lo intimide para que se case conmigo en vez de usted. Mi primo Devon dice que no tengo que casarme con nadie si no quiero. Y no quiero. Por otra parte, tampoco quiero pasarme toda la visita tratando de ganarme su aprobación, con la esperanza de... —Se interrumpió, sorprendida, cuando lord Saint Vincent se acercó a ella con dos fluidas zancadas. Instintivamente, retrocedió hasta que sus hombros chocaron con una de las bancadas laterales de la hondonada.

Lord Saint Vincent se cernió sobre ella, apoyando una mano contra la raíz expuesta de un árbol que asomaba en la pared de tierra.

—No estoy planeando entregarla a otro hombre —dijo él de forma uniforme—. Además, no sería capaz, aunque estuviera en peligro mi vida, de pensar en un solo conocido que supiera cómo manejarla.

Ella entrecerró los ojos.

—¿Es que usted puede?

Lord Saint Vincent no respondió, pero hizo una mueca con los labios con la que pareció dar a entender que la respuesta era obvia. Cuando él vio que ella había cerrado el puño entre los pliegues de su túnica, suavizó la expresión.

—No está aquí para ganar mi aprobación. La he invitado para conocerla un poco mejor.

—Bueno, eso no le llevará mucho tiempo —murmuró Pandora—. Nunca he estado en ningún lado —continuó ella ante su mirada interrogativa— ni he hecho ninguna de las cosas que siempre he soñado. Todavía no he terminado de convertirme en mí misma y, si me casara con usted, solo sería la peculiar esposa de lord Saint Vincent, que habla demasiado rápido y nunca sabe el orden de importancia de sus invitados a cenar. —Agachó la cabeza e intentó tragar el nudo que le atenazaba la garganta.

Tras un silencio especulativo, él le sujetó la barbilla con sus largos y elegantes dedos, obligándola a levantar la cara.

—¿Qué le parece si bajamos los dos la guardia? —preguntó él con suavidad—. Una tregua temporal.

Inquieta, Pandora apartó la mirada y clavó los ojos en una planta cercana, que tenía una enorme flor de color rosa en forma de copa con una estrella blanca en el centro.

—¿Qué clase de flor es esa?

—Es una campanilla de playa. —Lord Saint Vincent la obligó a volver a mirarlo—. ¿Está tratando de distraerme o es que esa pregunta apareció sin más en su cabeza?

—¿Las dos cosas? —tanteó ella tímidamente.

Él elevó una de las comisuras de su boca en una sonrisa ladeada.

—¿Qué es necesario para que concentre en mí toda su atención?

Pandora se puso rígida cuando él le trazó el borde de la barbilla con los dedos, dejando a su paso un rastro cálido y hormigueante. Notaba la boca seca, como si acabara de tragar una cucharada de miel.

—Le estoy prestando toda mi atención.

—No toda.

—Sí, le estoy mirando y... —Se le escapó un suspiro tembloroso al recordar que lord Chaworth había afirmado que ese hombre era un conocido libertino—. ¡Oh, no! Espero que no vaya a intentar besarme. Es eso, ¿verdad?

Él enarcó una ceja.

—¿Quiere que lo haga?

—No —respondió ella rápidamente—. No, gracias. No.

Lord Saint Vincent rio por lo bajo.

—Con que me rechace una vez es suficiente, querida —aseguró, pasando el dorso de sus dedos por el lugar donde su pulso palpitaba frenéticamente en la base de la garganta—. El hecho es que a finales de semana tenemos que tomar una decisión.

—No necesito una semana. Puedo decidirlo ahora mismo.

—No, no hasta que tenga más información sobre lo que podríamos estar rechazando. Eso significa que vamos a tener que condensar seis meses de cortejo en seis días. —Él emitió un suspiro de triste diversión al ver su expresión—. Parece un paciente al que acaban de decirle que necesita cirugía.

—Es que no quiero que me corteje.

—¿Podría ayudarme a entender por qué? —preguntó él, paciente y relajado.

—Solo sé que acabaría saliendo mal porque... —Pandora vaciló, sin saber cómo explicar aquel aspecto de sí misma que nunca le había gustado, pero que parecía no poder cambiar. Un lado que percibía como una amenaza en la intimidad y que hacía que temiera ser controlada. Manipulada. Herida—. No quiero que sepa más de mí, cuando son tantas mis facetas imperfectas. Nunca he sido capaz de pensar o comportarme como las demás chicas. Incluso soy diferente de mi propia melliza. La gente siempre ha dicho que somos una molestia, pero la verdad es que solo yo soy un demonio. Deberían sujetarme con una correa. Mi hermana solo es culpable de estar conmigo. Pobre Cassandra. —Notó que se le cerraba la garganta dolorosamente—. Y ahora, he provocado un escándalo y ella también se verá arruinada... Acabará siendo una solterona. Y mi familia también sufrirá. Todo es culpa mía. Ojalá no hubiera pasado nada de esto. Ojalá...

—Tranquilícese, chiquilla. Por Dios, no es necesario que se flagele. Venga aquí. —Antes de que ella supiera lo que estaba pasando, se encontró entre sus brazos, estrechada contra su cálida fuerza, percibiendo su respiración. Cuando él le atrajo la cabeza contra su hombro, se le desprendió el sombrero y cayó al suelo. Sorprendida y desconcertada, Pandora sintió su figura masculina contra ella, y unos clarines de alarma resonaron en su sangre. ¿Qué estaba haciendo? ¿Por qué le estaba permitiendo aquello?

Pero él estaba hablando con ella en voz baja y tierna, y resultaba tan reconfortante que la tensión estaba disolviéndose como un trozo de hielo bajo el sol.

—Su familia no es tan frágil como parece pensar. Trenear es más que capaz de velar por el bienestar de todos. Su hermana es una chica atractiva, de buena cuna y con una suculenta dote, incluso aunque sobre su familia se cierna la sombra de un escándalo, no se quedará soltera.

Saint Vincent le pasó la mano por la espalda dibujando unas líneas sencillas e hipnóticas que hicieron que ella comenzara a sentirse como una gata a la que estuvieran acariciando el pelaje. Poco a poco, dejó que su mejilla reposara sobre el suave lino de su chaleco, con los ojos entrecerrados mientras inhalaba el aroma a jabón para la ropa y la esencia a resina que dejaba la colonia en su piel caliente.

—Por supuesto que no encaja en la sociedad londinense —estaba diciendo él—. La mayoría de los que la conforman no tienen más imaginación u originalidad que una oveja. Solo entienden de apariencias y, por lo tanto, a pesar de que eso pueda volverla loca, va a tener que seguir algunas de sus reglas y rituales para que se sientan cómodos. Desafortunadamente, lo único peor que formar parte de la sociedad es estar fuera de ella. Por eso es posible que tenga que permitir que la ayude a salir de esa situación, igual que la liberé del sofá.

—Si por ayuda quiere decir matrimonio, milord —dijo Pandora con la voz amortiguada contra su hombro—, preferiría no hacerlo. Tengo razones para ello que no conoce.

Lord Saint Vincent estudió su cara medio oculta.

—Me interesaría escucharlas. —Le apartó con suavidad un mechón de pelo de la sien y se lo alisó con los dedos—. De ahora en adelante, creo que deberíamos tutearnos —sugirió—. Vamos a tener que hablar mucho y tenemos poco tiempo. Cuanto más directos y sinceros seamos el uno con el otro, mejor. Sin secretos ni evasivas. ¿Te parece bien?

Ella levantó la cabeza de mala gana y le miró con vacilación.

—No quiero que se trate de una disposición unilateral —explicó ella—, en la que yo te digo todos mis secretos, y tú retienes los tuyos.

Él esbozó una sonrisa.

—Te prometo que te los revelaré todos.

—¿Y guardaremos el secreto de todo lo que nos contemos?

—Dios, espero que sí —repuso él—. Estoy seguro de que los míos son mucho más impactantes que los tuyos.

Pandora no lo dudaba. Saint Vincent era un hombre experimentado, seguro de sí mismo, familiarizado con el mundo y sus vicios. Transmitía una sensación de superioridad casi sobrenatural, algo que no podía ser más diferente que cualquier comportamiento que ella hubiera percibido en su propio padre y en su hermano Theo.

Era la primera vez que había sido capaz de relajarse de verdad después de unos días horribles llenos de culpa y angustia. Él era tan grande e intenso que ella se sentía como una pequeña criatura salvaje que acabara de encontrar refugio. Dejó escapar un tembloroso suspiro de alivio, un sonido lamentablemente infantil, y él volvió a acariciarle de nuevo.

—Pobrecita —murmuró él—. No has tenido ni un momento de alivio estos días, ¿verdad? Relájate. No tienes que preocuparte de nada.

Pandora no se lo creyó, por supuesto, pero resultaba tan maravilloso ser tratada así, mimada y cuidada de buen grado que trató de absorber cada sensación, cada detalle, para poder recordarlo más tarde.

La piel de Saint Vincent era suave por todas partes, salvo la áspera textura de su barba incipiente. Había un intrigante triángulo en la base de la garganta, entre las clavículas. Su cuello desnudo parecía muy fuerte salvo ese punto sombreado, un lugar vulnerable en medio de la robusta construcción de músculos y huesos.

Se le ocurrió una idea absurda. ¿Cómo sería besarlo justo allí?

Estaba segura de que sería como sentir satén contra los labios. Que su piel tendría un sabor tan agradable como su olor.

Se mordió el interior de la mejilla.

La tentación era mayor cada segundo que pasaba, resultando imposible de ignorar. Era aquella sensación que a veces se apoderaba de ella, cuando un impulso era tan abrumador que tenía que obedecer o morir. Aquel hueco levemente sombreado tenía su propia gravedad, así que fue acercándose más y más hacia él. Parpadeando, Pandora sintió que su cuerpo caía hacia delante.

«¡Oh, no!»

Ese impulso era demasiado intenso para poder resistirse a él. Impotente, se inclinó hacia delante, cerró los ojos y... simplemente lo hizo. Lo besó justo allí, y encontrar su vibrante y cálido pulso con la boca fue incluso más satisfactorio de lo que había pensado que sería.

Gabriel contuvo el aliento y se estremeció. Él le hundió los dedos en el pelo y la obligó a echar la cabeza hacia atrás para mirarla a los ojos.

Ella lo vio separar los labios para decir algo.

A Pandora le ardía la cara.

—Lo siento mucho.

—No, es que... —Parecía tan jadeante como ella—. No importa. Es que me has... sorprendido.

—No puedo controlar mis impulsos —dijo ella de forma apresurada—. No soy responsable de lo que acaba de ocurrir. Soy de condición nerviosa.

—De condición nerviosa —repitió Gabriel, apresándose el labio inferior con unos dientes blanquísimos, en el preludio de una sonrisa. Por un momento, pareció muy joven—. ¿Es un diagnóstico oficial?

—No, pero según un libro que leí una vez, *Fenómenos producidos por enfermedades del sistema nervioso*, probablemente sufro hiperestesia o manía persecutoria, o ambas. —Pandora se interrumpió con el ceño fruncido—. ¿De qué te ríes? No está bien burlarse de las dolencias de la gente.

—Estaba recordando la noche en que nos conocimos, cuando me dijiste que sueles leer libros inadecuados. —Gabriel le puso una mano en la parte baja de la espalda, y le deslizó la otra alrededor de la nuca, posando los dedos en los finos músculos—. ¿Te han besado alguna vez, cielo?

Pandora notó una sensación extraña en el estómago, como si estuviera cayéndose. Lo miró en silencio. Se había quedado sin palabras. En su cabeza no había más que algunos mecanismos sueltos.

Gabriel sonrió ligeramente ante aquel devastador silencio.

—Voy a suponer que eso significa que no. —Cuando la mirada masculina cayó en su boca, ella bajó las pestañas—. Respira hondo, es posible que, si no lo haces, te desmayes por falta de oxígeno y te pierdas todo el asunto.

Ella obedeció muy despacio.

Hecho núm. 15 —escribiría en su diario posteriormente—. *Hoy descubrí por qué se inventaron las carabinas.*

Al oír el silbido ansioso de su respiración, Gabriel le masajeó con suavidad los músculos del cuello.

—No tengas miedo. Si no quieres, no te besaré ahora...

—No... —saltó Pandora, logrando encontrar su voz—. No, si eso es lo que va a pasar, preferiría que siguiéramos adelante y lo hicieras ahora. Así ya estará hecho y no estaré temiéndolo todo el rato. No es que debiera temer nada —se apresuró a decir al darse cuenta de lo mal que sonaban sus palabras—, estoy segura de que tus besos están muy por encima de la media, y que muchas damas se sentirían encantadas ante la perspectiva.

Notó que él se estremecía por la risa.

—Mis besos están por encima de la media —admitió—, pero yo no diría que muy por encima. Es posible que eso fuera exagerar mi capacidad, y no me gustaría que te sintieras decepcionada.

Pandora lo miró con recelo, preguntándose si estaba tomándole el pelo de nuevo. Su expresión era tierna.

—Estoy segura de que no me sentiré decepcionada —replicó ella, y se armó de valor—. Estoy lista —dijo con valentía—. Puedes hacerlo ahora.

Contra toda lógica, Gabriel no hizo ningún movimiento para besarla.

—Por lo que recuerdo, estás interesada en la obra de Charles Darwin. ¿Has leído su último libro?

—No. —¿Por qué estaba hablando de libros? Estaba muy nerviosa y le irritaba que él estuviera alargando todo el asunto de esa manera.

—En *La expresión de las emociones en el hombre y los animales* —continuó Gabriel— Darwin escribe que la costumbre de besar no debe ser considerada como una conducta humana innata, ya que no se extiende a todas las culturas. Los neozelandeses, por ejemplo, se frotan la nariz en lugar de besarse. También hace referencia a una sociedad tribal en la que se saludan soplándose suavemente en la cara. —Él le dirigió una mirada llena de inocencia—. Si lo deseas, podríamos empezar de esa manera.

Pandora no supo qué responder.

—¿Me estás tomando el pelo? —preguntó.

—Pandora... —la reprendió él con la risa bailando en sus ojos—, ¿es que no sabes distinguir cuando alguien está coqueteando contigo?

—No. Lo único que sé es que me miras como si fuera muy divertida, como un mono entrenado para tocar la pandereta.

Con la mano todavía apoyada en su nuca, Gabriel acercó los labios a su frente y le intentó relajar el ceño fruncido.

—Flirtear es como jugar. Se trata de una promesa que se puede o no mantener. Podría ser una mirada provocativa... Una sonrisa... El roce de un dedo... o un susurro. —Su cara estaba justo sobre la de ella, tan cerca que podía ver las puntas doradas de sus pestañas negras—. ¿Quieres que nos frotemos ahora las narices? —susurró.

Pandora negó con la cabeza. Tuvo el repentino deseo de burlarse de él, de pillarlo con la guardia baja. Así que frunció los labios y sopló con suavidad contra su barbilla.

Para su satisfacción, Gabriel reaccionó abriendo y cerrando los ojos con sorpresa. En sus ojos apareció un brillo febril, y sus pupilas se dilataron con diversión.

—Ganas esta ronda de flirteo —reconoció él, y movió la mano con la que le sostenía la barbilla para acariciarle la mejilla con el pulgar.

Pandora se tensó cuando sintió su boca sobre la de ella, tan ligera como el roce de la seda o la brisa. Fue casi un primer tanteo, por lo que no hubo ningún tipo de demanda, solo sintió los contornos de su boca. Él movió los labios suave, muy suavemente, sobre los de ella, con sensuales roces que calmaron el habitual caos en el que estaba sumido su cerebro. Hipnotizada, respondió con una presión vacilante, y él tomó nota de su respuesta, jugueteando con ella hasta que empezó a disolverse bajo las lentas burlas sin fin. No interfirió ningún pensamiento, ni la hora, no había pasado ni futuro. Solo existía ese momento, los dos besándose en un camino que parecía no tener fin, con flores y dulce hierba seca a su alrededor.

Él le apresó con suavidad el labio inferior y luego el superior, cuando se puso a mordisquearlos, ella sintió que vibraba de pies a cabeza. Al presionar más profundamente, él la convenció para que abriera los labios, haciéndola sentir una limpia y suave agitación desconocida. Notó la punta de su lengua, una cálida intrusión en un espacio privado que siempre había sido solo de ella. Desconcertada, y estremeciéndose de sorpresa, se abrió a él por completo.

Él separó los dedos sobre la parte posterior de su cabeza, ahuecando la mano sobre su cráneo, e interrumpió el beso para abrirse paso por su cuello. Ella empezó a jadear ante la sensación que provocaban sus labios al moverse lentamente por las zonas más sensibles, por su piel más delicada. La fricción que provocaba el húmedo terciopelo de su lengua le puso la piel de gallina. Pandora sintió como si sus huesos se licuaran, como si se hundiera en él, mientras el placer se acumulaba en la boca de su estómago.

Al llegar al punto en el que el cuello se une con el hombro, Gabriel se detuvo allí, rozándolo con la lengua. Cuando empezó a usar los bordes de los dientes para pellizcar la piel suave, ella se estremeció indefensa. Él recorrió el camino a la inversa con ligeros besitos. En el momento en el que llegó a su boca otra vez, Pandora no pudo reprimir un grito de mortificante avidez. Sentía los labios hinchados y la suave presión supuso un exquisito alivio. Rodeó con los brazos el cuello de Gabriel y le obligó a bajar la cabeza, instándolo a besarla con más pasión. Se atrevió a explorar su boca de la misma forma en que él exploraba la de ella mientras emitía un ronroneo con la garganta. Resultaba tan delicioso y suave, que tuvo que poner las manos a ambos lados de su cara, reclamándolo de forma más agresiva. Entonces, lo besó con más dureza, con más fuerza, disfrutando de un banquete en el interior de su deliciosa boca con una incontrolable codicia.

Gabriel echó la cabeza hacia atrás con una risa ahogada al tiempo que le ponía una mano en el pelo. Estaba tan jadeante como ella.

—Pandora, cielo... —dijo con una mirada brillante en la que se mezclaban calor y diversión—. Besas como un pirata.

No le importaba.

Necesitaba más de él.

Vibraba de pies a cabeza, poseída por un hambre que no sabía satisfacer. Se apoyó en sus hombros, buscando de nuevo su boca y se arqueó hacia los duros contornos masculinos. No era suficiente... Quería aplastarlo con su cuerpo, tumbarlo en la tierra y sujetarlo allí con su peso.

Gabriel mantuvo el beso bajo control, tratando de ser gentil.

—Tranquila, mi pequeña salvaje —susurró. Cuando ella se negó a calmarse, todavía temblorosa, él cedió y le ofreció lo que quería, posando la boca sobre la de ella y estimulando el placer con eróticos y suaves tirones.

—¡Oh, por el amor de Dios! —La exasperada voz de una mujer llegó desde cierta distancia, sorprendiendo a Pandora como si le hubieran arrojado encima un cubo de agua fría.

Era Phoebe, que había regresado para buscarlos. Se había quitado la túnica y estaba vestida con el traje de baño. Tenía las manos apoyadas en las delgadas caderas.

—¿Vienes a la playa —le preguntó con irritación a su hermano— o piensas seducir a la pobre chica en medio de la hondonada?

Desorientada, Pandora notó una serie de movimientos frenéticos alrededor de sus piernas. *Ajax* había retrocedido siguiendo a Phoebe y daba cabriolas a su alrededor subiendo las patas por el vuelo de su túnica.

Al sentir que estaba temblando, Gabriel apartó al animal sin retirar la palma de la mano de su espalda, manteniéndola apoyada entre sus omóplatos.

—Phoebe, el hecho de que te pidiera que actuaras como carabina debería haberte indicado que no quería que lo fueras de verdad —contestó él con la voz serena y tranquila, a pesar de que su pecho subía y bajaba con su respiración entrecortada.

—Tampoco tengo ganas de serlo —replicó Phoebe—. Sin embargo, los niños están preguntando por qué tardáis tanto tiempo, y no puedo explicarles que eres una cabra libidinosa.

—No —aseveró Gabriel—, porque eso te haría parecer una pedante.

Pandora se sintió perpleja ante las sonrisas que intercambiaron ambos hermanos después de aquellas palabras tan punzantes.

Phoebe puso los ojos en blanco antes de volverse y alejarse. *Ajax* la siguió con el sombrero de Pandora en la boca.

—Ese perro me va a hacer gastar una fortuna en sombreros —comentó Gabriel con sequedad mientras seguía acariciándole la espalda y el cuello, acallando lentamente el frenético ritmo acelerado de su corazón.

Pandora tardó al menos medio minuto en poder hablar.

—Tu hermana nos ha visto...

—No te preocupes, no dirá una palabra a nadie. Va a pincharme sobre ello, eso sí. Ven, vamos. —Levantándole la barbilla, le robó un último beso y luego la apretó contra su costado para recorrer el resto del camino.

8

Cuando salieron de la hondonada, se asomaron a un paisaje diferente a cualquier cosa que Pandora hubiera visto, salvo en fotografías o grabados. Ante ella se extendía una ancha franja de arena pálida, un océano con olas de espuma blanca y un cielo intensamente azul.

La zona de la pleamar estaba marcada por las dunas, que permanecían ancladas por una vegetación baja y por plantas con flores puntiagudas. Hacia el oeste, la arena se mezclaba con grava y guijarros antes de llegar al acantilado de caliza que bordeaba el promontorio. El aire estaba lleno del rítmico colapso de las olas, así como el suave movimiento de los juncos en el agua. Un trío de gaviotas picoteaban un poco de comida, que se disputaban con agudos gritos.

No se parecía a Hampshire o Londres. De hecho, ni siquiera parecía Inglaterra.

Phoebe y los dos niños estaban en la orilla, concentrados en desenrollar la cuerda de una cometa. Seraphina se mojaba los pies y, cuando los vio, corrió hacia ellos. Se había quitado los zapatos y las medias, por lo que tenía las piernas al aire por debajo de las rodillas. Su cabello rubio rojizo estaba recogido en una trenza que colgaba por encima de su hombro.

—¿Te gusta la cala? —preguntó Seraphina, señalando el entorno con un gesto.

117

Pandora asintió; de hecho estaba asombrada por el paisaje, que observaba sin descanso.

—Te enseñaré dónde dejar la túnica. —Seraphina la condujo a una caseta de baño portátil que habían dejado cerca de una duna. Se trataba de un pequeño cubículo cerrado con altas ruedas y unos escalones que llevaban hasta la puerta. En una de las paredes exteriores había unas escaleras plegables.

—Las había visto en imágenes —comentó Pandora, mirando de forma dubitativa aquel artilugio—, pero jamás he estado dentro de una.

—No la usamos nunca, a menos que tengamos invitados. Entonces la enganchamos a un caballo para acercarla a la orilla. De esa forma, la dama en cuestión puede introducirse en el océano por el otro lado sin que nadie la vea. Es una molestia estúpida, ya que el traje de baño cubre tanto como otro vestido cualquiera. —Seraphina abrió la puerta de la caseta—. Puedes dejar ahí tus cosas.

Cuando Pandora entró en el cubículo, vio que estaba provisto de estantes y una fila de ganchos. Se quitó las zapatillas de lona, la bata y las medias. Al salir al exterior vestida con el traje de baño, con la faldita y el pantalón que dejaban al aire los tobillos y los pies, se puso tan roja como si estuviera desnuda. Por suerte, Gabriel había ido a ayudar a volar la cometa y estaba a cierta distancia con los dos niños.

Seraphina sonrió y movió un pequeño cubo metálico.

—Venga, vamos a buscar conchas.

Mientras se acercaban a la orilla, a Pandora la sorprendió la sensación que provocaba la arena calentada por el sol bajo las plantas de sus pies, y cómo se deslizaba entre sus dedos. Cuando estaban más próximas al océano, la arena estaba mojada y era más firme. Se detuvo para mirar el rastro de huellas por encima del hombro. Entonces, saltó hacia delante sobre un solo pie durante unos metros y se volvió para estudiar sus pasos.

En ese momento, Justin corrió hacia ellas con algo encerrado entre sus manos ahuecadas, con *Ajax* trotando tras él.

—Pandora, pon la mano.

—¿Qué es?

—Un cangrejo ermitaño.

Ella expuso la palma de la mano con cautela, y el niño depositó encima un objeto redondo, una concha del tamaño de la punta de su dedo pulgar. Poco a poco, surgió del interior un conjunto de garras diminutas seguido por unas antenas tan delgadas como un hilo y unos ojos negros que parecían cabezas de alfiler.

Pandora inspeccionó la pequeña criatura antes de devolvérsela a Justin.

—¿Hay muchos en el agua? —preguntó. A pesar de que un solo cangrejo ermitaño resultaba adorable, no quería vadear el agua por encima de un montón de ellos.

Una sombra cruzó sobre ella y un par de pies masculinos desnudos entró en su campo de visión.

—No —fue la tranquilizadora respuesta de Gabriel—. Viven debajo de las piedras, en la grava que hay al otro lado de la cala.

—Mamá me ha dicho que tengo que devolverlo allí más tarde —explicó Justin—. Pero antes le voy a construir un castillo de arena.

—Yo te ayudaré —le dijo Seraphina, arrodillándose para llenar el cubo con arena húmeda—. Ve a buscar más cubos y palas a la caseta. Pandora, ¿nos echas una mano?

—Sí, pero... —Pandora echó un vistazo a las agitadas olas que rompían formando guirnaldas de espuma en la orilla—. Si es posible, antes me gustaría explorar un poco.

—Por supuesto —repuso Seraphina mientras usaba las dos manos para llenar el cubo de arena—. No tienes que pedirme permiso.

Pandora se sentía a la vez divertida e irritada.

—Después de estar un año siguiendo las instrucciones de lady Berwick, me siento como si debiera pedir permiso para hacer cualquier cosa. —Miró a Phoebe, que estaba por lo menos a diez metros, mirando el mar. Era evidente que no podía importarle menos lo que ella quisiera hacer.

Gabriel siguió el rumbo de su mirada.

—Tienes permiso de Phoebe —aseguró en tono seco—. Te acompañaré a dar un paseo.

Después del encuentro anterior, Pandora seguía sintiéndose tímida mientras lo acompañaba por la arena fría y compacta. Sus sentidos estaban viéndose desbordados por una avalancha de imágenes, sonidos y sensaciones. Cada vez que llenaba los pulmones, sentía que el aire vivificante le dejaba sabor a sal en los labios. Más lejos, el viento formaba olas más grandes, adornadas por volantes de espuma blanca. Hizo una pausa para mirar el vasto azul infinito, y trató de imaginar lo que podía haber oculto en sus misteriosas profundidades, desde naufragios y ballenas hasta otras criaturas exóticas. Se estremeció y se inclinó para recoger una pequeña concha en forma de copa que se había incrustado parcialmente en la arena.

—¿Qué es esto? —preguntó, frotando con el pulgar la rugosa superficie de rayas grises antes de mostrársela a Gabriel.

—Una concha de lapa.

Encontró otra cáscara, esta vez más redonda y estriada.

—¿Y esta? ¿Es una vieira?

—No, es una almeja. Se diferencian en la línea de la bisagra. La vieira tiene un triángulo a cada lado.

Pandora siguió recogiendo conchas —caracoles de mar, mejillones, ermitaños— y se las daba a Gabriel, que las guardaba en uno de los bolsillos del pantalón. Se fijó en que él había doblado el borde de los pantalones hasta la mitad de las pantorrillas, y que estas estaban cubiertas por un brillante vello rojizo.

—¿No tienes traje de baño? —se atrevió a preguntar con timidez.

—Sí, pero no es apto para estar en compañía femenina. —Ella le lanzó una mirada interrogativa—. Los bañadores masculinos no son como los que usan Ivo y Justin. Consiste en un pantalón corto de franela que se asegura a la cintura con una cuerda. Cuando se moja, deja tan poco a la imaginación, que es como si no se llevara nada. La mayoría de los hombres de la finca no nos molestamos en usarlos cuando vamos a nadar.

—¿Nadas desnudo? —preguntó Pandora, tan nerviosa que se le cayó una concha de los dedos.

Gabriel se inclinó para recuperarla.

—Por supuesto, no cuando hay damas presentes. —Sonrió al ver que se ponía roja—. Acostumbro a ir por las mañanas.

—El agua debe de estar helada.

—Lo está. Sin embargo, bañarse en el mar frío tiene sus beneficios. Entre otras cosas, estimula la circulación.

La idea de que él pudiera nadar sin ropa afectaba, sin duda, a su circulación. Se acercó a la orilla del agua, donde la arena era más brillante. Allí estaba tan anegada de agua que era imposible dejar huella; en cuanto daba un paso, el limo fluía en la depresión. Se acercó una ola hasta rozarle los dedos de los pies. Notó el frío cortante, pero dio unos pasos hacia delante. La siguiente ola subió por encima de sus tobillos hasta casi las rodillas en un recorrido frío y burbujeante. Soltó un pequeño chillido seguido de una risa ante la sensación. La ola retrocedió y ella avanzó un poco más.

A medida que el agua se retiraba en un largo trazo, arrastrando con ella la arena, Pandora tuvo la sensación de estar deslizándose hacia atrás a pesar de estar parada. Al mismo tiempo, el mar erosionó la arena bajo sus pies, como si alguien estuviera tirando de una alfombra sobre la que estaba de pie.

El suelo se inclinó bruscamente y Pandora se tambaleó, perdiendo el equilibrio.

La sujetaron por detrás un par de manos fuertes. En un instante, se encontró recostada contra el duro y cálido pecho de Gabriel, que había abierto las piernas a ambos lados de ella. Oyó su voz de barítono, pero él se había inclinado sobre su oído malo y el sonido de las olas amortiguaba sus palabras.

—¿Q... qué? —preguntó, girando la cabeza hacia un lado.

—He dicho que yo te sujeto —murmuró Gabriel en su otra oreja. El roce de sus labios en el delicado borde exterior hizo que la recorriera un escalofrío—. Debería haberte avisado. Cuando las olas se retiran, pueden hacer que parezca que estás en movimiento aunque estés parada.

Al ver que se acercaba otra ola, Pandora se puso tensa y apretó la espalda contra él con más fuerza. Se sintió vagamente irritada al sentir su risa.

—No dejaré que te caigas. —La rodeó de forma segura con los brazos—. Relájate.

La sostuvo mientras la ola rompía y subía alrededor de sus piernas, llevando consigo remolinos de arena y conchas. Cuando el agua se retiró, Pandora consideró huir a una posición donde no llegara el agua, pero resultaba tan agradable apoyarse contra el poderoso cuerpo de Gabriel que vaciló y, al instante, se acercó otra ola. Se agarró a su brazo con fuerza, y él los apretó sobre su cintura, intentando tranquilizarla. Las aguas subieron y rompieron a su alrededor con un sonido tintineante, que fue seguido por un susurro cuando la resaca las alejó. Una y otra vez, con un ritmo hipnótico. Poco a poco, su respiración se volvió profunda y regular.

La experiencia comenzó a parecerle mágica. El mundo se había convertido en un lugar donde solo había frío, calor, sol, arena, olor a sal y minerales. El torso de Gabriel formaba una pared de músculos a su espalda. Él se inclinaba un poco para afianzarse y mantener el equilibrio, dejándola a salvo. La mente de Pandora se llenó de pensamientos al azar, como ocurría también por las mañanas, cuando se encontraba entre el sueño y la vigilia. La brisa llevó hasta ellos el sonido de la risa de los niños, los ladridos del perro, las voces de Phoebe y Seraphina, pero todos parecían muy lejos de lo que estaba ocurriéndole.

Olvidándose por completo de sí misma, Pandora dejó caer hacia atrás la cabeza, contra el hombro de Gabriel.

—¿Qué tipo de pegamento usa Ivo? —preguntó ella con languidez.

—¿Pegamento? —repitió él un momento después, con la boca pegada a su sien y rozándola con suavidad.

—En las cometas.

122

—Ah... —Hizo una pausa mientras se retiraba una ola—. Creo que cola para madera.

—No es lo suficientemente fuerte —le confió Pandora, con un aire relajado y pensativo—. Debería utilizar pegamento de cromo.

—¿Dónde puede encontrarlo? —preguntó él, acariciándole el costado.

—Puede hacerlo cualquier farmacéutico. Una parte de ácido de cromo y cinco de gelatina.

—¿Tu mente no descansa nunca, cariño? —La sorpresa era patente en su voz.

—Ni siquiera para dormir —confesó ella.

Gabriel la sostuvo durante otra ola.

—¿Cómo sabes tanto de pegamento?

El agradable trance empezó a desvanecerse mientras Pandora consideraba qué responderle.

Al ver su larga vacilación, Gabriel inclinó la cabeza para lanzarle una mirada de soslayo.

—Supongo que el tema del pegamento es complicado.

«Voy a tener que decírselo en algún momento —pensó ella—. Bien podría ser ahora.»

Respiró hondo.

—Diseño y construyo juegos de mesa —soltó—. He investigado todos los tipos posibles de pegamento para tenerlos en cuenta en la fabricación. No solo cuál es el mejor tipo para las cajas, sino también para adherir las litografías a las juntas y tapas. He registrado una patente del primer juego, y tengo intención de solicitar dos más.

Gabriel absorbió la información en un tiempo notablemente corto.

—¿Has considerado vender las patentes a un fabricante?

—No, quiero construirlos yo. En mi propia fábrica. Tengo un programa de producción. La primera remesa saldrá por Navidad. Mi cuñado, el señor Winterborne, me ha ayudado a elaborar un plan de negocios. El mercado de los juegos de mesa es bastante nuevo y cree que mi empresa puede tener éxito.

—Estoy seguro de que así será. Sin embargo, una joven de tu posición no necesita ganarse la vida.

—Quiero ser autosuficiente.

—Sin duda la seguridad del matrimonio es preferible al trabajo de ser propietaria de una empresa.

Pandora se volvió hacia él.

—No si «seguridad» significa ser propiedad de otra persona. Tal y como está ahora mi situación, tengo libertad para trabajar y mantener mis ingresos. Pero si me caso contigo, todo lo que tengo, incluyendo mi empresa, pasaría a ser tuyo. Tendrías plena autoridad sobre mí. Cada chelín que ganara iría directamente a tus manos sin pasar por las mías. Nunca podría firmar un contrato, contratar a mis empleados o comprar una propiedad. Ante los ojos de la ley, marido y mujer son una sola persona, y esa persona es el marido. No puedo soportar esa idea. Por eso no quiero casarme.

El discurso era asombroso. Era, con creces, la conversación más transgresora que Gabriel hubiera oído nunca a una mujer. En cierta forma, era todavía más impactante que cualquier palabra y los actos más provocativos de su amante.

En nombre de Dios, ¿en qué había estado pensando la familia de Pandora para animar sus ambiciones? De acuerdo, era necesario para una viuda de clase media sacar adelante un negocio heredado de su difunto marido, o para una modista o una costurera administrar su propia tienda. Pero era poco menos que impensable cuando se trataba de la hija de un noble.

Una ola se precipitó sobre Pandora desde atrás y la impulsó contra él. Gabriel la estabilizó, sujetándola con las manos en la cintura. Cuando el agua se retiró, le puso una mano en la parte baja de la espalda y la condujo de nuevo hacia la orilla, donde estaban sentadas sus hermanas.

—Una esposa intercambia su independencia a cambio de la

protección y el apoyo de un marido —dijo, con la mente llena de preguntas y argumentos—. Ese es el propósito del matrimonio.

—Creo que sería ya no tonta, sino estúpida, si doy el visto bueno a una negociación en la que quedaría en peor situación que antes.

—¿Cómo vas a estar peor? Hay poca libertad en las largas horas de trabajo y en estar constantemente preocupada por las ganancias y gastos. Como mi esposa, disfrutarías de seguridad y confort. Poseo una fortuna de la que podrías disponer como desearas. Tendrías tu propio carruaje y conductor, una casa llena de sirvientes que te facilitarían la vida. Tu posición social sería la envidia de cualquier mujer. No puedes pasar por alto todo eso para centrarte en aspectos técnicos.

—Si fueran tus derechos legales los que estuvieran en juego —argumentó Pandora—, no los descartarías como unos aspectos técnicos sin importancia.

—Pero tú eres una mujer.

—¿Eso significa que soy inferior?

—No —respondió Gabriel con rapidez. Había sido criado para respetar la inteligencia femenina. En su casa, su madre poseía tanta autoridad como su padre—. Cualquier hombre que prefiera pensar que las mujeres tienen un cerebro inferior está subestimándolas. Sin embargo, la naturaleza impone algunas cuestiones domésticas, haciendo que las mujeres den a luz los niños. Dicho eso, creo que ningún hombre tiene derecho a convertir su matrimonio en una dictadura.

—Pero lo hacen. De acuerdo con la ley, un marido puede comportarse como le plazca.

—Cualquier hombre decente trata a su esposa como una socia, como es el caso de mis padres.

—No me cabe duda —aseveró Pandora—. Pero ese es el espíritu de su matrimonio, no la realidad jurídica. Si tu padre decidiera tratar injustamente a tu madre, nadie podría detenerlo.

—Yo no se lo permitiría, maldición. —Gabriel notó con irritación que se le contraía un músculo de la barbilla.

125

—Pero ¿por qué el bienestar de tu madre debería estar o dejar de estar a su merced? ¿Por qué no puede tener el derecho a decidir cómo quiere ser tratada?

Gabriel quiso discutir la posición de Pandora, señalarle la rigidez y escaso sentido práctico de su argumento. También estaba a punto de preguntarle por qué millones de mujeres habían aceptado de buen grado la unión matrimonial que ella encontraba tan ofensiva.

Pero no podía hacerlo. Por mucho que odiara admitirlo... Su lógica tenía sentido.

—No estás... Equivocada por completo —se obligó a decir, casi atragantándose con las palabras—. Sin embargo, independientemente de la ley, todo se reduce a una cuestión de confianza.

—Pero estás diciéndome que debería confiar en un hombre durante toda mi vida, que sea él quien tome la decisión sobre de qué forma deberían fabricarse mis juegos, cuando preferiría hacerlo yo. ¿Por qué debería ceder? —preguntó Pandora, con sincero desconcierto.

—Porque el matrimonio es algo más que un acuerdo legal. Se trata de compañerismo, de seguridad, deseo, amor... ¿Es que ninguna de esas cosas es importante para ti?

—Lo son —replicó Pandora, bajando la mirada al suelo—. Por eso nunca podría sentirlas por un hombre si yo fuera de su propiedad.

«Bueno... ¡Joder!»

Las objeciones que tenía Pandora al matrimonio eran mucho más profundas de lo que él había imaginado. Había asumido que se trataba de una inconformista, pero era una maldita insurrecta.

Casi habían llegado junto a sus hermanas, que estaban sentadas en la arena, mientras Ivo y Justin se habían alejado a llenar los cubos con más arena húmeda.

—¿De qué estáis hablando? —preguntó Seraphina a Gabriel.

—Es algo privado —replicó él de forma cortante.

Phoebe se inclinó hacia Seraphina.

—Creo que nuestro hermanito está teniendo un momento de iluminación —le dijo en voz baja.

—¿De verdad? —Seraphina observó a Gabriel como si fuera una forma particularmente interesante de vida salvaje que quisiera salir de su caparazón.

Gabriel le lanzó una mirada llena de ironía antes de concentrar su atención en la cara rebelde de Pandora. Le tocó el codo y la llevó a un lado.

—Voy a averiguar cuáles son las opciones legales —murmuró—. Es posible que haya algún resquicio que permita que una mujer casada sea dueña de un negocio sin que tenga que estar controlada por su marido.

Para mayor irritación, Pandora no pareció nada impresionada ni pareció reconocer lo enorme de su concesión.

—No lo hay —aseguró con rotundidad—. Pero incluso si lo hubiera, todavía me encontraría en peores condiciones que si no me hubiera casado.

Durante la hora siguiente, el tema de los negocios de Pandora con los juegos de mesa quedó olvidado mientras construían castillos de arena. Se detuvieron de forma periódica a saciar su sed con las jarras de agua fría y limonada que habían enviado desde la casa. Pandora se entregó al proyecto con entusiasmo, consultando en todo momento a Justin, que había decidido que el castillo debía de tener un foso, torres cuadradas en las esquinas, una puerta de entrada con puente levadizo y muros con almenas, desde las que los ocupantes podrían tirar agua hirviendo o alquitrán fundido para frenar el avance enemigo.

Gabriel, que era el encargado de cavar el foso, lanzó frecuentes miradas a Pandora, que parecía tener la energía de diez personas. Su rostro brillaba por debajo del maltratado sombrero de paja, que habían conseguido quitarle a *Ajax*. Estaba sudorosa y cubierta de arena, y algunos mechones de pelo se le habían soltado y le caían por el cuello y la espalda. Aquella mujer de pensamientos y ambiciones radicales jugaba con la intensidad de una niña inconsciente. Era hermosa, compleja, frustrante... Nunca había conocido a una mujer tan resuelta y segura de sí misma.

¿Qué demonios iba a hacer con ella?

—Quiero decorar el castillo con conchas y algas —dijo Seraphina.

—Vas a conseguir que parezca el castillo de una chica —protestó Justin.

—Es que el cangrejo podría ser una cangreja —señaló Seraphina.

Justin se quedó claramente consternado ante tal sugerencia.

—¡No lo es! ¡No es una chica!

—Hermana, definitivamente es un cangrejo macho —intervino Ivo al ver el disgusto del pequeño.

—¿Cómo lo sabes? —preguntó Seraphina.

—Porque él... Porque... —Ivo hizo una pausa para pensar una explicación.

—Porque... —intervino Pandora en tono confidencial, bajando la voz—. Mientras estábamos planeando el diseño del castillo, el cangrejo me preguntó discretamente si podíamos incluir una sala de fumadores. Yo me quedé un poco sorprendida, pues lo consideraba demasiado pequeño para tal vicio, pero ese detalle no deja duda alguna sobre su masculinidad.

Justin la miró embelesado.

—¿Qué más te dijo? —exigió—. ¿Cómo se llama? ¿Le gusta el castillo? ¿Y el foso?

Pandora hizo una descripción detallada sobre la conversación que había mantenido con el cangrejo, informando que se llamaba *Shelley*, como el poeta, cuya obra admiraba. Era un crustáceo muy viajado, que había llegado desde tierras lejanas aferrado a la pata de una gaviota, a la que no le gustaba el marisco y prefería comer avellanas y pan rallado. Un día, la gaviota —que poseía el alma de un actor de teatro de la época isabelina— había llevado a *Shelley* a ver *Hamlet* en el teatro de Drury Lane. Durante la actuación, se había posado en un tejado y se habían pasado todo el segundo acto jugando con una gárgola. *Shelley* había disfrutado mucho de la experiencia, pero no tenía vocación para seguir la carrera teatral, porque las calientes luces del escenario casi lo habían dejado frito.

Gabriel dejó de cavar y escuchó, transportado y maravillado por la fantástica imaginación de Pandora. En menos de nada, había creado un mundo de fantasía en el que los animales hablaban y era posible cualquier cosa. Se había quedado prendado por ella de una forma que estaba fuera de toda razón, y mientras la miraba —despeinada, llena de arena mientras narraba como una sirena—, le pareció que era suya y, sin embargo, no tenía nada que ver con él. El corazón se le aceleró con un ritmo extraño, como si estuviera luchando para adaptarse a una nueva marca de metrónomo.

¿Qué estaba pasándole?

Las reglas de la lógica que siempre habían regido su vida le habían llevado a la conclusión de que casarse con lady Pandora Ravenel era el único resultado aceptable. No estaba preparado para esa chica, para esa sensación, para esa irritante incertidumbre de que Pandora podría no acabar con la única persona que tenía que estar con ella.

Pero ¿cómo demonios podía conseguir que el matrimonio fuera una perspectiva agradable para ella? No tenía ningún deseo de intimidarla, y dudaba de que fuera posible. Tampoco quería despojarla de sus opciones.

Quería que lo eligiera. ¡Maldición!, no disponía de tiempo. Si no se habían comprometido ya cuando regresaran a Londres, el escándalo estallaría con toda su fuerza, y los Ravenel tendrían que actuar. Pandora seguramente abandonaría Inglaterra y establecería su residencia en algún lugar en el que pudiera producir sus juegos. Gabriel no sentía ningún deseo de perseguirla por todo el continente o, posiblemente, hasta Estados Unidos. No, tenía que convencerla ahora para que se casara con él.

Pero ¿qué podía ofrecerle él que significara más que su libertad?

En el momento en el que terminó la historia, ya habían finalizado el castillo. Justin miró al pequeño cangrejo con asombro. Exigió que Pandora le contara más aventuras de *Shelley* con la gaviota, y Pandora se rio.

—Mientras lo llevamos a las rocas donde lo encontrasteis —dijo ella—, te contaré otra historia. Estoy segura de que ahora echa de menos a su familia. —Se levantaron de la arena, y Justin recogió con cuidado al cangrejo de su torre en el castillo. Cuando se acercaron al agua, *Ajax* salió de la sombra de la caseta de baño y corrió tras ellos.

—Me gusta —anunció Ivo, cuando Pandora no podía oírles.

Seraphina sonrió a su hermano pequeño.

—La semana pasada dijiste que habías terminado con las chicas.

—Pandora es una chica distinta. No es como esas que les da miedo tocar a las ranas y que siempre están hablando de su cabello.

Gabriel apenas se fijó en aquella conversación mientras clavaba los ojos en la forma cada vez más lejana de Pandora. Ella se acercó al borde de la marea, donde la arena era brillante y se detuvo a recoger una concha interesante. Al momento, vio otra, y otra... Y se agachó para cogerlas. Habría continuado así si Justin no le hubiera cogido la mano y tirado de ella.

Por Dios, ella caminaba trazando círculos. Gabriel sintió una punzada de ternura casi dolorosa en el pecho.

Quería que todos los círculos de Pandora la condujeran a él.

—Debemos regresar ya —comentó Phoebe—. Si no, no nos va a dar tiempo de lavarnos y vestirnos para la cena.

Seraphina se levantó y se miró con una mueca las manos y los brazos cubiertos de arena.

—Estoy llena de arena y pegajosa de pies a cabeza. Antes de irnos voy a aclararme lo que pueda en el mar.

—Yo voy a recoger las cometas y los cubos —dijo Ivo.

Phoebe esperó hasta que sus hermanos pequeños desaparecieron antes de hablar.

—He oído parte de tu conversación con Pandora —dijo—. Vuestras voces llegaban con la brisa.

Melancólico, Gabriel se inclinó para colocarle el sombrero.

—¿Y qué opinas, cardenal? —Era un apodo que solo utilizaban él y su padre.

Phoebe alisó una de las paredes del castillo con la palma de la mano mientras fruncía el ceño pensativa.

—Creo que si querías un matrimonio pacífico y un hogar ordenado, deberías habérselo propuesto a cualquiera de las debutantes insulsas que te han perseguido durante años. Como bien ha dicho Ivo, Pandora es una chica diferente. Es extraña y maravillosa. Y me atrevería a decir que impredecible. —Se interrumpió cuando lo vio observando la lejana figura de Pandora—. Idiota, ni siquiera estás escuchándome. Ya has decidido casarte con ella y al infierno con las consecuencias.

—Ni siquiera es una decisión —replicó Gabriel, de malos modos—. No se me ocurre ni una buena razón para justificar por qué la deseo tanto.

Phoebe sonrió, mirando hacia el agua.

—¿Alguna vez te conté lo que me dijo Henry cuando me propuso matrimonio, aun sabiendo que tendríamos poco tiempo? «El matrimonio es un asunto demasiado importante para decidirlo siguiendo la razón.» Y estaba en lo cierto, por supuesto.

Gabriel tomó un puñado de arena seca y caliente, y dejó que se escurriera entre sus dedos.

—Los Ravenel pronto se encontrarán con un escándalo que la obligará a casarse. Y como bien has escuchado, se opone, no solo a mí, sino a la institución del matrimonio en sí misma.

—¿Cómo alguien podría resistirse a ti? —preguntó Phoebe medio en broma medio en serio.

Él le lanzó una mirada ominosa.

—Al parecer, ella no tiene ningún problema. Mi título, mi fortuna, la finca, mi posición social... Para ella todo eso son impedimentos. Pero de alguna manera tengo que convencerla para que se case conmigo a pesar de todo eso. Y, maldita sea, ni siquie-

ra sé quién soy sin tenerlo en cuenta —agregó con brutal sinceridad.

—¡Oh, querido...! —lo consoló Phoebe con ternura—. Eres
el hermano que enseñó a Raphael a navegar, quien le explicó a
Justin cómo atarse los zapatos. Eres el hombre que llevó a Henry a pescar truchas cuando quiso hacerlo por última vez. —Tragó saliva y suspiró mientras clavaba los talones en la arena y empujaba los pies hacia delante, creando un par de surcos—. ¿Quieres
que te diga qué problema tienes?

—¿Es una pregunta?

—Tu problema —continuó su hermana— es que se te da demasiado bien mantener esa fachada de perfección divina. Siempre has odiado que te puedan ver como un simple mortal. Pero
no vas a conseguir conquistar a esa chica de esa manera. —Comenzó a sacudirse la arena de las manos—. Enséñale algún defecto para que pueda redimirte, querido. Le gustarás mucho más.

9

A lo largo de los dos días siguientes, lord Saint Vincent —Gabriel— no intentó besar más a Pandora. Fue un perfecto, respetuoso y atento caballero, y se aseguró de que estaban acompañados o a la vista de los demás en todo momento.

Pandora estaba muy contenta por ello.

Contentísima.

Más o menos contenta.

Hecho núm. 34: Besar es como uno de esos experimentos con la electricidad en los que se hace un nuevo y fascinante descubrimiento, pero uno acaba frito como un filete de cordero.

Aun así, no pudo evitar preguntarse por qué Gabriel no había intentado volver a besarla desde el primer día.

Era cierto que, para empezar, ella no debería habérselo permitido. Lady Berwick le había dicho en una ocasión que a veces un caballero ponía a prueba a una dama haciendo un avance inadecuado para juzgarla con severidad si ella no se resistía. Aunque no veía a Gabriel haciendo algo por el estilo, no conocía lo suficiente a los hombres para descartar esa posibilidad por completo.

Pero la razón más consistente por la que Gabriel no había tratado de besarla de nuevo era que lo hacía mal. No tenía ni idea de besar, de qué hacer con los labios o con la lengua. Sin embargo, las sensaciones habían sido tan extraordinarias que su carácter imprevisible había tomado el mando y, prácticamente, se había abalanzado sobre él. Entonces, Gabriel la había llamado pirata, lo que la había desconcertado todavía más. ¿Lo había hecho de forma despectiva? Lo cierto era que no había sonado exactamente como una queja, aun así, ¿podía tomarlo como un cumplido?

Hecho núm. 35: No existe ninguna lista de cualidades femeninas que incluya la frase «besas como un pirata».

Aunque se sentía mortificada y a la defensiva cada vez que pensaba en el *besástrofe*, Gabriel se había comportado de forma tan encantadora durante los últimos dos días que no pudo evitar disfrutar de su compañía. Habían pasado mucho tiempo juntos, hablando, caminando, montando a caballo, jugando al tenis, al croquet y a otras actividades al aire libre, aunque siempre en compañía de otros miembros de la familia.

De alguna forma, Gabriel le recordaba a Devon, con el que parecía haber hecho buenas migas. Los dos hombres eran de mente ágil e irreverente, y tendían a ver el mundo con una mezcla de ironía y pragmatismo. Pero mientras que su primo Devon era espontáneo y, en ocasiones, volátil, Gabriel era más cuidadoso y considerado, y su carácter estaba templado con una madurez que resultaba rara en un hombre relativamente joven.

Como hijo mayor del duque, Gabriel era el futuro de los Challon, la persona sobre la que recaería la finca, el título y las propiedades de la familia. Estaba bien educado, poseía una compleja comprensión de las finanzas y las transacciones comerciales, y un exhaustivo conocimiento de la gestión de inmuebles. En esa época de desarrollo industrial y tecnológico, la nobleza no podía permitirse el lujo de depender del rendimiento de sus tierras. Cada vez se conocían más casos de nobles empobrecidos porque no habían sido capaces de adaptarse a los nuevos avances, y ahora se veían obligados a abandonar sus tierras y vender sus propiedades.

Para Pandora no cabía duda de que Gabriel superaría los desafíos de aquel mundo en constante cambio. Era astuto, inteligente, tenía la cabeza fría y era un líder natural. Aun así, pensó, debía de ser difícil para cualquier hombre vivir bajo el peso de esas expectativas y responsabilidades. ¿Alguna vez le preocuparía cometer algún error, hacer una tontería o mostrar algún defecto?

El tercer día de la visita, Pandora pasó la tarde en el recinto de tiro con arco de la finca, donde disfrutó de la compañía de Cassandra, Ivo y Seraphina. Cuando se dieron cuenta de que era hora de entrar y cambiarse para la cena, el grupo recogió sus flechas en la fila de objetivos, que tenían a la espalda unos montículos cubiertos de hierba.

—No te olvides —advirtió Seraphina— de que la cena de hoy es un poco más formal de lo habitual. Hemos invitado a dos familias locales a acompañarnos.

—¿Muy formal? —preguntó Cassandra, preocupada—. ¿Qué vas a ponerte tú?

—Bueno —dijo Ivo, pensativo, como si la pregunta fuera dirigida a él—, pensaba recurrir a los pantalones de pana negra y el chaleco con botones dorados...

—¡Ivo! —exclamó Seraphina con fingida solemnidad—. No es el mejor momento para bromear. La moda es un asunto muy serio.

—No sé por qué las chicas cambian la moda cada pocos meses y hacen tanto alboroto sobre ello —reflexionó Ivo—. Nosotros, los hombres, tuvimos una reunión hace mucho tiempo y decidimos ponernos pantalones. Y eso es lo que hemos usado desde entonces.

—¿Y qué pasa con los escoceses? —preguntó con malicia Seraphina.

—No consiguieron dejar de ponerse faldas —explicó Ivo, razonable—, porque se habían acostumbrado a sentir un remolino de aire alrededor de las...

—... rodillas —interrumpió Gabriel con una amplia sonrisa, revolviendo el brillante pelo rojo de Ivo—. Ya te recojo yo las flechas, pequeño. Ve a casa y ponte los pantalones de pana.

Ivo sonrió a su hermano y salió corriendo.

—Vamos, deprisa —le dijo Cassandra a Seraphina—, tenemos el tiempo justo para que te enseñe mi vestido.

Cassandra echó una mirada de preocupación al objetivo al que había disparado, donde todavía seguían clavadas sus flechas.

—Yo recogeré tus flechas —intervino Pandora—. Nunca necesito más que unos minutos para cambiarme para la cena.

Cassandra sonrió y le lanzó un beso antes de correr hacia la casa acompañada de Seraphina.

—¡Las damas no galopan como caballos! —gritó Pandora con una sonrisa, ahuecando las manos alrededor de la boca e imitando a lady Berwick.

—¡Y las damas no chillan como buitres! —replicó Cassandra en la distancia.

Riendo, Pandora se volvió y se encontró la intensa mirada de Gabriel clavada en ella. Parecía fascinado por... algo. Aunque ella no alcanzaba a imaginar qué encontraba tan interesante en ella. Inconscientemente, se pasó los dedos por las mejillas, preguntándose si tendría alguna mancha.

Gabriel sonrió con aire ausente, antes de encogerse de hombros.

—¿Estaba mirándote con demasiada intensidad? Perdona. Es que adoro la forma en que te ríes.

Pandora se sonrojó hasta la raíz del pelo. Se dirigió al objetivo más cercano y comenzó a arrancar las flechas clavadas.

—Por favor, no me halagues.

Gabriel se dirigió a la diana siguiente.

—¿No te gustan los halagos?

—No, me hacen sentir incómoda. Me da la impresión de que no son sinceros.

—Quizá no te lo parezcan, pero eso no quiere decir que no

lo sean. —Después de meter las flechas en un carcaj de cuero, Gabriel se acercó para ayudarla con las de ella.

—En este caso —dijo Pandora—, definitivamente no son ciertos. Mi risa suena como una rana dando una serenata en una puerta oxidada.

Gabriel sonrió.

—Como campanas plateadas en una brisa de verano.

—No suena así ni en broma —se burló Pandora.

—Pero eso es lo que me haces sentir. —La nota íntima que detectó en su voz hizo vibrar todas sus terminaciones nerviosas.

Negándose a mirarlo, Pandora fue a buscar más flechas. Los disparos se habían clavado tan profundamente que las varillas estaban encajadas entre el relleno de haces de lino y virutas. Ese había sido el objetivo de Gabriel, por supuesto. Había lanzado las flechas con una facilidad casi indiferente, acertando en el centro dorado cada vez.

Pandora retorció las flechas para liberarlas, intentando no romper las varillas de álamo. Después de sacar la última y entregársela a Gabriel, comenzó a quitarse el guante, que consistía en una pieza de cuero con vainas para los dedos que se unían por algunas correas planas que acababan ajustándose alrededor de la muñeca.

—Eres un tirador excelente —dijo ella mientras intentaba soltar la rígida hebilla.

—Años de práctica. —Gabriel se acercó para ayudarla con la correa.

—Y bastante capacidad natural —añadió Pandora, negándose a permitir que fuera modesto—. De hecho, parece que lo haces todo a la perfección. —Ella se mantuvo inmóvil mientras él alcanzaba el otro guante—. Supongo que es lo que la gente espera de ti —añadió vacilante.

—No mi familia. Pero el mundo exterior... —Gabriel vaciló—. La gente tiende a anotar mis errores y a recordarlos.

—¿Te consideran en un nivel superior? —aventuró Pandora—. ¿Debido a tu posición y tu apellido?

Gabriel le lanzó una mirada evasiva, y supo que era reacio a decir nada que pudiera sonar una protesta.

—He descubierto que es mejor tener cuidado y no revelar mis debilidades.

—¿Tienes debilidades? —preguntó Pandora con fingida sorpresa, solo medio en broma.

—Muchas —confesó Gabriel con tristeza. Con cuidado, sacó una flecha y la dejó caer en el carcaj.

Estaban tan cerca que Pandora podía ver los pequeños hilos plateados estriados que había en las traslúcidas profundidades de sus iris.

—Cuéntame lo peor de ti mismo —le pidió de forma impulsiva.

Vio que una expresión extraña atravesaba la cara de Gabriel, parecía incómodo y casi... ¿avergonzado?

—Lo haré —aseguró él en voz baja—, pero prefiero hacerlo más tarde, en privado.

El enfermo peso del miedo se instaló en la parte baja de su estómago. ¿Sería verdad la peor de sus sospechas sobre él?

—¿Tiene algo que ver con las mujeres? —se vio impulsada a preguntar mientras el pulso acelerado le golpeaba con rapidez en la base de la garganta y en las muñecas.

Él la miró de soslayo.

—Sí.

¡Oh, Dios, no, no!

—¡Lo sabía! ¡Tienes sífilis! —espetó, demasiado enfadada para contener la lengua.

Gabriel la miró sorprendido. Tan sorprendido que el carcaj de flechas se le cayó al suelo con estrépito.

—¿Qué?

—Sabía que, a estas alturas, tenías que haberla pillado ya —añadió Pandora distraídamente, mientras se desplazaba al blanco más cercano, que estaba detrás de un montículo de tierra, donde quedaban ocultos de la vista de la casa—. Y Dios sabe cuántos tipos. El mal inglés, el francés, el de Baviera, el turco...

—Pandora, espera un momento. —Gabriel hizo un leve movimiento para captar su atención, pero las palabras surgieron a borbotones.

—... el español, el alemán, el australiano...

—Jamás he tenido sífilis —la interrumpió él.

—¿Cuál de ellas?

—Todas.

Ella abrió mucho los ojos.

—¿Las has tenido todas?

—No, ¡maldita sea! —Gabriel se interrumpió y, volviéndose, empezó a toser, o al menos le temblaban los hombros. Cuando lo vio subir la mano para cubrirse los ojos, pensó con una punzada de horror que estaba llorando. Pero, al instante, se dio cuenta de que estaba riéndose. Cada vez que él miraba su expresión indignada, comenzaba una nueva ronda de carcajadas incontenibles. Pandora se vio obligada a esperar, molesta de ser objeto de hilaridad mientras luchaba por controlarse.

Por fin, Gabriel se tranquilizó un poco.

—No he tenido ninguna. Y solo existe una clase de sífilis.

Pandora sintió una oleada de alivio que barrió cualquier irritación.

—Entonces ¿por qué la llaman de tantas formas diferentes?

La risa de Gabriel se calmó con una última respiración entrecortada, y luego se secó las esquinas húmedas de los ojos.

—Los ingleses comenzaron a llamarla el mal francés cuando estábamos en guerra con ellos. Naturalmente, nos devolvieron el favor, refiriéndose a ella como el mal inglés. Dudo que alguien la haya llamado el mal de Baviera, pero si lo hizo alguien, habrán sido los austríacos. La cuestión es que no la tengo porque siempre he usado protección.

—¿Eso qué significa?

—Que he utilizado profilácticos. Vísceras de *ovis aries*. —Su tono se había vuelto algo cáustico—. Cartas francesas, capuchón inglés, *baudruches*... Elige el nombre que quieras.

139

Pandora se sintió desconcertada al oír la palabra francesa, que le resultaba familiar.

—¿*Baudruche* no es la tela hecha de... er... tripas de oveja... que se utiliza para fabricar globos de aire caliente? ¿Qué tienen que ver los globos de ciego de oveja con la protección ante la sífilis?

—No es un globo de tripa de oveja —replicó él—. Te lo explicaré cuando pienses que estás preparada para ese nivel de detalle anatómico.

—Da igual —repuso ella con rapidez; no tenía ganas de avergonzarse más.

Gabriel hizo un lento movimiento de cabeza.

—¿Cómo demonios se te ha ocurrido que tenía sífilis?

—Porque eres un notorio libertino.

—No, no lo soy.

—Lord Chaworth dijo que lo eres.

—Mi padre sí era un notorio libertino —informó Gabriel con mal contenida exasperación—, pero eso fue antes de casarse con mi madre. Como me parezco a él, muchos han asumido que también lo soy. Además he heredado su antiguo título. Pero incluso aunque quisiera acumular legiones de conquistas amorosas, que no quiero, no tengo tiempo.

—Pero tú has conocido a muchas mujeres, ¿verdad? Me refiero al sentido bíblico.

—Define «muchas» —indicó Gabriel con los ojos entrecerrados.

—No tengo un número particular en mente —protestó Pandora—. Ni siquiera lo sé.

—Di un número.

Pandora puso los ojos en blanco y suspiró como dando a entender que estaba siguiéndole la corriente.

—Veintitrés.

—Bien, pues conozco a menos de veintitrés mujeres en el sentido bíblico —repuso Gabriel con prontitud. Parecía pensar que eso pondría fin a la discusión—. Ahora, creo que hemos pasado suficiente tiempo en la pista del tiro con arco. Regresemos a la casa.

—¿Has estado con veintidós mujeres? —insistió Pandora, negándose a moverse.

Por la cara de Gabriel pasaron una rápida sucesión de emociones: irritación, diversión, deseo, advertencia.

—No.

—¿Veintiuna?

Hubo un momento de quietud absoluta. Después, algo pareció romperse en el interior de Gabriel. Se abalanzó sobre ella con una especie de deleite depredador, y se apoderó de su boca. Ella chilló de sorpresa, intentando zafarse de su abrazo, pero él la sujetó con facilidad con aquellos músculos tan sólidos como un roble. La besó de forma posesiva, al principio casi con violencia, y luego más gentilmente. El cuerpo de Pandora se rindió sin darle a su cerebro la oportunidad de oponerse, entregándose con impaciencia a lo que él dispusiera. La calidez y dureza masculina alimentaron un hambre desgarradora que no había sentido hasta entonces. También le proporcionó aquella sensación de cercanía —pero no lo suficientemente cerca— que recordaba de antes. ¡Oh, qué confuso era todo! Esa alocada necesidad de quitarle la ropa, de meterse debajo de su piel.

Deslizó los dedos por la áspera piel de las mejillas y la mandíbula de Gabriel, por la forma ordenada de sus orejas, por la tensa suavidad del cuello. Como él no protestó, enredó los dedos en su espeso y vibrante cabello con una mueca de satisfacción. Él buscó su lengua, para juguetear con ella y acariciarla de una forma tan íntima que su corazón se aceleró hasta convertirse en un tumulto de anhelo. Un dulce y doloroso vacío que la invadía por completo. Era vagamente consciente de que iba a perder el control, de que estaba a punto de desmayarse o de agredir de nuevo a Gabriel, pero se las arregló para interrumpir el beso y apartar la cara con un jadeo.

—No —dijo con un hilo de voz.

Él le rozó la barbilla con los labios, calentándole la piel con el aliento.

—¿Por qué? ¿Sigues preocupada por el mal australiano?

Poco a poco, ella se dio cuenta de que ya no estaban de pie. Gabriel se encontraba sentado en el suelo con la espalda apoyada en el montículo de hierba y, ¡que el Cielo la ayudara!, ella estaba en su regazo. Miró a su alrededor con desconcierto. ¿Cómo había ocurrido eso?

—No —repuso, entre desconcertada y perturbada—, pero es que acabo de recordar que me dijiste que beso como un pirata.

Gabriel la miró sin entender.

—¡Ah, eso! —recordó—. Fue un cumplido.

Pandora frunció el ceño.

—Solo sería un cumplido si yo tuviera barba y una pata de palo.

Él reprimió una sonrisa mientras le acariciaba el pelo con ternura.

—Perdona la mala elección de las palabras. Lo que quería decir era que me encanta tu entusiasmo.

—¿En serio? —Pandora se puso roja. Hundió la cabeza en su hombro—. Porque durante los tres últimos días he estado preocupada sin saber qué había hecho mal —añadió con la voz apagada.

—No, de eso nada, querida. —Gabriel se incorporó un poco y la acunó contra su cuerpo—. ¿No es obvio que todo lo que haces me produce placer? —susurró al tiempo que le acariciaba la mejilla.

—¿Incluso aunque sea como un vikingo en pleno saqueo y pillaje? —preguntó ella, ominosamente.

—Mi pirata. Sí, sobre todo entonces. —Gabriel desplazó los labios con suavidad por el borde de su oreja derecha—. Cielo, hay demasiadas damas respetables en el mundo. La oferta ha superado con creces a la demanda. Sin embargo, existe una terrible escasez de piratas atractivas, y tú pareces tener un don para el saqueo y el pillaje. Creo que hemos encontrado tu verdadera vocación.

—Estás burlándote de mí —supuso Pandora con resignación.

Se sobresaltó cuando él le pellizcó con los dientes el lóbulo de la oreja.

Sonriendo, Gabriel le encerró la cara entre las manos y la miró a los ojos.

—Tu beso me encantó más allá de lo imaginable —susurró—. Cada noche, durante el resto de mi vida, soñaré con esa tarde en la hondonada, cuando me vi atacado por una belleza de pelo oscuro que me dejó devastado con el calor de un millón de estrellas, haciendo cenizas mi alma. Incluso cuando sea viejo y mi cerebro esté totalmente decrépito y arruinado, recordaré el dulce fuego de tus labios en los míos mientras me digo a mí mismo: «¡Menudo beso!»

«Es un demonio con lengua de plata», pensó Pandora, incapaz de reprimir una sonrisa de medio lado. El día anterior, sin ir más lejos, había oído cómo Gabriel se burlaba de su padre, que era aficionado a expresarse con elaborados giros casi laberínticos en cada frase. Era evidente que aquel don lo había heredado su hijo.

Sintió la necesidad de poner un poco de distancia entre ellos, por lo que se levantó de su regazo.

—Me alegro de que no tengas la sífilis —aseguró, poniéndose en pie y alisando el salvaje desorden de sus faldas—. Y tu futura esposa, sea quien sea, sin duda se alegrará también.

El comentario no pasó desapercibido, y él le lanzó una mirada mordaz al tiempo que se incorporaba con un fluido movimiento.

—Sí —replicó con sequedad, sacudiéndose sus propios pantalones antes de pasarse la mano por las brillantes capas del pelo—. Gracias a Dios por los globos de tripa de oveja.

10

Las familias de la zona que habían invitado a cenar eran bastante numerosas. En cada una había niños de diferentes edades. Fue una reunión alegre, en la que la animada conversación fluyó a lo largo de la mesa donde estaban sentados los adultos. Los niños más pequeños estaban comiendo arriba, en la habitación infantil, mientras que los que eran un poco mayores, ocupaban su propia mesa en una habitación contigua al comedor principal. El ambiente estaba acompañado por la suave música de un arpa y una flauta, interpretada por músicos locales.

La cocinera y el personal de cocina de los Challon se habían superado a sí mismos con una variedad de platos realizados con verduras de primavera y pescados locales. A pesar de que la cocinera de Eversby Priory era excelente, la comida de Heron's Point era superior. Había verdura de colores cortada en juliana, tiernos corazones de alcachofa asados con mantequilla, cangrejos al vapor con salsa de borgoña blanco y trufas, y delicados filetes de lenguado recubiertos con crujiente pan rallado. Faisán con tiras de beicon en su punto, perfectamente jugoso, con una guarnición de patatas cocidas batidas con crema y mantequilla salada. Carne asada a la pimienta con crujientes. Todo fue servido en enormes fuentes y acompañado por minúsculos bollos y macarrones con *gruyère* al horno que ocupaban platos más pequeños.

Pandora estaba inmóvil, no solo por el temor a decir algo torpe, sino también porque estaba decidida a disfrutar de la deliciosa comida tanto como le fuera posible. Por desgracia, usar corsé era un impedimento para cualquier aficionado a la buena mesa. Ingerir un solo bocado más, una vez traspasado el punto de saciedad, causaría agudos dolores en las costillas y le dificultaría la respiración. Para la cena se había puesto su mejor vestido, confeccionado en seda teñida en el tono de moda, que recibía el nombre de *Bois de Rose*, una especie de rosa terroso que favorecía su tez pálida. El modelo poseía un estilo severamente sencillo, con un corpiño de corte cuadrado y faldas agrupadas en la espalda para dejar a la vista la forma de la cintura y las caderas.

Para su disgusto, Gabriel no estaba sentado junto a ella como las últimas noches, sino que ocupaba un lugar en el extremo de la mesa, cerca del duque, con una matrona con su hija a ambos lados. Las mujeres se reían y conversaban con facilidad, encantadas de poseer la atención de dos hombres tan deslumbrantes.

A la delgada figura de Gabriel le favorecía la ropa formal, aunque el color negro de la levita y los pantalones quedaba suavizado por el chaleco y la corbata almidonada en tonos blancos. Su apariencia era impecable, fría como el hielo y completamente controlada. La iluminación de las velas caía sobre él, arrancando chispas doradas de su pelo y creando un juego de luces y sombras en sus altos y firmes pómulos, así como en las curvas de sus labios.

Hecho núm. 63: No podría casarme con lord Saint Vincent aunque solo fuera por su apariencia. La gente pensaría que soy poco profunda.

Recordó la erótica presión de sus labios contra los de ella tan solo dos horas antes, y se retorció un poco en la silla al tiempo que apartaba la mirada de él.

Pandora ocupaba un lugar cerca del extremo de la mesa donde estaba sentada la duquesa, entre un joven no mucho mayor que ella y un señor de edad que parecía enamorado de la duquesa y se esforzaba por monopolizar su atención. No tenía esperanza de conversar con Phoebe, que, sentada enfrente de ella, parecía ensimismada en sus pensamientos y apenas picoteaba su comida.

Se arriesgó a mirar al estirado joven que tenía al lado —¿cómo se llamaba? ¿Señor Arthurson? ¿Señor Arterton?—, y decidió intentar entablar conversación.

—Qué buen clima tuvimos hoy, ¿verdad? —dijo.

Él dejó su cubierto y se secó las comisuras de la boca con la servilleta antes de responder.

—Sí, muy bueno.

—¿Qué tipo de nube le gusta más? ¿Los cúmulos o los estratocúmulos? —preguntó Pandora, alentada.

Él la miró con el ceño fruncido.

—¿En qué se diferencian? —indagó él, después de una larga pausa.

—Bueno, los cúmulos son nubes mullidas, más redondeadas, como el montón de patatas que hay en mi plato. —Usando el tenedor, Pandora movió las patatas y las acumuló en el centro del plato—. Los estratocúmulos son más planas y pueden formar líneas u ondas. También pueden formar una masa grande o romperse en pedazos más pequeños.

Él la miró impasible.

—Prefiero las nubes planas que parecen una manta.

—¿Los altoestratos? —preguntó Pandora sorprendida, dejando caer el tenedor—. Pero esas son las nubes más aburridas. ¿Por qué le gustan?

—Por lo general, significan que va a llover. Me gusta la lluvia.

Eso prometía una agradable conversación.

—¡A mí también me gusta caminar bajo la lluvia! —exclamó Pandora.

146

—No, no me gusta caminar cuando llueve. Me gusta estar en casa. —Después de echar una mirada de desaprobación a su plato, el hombre volvió a centrarse en el suyo.

Escarmentada, Pandora emitió un suspiro silencioso. Tomó el tenedor y volvió a empujar las patatas hasta formar de nuevo un montón adecuado.

Hecho núm. 64: No uses nunca la comida para ilustrar un punto durante una charla. A los hombres no les gusta.

Cuando levantó la vista, descubrió que Phoebe estaba mirándola. Se preparó para un comentario sarcástico.

—Henry yo vimos una vez una nube en forma de cilindro perfecto sobre el Canal —dijo Phoebe con voz suave—. Era perfecta. Como si alguien hubiera enrollado una alfombra y la hubiera puesto en el cielo.

Era la primera vez que Pandora oía a Phoebe mencionar a su difunto marido.

—¿Os gustaba buscar formas en las nubes? —preguntó tentativamente.

—Oh, todo el tiempo. Henry era muy inteligente y lograba ver delfines, barcos, elefantes y gallos. Yo nunca podía ver una forma hasta que él me la señalaba. Pero, entonces, aparecía como por arte de magia. —En los cristalinos ojos grises de Phoebe apareció una infinita variación de ternura y melancolía.

A pesar de que Pandora había experimentado el dolor, tras haber perdido a sus padres y a un hermano, comprendió que lo que había sufrido Phoebe era un tipo diferente de pérdida. Un sufrimiento mucho más intenso.

—Parece... parecía un hombre encantador —se atrevió a decir Pandora con compasión y simpatía.

Phoebe sonrió y hubo un momento de muda comprensión cuando sus ojos se encontraron.

—Lo era —aseguró—. Algún día te hablaré de él.

Y, por fin, Pandora entendió adónde podía llevar una pequeña charla sobre el clima.

Una vez terminada la cena, en lugar de separarse por sexos, como era habitual, todos los invitados se retiraron junto a la sala de visitas de la casa, una amplia zona en el primer piso con grupos de mesas y sillas. Al igual que la sala de verano de la planta baja, frente al mar había una hilera de ventanas con mosquitera para tamizar la brisa. Los criados llevaron bandejas con té, platos de dulces, oporto y brandy, así como una caja de cigarros cerca del balcón por si algún caballero quería fumar. Tras la cena formal, el ambiente estaba maravillosamente relajado. De vez en cuando, alguien se acercaba al piano de pared y tocaba una melodía.

Pandora se sentó en un grupo donde también estaban Cassandra y otras jóvenes, pero se vio obligada a dejar de prestarles atención cuando unos cálidos dedos masculinos se cerraron alrededor de su muñeca.

—¿Qué estabas explicándole tan afanosamente al señor Arterson cuando colocabas las patatas con diligencia? —le dijo Gabriel al oído.

Pandora se volvió y lo miró, deseando no sentir esa alegría ante el hecho de que él la hubiera buscado.

—¿Cómo te diste cuenta de lo que hacía desde el otro lado de la mesa?

—Casi me lesioné intentando ver lo que hacías y lo que decías durante toda la cena.

Mientras miraba los sonrientes ojos de Gabriel, Pandora sintió como si su corazón se abriera.

—Estaba explicándole las formas de las clases de nubes con las patatas —explicó—, pero no creo que el señor Arterson apreciara mis estratocúmulos.

—Me temo que todos somos demasiado frívolos para él.

—No, no se le puede culpar. Sabía que no debía jugar con la comida, y he decidido no volver a hacerlo de nuevo.

—¡Qué lástima! —repuso él con los ojos brillantes—. Estaba a punto de demostrarte lo único para lo que son buenas las zanahorias.

—¿Para qué? —preguntó ella, interesada.

—Ven, acompáñame.

Pandora lo siguió hasta el otro lado de la habitación. Sus pasos fueron interrumpidos brevemente cuando media docena de niños cruzaron por delante de ellos para robar unos dulces del aparador.

—No cojáis la zanahoria —dijo Gabriel, cuando una multitud de pequeñas manos cayeron sobre las pastas de almendra y grosella, las pegajosas galletas cuadradas de membrillo, los merengues, tan crujientes como la nieve, y las minúsculas porciones de chocolate.

Ivo se volvió hacia él y le respondió con la mejilla abultada por el chocolate.

—Nadie está pensando en tomar la zanahoria —le dijo a Gabriel—. Es la zanahoria más segura del mundo.

—No por mucho tiempo —replicó él, inclinándose por encima de la manada de niños que estaban dándose un festín para recuperar la única zanahoria cruda que había en la bandeja con postres.

—¡Oh, vas a hacer eso! —adivinó Ivo—. ¿Puedo mirar?

—Claro.

—¿Qué va a hacer? —le preguntó Pandora a Ivo, presa de la curiosidad. Pero el niño no pudo responder porque una matrona se acercó para espantar a los pequeños y alejarlos de las bandejas de dulces.

—¡Fuera de aquí! —exclamó la madre—. ¡Venga, fuera! Esos dulces son demasiado finos para vosotros, por eso os dieron bizcocho al final de la cena.

—Pero el bizcocho estaba demasiado seco —se quejó uno de los críos mientras se apoderaba de una pasta de almendra.

Gabriel reprimió una sonrisa.

—Ivo, ¿no estabas a cargo de los niños? —le dijo a su hermano en tono tranquilo—. Pues ha llegado el momento de demostrar tu liderazgo.

—Este es mi liderazgo —replicó Ivo—. ¿Quién te crees que los ha traído aquí?

Pandora intercambió una risueña mirada con Gabriel.

—A nadie le gusta el bizcocho seco —dijo en defensa de Ivo—. Yo prefiero comer algo más jugoso.

—Nos iremos dentro de un minuto —prometió Ivo—, pero antes iré en busca de lord Trenear, él también quiere ver el truco de la zanahoria. —Salió corriendo antes de que nadie pudiera responder. El muchacho había desarrollado un fuerte afecto por Devon, cuyo carácter y vivaz sentido del humor había logrado conectar con Ivo.

Después de tranquilizar a la matrona y de advertir a los niños que no debían comer más dulces, Gabriel condujo a Pandora hasta una mesa estrecha que había en un rincón de la habitación.

—¿Para qué haces eso? —preguntó ella, mirando cómo sacaba una navaja del bolsillo y recortaba el final de la zanahoria.

—Forma parte de un truco de cartas —explicó Gabriel mientras dejaba el tubérculo en un candelabro que había sobre la mesa—. En ausencia de un talento más valorado como cantar o tocar el piano, he tenido que desarrollar otras cualidades. Sobre todo porque durante la mayor parte de mi juventud —había elevado la voz lo suficiente para que su padre, que jugaba al *whist* en una mesa cercana con otros caballeros, pudiera escucharlo— me obligaron a frecuentar la malsana compañía de los estafadores y delincuentes que formaban parte de la clientela en el club de mi padre.

El duque lo miró por encima del hombro enarcando una ceja.

—Pensé que sería beneficioso para ti aprender de primera mano todo lo que pudieras sobre el lado más mundano de la vida, así sabrías qué deberías evitar en el futuro.

Gabriel se volvió hacia Pandora con un brillo de diversión en los ojos.

—Ahora nunca sabré qué podría haber aprendido desperdiciando la juventud por mi cuenta en vez de disfrutarla en bandeja de plata.

—¿Qué vas a hacer con la zanahoria? —insistió ella.

—Paciencia —advirtió él mientras tomaba un nuevo mazo de cartas de una bandeja cercana. Abrió la baraja y la dejó a un lado. Alardeando, Gabriel cortó el mazo por la mitad y empezó a barajar las cartas en cascada.

Pandora abrió los ojos como platos.

—¿Cómo eres capaz de hacer eso sin una mesa? —preguntó.

—El truco está en cómo agarras los naipes. —Con una mano dividió la baraja y volcó una de las mitades en el dorso de la mano. Con una destreza impresionante, arrojó los mazos al aire de tal manera que dieron una vuelta completa y aterrizaron en perfecto orden en su palma. Continuó haciendo una rápida sucesión de florituras, por lo que las cartas volaron de un lado a otro en una fluida corriente hasta que finalmente formó dos abanicos y los cerró. Todo fue mágico, elegante y muy rápido.

Devon, que había llegado con Ivo para ver la demostración, soltó un silbido de admiración.

—Recuérdame que nunca juegue a las cartas con él —le dijo a Ivo—, perdería mi finca en unos minutos.

—Soy un jugador mediocre en el mejor de los casos —repuso Gabriel, haciendo girar una sola carta con un dedo como si fuera un molinillo—. Mi talento con las cartas se limita a unos malabares sin sentido.

Devon se acercó a Pandora.

—Todos los virtuosos de las cartas —le dijo Devon como si la hiciera partícipe de un gran secreto— comienzan ganándose tu confianza haciéndote sentir una falsa sensación de superioridad.

Pandora estaba tan hipnotizada por los movimientos de Gabriel que apenas anotó sus palabras.

—Puede que no sea capaz de hacer esto directamente —advirtió Gabriel—. Por lo general, necesito un poco de práctica antes. —Se retiró unos cinco metros aproximadamente de la mesa, e incluso se interrumpió la cercana partida de *whist* para que los caballeros observaran la actuación.

Gabriel echó el brazo hacia atrás sosteniendo la esquina de una carta entre el dedo índice y el corazón como si fuera a lanzarla por encima de la cabeza. Luego miró la zanahoria con los ojos entrecerrados y movió la muñeca con rapidez, haciendo que la tarjeta saliera disparada por el aire. Al instante, se cortó una sección de un par de centímetros de la zanahoria. Con la velocidad del rayo, lanzó una segunda carta y el resto del tubérculo se dividió por la mitad.

Llegaron risas y aplausos de todos los rincones de la sala, y los niños lanzaron gritos de alegría.

—Impresionante —dijo Devon a Gabriel con una sonrisa—. Si pudiera hacer eso en una taberna, nunca tendría que pagar por la bebida. ¿Cuánto tiempo has tenido que ensayarlo?

—Lamentablemente, muchas pobres e inocentes zanahorias se vieron sacrificadas a lo largo de los años.

—Bien, yo diría que valió la pena —añadió Devon al tiempo que echaba un vistazo a Pandora, que miraba a Gabriel con los ojos brillantes—. Con vuestro permiso, voy a reincorporarme a la partida de *whist* antes de que me expulsen.

—Por supuesto —repuso Gabriel.

Ivo observó al grupo de niños que seguían en el aparador de los postres y lanzó un suspiro.

—Están fuera de control —reconoció—. Supongo que tendré que hacer algo al respecto. —Hizo una reverencia—. Está muy guapa esta noche, lady Pandora.

—Gracias, Ivo —replicó ella con modestia, y sonrió mientras el niño se alejaba para sacar a sus amigos de la sala—. Es un pequeño granuja —comentó Pandora.

—Creo que nuestro abuelo, de quien ha heredado el nombre, lo habría adorado —respondió Gabriel—. Hay más Jenner que Challon en Ivo, es decir, más fuego que hielo.

—Los Ravenel son demasiado ardientes —confesó Pandora con pesar.

—Eso me han dicho. —Gabriel parecía divertido—. ¿Eso te incluye también a ti?

—Sí, pero no suelo enfadarme con frecuencia, en mi caso se trata de que soy... nerviosa.

—Me gustan las mujeres de naturaleza vivaz.

—Es una buena manera de decirlo, pero en mi caso no solo estoy viva.

—Ya, también eres hermosa.

—No. —Pandora se rio, incómoda—. Nada de cumplidos, ¿recuerdas? He dicho que no solo soy vivaz porque quiero dar a entender que poseo otras cualidades. Entre ellas que me pongo muy nerviosa por las cosas menos convenientes, lo que hace que sea difícil convivir conmigo.

—No para mí.

Ella lo miró con incertidumbre. Algo en su voz le hacía sentir un aleteo en el estómago, como unos delicados zarcillos que buscaran un lugar en el que adherirse.

—¿Te apetece jugar al *whist*? —preguntó él.

—¿Solo nosotros dos?

—Hay una mesa pequeña junto a la ventana. Estaremos vigilados por al menos dos docenas de personas —la presionó al ver que vacilaba.

No podía haber ningún mal en ello.

—Sí, pero antes debo advertirte una cosa: mi primo West me enseñó a jugar y soy muy buena.

Él sonrió.

—Entonces, esperaré que me desplumes.

Después de que Gabriel se hiciera con un nuevo mazo de cartas, se dirigieron hacia la ventana. La mesa era una pequeña joya realizada con maderas preciosas taraceadas que representaban un bonsái japonés y una pagoda, en la que había farolas de madreperla.

Gabriel abrió las cartas, las barajó como un experto y repartió trece a cada uno. Dejó el resto de la baraja boca abajo sobre la mesa y dio la vuelta a la primera carta. El *whist* era un juego con dos etapas: en la primera, los jugadores trataban de recopilar los mejores naipes, y en la segunda, competían para ganar la mayor cantidad de puntos.

Para su satisfacción, Pandora había conseguido una buena mano, con numerosos triunfos y cartas altas. Le gustaba correr riesgos mientras que Gabriel, como era previsible, prefería ser más cuidadoso y conservador. Mientras hablaban, la entretuvo con historias sobre el club de juego de su familia. A ella le gustó especialmente una de un tramposo que siempre pedía sándwiches durante las partidas. Al final resultó que metía en el pan las cartas que no le iban bien. El plan había sido descubierto cuando otro jugador intentó comer un bocado de un sándwich de jamón y queso con pan de centeno y terminó con un dos de espadas atrapado entre los dientes.

Pandora tuvo que taparse la boca para no reírse demasiado alto.

—El juego es ilegal, ¿verdad? ¿Nunca hay redadas en el club?

—Por lo general, los respetables clubes del West End son ignorados. En especial Jenner's, ya que la mitad de los jueces de Inglaterra son miembros. Sin embargo, hemos tomado precauciones por si acaso hubiera alguna.

—¿Cómo?

—Hemos instalado placas metálicas en las puertas de tal manera que se pueden cerrar hasta que nos deshagamos de las evidencias. Además, hay túneles para que escapen los miembros del club que no deben ser vistos. Para mayor seguridad, se untan unas cuantas manos en el cuerpo de policía para tener la certeza de que recibiremos una advertencia antes de una redada.

—¿Sobornáis a la policía? —susurró Pandora sorprendida, intentando que no la oyeran.

—Es una práctica común.

La información no era apropiada para los oídos de una joven, lo que la hacía, por supuesto, mucho más fascinante. Era una visión de un lado de la vida que resultaba completamente ajeno a ella.

—Gracias por ser tan franco conmigo —le dijo de forma espontánea—. Me gusta que me traten como a una adulta. Aunque no siempre me comporte como tal —agregó con una risa incómoda.

—Ser imaginativa y divertida no te hace menos adulta —replicó Gabriel con suavidad—. Solo más interesante.

Nadie le había dicho eso antes, nadie había alabado sus defectos como si fueran virtudes. ¿Lo diría en serio? Pandora ocultó su expresión perpleja clavando los ojos en sus cartas.

Gabriel se quedó quieto.

—Ya que estamos hablando de Jenner's —dijo lentamente—, quiero decirte algo. No es que sea importante, pero siento que debo mencionártelo. Conocí a tu hermano hace algunos años —explicó ante su silencio inquisitivo.

Estupefacta por la revelación, Pandora se limitó a mirarlo. Trató de imaginar a Theo en compañía de ese hombre. Habían tenido muchas cosas en común, hechos evidentes como que los dos eran altos, de buena cuna, guapos... Pero bajo la superficie no podían ser más diferentes.

—Visitó el club con un amigo —continuó Gabriel—. Y decidió presentar una solicitud para hacerse socio. El gerente vino a decírmelo. —Se interrumpió con una expresión indescifrable—. Me temo que tuvimos que rechazarlo.

—¿Por su falta de crédito? —Pandora vaciló—. ¿O por su temperamento? —El largo silencio que siguió le dio la respuesta—. Por las dos cosas —dijo con ansiedad—. ¡Oh, Dios! Theo no se lo tomó bien, ¿verdad? ¿Hubo una discusión?

—Algo así.

Lo que significaba que su volátil hermano había montado un buen espectáculo.

Notó que se le calentaba la cara por la vergüenza.

—Lo siento —se disculpó—. Theo siempre estaba cruzando espadas con la gente que no podía intimidar. Y tú eres el tipo de hombre que siempre quiso ser.

—No te lo he dicho para hacerte sentir incómoda. —Gabriel utilizó el pretexto de coger una carta para rozarle discretamente el dorso de la mano—. Bien sabe Dios que su comportamiento no era una reflexión sobre ti.

—Creo que en su interior se sentía un fraude —dijo ella pensativamente—, y eso hacía que siempre estuviera enfadado. Era conde, pero su finca estaba terriblemente endeudada y era caótica, y apenas sabía cómo manejarla.

—¿Solías discutir con él?

Pandora sonrió sin humor.

—No, Theo no discutía conmigo, ni tampoco con Cassandra o con Helen. Mi familia no se parecía nada a la tuya. Éramos como... —vaciló, pensativa—, bueno, una vez leí una cosa...

—Dime —la instó Gabriel en voz baja.

—Era un libro de astronomía que decía que en la mayoría de las constelaciones las estrellas no están cerca unas de otras. Solo lo parecen. Desde donde estamos, es como si estuvieran cerca, pero algunas están incluso en extremos opuestos de la galaxia. Así era mi familia. Parece que pertenecemos a un mismo grupo, pero estábamos muy separados. Salvo Cassandra y yo, por supuesto.

—¿Y lady Helen?

—Siempre ha sido muy cariñosa y amable, pero vivía en su propio mundo. En realidad, ahora tenemos una relación mucho más cercana. —Pandora hizo una pausa, mirándolo con intensidad mientras pensaba que podría intentar describir durante horas a su familia y ni siquiera así sería capaz de transmitir cómo era realmente. La forma en la que se amaban sus padres había acabado siendo una guerra. La resplandeciente e intocable belleza de su madre, que desaparecía en Londres durante largos períodos de tiempo. Su padre, con aquella impredecible mezcla de violencia e indiferencia. Helen, que aparecía en raras ocasiones como si fuera un espectro, y Theo, que mostraba ocasionales momentos de descuidada bondad.

—La vida que llevabais en Eversby Priory era muy aislada —comentó Gabriel.

Pandora asintió ausente.

—Solía fantasear sobre ser presentada en sociedad. Tener cientos de amigos, ir a todas partes y verlo todo. Pero si vives aislada tanto tiempo, la soledad se vuelve parte de ti. Y luego, cuando intentas cambiar, es como mirar hacia el sol. No se puede soportar demasiado tiempo.

—Es solo cuestión de práctica —la animó él con suavidad.

Continuaron la partida, que terminó ganando Pandora, y luego otra, que perdió ante Gabriel.

—¿Lo dejamos ahora? ¿En empate? —preguntó después de felicitarlo por su victoria.

Él enarcó las cejas.

—¿Sin un ganador?

—Soy mejor que tú —le recordó ella con amabilidad—. Estoy tratando de evitarte una derrota.

Gabriel sonrió.

—Ahora insisto, debemos jugar una tercera partida. —Deslizó la baraja hacia ella—. Te toca repartir. —Mientras ella barajaba, él se reclinó en la silla y la miró de forma especulativa—. ¿Qué te parece si hacemos el juego más interesante y el perdedor paga una prenda?

—¿Qué clase de prenda?

—La que decida el ganador.

Pandora se mordió el labio inferior mientras sopesaba las posibilidades.

—¿Cantas tan mal como has dicho antes? —preguntó con una maliciosa sonrisa.

—Mi forma de cantar es un insulto para el propio aire.

—Entonces, si yo gano, tú tendrás que cantar *Dios salve a la reina* en el vestíbulo de entrada.

—¿Donde habrá incluso eco? —Gabriel le lanzó una mirada de alarma—. Santo Dios. No me imaginaba que pudieras ser tan cruel.

—Soy una pirata —le recordó con fingido pesar mientras repartía.

Gabriel recogió sus cartas.

—Iba a sugerirte una prenda más fácil, pero ahora voy a tener que pensar en algo más complicado.

—Ve a por todas —dijo Pandora alegremente—. Estoy acostumbrada a hacer el ridículo. Nada de lo que propongas me molestará.

Pero como debería haber esperado, resultó no ser cierto.

Gabriel alzó la mirada lentamente de sus cartas; sus ojos brillaban de una manera que le erizó el pelo de la nuca.

—Si gano —dijo en voz baja—, te reunirás conmigo aquí a las doce y media. Los dos solos.

—¿Por qué? —preguntó Pandora, desconcertada.

—Tendremos una cita a medianoche.

Ella lo miró sin comprender.

—He pensado que te gustaría tener una —agregó él.

Su aturdida mente recordó la noche que se conocieron, cuando habían hablado sobre la cita que había tenido Dolly con el señor Hayhurst. Se ruborizó. Él había sido muy agradable, la había hecho sentirse cómoda, y ahora le hacía una proposición que cualquier mujer decente encontraría un insulto.

—Se supone que debes comportarte como un caballero —susurró bruscamente.

Gabriel intentó dirigirle una mirada de disculpa, pero falló de forma estrepitosa.

—He tenido un lapsus.

—No es posible que acceda a eso.

Para mayor irritación, él la miraba como si ella tuviera la misma experiencia que un huevo recién puesto.

—Entiendo.

Ella entrecerró los ojos.

—¿Qué entiendes?

—Tienes miedo.

—¡No lo tengo! Pero prefiero otra prenda —agregó con toda la dignidad que pudo reunir.

—No.

Pandora lo miró incrédula mientras su temperamento Ravenel ardía como carbones recién avivados.

—He intentado con todas mis fuerzas que no me gustaras —le dijo ominosamente—. Y por fin está funcionando.

—Puedes cancelar la última partida si quieres —propuso Gabriel en tono decisivo—. Pero si eliges jugar y pierdes, la prenda será esa. —Se reclinó en su silla y la observó mientras ella se esforzaba por recuperar su compostura.

¿Por qué la desafiaba de esa manera? Y ¿por qué estaba dudando?

Un alocado impulso le impedía retroceder. No tenía sentido. No se entendía a sí misma. Su confusión desaparecía y cada vez le resultaba más atractiva la idea. Echó un vistazo a Gabriel, vio que a pesar de que parecía relajado, su mirada era penetrante, como si estudiara cada una de sus reacciones. De alguna forma, él sabía que a ella le iba a costar rechazarlo.

En la sala flotaban una mezcla de ambientes: conversaciones, música de piano, risas, el tintineo de las tazas de té y los platillos, el choque de botellas y vasos de cristal, el susurro de las cartas en las partidas de *whist*, el discreto murmullo de los invitados, los caballeros que entraban después de fumar un cigarro en el balcón. Le resultó casi imposible creer que Gabriel y ella estaban discutiendo algo tan escandaloso en medio de una respetable reunión familiar.

Sí. Tenía miedo. Estaba jugando a algo de adultos, con riesgos y consecuencias reales.

Miró a través de la ventana y vio que el balcón estaba vacío y sombrío, anunciando el final de la noche.

—¿Podemos salir un momento? —preguntó en voz baja.

Gabriel se levantó y le separó la silla.

Salieron al balcón cubierto, que se extendía por toda la longitud de la fachada principal de la casa, aunque algunas partes estaban enmarcadas por una celosía y rosas trepadoras. De tácito acuerdo, se alejaron todo lo posible de las ventanas del salón familiar. La brisa de poniente llevaba los sonidos de las olas y los gritos de las aves marinas, mientras alejaba los últimos vestigios del acre humo del tabaco.

Pandora se apoyó contra una de las columnas pintadas de blanco al tiempo que cruzaba los brazos sobre el pecho.

Gabriel se colocó a su lado, pero en dirección opuesta, con las manos apoyadas en la barandilla del balcón mientras miraba hacia el mar.

—Se acerca una tormenta —comentó.

—¿Cómo lo sabes?

—Por las nubes que hay en el horizonte y cómo se mueven con el viento. Esta noche dejará de hacer calor.

Pandora observó su perfil, recortado contra el intenso color rojo de la puesta de sol. Era el tipo de figura fantástica que poblaba los sueños de otras chicas. No los suyos. Antes de ir a Heron's Point sabía exactamente lo que quería y lo que no. Pero ahora todo estaba confuso. Pensaba que Gabriel estaba tratando de convencerse a sí mismo de que le gustaba lo suficiente para casarse con ella. Sin embargo, ella había llegado a entender el compromiso que tenía con su familia y sus responsabilidades para saber que no elegiría libremente a alguien como ella como esposa. No, a menos que fuera una cuestión de honor, para salvar una reputación arruinada. Incluso aunque la persona afectada no quisiera ser salvada.

Enderezó los hombros y se volvió hacia él.

—¿Vas a tratar de seducirme?

Gabriel tuvo el descaro de sonreír ante su franqueza.

—Podría intentar tentarte. Sin embargo, la elección sería tuya. —Hizo una pausa—. ¿Te preocupa no desear que me detenga?

Ella resopló.

—Después de lo que mi hermana Helen me contó sobre los abrazos conyugales, no puedo entender por qué cualquier mujer estaría dispuesta a dar su consentimiento para ello. Pero supongo que si alguien puede hacer que sea un poco menos repulsivo, eres tú.

—Gracias —dijo Gabriel, aunque parecía bastante aturdido—. Creo.

—Pero no importa lo poco repulsivo que puedas conseguir que me parezca —continuó Pandora—, sigo sin querer probarlo.

—¿Incluso con un marido? —preguntó en voz baja.

Pandora esperaba que las sombras ayudaran a ocultar su rostro sonrojado.

—Si nos casamos, no tendría más remedio que cumplir con mi obligación. Pero eso no querría decir que me gustara.

—No estés tan segura. Poseo cualidades persuasivas que ni siquiera imaginas. —Curvó los labios al ver su expresión—. ¿Entramos y acabamos la partida?

—No. Me has exigido una prenda que va contra todos mis principios.

—A ti no te preocupan los principios. —Gabriel se acercó más, obligándola a mover la espalda contra la columna—. Lo que te preocupa es la posibilidad de hacer algo malo conmigo y disfrutarlo —susurró, y su aliento se enroscó a su oreja como una voluta de humo.

Pandora se quedó en silencio. Le sorprendió estremecerse por la lenta combustión de la excitación que se había despertado en todos los lugares íntimos de su cuerpo.

—Deja que el destino decida —la animó Gabriel—. ¿Qué es lo peor que puede pasarte?

—Podría quedarme sin la posibilidad de elegir —fue su sincera y estremecida respuesta.

—Seguirás siendo virgen, solo que un poco menos inocente. —Gabriel buscó su pulso en la muñeca y lo acarició suvemente con los dedos—. Pandora, no estás a la altura de tu reputación como melliza mala. Corre el riesgo. Ten una aventura conmigo.

Pandora no se había imaginado ser vulnerable a ese tipo de tentación, nunca se imaginó lo difícil que sería resistirse a reunirse con él en secreto, por la noche.

Era lo más genuinamente vergonzoso que hubiera hecho nunca, y no estaba del todo segura de que él cumpliera su promesa. Pero su conciencia estaba debilitándose, sus defensas caían ante un deseo que parecía humillantemente poderoso.

Debilitada por los nervios, la necesidad y la ira, tomó una decisión demasiado rápido, de la misma forma en que tomaba la mayoría de sus decisiones.

—Terminaré la partida —le dijo en tono seco—. Y antes de que termine la noche, en el vestíbulo de entrada resonará el eco de tu emotiva interpretación del himno nacional. Las seis estrofas.

—Solo sé la primera, por lo que tendrás que conformarte con escuchar la misma seis veces —repuso con los ojos brillantes de satisfacción.

Mirándolo en retrospectiva, Pandora no debería haberse sorprendido al ver que la última mano de *whist* se desarrollaba de una forma totalmente diferente a las dos primeras partidas. El estilo de juego de Gabriel se vio alterado; ya no era prudente, sino agresivo y rápido. Ganó punto a punto, con milagrosa facilidad.

No fue una victoria. Fue una masacre.

—¿Están marcadas las cartas? —preguntó Pandora irritada, examinando las cartas sin revelar su mano.

Gabriel pareció ofendido.

—No, era una baraja nueva. Me viste abrirla. ¿Quieres que estrenemos otro mazo?

—No te molestes. —Concluyó el resto de la mano, sabiendo ya cómo iba a terminar.

No había necesidad de contar los puntos. Gabriel había ganado por un margen tan amplio que habría sido perder el tiempo.

—El primo Devon hizo bien en avisarme —murmuró Pandora con irritación—. Me has engañado. No eres un jugador mediocre, ¿verdad?

—Cariño —replicó él con suavidad—. Aprendí a jugar a las cartas con los mejores estafadores de Londres cuando todavía llevaba pantalones cortos.

—Júrame que las cartas no estaban marcadas —exigió ella—. Y que no escondías nada en la manga.

Él le sostuvo la mirada.

—Lo juro.

Pandora se apartó de la mesa y se puso en pie antes de que él pudiera moverse para ayudarla, envuelta en un torbellino de ansiedad, ira y sensación de culpa.

—Ya he tenido suficientes juegos por el momento. Iré a sentarme con mi hermana y el resto de las chicas.

—No seas así —la aduló Gabriel, levantándose—. Puedes retirarte si así lo deseas.

A pesar de que sabía que su oferta era conciliadora, Pandora se sintió insultada.

—Me tomo los juegos en serio, milord. Pagar una deuda es una cuestión de honor, ¿o es que supones que como soy mujer, mi palabra significa menos que la tuya?

—No —replicó apresuradamente.

Ella le miró con frialdad.

—Nos veremos más tarde.

Se giró sobre los talones y se alejó, tratando de mantener un paso relajado y el rostro inexpresivo. Pero por dentro se había quedado helada por culpa del miedo al pensar en lo que se iba a enfrentar próximamente.

Tenía una cita... A solas con Gabriel... Por la noche... En la oscuridad...

«¡Oh, Dios! ¿Qué he hecho?»

11

Pandora agarró un candelabro de bronce y metió el dedo por el anillo que tenía en la base antes de abrirse paso lentamente por el largo pasillo del piso de arriba. Las sombras negras parecían deslizarse por el suelo, pero ella ignoró aquella ilusión de movimiento, determinada a mantener el equilibrio.

El parpadeo de la llama de la vela era todo lo que se interponía entre ella y el desastre. Se habían apagado todas las luces, incluyendo la lámpara colgante del vestíbulo central. Salvo algún destello ocasional de los relámpagos lejanos, la única fuente de iluminación era el débil resplandor que provenía de las puertas de la sala.

Como Gabriel había predicho, la tormenta había llegado desde el océano. En ese momento caía con furia sobre la casa, luchando en el jardín con los árboles y las ramas, que se movían en todas direcciones. La edificación, construida baja y robusta para resistir el clima de la costa, soportaba estoica el temporal, ignorando las cortinas de lluvia que caían sobre el tejado. Aun así, el sonido de un trueno la hizo estremecer.

Estaba vestida con un camisón de muselina y una simple bata de franela que se cerraba por el frente, asegurándose con una cinta trenzada. A pesar de que le hubiera gustado ponerse un vestido de día, no pudo evitar el ritual nocturno de bañarse y soltarse el pelo sin que Ida sospechara algo.

Había calzado los pies en las zapatillas de lana de Berlín que le había hecho Cassandra y que, debido a una mala interpretación del patrón, eran cada una de un tamaño. La del pie derecho le quedaba perfecta, pero la izquierda estaba más floja. Cassandra se había disculpado tantas veces que Pandora había insistido en usarlas, diciendo que eran las zapatillas más cómodas que se había puesto nunca.

Permaneció cerca de la pared que, en ocasiones, llegaba a rozar con los dedos. Cuanta más oscuridad la rodeaba, peor era su equilibrio, parecía como si las señales que recibía su cerebro se negaran a coincidir con las que enviaba su cuerpo. En algunos momentos, el suelo, las paredes y el techo parecían cambiar bruscamente de lugar sin ninguna razón, haciéndola sentir agitada. Siempre había dependido de Cassandra para que la ayudara si tenían que ir a alguna parte por la noche, pero no podía pedirle a su melliza que la acompañara a un encuentro ilícito con un hombre.

Se obligó a tomar aire mientras miraba fijamente el resplandor ámbar que iluminaba el pasillo. La moqueta se extendía como un océano negro entre ella y la sala. Sostuvo la vacilante luz de la vela tan lejos como pudo de su cuerpo y se obligó a dar un paso tras otro, tratando de guiarse entre las sombras. Alguien había dejado una ventana abierta en alguna parte, y el aire húmedo con aroma a lluvia impactaba contra su cara y sus tobillos desnudos como si la casa estuviera respirando a su alrededor.

Se suponía que una cita a medianoche era algo romántico y atrevido, algo que no tenían las florero. Pero, en realidad, estaba pareciéndole un ejercicio de sufrimiento. Luchar para mantener el equilibrio en la oscuridad estaba dejándola agotada y preocupada. Lo único que deseaba era volver a estar a salvo en su cama.

Cuando dio otro paso, la zapatilla floja del pie izquierdo se resbaló lo suficiente como para hacerla tropezar, cayendo de rodillas. De alguna manera, se las arregló para recuperar el equilibrio, pero el candelabro salió volando de su mano. La mecha se apagó en el instante en el que chocó contra el suelo.

Jadeante y desorientada, Pandora quedó sumida en la oscuridad. No se atrevía a moverse, y mantuvo los brazos suspendidos en el aire, con los dedos abiertos como bigotes de gato. Las sombras y las corrientes de aire fluían a su alrededor, haciéndola perder el equilibrio. Se tensó para soportar aquel impulso intangible.

—¡Oh, cáspita! —susurró. Una pátina de sudor frío le cubrió la frente mientras intentaba superar aquella primera oleada de pánico.

La pared estaba a su izquierda; tenía que llegar a ella. Necesitaba estabilidad. Pero el primer paso cauteloso hizo que el frío suelo se zozobrara bajo sus pies y el mundo se movió hasta quedarse en una inclinación en diagonal. Se tambaleó y cayó con un ruido sordo en el suelo... ¿O era la pared? ¿Estaba recostada en posición vertical u horizontal? Vertical, decidió. Había perdido la zapatilla izquierda y notaba una superficie dura contra los dedos descalzos del pie. Sí, ahí estaba el suelo. Mientras apretaba la mejilla húmeda contra la pared, intentó reubicarse, a pesar del agudo tono que inundaba su oído izquierdo.

El corazón le latía demasiado rápido. No le dejaba respirar. Cada vez que tomaba aire, parecía emitir un ahogado sollozo. De repente, una forma grande y oscura se acercó a ella con tanta rapidez que se encogió contra la pared.

—¡Pandora! —Unos brazos se cerraron a su alrededor. Se estremeció al oír la voz grave de Gabriel y notó cómo la invadía la tranquilidad que transmitía su cuerpo—. ¿Qué te ha pasado? Dios mío, si estás temblando... ¿Te da miedo la oscuridad? ¿La tormenta? —La besó en la frente húmeda y murmuró palabras consoladoras contra su cabello—. Tranquila, tranquila, ya estás bien. En mis brazos estás a salvo. Nadie te va a hacer daño, cariño. —Se había quitado la chaqueta negra y desabrochado el cuello de la camisa. Podía oler la sal de su jabón para afeitar en la piel, el olor más acre de la ropa almidonada y el rastro de humo de cigarro que había absorbido el chaleco de seda. La fragancia era masculina y reconfortante, y la hacía estremecer.

—Es que... Se me cayó la vela —jadeó.

—No te preocupes por eso. —Le puso una mano en la nuca y se la masajeó con ternura—. Ven conmigo a la sala.

Ella se quiso morir. No se movió, solo dejó escapar un suspiro de derrota.

—No puedo —confesó.

—¿Por qué? —preguntó él en voz baja.

—No me puedo mover. En la oscuridad pierdo el equilibrio.

Él le rozó de nuevo la frente con los labios y los mantuvo allí durante un buen rato.

—Rodéame el cuello con los brazos —le pidió finalmente. Después de que ella obedeciera, la levantó con facilidad y la apretó contra su pecho.

Pandora mantuvo los ojos cerrados mientras la llevaba por el pasillo. Gabriel era fuerte y de movimientos coordinados, andaba con zancadas firmes como un gato que le hicieron sentir una punzada de envidia. No podía recordar lo que era moverse con tanta seguridad a través de la noche, sin ningún tipo de temor.

El salón familiar solo estaba iluminado por el fuego del hogar. Gabriel la llevó hasta un sofá de estilo imperio, con el respaldo curvado y tapizado igual que los apoyabrazos, y se sentó con ella en el regazo. Al principio, su orgullo la hizo oponerse por la manera en la que la sostenía, como si fuera una niña asustada. Pero su duro torso era demasiado reconfortante, y la forma en la que le recorría lentamente las extremidades con las manos era la sensación más cálida y placentera que hubiera conocido nunca. Lo necesitaba. Aunque solo fuera unos minutos.

Gabriel se estiró hacia una mesita de caoba que había junto al sofá y agarró un vaso corto de cristal tallado medio lleno de un líquido oscuro. Sin decir una palabra, le apretó el vaso contra los labios, como si no creyera que ella pudiera sostenerlo por sí misma sin derramarlo.

Pandora bebió con cautela. El licor era delicioso, con una

nota a caramelo y a ciruela que dejó un suave calor en su lengua. Tomó otro sorbo más grande, y movió las manos para sujetar el vaso.

—¿Qué es?

—Oporto. Acábalo —la animó al tiempo que doblaba el brazo libre alrededor de sus rodillas.

Ella lo bebió despacio, relajándose con el calor que el oporto enviaba a cada rincón de su cuerpo. La tormenta silbaba con impaciencia, haciendo vibrar las ventanas una y otra vez con el mismo ritmo que el mar, que parecía saltar en rugientes colinas de líquido. Pero ella estaba caliente y seca, acurrucada entre los brazos de Gabriel mientras la luz del fuego jugaba sobre ellos.

Él metió la mano en el bolsillo del chaleco y sacó un pañuelo doblado, con el que hizo desaparecer cualquier rastro de sudor de su cara y su cuello. Después de dejar la tela a un lado, le acarició un mechón de pelo oscuro antes de ponerlo con cuidado detrás de su oreja izquierda.

—Ya me he dado cuenta de que no oyes bien de este lado —dijo él en voz baja—. ¿Forma parte del mismo problema?

Ella parpadeó asombrada. En tan solo unos días, él había detectado algo que ni siquiera su familia, las personas que vivían con ella, habían percibido, pues ellas solo se habían limitado a aceptar que era descuidada y despistada.

Asintió.

—Por ese oído solo oigo la mitad que por el otro. Por la noche, o en la oscuridad, todo me da vueltas y no sé qué está arriba y qué abajo. Si me giro demasiado rápido, me caigo al suelo. No puedo controlarlo; es como si me empujaran unas manos invisibles.

Gabriel le acunó la mejilla con la palma de la mano y la miró con una ternura que hizo que su pulso se disparara.

—Por eso no bailas.

—Puedo manejar los bailes más lentos, pero el vals me resulta imposible. Solo se dan vueltas y vueltas. —Apartó la mirada con timidez y apuró las últimas gotas de oporto.

Él tomó el vaso vacío y lo dejó a un lado.

—Debiste decírmelo. Jamás te hubiera pedido que salieras a mi encuentro por la noche si lo hubiera sabido.

—No era el momento. Además, me pareció que con una vela sería suficiente. —Jugueteó con el cinturón de la bata de franela—. No contaba tropezarme con las zapatillas. —Estiró su desnudo pie izquierdo desde debajo del camisón y frunció el ceño—. He perdido una.

—Luego la buscaré. —Gabriel apresó una de sus manos entre las de él y se la llevó a los labios, tejiendo sobre sus dedos un patrón de besos suaves—. Pandora..., ¿qué fue lo que te pasó en ese oído?

Sintió que su alma se rebelaba ante la posibilidad de hablarlo con él.

Girándole la mano, Gabriel le besó la palma y le apretó los dedos contra la mejilla. Su piel afeitada era suave en una dirección y algo áspera en la otra, como la lengua de un gato. La luz del fuego hacía que él pareciera dorado de pies a cabeza salvo por el color de sus ojos, de un azul muy claro, como una estrella ártica. Él esperó, terriblemente paciente, mientras ella buscaba las palabras con las que responder.

—Es que... Es que no puedo hablar de ello si te estoy tocando. —Pandora arrastró la mano por su mejilla hasta dejarla en el regazo. Sintió un persistente y agudo zumbido en el oído. Se lo cubrió con la palma al tiempo que se daba un par de golpecitos en el cráneo. Por suerte, funcionó.

—Acúfenos —dijo Gabriel, mirándola fijamente—. Uno de los abogados de la familia los tiene. ¿Te dan problemas con frecuencia?

—Solo de vez en cuando, cuando estoy nerviosa.

—Ahora no tienes que estar nerviosa.

Pandora le dirigió una sonrisa breve y distraída mientras enredaba los dedos de una mano con los de la otra hasta formar una bola apretada.

—Yo misma me lo busqué. ¿Recuerdas que te conté que me

gusta escuchar a escondidas? Pues en realidad no lo hago tanto como antes, pero cuando era pequeña, me parecía la única manera de descubrir todo lo que estaba ocurriendo en nuestro hogar. Cassandra y yo comíamos siempre en la habitación de los niños y jugábamos solas. A veces, pasaban semanas sin que viéramos a alguien que no fueran Helen o los criados. A mi madre le gustaba pasar largas temporadas en Londres, mi padre la acompañaba o iba de caza, y Theo estaba interno. Cuando mis padres estaban en casa, la única manera de atraer su atención era portándose mal. Y yo era la peor, por supuesto. Arrastraba a Cassandra siempre a mis enredos, pero todo el mundo sabía que ella era la melliza buena. La pobre Helen se pasaba la mayor parte del tiempo con la nariz hundida en los libros, tratando de volverse invisible. Sin embargo, yo prefería causar problemas que verme ignorada.

Gabriel le cogió la trenza y jugueteó con ella mientras la escuchaba.

—Cuando ocurrió, yo tenía doce años —continuó ella—. O quizás once. Mis padres estaban discutiendo en el dormitorio principal con la puerta cerrada. Cada vez que tenían un enfrentamiento era terrible. Se gritaban y se tiraban cosas. Como es natural, metí las narices en lo que no me importaba y me puse a escuchar a escondidas. Discutían sobre un hombre con el que estaba... involucrada mi madre. Mi padre gritaba, cada una de sus palabras sonaba como si estuviera rompiéndose algo. Cassandra intentó apartarme de la puerta. Pero esta se abrió de repente y apareció él, hecho una furia. Debía de haber percibido mis movimientos por las sombras que se veían por debajo de la hoja. Se acercó a mí y, con la rapidez de un rayo, me golpeó las dos orejas a la vez con las palmas de las manos. Lo único que recuerdo es que el mundo explotó. Cassandra dice que me ayudó a regresar a nuestra habitación y que me salía sangre por la oreja izquierda. Tardé un par de días en oír bien por el lado derecho, pero no recuperé toda la audición en la otra, y sentía un dolor sordo en lo más profundo. Poco tiempo después, empecé a tener fiebre. Mi madre dijo que no tenía nada que ver con el oído, pero yo creo que fue por eso.

Pandora se interrumpió, incapaz de proporcionar los detalles más desagradables, como todo lo que le había supurado el oído. Miró a Gabriel con cautela, porque, hasta entonces, había evitado su cara. Ya no jugaba con su trenza, sino que había cerrado el puño alrededor de ella con tanta fuerza que se le marcaban todos los músculos de los antebrazos y la muñeca.

—Incluso después de recuperarme de la fiebre —continuó ella— no volví a oír bien. Pero lo peor de todo fue que seguía perdiendo el equilibrio, en especial por la noche. Eso me hizo sentir miedo en la oscuridad desde entonces. —Se detuvo cuando Gabriel levantó la cabeza.

Su expresión era dura y brutal. Sus ojos mostraban una mirada tan helada que la aterró más de lo que hubiera hecho nunca la furia de su padre.

—Jodido hijo de puta —maldijo él por lo bajo—. Si estuviera vivo, lo azotaría con un látigo.

Pandora se acercó tentativamente, acariciando el aire que lo envolvía.

—No —jadeó—, no, no es eso lo que quiero. Lo odié durante mucho tiempo, pero ahora lo lamento por él.

Gabriel le cogió la mano en el aire con rápida suavidad, como si fuera un pájaro que quisiera conservar sin lesionar. Se le habían dilatado tanto las pupilas que ella se pudo ver reflejada en los centros oscuros.

—¿Por qué? —susurró él después de un momento.

—Porque herirme a mí era la única forma de ocultar su propio dolor.

12

Gabriel se sintió sorprendido por la compasión que mostraba Pandora por un hombre que le había causado tanto daño. Negó con la cabeza con asombro mientras la miraba a los ojos, tan oscuros como la sombra de una nube en un campo de gencianas azules.

—Eso no lo excusa —dijo con la voz ronca.

—No, pero me ayudó a perdonarlo.

Él, por su parte, jamás perdonaría a ese bastardo. Quería vengarse. Quería arrancar la carne de su cadáver y colgar el esqueleto para asustar a los cuervos.

Le temblaban sutilmente los dedos cuando los acercó a la cara de Pandora para dibujar el elegante borde de su rostro, los altos picos de sus pómulos.

—¿Qué te dijo el médico sobre el oído? ¿Qué tratamiento te dieron?

—No fue necesario llamar a un médico.

Un nuevo flujo de rabia ardió en sus venas cuando asimiló las palabras.

—Te rompió el tímpano. ¿Cómo es posible, en nombre de Dios, que no llamaran a un médico? —A pesar de que había logrado no gritar, su tono estaba lejos de ser civilizado.

Pandora se estremeció de inquietud y se echó hacia atrás.

Él se dio cuenta de que lo último que ella necesitaba era una muestra de su temperamento. Contuvo sus desbocadas emociones y movió el brazo para atraerla de nuevo.

—No, no te alejes. Cuéntame lo que pasó.

—La fiebre había remitido —explicó ella después de una larga vacilación—, y... tienes que entender a mi familia. Si ocurría algo desagradable, se ignoraba, y no se volvía a hablar de ello. En especial si se trataba de algo que mi padre había hecho cuando perdía los estribos. Después de un tiempo, nadie recordaba realmente lo que había ocurrido. La historia familiar se borraba y reescribía una y mil veces. Pero ignorar el problema que tenía en el oído no lo hizo desaparecer. Siempre que no oía algo, o cuando me tropezaba o caía, mi madre se enfadaba. Decía que había sido torpe por culpa de la prisa o de un descuido. No podía admitir que me pasara algo en la audición. Incluso se negaba a hablar de ello. —Pandora se detuvo y se mordisqueó de forma pensativa el labio inferior—. Estoy haciendo que parezca terrible, y no era así. Había momentos en los que era cariñosa y amable. Nadie es solo bueno o malo. —Lanzó una mirada temerosa hacia él—. ¡Oh, Dios! No vas a tenerme lástima, ¿verdad?

—No. —Gabriel se sentía angustiado por ella, y también indignado. Pero mantuvo la voz tranquila—. ¿Por eso lo guardas en secreto? ¿Temes que te compadezcan?

—Eso por una parte, y además... Es una vergüenza que prefiero reservar en privado.

—No eres tú quien debería sentirse avergonzada, sino tu padre.

—Yo la siento como mía. Si no hubiera estado escuchando, mi padre no me hubiera castigado.

—Eras una niña —dijo él con brusquedad—. No te castigó, te atacó brutalmente.

Para su sorpresa, ella curvó los labios con una pizca de diversión, algo que la hizo parecer satisfecha de sí misma.

—Ni siquiera eso hizo que dejara de escuchar a escondidas. Solo consiguió que me volviera más cuidadosa para que no me descubrieran.

173

Resultaba tan entrañable, tan indomable, que Gabriel se vio sorprendido por un sentimiento que no había conocido antes, como si una extrema alegría y una ponderable desesperación se hubieran comprimido en una nueva emoción que amenazaba con romperle las paredes del corazón.

Pandora nunca se plegaría a la voluntad de otra persona, nunca se rendiría... Solo se quebraría. Había visto lo que les hacía el mundo a las mujeres enérgicas y ambiciosas. Ella debía dejar que la protegiera, que la tomara por esposa, pero no sabía cómo convencerla. Las reglas habituales no se aplicaban a alguien que vivía sometido a su propia lógica.

Se inclinó hacia ella y la estrechó contra su acelerado corazón. Se estremeció al notar que ella se relajaba de forma automática.

—¿Gabriel?

—¿Sí?

—¿Cómo ganaste la última partida de *whist*?

—Conté las cartas —admitió.

—¿Eso es hacer trampa?

—No, pero tampoco quiere decir que fuera justo. —Él le apartó los caprichosos mechones que le caían sobre la frente—. Mi única excusa es que llevo días queriendo estar contigo a solas. No podía dejarlo en manos del azar.

—Porque quieres ser honorable —dijo Pandora muy seria.

Él enarcó las cejas mientras la miraba de reojo.

—Quieres salvarme a mí y a mi familia del escándalo —explicó ella—. Seducirme es el camino más corto.

Gabriel esbozó una sonrisa irónica.

—Tanto tú como yo sabemos que esto no tiene nada que ver con el honor. No finjas que no te das cuenta de cuándo te desea un hombre —agregó él ante su mirada perpleja—. Ni siquiera tú eres tan ingenua.

Ella lo siguió mirando mientras aparecía una arruguita de preocupación entre sus cejas al percatarse de que había algo que se suponía que debía saber, algo que debería haber entendido.

174

¡Dios! Era demasiado ingenua. No había disfrutado de coqueteos o intereses románticos que le hubieran mostrado cómo interpretar las señales de interés sexual de un hombre.

Desde luego, no iba a tener ningún problema en enseñárselo. Inclinó la cabeza para besarla y dejó que su boca se moviera sobre la de ella hasta que separó los labios temblorosos. Sus lenguas se encontraron en un húmedo y sedoso abrazo. Según profundizaba el beso, este se volvía más y más delicioso, la boca de Pandora era exuberante, indagadora e inocentemente erótica.

Con cuidado, la inclinó sobre los suaves cojines de brocado, pero mantuvo un brazo debajo de su cuello. Gabriel se sentía sofocado bajo las capas de ropa, incómodo y excitado sintió la urgente necesidad de acomodarse mejor.

—Cariño... Estar cerca de ti me excita. Pensaba que era obvio.

Pandora enrojeció y hundió la cara en su hombro.

—Nada relacionado con los hombres me resulta obvio —expresó con la voz apagada.

Él sonrió de medio lado.

—Qué suerte tienes, entonces, de que esté aquí para enseñarte cada detalle. —Consciente de la inquietud de Pandora, él bajó la mirada y vio que estaba tratando de tirar del borde de la bata, que se le había subido hasta las rodillas. Una vez que lo logró, se quedó inmóvil, como si estuviera conteniendo un fuego en plena ebullición.

Gabriel le acercó los labios a la oreja.

—Me deslumbras, Pandora —dijo en voz muy baja—. Cada hermosa y fascinante molécula de ti. La noche que nos conocimos, sentí como si hubiera sufrido una descarga eléctrica. Hay algo en ti que llama al diablo que llevo dentro. Quiero llevarte a la cama y no levantarme por lo menos en diez días. Quiero adorar cada centímetro de tu cuerpo mientras los minutos arden como polillas demasiado cerca de las llamas. Quiero sentir tus manos sobre mí para... ¿Qué dices, cariño? —se interrumpió al escuchar su murmullo.

Pandora se volvió y lo miró con irritación.

—Te decía que me estás hablando en el oído malo. No puedo oír lo que dices.

Gabriel le lanzó una mirada intensa, pero luego dejó caer la cabeza con una risa entrecortada.

—Lo siento. Ya me había dado cuenta. —Respiró hondo para tranquilizarse—. Quizá sea mejor, se me ha ocurrido otra manera de demostrarte mi punto de vista. —Se levantó de los cojines y llevó consigo a Pandora. Deslizó los brazos por debajo de su cuerpo delgado y la levantó con facilidad.

—¿Qué haces? —preguntó ella, tambaleándose.

Como única respuesta, él la puso sobre su regazo.

Pandora frunció el ceño y se retorció incómoda.

—No entiendo por qué...

De repente, abrió mucho los ojos y se quedó quieta. Por su rostro pasó una rápida sucesión de expresiones: asombro, curiosidad, mortificación... Y la conciencia de una sólida erección masculina debajo de ella.

—Decías que nada relacionado con los hombres te resulta obvio —se burló él con suavidad.

Cuando ella se retorció para reajustar la posición, él sintió una exquisita palpitación en la ingle y el abdomen. Se preparó para soportar la sensación, y contuvo el aliento consciente de que no necesitaría mucho más para alcanzar el clímax.

—Cariño, ¿te importaría... no moverte... demasiado?

Ella le lanzó una mirada airada.

—¿Alguna vez has intentado sentarte encima de un bate de cricket?

Reprimiendo una sonrisa, Gabriel trasladó casi todo su peso a uno de los muslos.

—En ese caso, apóyate en mi pecho y ponte... Sí, de esa manera. —Cuando se acomodó, él le aflojó el cinturón de la bata—. Parece que tienes calor —añadió—, deja que te ayude con esto.

Pandora no se fio de su tono solícito.

—Si tengo calor —rebatió, quitándose las mangas de la bata— es porque me has hecho sentir vergüenza. A propósito —agregó con una mirada severa.

—Solo trataba de dejar claro lo mucho que te deseo.

—Pues ya lo tengo claro. —Estaba sonrojada y nerviosa.

Gabriel le quitó la bata y la arrojó a un lado, dejándola cubierta solo por el camisón de muselina. Intentó recordar la última vez que una de sus parejas sexuales había sido tan tímida. Ya no se acordaba de lo que era sentirse incómodo en la intimidad, y se quedó prendado por la modestia de Pandora. Hacía que algo que le resultaba familiar le pareciera completamente nuevo.

—¿No te ha contado tu hermana lo que le ocurre al cuerpo de un hombre cuando está excitado? —preguntó.

—Sí, pero no me dijo que podía ocurrir en una sala.

Él curvó los labios.

—Me temo que puede ocurrir en cualquier lugar. En la sala, en el salón de baile, en un carruaje... O en un cenador.

Pandora pareció quedarse escandalizada.

—Entonces ¿piensas que esto es lo que estaban haciendo Dolly y el señor Hayhurst en el cenador? —preguntó.

—Sin duda. —Comenzó a desabrocharle los botones superiores del camisón y le besó la piel recién descubierta de la base de la garganta.

Pandora, sin embargo, todavía no había cerrado el tema de la cita en el cenador.

—Pero el señor Hayhurst no regresó al salón de baile con una... Una protuberancia así. ¿Cómo se desinfla?

—Por lo general, basta con que piense en el último análisis de valores extranjeros en la bolsa. Eso suele solucionar el problema de inmediato. Pero si no funciona, me imagino a la reina.

—¿En serio? Me pregunto qué pensaría el príncipe Alberto al respecto. No olvides que han tenido nueve hijos. —Mientras Pandora continuaba charlando, Gabriel abrió los bordes del camisón y besó el valle entre sus tiernos pechos. Ella hundió los

177

dedos en su nuca—. ¿Te imaginas una reforma educativa? ¿O el procedimiento del Parlamento? ¿O...?

—Chisss... —Comenzó a seguir con la lengua la vena azul que resaltaba en la piel de alabastro de Pandora—. Yo quiero hablar de lo hermosa que eres. De que hueles a flores blancas, a ventanas abiertas y a lluvia de primavera. Quiero decirte lo suave y dulce que eres... Tanto, tanto... —Cerró la boca en la suave curva de su pecho y Pandora se estremeció mientras contenía el aliento. Gabriel se vio inundado de emoción al sentir cómo despertaba su placer. Le recorrió el seno con leves contactos que seguían un errante patrón. Al llegar al brote de color rosado, separó los labios y lo capturó en el cálido interior de su boca. Movió la punta de la lengua alrededor del pico hasta que estuvo erizado.

En su mente giraban sin cesar pensamientos sobre las infinitas maneras en las que quería darle placer. Tenía tantas ganas de satisfacerla que tuvo que recurrir a todo su autocontrol para acariciarla lenta y deliberadamente cuando solo quería devorarla. Pero para ella todo era nuevo, cada enervante intimidad, y él sería paciente aunque perdiera la vida en el intento. Mientras lamía y succionaba con suavidad, oyó que ella emitía un gemido ahogado. Pandora le tocó los hombros y luego el pecho, vacilando, como si no supiera dónde poner las manos.

Alzó la cabeza y buscó sus labios para poseerlos con avidez.

—Pandora —dijo cuando interrumpió el beso—. Puedes tocarme como quieras. Puedes hacer cualquier cosa que desees.

Ella lo miró con sorpresa durante un buen rato antes de llevar vacilantemente los dedos a la corbata blanca que colgaba a ambos lados de su cuello abierto. Ante su falta de objeciones, tiró de ella y luego agarró los bordes del chaleco de seda. Con su ayuda, le quitó la prenda y la dejó caer al suelo. A continuación, desabrochó los primeros botones del cuello de la camisa, hasta la mitad de su pecho. Luego, Pandora se quedó mirando el triángulo en la base de la garganta, como si estuviera hipnotizada por él y, por fin, se inclinó para besarlo.

—¿Por qué te gusta ese lugar? —preguntó Gabriel, con el corazón golpeando contra las costillas al sentir el delicado roce de su lengua.

—No lo sé. —Pandora curvó los labios contra su piel—. Parece hecho para mis... —Hizo una pausa—. Para besarlo.

Él cerró el puño en su pelo y la movió hasta que sus miradas se encontraron.

—Para tus besos —aseguró bruscamente, cediéndole la propiedad de ese trozo de su cuerpo, lo quisiera ella o no.

Las curiosas manos femeninas exploraron los contornos de su torso y su pecho. Ella deslizó los dedos debajo de los tirantes que se apoyaban en sus hombros y se los bajó. Era la tortura más erótica que él hubiera experimentado nunca, y se obligó a permanecer quieto mientras Pandora hacía inventario de ese nuevo territorio. Lo besó en el cuello mientras jugueteaba con el vello de su pecho. Al encontrar el círculo plano de su tetilla, lo frotó con la yema del dedo pulgar, lo que elevó un grado más la excitación. Pandora se volvió más audaz mientras se movía sobre él, en una maraña de extremidades, tratando de acercarse más, hasta que una de sus rodillas se aproximó de forma peligrosa a su ingle. Él la sujetó por las caderas.

—Ten cuidado, cielo. No querrás que me pase el resto de la noche quejándome en el sofá.

—¿Te he hecho daño? —preguntó ella con ansiedad, echándose hacia atrás.

—No, pero para los hombres, ese lugar... —Gabriel soltó un gruñido primitivo cuando sintió que se ponía a horcajadas sobre él. La sensación era tan ardiente, tan exquisita e incendiaria, que estaba a unos meros segundo de explotar. Volvió a apretarle las caderas para mantenerla quieta mientras cerraba los ojos, maldiciendo para sus adentros. Cualquier movimiento por su parte, aunque solo fuera para alejarla, le haría descargarse como un muchacho imberbe con su primera mujer.

—Oh... —oyó que exclamaba Pandora por lo bajo, tensando los muslos a ambos lados de los de él—. No era mi intención...

—No te muevas —le pidió con voz áspera y suplicante—. ¡Por Dios, no te muevas! Por favor...

Por suerte, ella se quedó quieta. Él apenas podía pensar más allá del alocado deseo que embargaba su cuerpo, que tensaba todos sus músculos. Sentía su calor incluso a través de la tela de los pantalones. «Mía», gritaba su sangre. Necesitaba poseerla, aparearse con ella. Respiró hondo varias veces para sosegarse, se estremeció y tragó saliva antes de, con mucho esfuerzo, retomar el control.

—¿Estás pensando en la reina? —preguntó Pandora mientras la hinchada longitud palpitaba con vehemencia entre ellos—. Porque si es así, no está funcionando.

Él curvó los labios ante la observación, y respondió sin abrir los ojos.

—Sintiéndote contra mi cuerpo en camisón, daría igual que la reina estuviera aquí mismo en la sala, con un contingente de guardias uniformados.

—¿Y si ella estuviera riñéndote? ¿Y si te echara agua fría en los pies?

Divertido, la miró con un solo ojo entreabierto.

—Pandora, tengo la sensación de que estás tratando de desinflar mi protuberancia —se burló él.

—¿Y si todos los guardias hubieran sacado las espadas y te amenazaran con ellas? —insistió.

—Les aseguraría que la reina no correría ningún peligro conmigo.

—¿Y yo? —preguntó vacilante Pandora. Sin duda, no era una cuestión inapropiada para una virgen sentada sobre un hombre medio desnudo y excitado.

—Por supuesto que no —aseguró Gabriel, aunque no supo si ella lo encontró convincente—. El lugar más seguro del mundo para ti es entre mis brazos. —La rodeó con ellos y la acercó más. Cuando se inclinó hacia delante, la cresta de su hinchada erección se alineó con la suave hendidura de ella, y Pandora contuvo el aliento. La acarició en la cadera para tranquilizarla—.

¿Te pone nerviosa lo mucho que te deseo? Porque el único propósito de esto —se arqueó con suavidad hacia arriba— es darte placer.

Pandora lo miró con recelo.

—Helen me dijo que hacía algo más que eso.

Él emitió una risita. No sabía que era posible estar excitado y divertirse a la vez.

—No esta noche —logró decir—. Te prometí que no volvería a dejarte sin opciones. Y siempre mantendré las promesas que te haga.

Pandora le lanzó una mirada admirada y se recostó mejor sobre él. La vio parpadear con rapidez cuando sintió la involuntaria contracción de su dureza en el núcleo de su cuerpo.

—¿Qué vamos a hacer ahora? —susurró ella.

—¿Qué quieres que haga? —musitó él, mirándola con fascinación.

Se estudiaron el uno al otro, los dos inmóviles y tensos por el ardiente placer. Con mucho cuidado, como si estuviera haciendo un experimento con alguna sustancia violentamente inestable, Pandora acercó su boca a la de él, probando diferentes ángulos, buscándolo y degustándolo con un fervor cada vez mayor.

Ninguna mujer había besado a Gabriel de la forma en que ella lo hacía, deslizándose por las suaves y ardientes sensaciones como si estuviera libando la miel de un panal. Sin embargo, cuanto más tiempo lo hacía, más salvaje se volvía. Uno de los dos tenía que conservar el control, y estaba claro que no iba a ser ella; por el contrario, estaba haciendo que a él le resultara más difícil. Gimió cuando ella se retorció en su regazo, poniéndolo todavía más duro.

Él le encerró el rostro entre las manos y la echó hacia atrás intentando ser gentil.

—Cariño, tranquila. Relájate. Te daré todo lo que tú...

Antes de que pudiera terminar la frase, Pandora se sumergió de nuevo y capturó su boca con un inocente entusiasmo. Jadeante, ella trató de sentir más porción de su pecho, buscando a tientas el borde inferior de la camisa. Pero no quedaban botones que desabrochar, así que tiró de ambos lados, tratando de rasgar la prenda.

Puede que hubiera funcionado con una camisa de diario, pero la pechera de una camisa de gala estaba confeccionada con varias capas de tela, y se necesitaba doble ración de almidón para suavizarla.

A pesar de su aguda excitación, Gabriel sintió que bullía en su pecho una risa irresistible cuando la miraba, su pequeña y firme pirata, que se enfrentaba a un momento de inesperada dificultad para rasgar la camisa. Pero no había forma de que se arriesgara a herir sus sentimientos en un momento así. Después de sofocar la risa, se sentó con la espalda recta para tirar del borde de la camisa hacia arriba y quitársela por la cabeza, dejando al descubierto todo su pecho.

En cuanto lanzó la prenda a distancia, Pandora se unió a él con un suspiro desgarrador y dejó que sus manos vagaran por todo el torso y los laterales con desenfrenada codicia. Gabriel se reclinó contra el respaldo. Más tarde le enseñaría a seguir un ritmo controlado, a acumular lentamente el deseo, pero por ahora, prefería darle rienda suelta. La trenza había comenzado a deshilacharse y los rizos que caían alrededor de su rostro eran tan brillantes como la luna sobre las ondas de agua oscura. La acarició y le hizo cosquillas mientras se movía sobre él, impulsando las caderas sin seguir ningún patrón concreto.

Gabriel estaba tan tenso como un hombre en una mazmorra medieval. Cerró los puños en el cojín hasta que sus dedos estuvieron a punto de hacer agujeros en el brocado. Luchó para concentrarse, reprimiendo su propio deseo mientras Pandora seguía besándolo, frotándose arriba y abajo en su regazo.

Arrancando la boca de la suya con una muda exclamación, Pandora dejó caer la cabeza en su hombro. Jadeaba, sin saber lo que quería, solo que el placer incrementaba su frustración, y cualquier cosa que hacía para satisfacerla era peor.

Había llegado el momento de tomar el control. Con un murmullo de consuelo, Gabriel la echó hacia atrás y le recogió el pelo junto.

—Quiero hacer algo por ti, cielo. ¿Vas a confiar en mí durante unos minutos?

13

Pandora valoró la cuestión sin moverse. Estaba excitada e insatisfecha, con los nervios tensos como un alambre. Como ocurría cuando tenía hambre, solo que mucho peor. Algo la carcomía, algo agudo que la dejaba temblorosa.

—¿Qué vas a hacer? —le preguntó.

Gabriel movió las manos sobre ella con ligereza.

—Sabes que jamás te haría daño.

A ella no se le escapó que no había respondido a su pregunta. Se alzó sobre él y luego lo miró. Allí tumbado, debajo de ella, era tan hermoso que no parecía humano; con aquellos músculos marcados y elegantes, y unos rasgos que parecían fruto de un sueño.

Tenía los pómulos y el puente de la nariz bronceados, como si hubiera estado expuesto al sol demasiado tiempo. Sus ojos azules brillaban llenos de malicia y secretos, sombreados por las espesas pestañas.

«Es como si Adonis hubiera cobrado vida», pensó ella, invadida por una oleada de pesimismo.

—Creo que debemos parar —dijo a regañadientes.

Gabriel negó con la cabeza, entrecerrando los ojos como si aquella declaración lo desconcertara.

—Apenas hemos empezado.

—Esto no puede conducir a nada. El príncipe azul no es para

una chica que se sienta en los rincones, sino para una que pueda bailar el vals.

—¿Qué demonios tiene que ver el vals con esto?

—Es una metáfora.

—¿Por qué? —Gabriel la alejó en su regazo, se sentó y se pasó las manos por el cabello. A pesar de sus intentos para restablecer el orden en su pelo, los mechones dorados se distribuyeron en desaliñadas capas, de las que algunas cayeron sobre su frente. Daba igual, todo le quedaba bien. Lo miró mientras ponía el brazo en el respaldo del sofá con los ojos clavados en ella.

Pandora estaba tan distraída por su torso y sus bíceps musculosos, por el vello dorado que le cubría el pecho, que apenas fue capaz de responder.

—Por todas las cosas que yo no puedo hacer. Tu esposa tendrá que ser la anfitriona de todo tipo de eventos, asistir a bailes y veladas contigo, y ¿qué mujer con dos piernas no puede bailar con su marido? La gente se hará preguntas. ¿Qué excusa podría darles?

—Podríamos decir que soy un marido celoso. Que no quiero verte en brazos de otro hombre que no sea yo.

Pandora frunció el ceño, y tiró de los bordes delanteros del camisón para cerrarlo. Se sentía un poco insultada e incluso se compadecía un poco a sí misma, y no había nada que despreciara más que compadecerse a sí misma.

—Como si alguien pudiera creerse eso —murmuró casi para sus adentros.

Gabriel la agarró con firmeza por los brazos mientras la miraba con los ojos tan brillantes que parecían fósforos encendidos.

—No quiero que estés en los brazos de ningún otro hombre.

El mundo se detuvo. Pandora se sintió afligida y asustada al pensar que podía haber una pizca de verdad en sus palabras. No, él no lo decía en serio. La estaba manipulando.

Lo empujó en el pecho, tan duro como una pared de piedra.

—No digas eso.

—Me perteneces.

—No.

—Lo siento cada vez que estamos juntos —insistió él—. Tú deseas...

Ella trató de acallarle con su boca, aunque luego pensó que no había sido la táctica más inteligente. Gabriel respondió de inmediato, con un beso profundo y exigente.

Al momento siguiente, ella estaba de espaldas, tendida debajo de él. Gabriel apoyaba su peso en los codos y las rodillas para no aplastarla, pero seguía anclándola de forma segura a los cojines del sofá mientras la besaba con lentitud, consumiéndola con su ardor. Parecía decidido a probar algo, como si no fuera suficiente que lo deseara, sino que tuviera que sentir una necesidad irreprimible. Pandora abrió la boca y absorbió el embriagador sabor de él, el suave calor masculino, la erótica exploración de su lengua. No pudo evitar deslizar las manos por los fuertes músculos de su espalda. Su piel era suave al tacto, más satinada y gruesa que la suya.

Él arrastró lentamente sus labios separados por su cuello y luego bajó hacia los pechos. Pandora se arqueó cuando le capturó un tenso pezón con la boca, y movió la lengua contra él mientras lo sostenía con los dientes. Al mismo tiempo, le cubrió el otro pecho con la mano, dando forma a la carne maleable antes de deslizarla a lo largo de su cuerpo trazando las curvas de la cintura y la cadera. El borde del camisón se le había subido por los muslos, lo que hizo que a él le resultara más fácil tirar de la tela hasta la cintura. Conmocionada, ella apretó los muslos.

Encogió los dedos de los pies al oír su risa suave. Lobuna, sensual, conocedora... Colocándose a su lado, Gabriel le bajó los dedos por el estómago hasta llegar al ombligo, donde se detuvo a trazar unos círculos perezosos. Al mismo tiempo, besó y chupó la punta de un pecho hasta que estuvo mojada y muy sensible.

Pandora sintió un hormigueo al notar que él deslizaba los dedos hacia el sedoso vello que crecía entre sus muslos para acariciarlo de forma distraída. Ella se retorció con la mirada nublada. ¡Oh, Dios! ¿De verdad estaba permitiéndole hacer eso? Sí, de verdad. Cuando él siguió tocándola allí con suavidad, ella gimió a pesar de la vergüenza y la preocupación. Gabriel movió la punta del dedo corazón sobre la parte superior del delicado surco que formaba su sexo. El breve remolino de placer que la envolvió hizo que contuviera el aliento y apretara las piernas con más fuerza.

Él separó la boca de su pecho.

—Ábrete para mí —susurró.

Ella se mordió el labio inferior mientras él peinaba los rizos; el contacto de sus dedos la debilitaba. Su cuerpo no era más que un cúmulo de calor movido por los latidos de su corazón. Ya no tenía nada claro. Nada importaba salvo lo que él hacía con ella. Le temblaron las piernas y gimió por el esfuerzo que suponía mantenerlas juntas.

—Pandora... —La voz de Gabriel era suave y seductora—. Ábrete para mí. —Su dedo se insinuó entre los sensibles pliegues y giró con suavidad. La sensación que la recorrió fue luminosa como una llama blanca—. No seas terca —susurró él—. ¡Oh, Pandora! No me tientes así. Me vas a obligar a hacer algo malvado. —Pasó el dedo a lo largo de sus muslos cerrados—. Solo tienes que separar las piernas un poquito. Para mí. —El cálido aliento de su risa le calentó la piel—. ¿No vas a hacerlo ni siquiera unos centímetros?

—Me da vergüenza —protestó ella—. Te estás aprovechando de mi estado nervioso.

—Este es un tratamiento bien conocido para aplacar los nervios femeninos.

—Eso no ayuda. Solo... ohhh... lo empeora.

Gabriel comenzó a bajar saboreando su piel, mordisqueándola con ternura, usando los dientes, los labios, la lengua... Ella trató de rodar debajo de él, pero Gabriel la retuvo agarrándola por las caderas. Ella sintió que trazaba un húmedo remolino alrededor de su ombligo, pintándolo con fuego líquido antes de seguir arrastrándose hacia abajo. El corazón le latía de forma casi dolorosa cuando notó que respiraba contra el lugar más íntimo de su cuerpo. Le separó los rizos con la lengua, transmitiendo un calor peculiar, un resbaladizo cosquilleo.

Asombrada, intentó apartarse, pero él no se lo permitió, y siguió lamiendo suavemente la zona, jugando con ella. Sus muslos se separaron en señal de impotente rendición. Entonces, él buscó con la lengua la sedosa carne, la secreta yema, y la rodeó con ligera delicadeza mientras le recorría muy despacio los muslos de arriba abajo con las manos.

El placer se extendió por todas partes, por debajo de su piel y por el resto de su cuerpo siguiendo el ritmo de los latidos de su corazón. Todos sus sentidos se centraron en el hechizo que él estaba tejiendo, en el audaz encantamiento. Para su eterna vergüenza, cuando él detuvo la lengua, ella arqueó las caderas. No podía dejar de retorcerse, a pesar de sentir el calor de su sonrisa en la piel. Sabía que Gabriel estaba jugando con ella, haciéndola anhelar cosas vergonzosas. Cuando ella empezó a mover las manos para empujarle la cabeza, él le agarró las muñecas y las sostuvo contra el sofá. Entonces, empezó a mover la lengua con un ritmo constante que hizo que sus entrañas se anudaran siguiendo los latidos. Él sabía lo que estaba haciendo y no descansó, llevó aquella sensación cada vez más alto hasta que se fundió y empezó a inundar cada parte de su ser. Pandora trató de retenerla, pero eso solo hizo que fuera peor, que lo que se desencadenó fuera más largo y la estremeciera hasta los huesos. Se le cerraron los ojos y sintió el impulso primitivo de apretar las extremidades en torno a algo.

Cuando se suavizaron los últimos temblores, Gabriel se irguió sobre ella y la tomó entre sus brazos. Pandora se estiró a su lado, colocando un muslo sobre los de él. Sentía los miembros agradablemente pesados, como si estuviera despertando de un largo letargo, y, por una vez, su mente estaba concentrada por completo, sin que otros pensamientos la distrajeran. Él comenzó a susurrarle algo al oído, las mismas palabras recitadas una y otra vez.

—Es mi oído malo —murmuró ella finalmente.

Él curvó los labios contra su mejilla y levantó la cabeza.

—Lo sé.

¿Qué había estado susurrando? Desconcertada, le pasó la mano por el pecho, jugando con la piel, sintiendo la potente armazón de las costillas y los duros músculos que las protegían. Él era completamente diferente a ella; era duro y musculoso, con la piel reluciente como mármol pulido.

Fascinada, se permitió pasar el dorso de los dedos por la parte delantera del pantalón, donde la pesada forma de su carne excitada tensaba el paño negro. Con timidez, giró la mano y se atrevió a ahuecar la palma sobre el eje para recorrerlo desde la base a la punta una y otra vez. Tocarlo de esa manera era tan aterrador como emocionante. Notó que se aceleraba la respiración de Gabriel y que se estremecía sin control cuando ella apretó la rígida dureza.

Bajo sus dedos, la carne parecía poseer sus propios impulsos y sensibles contracciones nerviosas. Quería ver esa misteriosa parte de él. Quería saber cómo era. La parte delantera del pantalón estaba diseñada siguiendo un patrón clásico, una tapeta con dos filas de botones laterales. Deslizó con timidez la mano hacia la fila de botones más cercana.

Él puso los dedos sobre los de ella, deteniendo su avance y le rozó la sien.

—Es mejor que no, cariño.

Pandora frunció el ceño.

—Pero no es justo que tú trates mi condición nerviosa, y yo no haga nada por aliviar la tuya.

Sintió su suave risa en el pelo.

—Ya nos ocuparemos de ella más adelante. —Se inclinó sobre ella y apresó sus labios con un beso breve y ardiente—. Ahora, deja que te lleve a la cama —susurró—. Te arroparé como una niña buena.

—Todavía no —protestó ella—. Quiero quedarme aquí contigo. —La tormenta envolvía la casa. La lluvia caía contra las ven-

189

tanas con la fuerza de un centavo de bronce. Se acurrucó con más firmeza en el hueco caliente del brazo de Gabriel—. Además... Todavía no me has respondido a la pregunta que te hice en el recinto del tiro con arco.

—¿Qué pregunta?

—Ibas a contarme lo peor de ti mismo.

—Dios... ¿Tenemos que hablar de eso ahora?

—Me dijiste que querías hablar sobre eso en privado. No sé cuándo tendremos otra oportunidad.

Gabriel frunció el ceño y permaneció callado, concentrado en unos pensamientos que no parecían agradables. Quizá no estaba seguro de cómo empezar.

—¿Tiene algo que ver con tu amante? —preguntó ella, intentando ayudarle.

Él la miró con los ojos entrecerrados, como si lo hubiera tomado por sorpresa.

—Así que has oído hablar de ella.

Ella asintió.

Él soltó un suspiro controlado.

—Bien sabe Dios que no estoy precisamente orgulloso de ello. Sin embargo, siempre he pensado que era mejor que recurrir a la prostitución o seducir a inocentes, ya que lo del celibato no es lo mío.

—No voy a pensar mal de ti por ello —se apresuró a asegurarle Pandora—. Lady Berwick dice frecuentemente que las damas deben fingir que no saben lo que hacen los caballeros.

—Todo muy civilizado —murmuró Gabriel con expresión sombría—. No hay nada malo en la disposición —continuó—, a no ser que una o las dos partes involucradas estén casadas. Siempre he considerado que los votos del matrimonio son sagrados. Acostarse con la mujer de otro hombre es imperdonable.

Su tono se mantuvo tranquilo y condescendiente, salvo por la nota de recriminación hacia sí mismo que había en la última palabra.

Por un momento, Pandora se quedó demasiado sorprendida

para hablar. Parecía imposible que ese hombre, con su apariencia dorada y sofisticada —un hombre perfecto en todos los sentidos— pudiera sentir vergüenza de nada. La sorpresa se fundió hasta convertirse en un sentimiento tierno al comprender que Gabriel no era un ser divino, sino un hombre con defectos muy humanos. Sin duda, no resultaba un descubrimiento desagradable.

—Tu amante está casada —afirmó ella.

—Es la esposa del embajador de Estados Unidos.

—Entonces, ¿tú y ella cómo...?

—He comprado una casa en la que nos reunimos cuando es posible.

Pandora sintió una opresión en el pecho, como si unas garras se clavaran en su corazón.

—¿Allí no vive nadie? —preguntó—. ¿Es solo para vuestros *rendezvous*?

Gabriel le dirigió una mirada irónica.

—Me pareció que era preferible a tener citas detrás de las macetas en las veladas.

—Sí, pero comprar una casa... —Supo que estaba hurgando en una herida. Pero la idea de que él hubiera comprado un lugar privado y especial para ellos dos dolía. Una casa para ellos. Probablemente era cómoda y acogedora, una de esas villas independientes con miradores, o quizás una casita campestre con su propio jardín.

—¿Cómo es la señora Black? —preguntó ella.

—Vivaz. Segura de sí misma. Mundana.

—Supongo que también será hermosa.

—Mucho.

Las garras invisibles se hundieron a más profundidad. ¡Qué sensación más desagradable! Parecían... ¿celos? No lo parecían, eran celos. ¡Oh, Dios! ¡Era horrible!

—Si la idea de tener a una mujer casada como amante te molesta tanto —preguntó, tratando de no resultar sarcástica—, ¿por qué no te buscaste a otra?

191

—No es como si uno pudiera poner un anuncio en el periódico —replicó él con sequedad—. Y no siempre nos sentimos atraídos por las personas más adecuadas. Me molestó mucho que Nola estuviera casada. Pero no lo suficiente como para dejar de perseguirla una vez supe que... —Se interrumpió y se frotó la nuca al tiempo que apretaba los labios hasta que formaron una tensa línea.

—¿Supiste qué? —preguntó Pandora con una nota de terror en la voz—. ¿Que la amabas?

—No. Me gusta, pero nada más. —El rubor de Gabriel fue en aumento al obligarse a continuar—: Cuando supe que me entendía bien con ella en el dormitorio. Antes no había conocido a una mujer que me pudiera satisfacer de la forma en que ella lo hace, así que pasé por alto el hecho de que estuviera casada. —Hizo una mueca—. Cuando se trata de asuntos de esa índole, parece que me deshago de mis escrúpulos y prefiero inclinarme por la satisfacción sexual.

Pandora estaba desconcertada.

—¿Por qué a las mujeres les resulta tan difícil satisfacerte? —preguntó—. ¿Qué es exactamente lo que tienen que hacer?

La audaz pregunta pareció arrancar a Gabriel de su sombrío estado de ánimo. La miró con una sonrisa bailando en los labios.

—Solo pido que esté disponible, dispuesta y... que no tenga inhibiciones. —Se centró en los botones del camisón de Pandora y empezó a abrocharlos con una concentración total—. Desafortunadamente, a la mayoría de las mujeres no les enseñan a disfrutar del acto sexual, les meten en la cabeza la idea de que solo es para la procreación.

—¿Tú no opinas así?

—Creo que las mujeres disfrutan de pocos placeres en este mundo. Pienso que solo un idiota egoísta negaría a su compañera la misma satisfacción que ella le da, sobre todo cuando su placer aumenta el de él. Sí, creo que las mujeres deben disfrutar en la cama, a pesar de que puede sonar radical. La falta de inhibición de Nola la hace única... y muy deseable.

—Yo no tengo inhibiciones —soltó Pandora, sintiéndose competitiva. Lamentó el comentario en cuanto vio el brillo de diversión en los ojos de Gabriel.

—Me alegro —dijo él con suavidad—. Como ves, hay cosas que se supone que un caballero no le debe de pedir a su esposa. Pero si tuviéramos que casarnos, yo tendría que pedírtelas.

—Si tuviéramos que casarnos, supongo que no me importaría. Pero nosotros no vamos... —Se vio obligada a hacer una pausa cuando la invadió un irreprimible bostezo, y se tapó la boca con la mano.

Gabriel sonrió y la acurrucó contra él como si estuviera tratando de absorber su presencia. Pandora se relajó contra el profundo calor de su cuerpo y su dorada piel satinada. Estaba envuelta en el olor de él, vibrante, fresco, con notas a bosque picante. ¿Cómo se había vuelto tan familiar su esencia en solo unos días? Lo echaría de menos. Echaría de menos momentos como ese.

Durante un instante de lacerante envidia, se imaginó a Gabriel regresando a Londres, a la casita que había comprado para estar con su amante. La señora Black estaría allí esperándolo, perfumada y vestida con un hermoso *deshabillé*. Él la llevaría a la cama y haría cosas muy malas con ella, y aunque Pandora tenía pocos conocimientos del tema, no pudo evitar preguntarse cómo sería pasar horas en la cama con él. Sintió un aleteo en el estómago.

—Gabriel —dijo con incertidumbre—. Creo que no he dicho la verdad.

Él le pasó la mano por el pelo, jugando con los mechones.

—¿Sobre qué, cariño?

—No debería haberte dicho eso sobre las inhibiciones. Es cierto que casi nunca las tengo, pero creo que aun así, tengo algunas. Solo que no sé exactamente cuáles son.

—Yo puedo ayudarte a descubrirlas —le susurró él con suavidad al oído, haciéndola arder.

Pandora sintió que su corazón latía incluso más rápido que

el repique de la lluvia en los cristales. Se sentía desleal al desearlo de esa manera, profundamente desleal a sí misma, pero al parecer no podía evitarlo.

Gabriel aflojó el abrazo y recogió la bata del suelo con intención de ponérsela.

—Pandora, tengo que llevarte ahora a la cama —dijo con tristeza—, porque si no lo hago, nuestra cita se convertirá en algo mucho más libertino.

14

—¿Se encuentra mal, milady? —preguntó Ida a la mañana siguiente, deteniéndose junto a la cama de Pandora.

Ella abrió los ojos y miró a su doncella mientras sentía que su conciencia protestaba al verse arrastrada desde las profundidades de su cómodo olvido.

—Estoy acostada en la cama, en una habitación a oscuras —replicó de mal humor, moviendo la cabeza sobre la almohada y cerrando de nuevo los ojos—. En esas circunstancias la gente tiende a dormir.

—A estas horas todas las mañanas está saltando y chillando como un grillo en un gallinero.

Rodó lejos de la joven.

—No he dormido bien.

—El resto de la casa está despierto. Se perderá el desayuno a menos que logre estar presentable dentro de media hora.

—No me importa. Dile a todo el que quiera saberlo que estoy descansando.

—¿Y las criadas? Van a querer venir a limpiar...

—La habitación está ordenada.

—No, sin duda no lo está. Hay que barrer la alfombra y... ¿por qué está su bata a los pies de la cama en vez de colgada en el armario?

Pandora se enterró más profundamente bajo las mantas

mientras se ponía roja de pies a cabeza. Recordaba que Gabriel la había llevado a su habitación la noche anterior y la había dejado en la cama. Había estado tan oscuro que apenas se podía ver nada, pero Gabriel poseía una visión nocturna excepcional.

—¿Brazos dentro o fuera? —le había preguntado, arropándola con suma eficacia.

—Fuera —replicó ella divertida—. No sabía que tenías la habilidad de meter a la gente en la cama.

—Hasta ahora solo la he desarrollado con niños. Justin me repite siempre las mismas instrucciones para que las sábanas no queden flojas. —El peso de Gabriel hundió el colchón a su lado cuando apoyó una mano para inclinarse sobre ella. Cuando le rozó la frente con los labios, Pandora le rodeó el cuello con los brazos al tiempo que buscaba su boca. Él se resistió brevemente, haciéndola sentir su aliento caliente contra la mejilla—. Creo que ya has tenido suficientes besos por una noche.

—Uno más —había insistido ella.

Él cedió y ella no supo cuánto tiempo habían estado jugando sus labios con los de ella, mientras respondía con profunda intensidad. Un tiempo después, Gabriel se retiró, desapareciendo en la oscuridad como un gato.

Pandora se vio arrancada de aquel placentero recuerdo al escuchar el sonido metálico de la tapa de la caja de las zapatillas.

—Solo hay una —oyó que decía Ida con recelo—. ¿Dónde está la otra?

—No lo sé.

—¿Por qué salió de la cama?

—Fui a buscar un libro porque no podía dormir —replicó Pandora irritada, aunque llena de preocupación. ¿Y si Gabriel no se había acordado de buscar la otra zapatilla en el pasillo? Y ¿qué pasaba con la vela que se le había caído? Si cualquiera de los criados encontró esos artículos...

—Pues debe estar por alguna parte —aseguró Ida, agachándose para mirar debajo de la cama—. ¿Cómo es posible que pierda las cosas tan fácilmente? Guantes, pañuelos, horqu...

—Tanta palabrería está despertando a mi cerebro —estalló Pandora—. Pensaba que te haría feliz que me quedara durmiendo más de lo normal.

—Claro que me haría feliz —replicó Ida—, pero tengo otras cosas que hacer además de esperar, lady dormilona. —Se levantó con un resoplido y salió de la habitación cerrando la puerta.

Pandora esponjó la almohada y hundió allí la cabeza.

—Algún día voy a contratar a una doncella amable —murmuró—. Una que no me insulte ni me eche sermones de madrugada. —Giró sobre su espalda a un lado y luego al otro, tratando de encontrar una posición cómoda. No la encontró. Estaba despierta y eso era todo.

¿Merecería la pena el esfuerzo de llamar a Ida y tratar de vestirse a tiempo para el desayuno? No, no tenía ganas de correr. De hecho, no sabía lo que sentía. Una extraña mezcla de emociones se mezclaban en su interior: nerviosismo, excitación, melancolía, añoranza, miedo. El día siguiente sería el último que pasaría completo en Heron's Point. Temía tener que marcharse. Temía sobre todo lo que tendría que decidir.

Alguien dio un golpe en la puerta, haciendo que se le acelerara el corazón al preguntarse si podría ser Gabriel, tratando de devolverle la zapatilla que le faltaba.

—¿Sí? —preguntó no muy alto.

Kathleen entró en la habitación, y su pelo de color rojo brillaba incluso en la oscuridad.

—Lamento molestarte, querida —dijo con suavidad, acercándose a la cabecera de la cama—. Pero quería preguntarte cómo te sentías. ¿Estás enferma?

—No, pero mi cerebro está cansado. —Pandora se acercó más al borde de la cama, y Kathleen le retiró el pelo hacia atrás y le puso la mano brevemente en la frente. Desde el momento en el que Kathleen llegó a la finca de su familia, fue lo más parecido a una madre que había conocido, a pesar de que Kathleen era todavía muy joven.

—Tienes mucho que pensar —murmuró Kathleen con simpatía.

—Cualquier cosa que decida va a parecer un error. —Pandora sentía un nudo en la garganta—. Me gustaría que lord Saint Vincent fuera un viejo lleno de verrugas. Entonces todo sería mucho más fácil. Pero no, es odiosamente atractivo y encantador. Es como si estuviera tratando de hacerme la vida lo más difícil posible. Por eso nunca he entendido por qué la gente piensa que el diablo es una horrible bestia con cuernos, pezuñas y cola bífida. Nadie se ve tentado por eso.

—¿Estás diciéndome que lord Saint Vincent es un diablo disfrazado? —preguntó Kathleen, que parecía vagamente divertida.

—Puede que lo sea —replicó Pandora de mal humor—. Me lo ha puesto todo muy confuso. Soy como un pequeño jilguero que piensa: «Oh, esa jaulita parece muy agradable, con sus barrotes de oro y ese acogedor columpio de terciopelo, y ese plato de alpiste... Quizá podría valer la pena cortarme las alas para disfrutarlo.» Y luego, cuando cierren la puerta, será demasiado tarde.

Kathleen le frotó la espalda para confortarla.

—Ningún ala debe ser cortada. Yo te apoyaré en todo lo que decidas.

Por curioso que resultara, Pandora sintió miedo en lugar de consuelo.

—Si no me caso con él, nuestra familia quedará arruinada. ¿Y Cassandra?

—No. Seremos pasto de los chismes durante un tiempo, pero al final se acabarán olvidando, y más adelante, que tengamos una mancha en nuestra reputación, solo servirá para que seamos compañeros de cena más interesantes. Y te prometo que encontraremos un marido perfectamente agradable para

Cassandra. —Kathleen vaciló—. Sin embargo, en caso de que desees casarte en el futuro, este escándalo podría ser un hándicap para algunos hombres. No para todos, pero sí para algunos.

—No pienso casarme hasta que las mujeres tengan el derecho al voto y hagan unas leyes más justas. Lo que significa que nunca me casaré. —Hundió la cara en la almohada—. Incluso la reina se opone al sufragio —agregó con la voz ahogada.

Sintió la suave mano de Kathleen en la cabeza.

—Se necesita tiempo y paciencia para cambiar la forma de pensar de la gente, pero no olvides que muchos hombres están hablando de la igualdad de las mujeres, entre ellos el señor Disraeli.

Pandora la miró.

—Me gustaría que hablaran un poco más fuerte.

—Uno tiene que hablar de forma que la gente lo escuche —replicó Kathleen con cuidado—. En cualquier caso, la ley no va a cambiar en los próximos dos días, y tienes que tomar una decisión. ¿Estás absolutamente segura de que lord Saint Vincent no apoyará tu empresa de juegos de mesa?

—Oh, la apoyará, como cualquier hombre apoyaría una afición de su esposa. Pero siempre pretendería que esta ocupara un segundo lugar para ella. No sería conveniente que su esposa visitara una fábrica en vez de planificar una cena. Me temo que si me caso con él, terminaré ocupándome de un compromiso tras otro. Y todos mis sueños morirían lentamente mientras miro hacia otro lado.

—Entiendo...

—¿De verdad? —preguntó Pandora con seriedad—. Pero tú no tomarías la misma decisión, ¿verdad?

—Tú y yo tenemos temores y necesidades diferentes.

—Kathleen... ¿Por qué te casaste con el primo Devon después de que Theo te tratara tan mal? ¿Cómo te atreviste?

—Lo cierto es que tenía mucho miedo.

—Entonces ¿por qué lo hiciste?

—Lo amaba demasiado para estar sin él. Y me di cuenta de que no podía dejar que el miedo tomara la decisión por mí.

Pandora miró hacia otro lado mientras la melancolía caía sobre ella como una sombra.

Kathleen alisó la colcha.

—La duquesa y yo vamos a llevar a las chicas a hacer una excursión por el paseo marítimo del pueblo. Tenemos pensado visitar algunas tiendas y puestos de helados de frutas. ¿Te apetece acompañarnos? Esperaríamos a que estuvieras preparada.

Pandora suspiró y tiró de las sábanas para cubrirse la cabeza.

—No, no quiero fingir que estoy contenta cuando me siento tan *flojiposa*.

Kathleen dobló la sábana y sonrió.

—Entonces, haz lo que quieras. Todo el mundo se ha dispersado en diferentes direcciones y la casa está tranquila. Devon ha ido al muelle con el duque e Ivo para averiguar si la tormenta ha causado daños en el yate de la familia. Lady Clare fue a dar un paseo con sus hijos.

—¿Y lord Saint Vincent? ¿Sabes dónde está?

—Creo que está ocupándose de la correspondencia en el estudio. —Kathleen se inclinó para besarla en la frente, y el movimiento la envolvió en una nube con olor a rosas y menta—. Cielo, solo te diré una cosa más: hay muy pocas cosas en la vida que no requieran un compromiso, ya sea de un tipo u otro. No importa lo que elijas, no será perfecto.

—Eso con respecto a «felices para siempre» —repuso Pandora con amargura.

Kathleen sonrió.

—Pero ¿no sería aburrido si «para siempre» solo implicara felicidad, sin dificultades, o problemas que resolver? Estoy segura de que «para siempre» es mucho más interesante que eso.

Un poco más tarde, Pandora se aventuró a bajar las escaleras con un vestido color lavanda que tenía delicados detalles de pasamanería de seda trenzada, así como varias capas de enaguas blancas que exhibían una cascada de volantes. Ida, a pesar de su irritable actitud anterior, le había subido té y tostadas, y había dedicado bastante tiempo a arreglarle el cabello. Le rizó cuidadosamente los largos mechones con pinzas calientes, que luego fue sujetando en la coronilla para que cayeran de forma descuidada en una masa de tirabuzones. Cada vez que su pelo liso se negaba a adquirir la forma deseada, Ida lo frotaba con un tónico compuesto de semillas de membrillo, por lo que los tirabuzones eran tan robustos como un resorte de acero. Como colofón, la doncella había acentuado el estilo colocando algunas perlas al azar, fijadas en horquillas de plata.

—Gracias, Ida —le había dicho Pandora, comprobando los resultados con un espejo de mano—. Eres la única persona del mundo a la que mi pelo obedece siempre. Lamento perder cosas en todo momento —añadió con humildad después de una pausa—. Estoy segura de que eso vuelve loco a cualquiera.

—Eso hace que conserve mi puesto de trabajo —repuso Ida filosóficamente—. Pero no debe disculparse con un criado, milady. Altera el orden preestablecido.

—¿Y si siento que o lo digo o reviento?

—No puede decirlo.

—Sí, claro que puedo. Lo que haré será mirarte y llevarme tres dedos a la frente, así. Esa será nuestra señal para que sepas que estoy disculpándome. Podríamos establecer otras señales y tendríamos nuestro propio idioma —propuso entusiasmada con la idea.

—Milady —dijo Ida en tono suplicante—, por favor, no sea tan rara.

En la calma que siguió a la tormenta, la casa estaba iluminada con los oblicuos rayos de sol. A pesar de que no tenía a nadie a la vista, Pandora oyó los rápidos movimientos de los criados en varias habitaciones mientras recorría el pasillo. En un lado era el traqueteo del carbón, en otro el susurro de las escobas sobre las alfombras, más allá el siseo al limpiar los utensilios de la chimenea. El propio lugar parecía confabularse para que ella se marchara y volviera a trabajar en su pequeño negocio para hacer tableros de juego. Había llegado el momento de visitar lugares donde podría ubicar la fábrica, reunirse con la imprenta y empezar a entrevistar a los potenciales empleados.

La puerta del estudio estaba abierta. Cuando se acercó al umbral, su pulso se intensificó de forma que lo sintió en el cuello, las muñecas y las rodillas. No sabía cómo enfrentarse a Gabriel después de todo lo que habían hecho la noche anterior. Se detuvo junto al marco y asomó la cabeza por el hueco de la puerta.

Gabriel estaba sentado ante un pesado escritorio de nogal, y su perfil quedaba a contraluz de los rayos de sol. Estaba leyendo un documento con un gesto de intensa concentración, e hizo una pausa para escribir algún dato en un papel. Estaba vestido con un traje de mañana, bien peinado y con el rostro afeitado; parecía tan fresco como un soberano recién acuñado.

Aunque ella no hizo ningún sonido o movimiento, Gabriel levantó la mirada hacia ella. Su sonrisa perezosa la hizo sentir mareos.

—Adelante —la animó él, impulsándose hacia atrás desde el escritorio.

Pandora se acercó sintiéndose muy consciente de sí misma y con las mejillas en llamas.

—Iba a... Bueno a dar un paseo, pero antes quería preguntarte si encontraste la zapatilla. ¿La tienes? ¿Está en tu poder?

Él se levantó y bajó los ojos hacia ella con una mirada caliente como el sol. Por un momento, ella solo pudo pensar en sentir su calor sobre la piel.

—Sí, recuperé la zapatilla —confirmó.

—¡Oh, gracias a Dios! Mi doncella estaba a punto de denunciar su desaparición a Scotland Yard.

—Eso es malo, dado que he decidido conservarla.

—No, eso solo podrías hacerlo si se tratara de una zapatilla de cristal. Si es como esa, sin forma y confeccionada con lana, tienes que devolverla.

—Lo consideraré. —Después de echar un vistazo a la puerta para asegurarse de que nadie los veía, Gabriel se inclinó para robarle un beso rápido—. ¿Puedes quedarte a hablar conmigo unos minutos? O si prefieres te acompaño. Quiero decirte algo importante.

A Pandora le dio un vuelco el corazón.

—No irás a hacerme una propuesta ahora, ¿verdad?

Él hizo una mueca.

—No, ahora no.

—Entonces sí, puedes acompañarme a dar un paseo.

—¿Adónde pensabas ir? ¿A los jardines?

Ella asintió.

Al salir por el lateral de la casa, había un camino de grava fina. Gabriel parecía relajado y su expresión era neutra, pero ella había notado una línea de tensión entre las cejas.

—¿De qué deseas hablar? —preguntó Pandora.

—De una carta que he recibido esta mañana. Es del señor Chester Litchfield, un abogado de Brighton. Representó a Phoebe en una disputa con su familia política sobre algunas disposiciones del testamento de su difunto marido. Litchfield está muy versado en el derecho de propiedad, así que me puse en contacto con él después de saber sobre tu negocio de juegos de mesa. Le pedí que buscara la manera de que pudieras mantener legalmente el control de tu empresa si te convertías en una mujer casada.

Sorprendida e inquieta, Pandora se desvió del camino para interesarse por un arbusto de metro y medio que tenía muchas flores blancas del tamaño de las camelias.

—¿Qué te ha respondido el señor Litchfield?

Gabriel se le acercó por detrás.

—No me ha dado las respuestas que yo quería.

Pandora hundió los hombros, pero se mantuvo en silencio mientras él continuaba.

—Litchfield me ha explicado —continuó Gabriel— que cuando una mujer se casa, es como si muriera desde un punto de vista civil. No puede participar legalmente en un contrato con ninguna persona, lo que significa que incluso si es la propietaria de unas tierras, no puede alquilarlas o venderlas. Incluso aunque la propiedad haya sido asegurada como un patrimonio separado, su marido recibe los intereses y los beneficios. Para el gobierno, cuando una mujer trata de poseer algo al margen de su marido, está esencialmente robándole.

—Yo ya lo sabía. —Pandora deambuló hasta el otro lado del camino para mirar un lecho de prímulas amarillas. ¿Qué significado tenían las prímulas? ¿Castidad? No, eso era la flor de azahar... ¿Constancia?

—Litchfield piensa que en el futuro se reformará la ley del derecho a la propiedad —seguía hablando Gabriel—, pero tal y como están ahora las cosas, en el momento en el que se firman los votos matrimoniales, las mujeres pierden su independencia y el control legal de sus negocios... —Se detuvo un momento—. Atiende, que lo que te voy a explicar ahora es importante.

—Estaba atendiéndote, solo que trataba de recordar qué significan las prímulas. ¿Inocencia? ¿O eso son las margaritas? Creo que es...

—No puedo vivir sin ti.

Pandora se volvió hacia él bruscamente con los ojos muy abiertos.

—Ese es el significado de las prímulas —explicó Gabriel concisamente.

—¿Cómo lo sabes?

La miró con ironía.

—Mis hermanas discuten a menudo tonterías como el simbolismo de las flores. No importa cuánto intente ignorarlo, acaban quedándoseme algunas cosas. Ahora, regresando a lo que me explicó Litchfield, dice que de acuerdo con una reciente modificación en la ley de la propiedad con respecto a las mujeres casadas, si ganan un sueldo, podrán mantenerlo.

Pandora parpadeó y se concentró en sus palabras.

—¿Sea cual sea el importe?

—Siempre y cuando se realice un trabajo que lo justifique.

—¿Qué significa eso?

—En tu caso, que tendrías que adquirir un interés activo en la gestión de la empresa. También podrías mantener una bonificación anual. Le preguntaré a Litchfield con respecto a las comisiones sobre las ventas y una pensión, quizá puedas retenerlas también. Así es como se estructuraría la cuestión: cuando nos casemos y tu negocio se transfiera automáticamente a mí, lo pondré en fideicomiso a tu favor y te contrataré como presidenta de la compañía.

—Pero... ¿y los contratos legales? Si no puedo firmar nada, ¿cómo voy a llegar a acuerdos con los proveedores y las tiendas? ¿Cómo voy a contratar al personal?

—Podríamos tener en plantilla a un administrador que te ayude, con la condición de que siempre cumpla tus deseos.

—¿Y los beneficios de la compañía? Los recibirías tú, ¿verdad?

—No, si los invierto de nuevo en el negocio.

Pandora se lo quedó mirando mientras sopesaba la idea, tratando de comprender qué era lo que podía esperar del futuro.

Ese arreglo le daría una mayor independencia y autoridad que la ley propuesta proporcionaría a una mujer casada. Aun así, no podría emplear o despedir a nadie, ni firmar cheques o tomar decisiones por su cuenta. Tendría que dejar que fuera un gerente —un hombre, por supuesto— quien firmara los contratos y aceptara las ofertas de negocios en su nombre, como si ella fuera un niño pequeño. Sería difícil negociar bienes y servicios porque todo el mundo sabría que la última autoridad no residiría en ella, sino en su marido.

No podría ser la propietaria, pero lo parecería. Sería como llevar una tiara y pedirles a todos que fingieran que las piedras eran buenas cuando todo el mundo sabía que eran falsas.

Pandora apartó la mirada y se estremeció de frustración.

—¿Por qué no puedo poseer mi negocio de la misma manera en que lo haría un hombre? ¿Por qué podrían quitármelo?

—No permitiré que nadie te lo quite.

—No es lo mismo. Todo es un lío. Es un compromiso.

—No es perfecto —convino Gabriel.

Pandora se paseó trazando un círculo.

—¿Quieres saber por qué me gustan tanto los juegos de mesa? Las reglas tienen sentido y son iguales para todos. Los jugadores están en las mismas condiciones.

—La vida no es así.

—Sin duda, no lo es para las mujeres —replicó ella con acritud.

—Pandora..., crearemos nuestras propias reglas. Nunca te trataré de otra manera que como mi igual.

—Te creo. Sin embargo, para el resto del mundo yo sería prácticamente inexistente.

Gabriel se acercó y la cogió con suavidad por la parte superior del brazo, interrumpiendo sus pasos. Había ahora una pizca de contención en su calma, un borde áspero como un dobladillo descosido.

—Podrás hacer el trabajo que te gusta. Serás una mujer rica. Se te tratará con respeto y afecto. ¡Maldita sea! No voy a rogarte como un mendigo pidiendo limosna. Hay una forma de que tengas lo que quieres, ¿no es suficiente?

—¿Qué dirías si la situación fuera a la inversa? —replicó ella—. ¿Renunciarías a todos tus derechos legales y me entregarías todo lo que tienes? ¿Te gustaría no poder tocar un centavo de tu dinero salvo que yo lo autorizara? Piénsalo, Gabriel, el último contrato que firmarías sería el de matrimonio. ¿Te casarías conmigo si esas fueran las consecuencias?

—Esa comparación es una locura —dijo él con el ceño fruncido.

—Solo porque, en un caso, es una mujer la que renuncia a todo, y en el otro, un hombre.

Sus ojos brillaron de forma peligrosa.

—Entonces ¿no ganas nada? ¿Tener la posibilidad de convertirte en mi esposa no supone ningún aliciente para ti? —Le agarró las manos y la acercó más—. ¿Estás diciendo que no me deseas? ¿Que no deseas más cosas como las que hicimos anoche?

Pandora se puso roja, y su pulso se desbocó. En ese momento, quiso fundirse con él, echar la cabeza hacia atrás y dejar que la besara hasta llevarla al olvido. Pero una parte terca y rebelde de su cerebro no quería someterse.

—¿Tendría que obedecerte? —se oyó preguntar.

Él bajó las pestañas mientras le ponía una mano en la nuca.

—Solo en la cama —gruñó por lo bajo—. Después..., no.

Ella tomó aire de forma inestable, consciente de los extraños dolores y del calor que sentía por todo su cuerpo.

—¿Me prometerías que me permitirías tomar mis propias decisiones incluso aunque pensaras que son erróneas? Y si algún día decidieras que mi trabajo no es bueno para mí, que representa un riesgo para mi salud o bienestar o incluso para mi seguridad, ¿me garantizas que no me prohibirías seguir realizándolo?

Gabriel la soltó bruscamente.

—¡Maldición, Pandora! No puedo prometerte que no te protegeré.

—La protección puede convertirse en control.

—Nadie posee una libertad absoluta, ni siquiera yo.

—Pero disfrutas de mucha. Cuando alguien solo tiene un poco de algo, se ve obligado a luchar para no perderlo. —Al darse cuenta de que estaba a punto de llorar, Pandora bajó la cabeza—. Quieres discutir, y sé que si lo hiciéramos, ganarías puntos y harías que pareciera que no estoy siendo razonable. Pero nun-

ca podríamos ser felices juntos. Algunos problemas no tienen solución. Algunas cosas con respecto a mí, no son invariables. Casarse conmigo supondría un compromiso tan imposible para mí
como para ti.

—Pandora...

Se alejó sin escucharlo, echando casi a correr.

En cuanto regresó a su habitación, Pandora se fue a la cama.
Se tendió encima, totalmente vestida, y se quedó inmóvil durante horas.

No sentía nada, lo que debería ser un alivio, pero de alguna
manera era incluso peor que una sensación intensa.

Pensar en cosas que acostumbraban a hacerla feliz no servía para nada. Vislumbrar un futuro lleno de independencia
y libertad no le ayudaba, ni tampoco imaginar montañas de
cajas de sus juegos de mesa a la venta en una tienda. No había nada que esperar. Nada volvería a hacerla sentir placer de
nuevo.

Quizá necesitara algún tipo de medicina, porque ¿ese frío
tan terrible no podía ser provocado por la fiebre?

Kathleen y las demás mujeres debían estar ya de vuelta de la
excursión. Pero Pandora no podía recurrir a nadie para sentirse
mejor. Ni siquiera a su melliza. Cassandra trataría de ofrecer so-
luciones o de decir algo amable y alentador, y ella terminaría
por tener que fingir que estaba mejor para que su hermana no se
preocupara.

Le dolían el pecho y la garganta. Quizá si diera rienda suelta
a las lágrimas se sentiría mejor.

Pero no era capaz de llorar. Era como si su llanto estuviera
encerrado en la bóveda helada que se había instalado en su pecho.

Nunca le había ocurrido nada así. Comenzó a sentirse muy
preocupada. ¿Cuánto tiempo duraría? Era como si estuviera convirtiéndose en una estatua de piedra desde dentro hacia fuera.

Terminaría encima de un pedestal de mármol con los pájaros posados en su cabeza si...

Toc, toc, toc... La puerta del dormitorio se entreabrió.

—¿Milady?

Era la voz de Ida.

La doncella entró en la habitación en penumbra con una pequeña bandeja redonda.

—Le he traído un poco de té.

—¿Ya vuelve a ser por la mañana? —preguntó Pandora, desorientada.

—No, son las tres de la tarde. —Ida se acercó a la cabecera de la cama.

—No quiero té.

—Se lo envía milord.

—¿Lord Saint Vincent?

—Me llamó y me pidió que viniera a buscarla, y cuando le dije que estaba descansando me indicó que le trajera un poco de té. Indicó que se lo vertiera por la garganta si era necesario. Luego me entregó una nota para usted.

¡Qué irritante! Menudo déspota. Un destello de sensación atravesó su entumecimiento. Atontada, trató de incorporarse.

Después de ofrecerle la taza de té, Ida se acercó a abrir las cortinas. El resplandor de la luz del día hizo que Pandora se estremeciera.

El té estaba caliente, pero no tenía sabor. Se obligó a beberlo y después se frotó los ojos, que estaban ardientemente secos, con los nudillos.

—Aquí tiene, señora. —Ida le tendió un pequeño sobre cerrado, luego recogió la taza vacía y el plato.

Pandora miró fijamente el sello de cera roja en el sobre, donde estaba grabado el escudo de armas de la familia. Si Gabriel le había escrito algo bueno, ella no quería leerlo. Y si lo que había allí dentro no era agradable, tampoco quería saber de qué se trataba.

—¡Por todos los santos! —exclamó Ida—. ¡Ábralo ya!

Pandora la obedeció de mala gana. Mientras sacaba una pequeña nota doblada, cayó un pequeño objeto. Soltó un grito de forma automática, pensando que era un insecto. Pero al echarle una segunda mirada, se dio cuenta de que era un poco de tela. Lo recogió con cuidado y vio que era una de las hojas de fieltro que decoraban sus zapatillas de lana de Berlín. Había sido cuidadosamente recortada con unas tijeras.

Milady:

Tu zapatilla debe ser rescatada. Si quieres volver a verla, ven sola a la habitación de pintura. Por cada hora que tardes, se eliminará otro elemento decorativo.

SAINT VINCENT

Se sintió exasperada. ¿Por qué hacía eso? ¿Estaría tratando de atraerla con otro argumento?

—¿Qué le dice? —preguntó Ida.

—Tengo que bajar a hacer una negociación de rehenes —informó brevemente—. ¿Me ayudas a arreglarme?

—Sí, milady.

El vestido de color lavanda estaba ahora arrugado y aplastado, lo que la obligó a ponerse un vestido fresco de día de color amarillo. No era tan bonito como el otro, pero sí más ligero y cómodo, sin tantas enaguas. Por suerte, su elaborado peinado estaba bien sujeto y apenas necesitaba reparaciones.

—¿Me sacas las perlas? —le pidió Pandora—. Son demasiado elegantes para este vestido.

—Pero le quedan muy bien —protestó Ida.

—No quiero ir tan arreglada.

—¿Y si milord le hace una proposición?

—No lo hará. Ya le he dejado claro que, si lo hacía, no lo aceptaría.

Ida pareció horrorizada.

—¿Qué ha...? Pero ¿por qué?

Al margen de que, por supuesto, una doncella no debía preguntar tal cosa, Pandora respondió:

—Porque entonces sería la esposa de alguien en lugar de tener mi propia empresa de juegos de mesa.

A Ida se le cayó el cepillo de la mano. Cuando su mirada se encontró con la de Pandora en el espejo, tenía los ojos abiertos como platos.

—¿Está negándose a casarse con el heredero del duque de Kingston porque prefiere trabajar?

—Me gusta el trabajo —indicó ella, cortante.

—¡Solo porque no tiene que hacerlo todo el tiempo! —Una expresión distorsionaba la redonda cara de Ida—. De todas las bobadas que le he oído decir, y han sido muchas, esta es la peor de todas. Se ha pasado de la raya. ¿En qué estaba pensando para rechazar a un hombre así? Un hombre casi demasiado guapo, un tipo en la flor de la vida que, además, es tan rico como la reina. Solo una idiota le rechazaría.

—No te estoy escuchando —canturreó Pandora.

—Claro que no, ¡porque lo que digo tiene sentido! —Soltó un suspiro tembloroso y se mordió el labio—. Que me aspen si la entiendo, milady.

El estallido de su dominante doncella poco hizo para mejorar el estado de ánimo de Pandora. Bajó las escaleras sintiendo como si tuviera un ladrillo en el estómago. Si no hubiera conocido a Gabriel, no tendría que enfrentarse ahora con eso. Si no hubiera aceptado ayudar a Dolly, no se habría quedado atascada en el sofá. Si Dolly no hubiera perdido un pendiente... Si no hubiera ido al baile... Si... Si...

Cuando llegó a la sala de pintura, oyó la música de un piano a través de las puertas cerradas. ¿Estaba Gabriel tocando el piano? Perpleja, abrió una de las puertas y entró. El salón era elegante y espacioso, con suelos de madera, paredes pintadas en un tono crema y ventanas blancas. Las cortinas formaban suaves pliegues drapeados de seda pálida y semitransparente. Todas las alfombras se habían puesto a un lado de la habitación.

Gabriel estaba junto al piano de cola que había en un rincón, hojeando partituras, mientras que su hermana Phoebe se encontraba sentada en un taburete delante del piano.

—Prueba con esta —le dijo él, dándole una de las cuartillas. Gabriel se volvió al oír cerrarse la puerta y su mirada se encontró con la de Pandora.

—¿Qué estás haciendo? —le preguntó ella, acercándose de forma cautelosa, tensa como un caballo preparado para escapar—. ¿Por qué me has pedido que venga? ¿Y por qué está aquí tu hermana?

—Le he pedido a Phoebe que nos ayude —explicó Gabriel—, y ella ha accedido.

—Me ha coaccionado —corrigió Phoebe.

Pandora los miró confusa.

—¿Ayudarnos a qué?

Gabriel se acercó a ella, bloqueando con sus hombros la vista de su hermana.

—Quiero que bailes el vals conmigo —dijo en voz baja.

Pandora sintió que palidecía primero y que luego enrojecía de vergüenza.

Acto seguido volvió a ponerse pálida, igual que las rayas alternas de los postes de los barberos. Nunca había imaginado que él fuera capaz de burlarse así de ella.

—Sabes que no puedo bailar el vals —logró decir—. ¿Por qué me dices algo así?

—Prueba conmigo —la intentó convencer—. He estado pensando en ello, y creo que puedo conseguir que te resulte más fácil.

—No, no es posible —replicó en un susurro—. ¿Le has contado a tu hermana mi problema?

—Solo que tienes dificultades para bailar. No le conté por qué.

—¡Oh, gracias! Ahora piensa que soy torpe.

—Estamos en una habitación grande y prácticamente vacía —comunicó Phoebe desde el piano—. No es necesario que habléis en susurros, os oigo igual.

Pandora se volvió dispuesta a huir, pero Gabriel se interpuso en su camino.

—Vas a probar conmigo —exigió.

—¿Qué es lo que te pasa? —espetó Pandora—. Si tuviera que elegir cuál es la actividad más desagradable, humillante y frustrante, dada mi inestabilidad, sería bailar el vals. —Furiosa, miró a Phoebe al tiempo que movía las palmas de las manos hacia arriba, como si estuviera preguntándole qué podía hacer con un ser humano tan imposible.

Phoebe la miró con pesar.

—Nuestros padres son perfectamente normales los dos —intervino ella—. No sabemos por qué salió así.

—Quiero enseñarte a bailar el vals como lo bailaban mis padres —explicó Gabriel—. Es una forma más lenta y elegante que la que se lleva ahora. Se dan menos vueltas y uno se desliza en vez de andar saltando.

—No importa cuántas vueltas se den. Yo ni siquiera puedo girar una vez.

La expresión de Gabriel era inflexible. Estaba claro que no tenía intención de permitirle salir del salón hasta que consiguiera lo que quería.

Hecho núm. 99: Los hombres son como los bombones. Los que son más atractivos por fuera tienen el peor relleno.

—No te presionaré demasiado —aseguró él con suavidad.

—¡Ya me estás presionando demasiado! —Pandora se estremecía de indignación—. ¿Qué quieres? —interrogó.

Notaba el pulso palpitando en sus oídos y casi ahogando el tranquilo murmullo de Gabriel.

—Quiero que confíes en mí.

Para su completo horror, Pandora sintió que las lágrimas que no habían surgido antes, estaban ahora a punto de caer. Tragó saliva varias veces y le dio la espalda, poniéndose rígida cuando sintió la caricia de su mano en la cintura.

213

—¿Por qué tú no confías en mí? —preguntó ella con amargura—. Ya te he dicho que esto me resulta imposible, pero al parecer tengo que demostrártelo. De acuerdo. No temo esta humillación ritual, a fin de cuentas he sobrevivido tres meses a la temporada de Londres. Voy a tropezarme mientras bailamos el vals para que tú te diviertas, a ver si con eso llega para poder deshacerme de ti.

Clavó los ojos en Phoebe.

—Para que sepas qué es lo que pasa, mi padre me golpeó en la cabeza cuando era pequeña y ahora estoy casi sorda de un oído y no tengo equilibrio.

Para su sorpresa, Phoebe no la miraba con lástima, solo con preocupación.

—Eso es terrible.

—Solo quería que supieras que hay una razón para que mis movimientos se parezcan a los de un pulpo con demencia.

Phoebe le lanzó una sonrisa tranquilizadora.

—Me caes muy bien, Pandora. Nada va a hacerme cambiar de opinión.

Parte de su angustiosa vergüenza desapareció.

Respiró hondo.

—Gracias.

De mala gana, se volvió de nuevo hacia Gabriel, que no parecía ni un poco arrepentido por lo que le estaba haciendo. De hecho, cuando se acercó a ella, sonreía de forma alentadora.

—No me sonrías —le advirtió—. Estoy enfadada contigo.

—Lo sé —reconoció él con suavidad—. Lo siento.

—Lo vas a sentir todavía más cuando te vomite encima.

—Vale la pena correr el riesgo. —Gabriel le puso la mano derecha en el hombro izquierdo, y la punta de sus largos dedos le rozó la columna. Sin ganas, Pandora se situó en la posición que le habían enseñado, apoyando la mano izquierda en la parte superior del brazo de Gabriel.

—No, ponla directamente en mi hombro —corrigió él—. Tendrás más apoyo —añadió ante su vacilación.

Pandora dejó que él cerrara parte de la distancia entre ellos y le apretó la mano derecha con los dedos de su mano izquierda. Cuando quedaron enfrentados cara a cara, no pudo evitar recordar esos momentos en los que estaba perdida en la oscuridad y él cerró los brazos a su alrededor susurrándole: «En mis brazos estás a salvo. Nadie te va a hacer daño, cariño.» ¿Cómo podía haberse convertido ese hombre en este diablo sin corazón?

—¿No deberíamos estar más separados? —preguntó ella, clavando los ojos en su pecho.

—No es así cómo hay que estar para bailar el vals de esta forma. Ahora, cuando empiece a contar, da un paso adelante con la pierna derecha, por lo que tu pie quedará entre los míos.

—Pero te pisaré.

—No si me sigues. —Hizo un gesto a Phoebe para que empezara a tocar y poco a poco guio a Pandora en la primera vuelta—. Cuando contemos un, dos, tres, el tercer paso será más largo, así...

Pandora trató de moverse con él, pero tropezó, le pisó y soltó un sonido de exasperación.

—Ahora te he mutilado.

—Vamos a intentarlo de nuevo.

Gabriel la guio a través de un patrón que era, de hecho, diferente a los repetitivos círculos habituales. En la primera estrofa se realizaban solo tres cuartos de vuelta, seguidos por un giro. Luego, en el siguiente compás había tres cuartos de vuelta en la otra dirección. Era un hermoso patrón, y sin duda divertido cuando se ejecutaba de forma correcta. Pero en cuanto dieron el primer giro, Pandora perdió el sentido de la orientación y la habitación dio vueltas. Se aferró a él presa del pánico.

Gabriel se detuvo y la sujetó.

—¿Ves? —preguntó ella sin aliento—. Todo se inclina y empieza a caer.

—No está cayéndose nada. Solo te lo parece. —Se inclinó para presionar la palma con firmeza contra su hombro—. ¿Sientes lo firme que es? ¿No notas mi mano en tu espalda? ¿Mis brazos rodeándote? Olvídate de tu sentido del equilibrio y usa el mío. Soy sólido como una roca. No permitiré que te caigas.

—Es imposible que haga caso omiso de lo que dicen mis sentidos, incluso cuando se equivocan.

Gabriel la guio durante dos pasos más. Era lo único estable en un mundo que se balanceaba y zozobraba. A pesar de que esta variación del vals era mucho más lenta y controlada que la que le habían enseñado, su giroscopio interno no era capaz de manejar ni siquiera tres cuartos de vuelta. Pronto sintió un sudor frío y las náuseas la invadieron.

—Voy a vomitar —jadeó.

Gabriel se detuvo de inmediato y la atrajo hacia su cuerpo. Era sólido y estaba quieto mientras se esforzaba por mantener las náuseas bajo control. Poco a poco su mareo remitió.

—Para explicártelo en términos que entiendas —dijo Pandora finalmente, apoyando la frente húmeda contra su hombro—, el vals es para mí lo que las zanahorias son para ti.

—Si seguimos intentándolo un poco más, me comeré una zanahoria entera delante de ti —aseguró Gabriel.

—¿Podría elegir yo la zanahoria? —le preguntó con los ojos entrecerrados.

—Sí. —Notó cómo le vibraba el pecho por la risa.

—Solo por eso, esto podría valer la pena. —Ya más aliviada, le puso la mano en el hombro para retomar la posición del vals.

—Si eligieras un punto fijo en algún lugar de la habitación —tanteó Gabriel— y lo miraras durante el mayor tiempo posible...

—Ya lo he intentado y no funciona conmigo.

—Entonces, mírame directamente a los ojos y deja que lo que nos rodea se precipite sobre ti sin prestarle atención. Seré tu punto de referencia.

Mientras la guiaba por los pasos, una vez más, Pandora tuvo

que admitir a regañadientes que cuando dejaba de intentar orientarse por el entorno y se centraba solo en la cara de Gabriel, no se sentía mareada. Él era implacablemente paciente y la condujo por los giros, deslizamientos y cambios de ritmo, prestando atención a cada detalle de lo que decía y hacía.

—No levantes tanto las puntas de los pies —le aconsejó—. Cuando ocurre eso —dijo en el momento en el que ella se tambaleó al final de un compás—, deja que sea yo quien se encargue de mantener el equilibrio.

El mayor problema era luchar contra sus instintos, que le gritaban que se apoyara en la dirección equivocada cuando perdía el equilibrio, lo que ocurría la mayor parte del tiempo. Al final del siguiente compás, se tensó y trató de estabilizarse por sí misma cuando sintió que caía hacia delante. Terminó tropezando con los pies de Gabriel. Pero cuando el suelo comenzó a subir hacia ella, él la atrapó con facilidad y la abrazó.

—Está bien —murmuró—. Ya te tengo.

—¡Cáspita! —se le escapó con frustración.

—No confías en mí.

—Es que parecía que iba a...

—Tienes que dejar que lo haga yo —le recordó él, subiendo y bajando una mano por su espalda—. Puedo reconocer los mensajes de tu cuerpo. Percibo justo antes de que ocurra que te tambaleas y sé cómo compensarlo. —Bajó la cara al nivel de la de ella y le rozó la mejilla con el dorso de la mano—. Muévete conmigo —la animó en voz baja—. Siente las señales que te estoy dando. Se trata de permitir que nuestros cuerpos se comuniquen. ¿Tratarás de relajarte y de hacer esto por mí?

Su contacto, su voz aterciopelada... parecían aliviar todos los lugares atenazados de su interior. Los nudos de miedo y resentimiento se fundieron bajo su calor. Cuando se colocaron de nuevo, empezó a sentir que se movían juntos en la búsqueda de un objetivo común.

Eran uno.

Un giro tras otro, superaron diversas dificultades. ¿Estaban siendo más sencillas las vueltas o qué? ¿Sería mejor realizar pasos más largos o más cortos? Quizá fuera su imaginación, pero Pandora pensaba que los giros no la dejaban tan mareada ni desorientada como al principio. Parecía que cuantos más hacía, más se acostumbraba su cuerpo.

Era irritante cada vez que Gabriel la alababa... «Buena chica... Sí, así, perfecto...» Pero incluso le parecía más molesto que aquellas palabras le agradaran. Sintió que se entregaba de forma gradual, centrándose en la presión de sus manos y brazos. Hubo unos momentos muy satisfactorios cuando sus pasos se compenetraron por completo. También hubo otros cercanos al desastre, cuando se desequilibró haciéndoles perder el ritmo. Gabriel era un bailarín excelente, por supuesto, sabía manejar a su pareja y el tempo de sus pasos.

—Relájate... —murmuraba de vez en cuando—. Relájate...

Poco a poco, su mente descansó y dejó de oponerse al vaivén, a los giros y a la engañosa y constante sensación de caer. Confió en él. No era que estuviera disfrutando de la experiencia..., pero sentirse completamente fuera de control, sabiendo al mismo tiempo que estaba a salvo era algo interesante.

Gabriel ralentizó sus pasos antes de que se detuviera por completo. Bajó sus manos entrelazadas. La música había cesado.

Pandora miró sus ojos sonrientes.

—¿Por qué nos detenemos?

—El baile ha terminado. Acabamos de concluir un vals de tres minutos sin ningún problema. —La atrajo hacia su cuerpo—. Ahora vas a tener que buscar otra excusa para sentarte en las esquinas —le dijo en el oído bueno—. Puedes bailar el vals. —Hizo una pausa—. Pero no te voy a devolver tu zapatilla.

Pandora se quedó muy quieta, incapaz de asimilarlo. No supo qué decir, no le salía ni una sílaba. Era como si la enorme cortina que la sofocaba se hubiera levantado para revelarle el otro lado del mundo lugares que no había sabido que existían.

Gabriel, claramente sorprendido por su silencio, aflojó los brazos y la miró con aquellos ojos que eran como una mañana clara de invierno, mientras un mechón rojizo le caía sobre la frente.

Pandora se dio cuenta en ese momento que no tenerlo la mataría. De hecho, moriría de angustia. Con él, se estaba convirtiendo en alguien nuevo, estaban convirtiéndose en algo juntos, y nada resultaría ya como había esperado. Kathleen había tenido razón, eligiera lo que eligiera, no sería perfecto. Siempre debería renunciar a algo.

Se echó a llorar. No fueron delicadas lágrimas femeninas, sino un desordenado llanto con explosivos sollozos. La más terrible, hermosa e impresionante sensación que hubiera conocido rompió sobre ella como una ola y empezó a ahogarse.

Gabriel la miró alarmado mientras buscaba un pañuelo en el bolsillo de su chaqueta.

—No... no... No, por favor. Dios mío, Pandora, no llores. ¿Qué te pasa? —Le secó la cara hasta que ella agarró el pañuelo y se sonó la nariz, moviendo los hombros. Mientras él seguía consolándola y haciéndole preocupadas preguntas, Phoebe se acercó a ellos.

Sin soltar a Pandora, Gabriel miró a su hermana.

—No sé qué es lo que le pasa —murmuró.

Phoebe negó con la cabeza y le revolvió el pelo con cariño.

—No le pasa nada, idiota. Es que has entrado en su vida como un rayo. Cualquier persona quedaría chamuscada.

Pandora fue vagamente consciente de que Phoebe salía de la estancia. Cuando la tormenta de lágrimas disminuyó lo suficiente para que se atreviera a mirarlo, quedó atrapada por sus ojos.

—Estás llorando porque quieres casarte conmigo —adivinó él—, ¿verdad?

—No —sollozó e hipó a la vez—. Estoy llorando porque no quiero no casarme contigo.

Gabriel contuvo el aire. Su boca descendió sobre la de ella

con tanta dureza que casi le hacía daño. Mientras la buscaba con avidez, Pandora vibraba de pies a cabeza.

Ella interrumpió el beso y, poniéndole las manos en las mejillas, lo miró con tristeza.

—¿Q... qué mujer racional querría tener un marido que tuviera tu apariencia?

Él capturó su boca de nuevo con feroz exigencia. Ella cerró los ojos y se entregó casi desmayándose de placer.

—¿Qué le pasa a mi apariencia? —preguntó Gabriel cuando levantó la cabeza.

—¿No es obvio? Eres demasiado guapo. Otras mujeres querrán obtener tu atención y te perseguirán.

—Siempre lo han hecho —confirmó él, besándole las mejillas, la barbilla y la garganta—. Y nunca me he dado por enterado.

Ella intentó evitar sus labios.

—Pero lo sabré y lo odiaré. Y será muy monótono mirar a una persona tan perfecta día tras día. Al menos podrías tratar de engordar, o que te salgan pelos en las orejas, o perder uno de los dientes delanteros... No, incluso así serías demasiado guapo.

—Podría quedarme calvo —sugirió él.

Pandora lo miró y echó para atrás los pesados mechones dorados que habían caído sobre su frente.

—¿Hay calvos en tu familia? ¿Por cualquiera de los dos lados?

—No que yo sepa —admitió.

Ella frunció el ceño.

—Entonces no me hagas albergar falsas esperanzas. Admítelo y punto: vas a ser guapo siempre y tendré que encontrar la forma de vivir con ello.

Gabriel le apretó los brazos cuando ella trató de alejarse.

—Pandora... —susurró él, sosteniéndola con firmeza—. Pandora...

Ojalá pudiera contener aquellos sentimientos terribles y maravillosos que la inundaron. Sentía calor y frío. Alegría y temor. No le podía dar sentido a lo que estaba sucediéndole.

—Eres tan hermosa... —le susurraba Gabriel al oído—. Tan valiosa para mí. No te pido que te rindas, al contrario, me estoy rindiendo yo. Haré lo que sea. Tienes que ser tú, Pandora. Solo tú... durante el resto de mi vida. Cásate conmigo... Dime que vas a casarte conmigo.

Tenía la boca sobre la de ella y también la acariciaba. Sus manos se movían sobre ella con los dedos extendidos, como si no pudiera abarcar suficiente. Los fuertes músculos de su cuerpo se tensaron y relajaron mientras él afianzaba su agarre, tratando de acercarla más. Luego se quedó inmóvil con los labios contra su garganta, como si se hubiera dado cuenta de la inutilidad de las palabras. Se quedó en silencio, que solo era roto por su inestable respiración. Ella apoyaba la cara contra su cabello, brillantes mechones que olían a sol y a mar. Su aroma la llenaba. Estaba rodeada por su calor. Él esperó con una implacable y devastadora paciencia.

—De acuerdo —dijo ella con la voz ronca.

Él dejó de respirar y movió la cabeza.

—¿Te vas a casar conmigo? —preguntó lentamente, como si quisiera asegurarse de que no había ningún malentendido.

—Sí. —Pandora apenas podía hablar.

Un rubor rosado cubrió la bronceada tez de Gabriel antes de que esbozara una sonrisa tan brillante que casi la cegó.

—Lady Pandora Ravenel... Te voy a hacer tan feliz que ni siquiera te preocuparás por perder tu dinero, la libertad y toda tu existencia legal.

—No quiero bromas al respecto —murmuró Pandora—. Tengo condiciones. Un montón de ellas.

—Sí a todas.

—Empezando por... Quiero tener mi propio dormitorio.

—Excepto a eso.

—Estoy acostumbrada a tener intimidad. Mucha intimidad. Necesito una habitación que sea solo mía.

—Puedes tener varias salas privadas, si quieres; compraremos una casa grande. Pero vamos a compartir el dormitorio y la cama.

Ella decidió que discutiría sobre el tema más tarde.

—Lo más importante es que no voy a prometerte obediencia. Literalmente, no seré capaz. Esa palabra debe ser eliminada de los votos de boda.

—De acuerdo —accedió él con facilidad.

Pandora abrió los ojos sorprendida.

—¿De verdad?

—Pero tendrás que sustituirla por otra. —Gabriel se inclinó hacia ella hasta que la punta de su nariz rozó la de ella—. Una buena.

Era difícil pensar con su boca tan cerca.

—¿Acariciar? —sugirió sin aliento.

Él emitió un sonido de diversión.

—Si quieres... —Cuando intentó besarla de nuevo, ella echó la cabeza hacia atrás.

—Espera, hay otra condición. Es sobre tu amante. —Pandora sintió que él se quedaba paralizado y que la miraba—. No me gustaría... Es decir, no puedo... —Se interrumpió, impaciente consigo misma y se obligó a decir las palabras—. No quiero compartirte.

El brillo que vio en los ojos de Gabriel fue tan intenso como el que hay en el corazón de una llama.

—Te he dicho que «solo tú» —le recordó—. Lo he dicho en serio. —Bajó las pestañas y acercó sus labios a los de ella.

Y durante mucho tiempo, no hubo ninguna discusión más.

El resto del día fue una amalgama de colores en los recuerdos de Pandora. Solo algunos momentos destacaron en la bruma que la envolvió. El primero fue compartir la noticia con la familia, que pareció encantada, casi eufórica. Mientras Kathleen y Cassandra abrazaban a Gabriel por turnos, ahogándolo con sus preguntas, Devon llevó a Pandora a un lado.

—¿Es lo que quieres de verdad? —preguntó en voz baja, mirándola fijamente con aquellos ojos tan azules como los suyos.

—Sí —repuso con una débil nota de asombro—. Lo es.

—Saint Vincent ha venido a hablar esta tarde conmigo sobre la carta del abogado. Ha dicho que si lograba persuadirte para que te casaras con él, iba a hacer todo lo posible para animarte a seguir con tu negocio y se abstendría de interferir. Entiende lo que significa para ti. —Devon hizo una pausa para mirar a Gabriel, que seguía hablando con Kathleen y Cassandra—. Los Challon provienen de una estirpe —continuó en voz baja— en la que la palabra de un caballero es ley. Todavía respetan los acuerdos que hicieron con sus inquilinos hace más de un siglo con un simple apretón de manos.

—Entonces ¿crees que podemos confiar en su promesa?

—Sí, pero también le dije que, si no la cumple, le romperé las dos piernas.

Pandora sonrió y apoyó la cabeza en su pecho.

—... sí, queremos que sea pronto. —Oyó que Gabriel le decía a Kathleen.

—Bueno, pero hay mucho que planificar: el ajuar, la ceremonia y la recepción, el desayuno de boda y la luna de miel y, por supuesto, otras cuestiones menores como las flores y los vestidos de las damas de honor...

—Yo te ayudaré —se ofreció Cassandra.

—Yo no soy capaz de hacer todo eso —intervino Pandora con ansiedad, volviéndose hacia ellos—. De hecho, no puedo hacerlo. Tengo que presentar dos solicitudes de patentes más, reunirme con el impresor, buscar un lugar para instalar la fábrica y no... No puedo dejar que la boda interfiera en todas esas cosas importantes.

Gabriel contuvo la sonrisa al ver que comparaba la importancia de la boda con la de su compañía.

—Prefiero fugarme para concentrarme en el trabajo —continuó Pandora—. Una luna de miel sería una pérdida de tiempo y dinero.

Ella era muy consciente, por supuesto, de que la luna de miel se había convertido en una tradición para los recién casados de clase alta y media. Pero se sentía aterrada de verse tragada por su nueva vida mientras sus planes y sus sueños se quedaban por el camino.

Al pensar en todo lo que le esperaba en casa, no quería ir a ninguna parte.

—Pandora, querida... —empezó Kathleen.

—Lo discutiremos después —intervino Gabriel con calma, dirigiéndole a Pandora una sonrisa tranquilizadora.

—¿Has visto eso? —murmuró Pandora, volviéndose hacia Devon—. Ya me está manejando. Se le da bien.

—Conozco la sensación... —aseguró Devon, clavando sus ojos brillantes en Kathleen.

Por la noche, los Challon y los Ravenel se reunieron en la sala de estar antes de cenar.

Brindaron con champán para felicitar a la pareja recién comprometida y para celebrar la unión. Toda la familia de Gabriel recibió la noticia con una calidez y aceptación que estuvo a punto de abrumar a Pandora.

El duque sujetó a Pandora ligeramente por los hombros y se inclinó para besarla en la frente.

—Bienvenida a nuestra familia, Pandora. Te advierto que de ahora en adelante, la duquesa y yo te consideraremos como una hija más, y, en consecuencia, te echaremos a perder.

—Yo no estoy echado a perder —intervino Ivo que estaba cerca—. Mamá piensa que soy una joya —protestó.

—Mamá piensa que todo el mundo es una joya —replicó Phoebe con sequedad, uniéndose a ellos en compañía de Seraphina.

—Tenemos que avisar a Raphael de inmediato —exclamó Seraphina— para que pueda regresar a tiempo para la boda. No me gustaría que se la perdiera.

—No me preocuparía por eso —dijo Phoebe—. Se tardarán meses en planificar una boda de este calibre.

Pandora guardó un incómodo silencio mientras todos continuaban charlando. Nada de eso parecía real. En solo una semana, su vida había cambiado por completo. Su cabeza daba vueltas y tenía que ir a un lugar tranquilo para poder ordenar sus pensamientos. Se tensó cuando sintió la suave curva de un brazo sobre los hombros.

Era la duquesa. Sus ojos azules estaban radiantes mientras la miraba con amabilidad y algo de preocupación, como si comprendiera lo aterrador que debía haber sido tomar la decisión más importante de su vida en tan solo unos días. Pero no había manera de que esa mujer entendiera lo que era enfrentarse a la perspectiva de casarse con un virtual desconocido.

Sin añadir una palabra, la duquesa le hizo un gesto para que atravesara con ella una de las puertas que conducía a una terraza exterior. A pesar de que habían compartido algún tiempo en compañía de los demás, todavía no habían encontrado la oportunidad para hablar a solas. El tiempo de la duquesa estaba sometido a constantes demandas, todo el mundo, desde su nieto bebé al propio duque, reclamaba su atención. A su manera tranquila, la duquesa era el eje alrededor del cual giraba toda la finca.

Hacía frío en la oscuridad de la terraza, y la brisa hizo que Pandora se estremeciera. Esperaba que la duquesa no la hubiera llevado hasta allí para desaprobar algo. Esperaba que no dijera nada tipo: «Sin duda tienes mucho que aprender» o «No eres lo que yo hubiera elegido para Gabriel, pero tendré que conformarme».

Mientras estaban junto a la barandilla, mirando el océano oscuro, la duquesa se quitó el manto que le cubría los hombros, lo extendió y lo puso sobre ambas. Pandora se quedó asombrada. La cachemira era ligera y cálida, y estaba perfumada con agua de lilas y un toque a talco. Pandora sintió la lengua trabada mientras permanecía junto a aquella mujer, escuchando el chirrido tranquilizador de un chotacabras y los trinos musicales de los ruiseñores.

—Cuando Gabriel tenía la edad de Ivo —comenzó la duquesa con aire distraído, mirando el cielo plomizo— encontró un par de cachorros de zorro en el bosque, en una casa que habíamos arrendado en Hampshire. ¿Te lo ha contado?

Pandora negó con la cabeza con los ojos muy abiertos.

Los recuerdos curvaron los labios llenos de la duquesa.

—Eran dos hembras, con grandes orejas y los ojos negros como botones brillantes. Gorjeaban como pajaritos. Su madre había muerto en la trampa de un cazador furtivo, por lo que Gabriel las envolvió en su abrigo y las trajo a casa. Eran demasiado pequeñas para sobrevivir por su cuenta. Como es natural, nos pidió que le permitiéramos alimentarlas. Su padre accedió a que los criara bajo la supervisión del guardabosques de la familia, con la condición de que las devolviera al bosque cuando fueran lo suficientemente mayores. Gabriel estuvo semanas alimentándolas con cucharadas de una pasta compuesta de carne y leche. Más tarde, les enseñó a acechar y atrapar a sus presas en un corral.

—¿Cómo? —preguntó Pandora, fascinada.

La mujer la miró con una sonrisa inesperadamente traviesa.

—Les pasaba los ratones muertos colgados de una cuerda.

—¡Qué horror! —Se rio Pandora.

—Sí —convino la duquesa—. Gabriel decía que no era nada, por supuesto, pero seguía siendo repugnante. Aun así, las crías tenían que aprender. —La duquesa hizo una pausa antes de seguir—. Creo que para Gabriel la parte más difícil de criarlas fue tener que mantener la distancia, sin importar lo que las amara. Sin aca... cariciarlas o abrazarlas, sin ponerles nombre. Esos animales no podían perder el miedo a los seres humanos, o no sobrevivirían. El guarda le advirtió que hacerlas dóciles era como matarlas. Eso torturaba a Gabriel, que las quería tanto.

—Pobre chico...

—Sí, pero cuando por fin las dejó ir, y se alejaron en la distancia, eran capaces de vivir en libertad y cazar por sí mismas. Fue una buena lección para él.

—¿Cuál fue la lección? —preguntó Pandora muy seria—. ¿No amar algo que se sabe que se va a perder?

La duquesa negó con la cabeza mientras la miraba con alentadora calidez.

—No, Pandora. Aprendió a amarlas sin cambiarlas. Dejó que fueran lo que estaban destinadas a ser.

15

—No debería haber cedido. No tendríamos que haber venido de luna de miel —gimió Pandora, inclinando la cabeza sobre la barandilla del barco de vapor.

Gabriel se quitó los guantes, los guardó en el bolsillo de su chaqueta y le masajeó con suavidad la nuca.

—Respira por la nariz y suelta el aire por la boca.

Se habían casado esa misma mañana, tan solo dos semanas después de que él se lo hubiera propuesto. En ese momento se encontraban cruzando el Solent, el estrecho canal que separaba Inglaterra de la isla de Wight. El viaje de diez kilómetros entre Portsmouth y la ciudad portuaria de Ryde no llevaba más de veinticinco minutos. Por desgracia, Pandora era propensa a los mareos.

—Ya casi hemos llegado —murmuró Gabriel—. Si levantaras la cabeza, verías el muelle.

Pandora se arriesgó a echar un vistazo y vio acercarse Ryde, con su larga fila de casas blancas y las delicadas agujas de las zonas boscosas y ensenadas.

—Deberíamos haber ido a Eversby Priory —dijo, dejando caer de nuevo la cabeza.

—¿Y pasar nuestra noche de bodas en la cama donde dormías cuando eras niña? —preguntó Gabriel con sorna—. ¿Con tu familia y la mía en la casa?

—Me dijiste que te gustaba mi habitación.

—Me pareció encantadora, cielo. Pero no es el escenario adecuado para las actividades que tengo en mente. —Gabriel sonrió ligeramente al recordar el dormitorio de Pandora, con sus pintorescos tapices enmarcados, la querida muñeca con el cabello enredado a la que faltaba uno de los ojos de vidrio, y la estantería llena de novelas gastadas—. Además, esa cama es demasiado pequeña para mí. Me colgarían los pies por el borde.

—Supongo que en tu casa tienes una cama grande.

—Milady, *nosotros...* —dijo bajando la voz mientras jugaba con los oscuros cabellos de su nuca— tenemos una cama enorme.

Pandora todavía no había visto la casa que tenía Gabriel en Queen's Gate, en el distrito de Kensington. No solo porque tal visita habría ido contra todas las reglas, incluso en presencia de chaperonas, sino porque no había habido tiempo ante el aluvión de preparativos para la boda.

A Gabriel le había llevado casi la totalidad de esas dos semanas encontrar la forma de quitar la palabra «obedecer» de los votos de boda. Había sido informado por el obispo de Londres que si la novia no juraba obediencia a su marido durante la ceremonia, el matrimonio sería declarado nulo por el tribunal eclesiástico. Así que Gabriel se había dirigido al arzobispo de Canterbury, que había aceptado a regañadientes hacer una dispensa especial y poco habitual, siempre que se cumplieran ciertas condiciones. Una de ellas era la enorme «tarifa privada» a la que ascendía el soborno.

—La dispensa hará que el matrimonio sea legítimo y válido —le había explicado Gabriel—, siempre y cuando permitamos que un cura nos ilustre sobre la necesidad de que una esposa debe obedecer a su marido.

Pandora había fruncido el ceño.

—¿Qué significa eso?

—Significa que tienes que estar allí y fingir escuchar mientras el sacerdote te explica las razones por las que tienes que obedecerme. Mientras no te opongas, él entenderá que estás de acuerdo.

—Pero ¿tendré que prometer que voy a obedecerte? ¿Tendré que decirlo?

—No.

Ella sonrió.

—Gracias —dijo, contrita y satisfecha a la vez—. Lamento haberte dado tantos quebraderos de cabeza.

Gabriel la rodeó con sus brazos y la miró con una sonrisa burlona.

—¿Qué haría yo con una Pandora dócil y sumisa? No supondría ningún reto.

Evidentemente, el suyo no había sido un cortejo ordinario, y era necesaria una boda al uso. Así pues, por muy tentadora que resultara la idea de fugarse, Gabriel rechazó la idea. Pandora, ante tantas novedades e incertidumbres, necesitaba el consuelo que suponía disfrutar el día de su boda de la presencia de sus seres queridos y de un entorno familiar. Cuando Devon y Kathleen le ofrecieron la capilla de Eversby Priory para la boda, aceptó de inmediato.

Tenía sentido celebrar la ceremonia en Hampshire y pasar la luna de miel en la isla de Wight, enfrente de la costa sur. A menudo se referían a ella como «el jardín de Inglaterra», ya que la pequeña isla estaba llena de jardines, bosques y ordenadas aldeas costeras, así como una gran variedad de posadas y hoteles de lujo.

Pero a medida que se acercaban a la isla, la impaciente novia empezó a perderse sus encantos.

—No necesito una luna de miel —insistió Pandora, mirando con el ceño fruncido a la pintoresca villa que adquiría cada vez mayor tamaño—. El juego tiene que estar en las tiendas a tiempo para las Navidades.

—Cualquier otra persona en nuestras circunstancias estaría de luna de miel durante un mes —señaló Gabriel—. Nosotros vamos a disfrutar solo de una semana.

—Sin embargo, no vamos a tener nada que hacer.

—Trataré de mantenerte entretenida —aseguró él secamente. Luego se movió para situarse a su espalda y agarró la barandilla a ambos lados de ella—. Pasar unos días juntos nos ayudará a aclimatarnos a nuestra nueva vida. El matrimonio será un cambio considerable, sobre todo para ti. —Bajó la boca hasta su oreja—. Vas a vivir en una casa desconocida, con un extraño que va a hacer cosas poco familiares con tu cuerpo.

—¿Cuándo será? —preguntó Pandora, y apenas reprimió un grito cuando él le mordisqueó el lóbulo de la oreja.

—Si cambiamos de idea sobre la luna de miel —le explicó él—, podemos regresar a Londres. Tomaremos el primer vapor con destino a Portsmouth, luego nos subiremos a un tren directo a la estación de Waterloo, y estaremos delante de la puerta de casa en menos de tres horas.

La declaración pareció apaciguarla. Mientras el vapor avanzaba, vio que Pandora se quitaba el guante izquierdo para admirar el anillo de bodas, como había hecho una docena de veces ese día. Gabriel había elegido un zafiro de la colección de piedras preciosas de su familia, y lo había hecho engarzar en un anillo de oro, indicando que lo montaran rodeado de diamantes. El zafiro de Ceilán, cortado y pulido en forma de cúpula, era una piedra rara que brillaba como una estrella de doce puntas en lugar de seis. Para su satisfacción, a Pandora le gustaba mucho el anillo y parecía fascinada por la forma en la que la estrella se movía por la superficie del zafiro. El efecto, llamado «asterisco», era especialmente notable bajo la luz del sol.

—¿Por qué brilla en forma de estrella? —le preguntó Pandora, inclinando la mano hacia un lado y otro.

Gabriel le dio un beso detrás de la oreja.

—Es gracias a unas pequeñas imperfecciones, lo que hace que sea aún más hermoso.

Ella se volvió y se acurrucó contra su pecho.

La boda había durado tres días. Asistieron los Challon, los Ravenel y un número limitado de amigos cercanos, entre los que estaban incluidos lord y lady Berwick. Gabriel lamentó que Raphael no pudiera regresar a tiempo de Estados Unidos, pero su hermano había enviado un telegrama en el que se comprometía a celebrarlo con ellos cuando regresara a casa en primavera.

Cuando Pandora lo llevó a hacer un recorrido privado por la propiedad de su familia, Gabriel empezó a comprender exactamente lo apartadas que habían estado en realidad ella y sus hermanas durante la mayor parte de sus vidas. Eversby Priory era un mundo en sí mismo. La laberíntica casa de estilo jacobino estaba situada entre bosques ancestrales y verdes colinas remotas, y apenas había sufrido cambios en los últimos dos siglos. Devon había comenzado a hacer mejoras muy necesarias en la finca desde que heredó el condado, aunque sería preciso mucho tiempo para renovarla por completo. Habían hecho la instalación de fontanería moderna hacía solo dos años. Antes, utilizaban orinales y retretes exteriores, lo que había hecho que Pandora le dijera con fingida gravedad: «Apenas estoy civilizada.»

Los festejos habían proporcionado a Gabriel la oportunidad de conocer a los Ravenel que todavía no había visto: el hermano menor de Devon, West, y la hermana de Pandora, lady Helen. Se había sentido a gusto con West de inmediato; el hombre era un pícaro encantador que poseía un agudo ingenio y un carácter irreverente. Como administrador de la finca y arrendatarios de Eversby Priory, West tenía un profundo conocimiento de todos los problemas y preocupaciones de los habitantes de la propiedad.

Lady Helen, que había llegado acompañada de su marido, el señor Rhys Winterborne, era mucho más reservada que las mellizas. En lugar de la energía vibrante de Pandora o el encanto efervescente de Cassandra, la tercera hermana Ravenel poseía una dulce y paciente seriedad. Con el cabello platino y una esbelta figura, Helen parecía tan etérea como una figura de una pintura de Bougereau.

Pocas personas hubieran imaginado un enlace entre una criatura tan delicada y un hombre como Rhys Winterborne, tan grande y con el típico pelo negro galés, hijo de un tendero. Winterborne era el propietario de los grandes almacenes más famosos de Inglaterra, un hombre con considerable poder financiero, que era conocido por su naturaleza enérgica y decisiva. Sin embargo, desde su matrimonio, Winterborne parecía haberse convertido en un tipo mucho más relajado y feliz, y sonreía con una frecuencia inusual.

Gabriel se había reunido con Winterborne varias veces durante los últimos cuatro años, en diferentes reuniones bianuales de la junta directiva de una empresa que fabricaba equipos hidráulicos. Winterborne había demostrado ser un hombre pragmático y honrado, que poseía una notable intuición y perspicacia para los negocios. El galés era un hombre que le caía bien, pero pertenecían a diferentes círculos sociales y nunca se habían encontrado fuera de las reuniones de negocios.

Sin embargo, parecía que, a partir de ahora, se iban a ver muchas veces. No solo se habían casado con mujeres que pertenecían a una familia extraordinariamente unida, sino que, además, Winterborne era el mentor de Pandora. Durante el año anterior, la había alentado y asesorado sobre su empresa de juegos de mesa, y se había comprometido con ella a vender el juego en varios departamentos de su tienda. Pandora no mantenía en secreto la gratitud y el afecto que sentía por ese hombre. De hecho, bebía cada una de sus palabras y siempre le prestaba atención.

Cuando Gabriel había visto lo cómodos que estaban juntos, había tenido que luchar contra una inesperada punzada de celos. Aquel descubrimiento lo horrorizó. Nunca había estado celoso ni se había sentido posesivo en su vida, por lo que siempre se había considerado por encima de esas pequeñas emociones. Pero cuando se trataba de Pandora, parecía que no era mejor que un animal salvaje. La quería solo para él, ansiaba cada una de sus palabras y miradas, cada roce de sus manos, cada destello de la luz en su pelo y aliento de sus labios. Se sentía incluso celoso del aire que la rodeaba.

No ayudaba que ella estuviera tan decidida a seguir siendo independiente de él, como si fuera una pequeña nación soberana temerosa de verse conquistada y absorbida por un vecino poderoso. Todos los días añadía más condiciones a su lista de límites maritales, como si necesitara protegerse de él.

Cuando Gabriel se había quejado en privado a Phoebe, su hermana le había lanzado una mirada de incredulidad.

—Existen elementos anteriores a tu relación con Pandora. No puedes esperar amor eterno y devoción de una mujer dos semanas después de conocerla. —Se rio con afecto de su expresión contrariada—. ¡Oh, lo olvidé! Eres Gabriel, lord Saint Vincent, por supuesto que puedes esperarlo.

Se vio arrancado de sus pensamientos y regresó de nuevo al presente cuando Pandora levantó la cara buscando la brisa fresca.

Se preguntó qué estaría pasando por su inquieto cerebro mientras le apartaba un mechón de pelo suelto que se le pegaba a la mejilla.

—¿En qué estás pensando? —le preguntó—. ¿En la boda? ¿En tu familia?

—En un rombo —repuso ella en tono ausente.

Él enarcó las cejas.

—¿Te refieres a un paralelogramo con ángulos obtusos y lados opuestos iguales?

—Sí, el primo West me dijo que la isla de Wight tiene forma de rombo. Estaba pensando si «rombo» se puede considerar un adjetivo... —Levantó una mano enguantada hasta la barbilla y se golpeó los labios con los dedos—. El adjetivo sería *romboide*.

Gabriel se puso a jugar con una pequeña flor de seda que había en su sombrero.

—*Rombofobia* —dijo él, entrando en el juego—. El temor a los rombos.

Eso le valió una sonrisa espontánea. Los profundos ojos azules de Pandora se convirtieron en un lugar para divertirse y disfrutar.

—*Rombolatría*. El culto al rombo.

—Me gustaría rendirte culto a ti —murmuró Gabriel, acariciándole la exquisita línea de la mejilla.

Pandora no pareció escucharlo, con los pensamientos todavía centrados en el juego de palabras. Sonriente, él mantuvo un brazo a su alrededor mientras el barco se acercaba al muelle.

Después de desembarcar, subieron a un tranvía tirado por caballos en el que recorrieron el paseo de moda, de un par de kilómetros. Mientras tanto, obedeciendo sus órdenes, Oakes se encargó de que trasladaran su equipaje desde el barco de vapor hasta el hotel. Más tarde, su ayuda de cámara viajaría por su cuenta hasta el lugar de alojamiento junto con la doncella de Pandora.

Una vez en el paseo, solo fueron necesarios cinco minutos para llegar al Imperio, un opulento hotel situado en primera línea ante una playa de arena. El magnífico alojamiento estaba equipado con todas las comodidades posibles del mundo moderno, tales como ascensores hidráulicos para subir el equipaje a todos los pisos y suites con baño privado.

Al no haber estado antes en un hotel, Pandora se sintió hipnotizada por el exuberante entorno. Giró sobre sí misma para apreciar cada detalle azul, dorado o blanco del interior, que decoraban las columnas de mármol, los tapices pintados o las molduras italianas. El *maître d'hôtel*, que notó el interés de Pandora, se ofreció para acompañarlos a un recorrido personal por las salas públicas.

—Gracias, pero... —empezó Gabriel.

—Nos encantaría —exclamó Pandora, dando saltitos sobre los talones antes de que se diera cuenta de lo que hacía y se quedara inmóvil, tratando de mostrar un poco de dignidad. Gabriel reprimió una sonrisa.

Complacido por su entusiasmo, el *maître d'hôtel* le ofreció el brazo y la acompañó por el hotel mientras Gabriel los seguía. Primero fueron a la galería de imágenes, donde mostró con orgullo los elegantes retratos de la familia del propietario del hotel, así como un paisaje de Turner, y una pintura de niños y perros del maestro holandés Jan Steen.

A continuación visitaron el restaurante francés del alojamiento, donde Pandora se quedó sorprendida al observar que el comedor tenía una sola sala principal, en lugar de relegar a las damas a pequeñas salas privadas. El *maître d'hôtel* aseguró a Pandora que cenar juntos hombres y mujeres era una costumbre arraigada en París. De una manera discreta señaló una mesa cercana antes de susurrar en tono confidencial que era un príncipe indio y su mujer, y otra donde un conocido financiero estadounidense compartía la cena con su esposa e hijas.

El recorrido continuó a lo largo de la amplia galería que rodeaba el jardín interior con un techo altísimo de hierro y vidrio. Cuando el director empezó a emocionarse exponiendo los servicios del hotel, que incluían suministro de agua extraída de un pozo artesiano, jardines en los que disfrutar la brisa del mar, donde se servía el té todos los días; un salón de baile completo con paneles de mármol rojo de Verona e iluminado con lámparas de cristal de estilo Luis XIV, Gabriel perdió la paciencia con rapidez.

—Gracias por el recorrido —lo interrumpió finalmente mientras se acercaban a una escalera con una balaustrada de bronce forjado importado de Bruselas, decorado con las doce hazañas de Hércules. No le cabía ninguna duda de que el *maître d'hôtel* conocía cada una de ellas con absoluto detalle—. Estamos muy agradecidos. Sin embargo, me temo que lady Saint Vincent y yo ya le hemos robado demasiado tiempo. Vamos a retirarnos a nuestra suite.

—Pero, milord, todavía no he relatado la historia de Hércules para derrotar a la Hidra de Lerna —farfulló el *maître d'hôtel*, señalando una escena de la balaustrada. Al ver el gesto negativo de Gabriel, el hombre insistió—: ¿Hércules y los caballos de Diomedes?

Gabriel ignoró la mirada anhelante de Pandora y agradeció otra vez más las atenciones del director antes de llevarla hacia las escaleras.

—Pero si estaba a punto de contarnos una docena de historias —protestó Pandora por lo bajo.

—Lo sé. —Él no se detuvo hasta que llegaron a su suite privada, donde su ayuda de cámara y la doncella acababan de terminar de deshacer el equipaje.

Aunque Ida estaba preparada para ayudar a Pandora a cambiarse la ropa de viaje, Gabriel decidió despedirla.

—Yo me ocuparé de lady Saint Vincent. No os necesitaremos a ninguno durante algún tiempo.

A pesar de que la declaración no era mordaz, ya fuera por el contenido o su entrega, la rubia doncella de cara redonda se sonrojó profundamente antes de hacer una reverencia. Se detuvo solo un breve momento, en el que murmuró algo a Pandora antes de salir acompañada del ayuda de cámara.

—¿Qué te ha dicho Ida? —le preguntó, después de que ella investigara cada rincón de la suite, que incluía varias salitas, cuartos de servicio, dormitorios, cuartos de baño y una terraza privada con vistas al océano.

—Me dijo que dejara el vestido sobre una silla y no lo tirara al suelo. También se quejó porque he puesto el sombrero en una silla, donde cualquiera podría sentarse encima.

Gabriel frunció el ceño.

—Te trata con demasiada familiaridad. Creo que la despediré.

—Ida es la Genghis Khan de las doncellas —admitió Pandora—, pero se le da bien recordarme lo que suelo olvidar y acostumbra a encontrar todo lo que pierdo. —Su voz pareció algo sorprendida al ver las baldosas de mármol del baño—. Además, me dijo que sería idiota redomada si no me casaba contigo.

—Entonces seguirá con nosotros —dijo él con decisión. Al entrar en el cuarto de baño, se encontró con Pandora inclinada sobre la enorme bañera de porcelana, jugando con los grifos y las llaves del agua, uno de los juegos era de latón pulido y otro plateado.

—¿Por qué hay tantos accesorios? —preguntó.

—Uno de los juegos es para bañarse con agua dulce, y otro con agua de mar.

—¿En serio? ¿Podría darme aquí mismo un baño de agua de mar?

—Pues sí. —Gabriel sonrió al ver su expresión—. ¿Te gusta un poco más ahora nuestra luna de miel?

Pandora le lanzó una sonrisa tímida.

—Quizás un poco —admitió. Al momento siguiente, se arrojó sobre él de forma impulsiva y le rodeó el cuello con los brazos.

—¿Por qué tiemblas, mi amor? —le preguntó él, abrazándola con fuerza al sentir los leves estremecimientos que recorrían su cuerpo esbelto.

—Me da miedo esta noche —respondió mientras mantenía la cara oculta contra su pecho.

Por supuesto. Era una novia y esa, su noche de bodas, en la que se enfrentaría al hecho de meterse en la cama con un hombre al que apenas conocía, con la certeza de que sufriría dolor y vergüenza. Lo atravesó una oleada de ternura pero, al mismo tiempo, la decepción fue como si le cayera un montón de ladrillos sobre el pecho. Probablemente no consumarían el matrimonio esa noche. Tendría que ser paciente. Él se resignó a realizar los preliminares que ella permitiera y quizás, uno o dos días más tarde, Pandora estaría dispuesta para...

—Prefiero hacerlo en este momento —sugirió ella—, así dejaré de preocuparme por ello.

La declaración lo sorprendió tanto que no pudo hablar.

—Estoy tan nerviosa como un pavo la víspera de Navidad —continuó Pandora—. No seré capaz de cenar, leer ni de hacer nada hasta que vayamos a la cama. Incluso aunque fuera una agonía, prefiero hacerlo que esperar.

Gabriel se estremeció de alivio y deseo, y soltó el aire muy despacio.

—Mi querido amor, no va a ser una agonía. Te prometo que disfrutarás. —Hizo una pausa—. Al menos la mayor parte del tiempo —añadió con ironía. Bajó la cabeza y buscó con los labios un lugar de su cuello, donde sintió cómo ella tragaba saliva—. Te gustó lo que hicimos en la cita que tuvimos a medianoche, ¿verdad? —preguntó en voz baja. Ella tragó otra vez antes de asentir. Gabriel sintió el esfuerzo que hacía para relajarse, para confiar en él.

Él presionó sus labios, instándola a participar al darle unos toques más ligeros con la lengua. Su respuesta fue suave al principio, inocentemente carnal mientras seguía sus juguetones avances. Notó que ella se relajaba y se apoyaba en él, que había captado toda su atención, su vitalidad. El vello de la nuca se erizó de emoción mientras el calor irradiaba hacia cada parte de su cuerpo. Puso fin al beso con dificultad. Sosteniéndole la cara entre las manos, miró cómo subía las largas pestañas negras para revelar sus somnolientos iris azules bordeados por una línea negra.

—¿Te parece que pida una botella de champán? —sugirió él—. Te ayudará a relajarte. —Le acarició las mejillas con los pulgares—. Luego quiero hacerte un regalo.

—¿Un regalo de verdad? —Pandora enarcó las oscuras cejas.

Gabriel sonrió desconcertado.

—Sí. ¿Los hay de otra forma?

—He pensado que «hacerte un regalo» podría ser una metáfora —movió la vista hacia el dormitorio— para eso.

Él empezó a reírse.

—No presumiría de esa forma tan extravagante. Más adelante me informarás de si realmente eso fue un regalo o no. —Dejó de reírse y se inclinó para capturar sus labios una vez más. La adoraba. No había nadie como ella, y le pertenecía por completo... Aunque sabía que no debía decir tal cosa en voz alta.

Cualquier torpeza que Pandora pudiera haber sentido al ser desnudada por un hombre se vio eclipsada por la continua diversión de Gabriel.

—¿Todavía te ríes por lo de la metáfora? —le exigió al ver que él seguía riéndose.

—No era una metáfora —dijo con otra risa.

Aunque Pandora quería señalar que la mayoría de las recién casadas no apreciarían que sus maridos se rieran como hienas mientras les quitaban la ropa, estaba segura de que cualquier cosa que dijera solo prolongaría su diversión. Esperó hasta que le desabrochó el corsé, dejándola en camisola y calzones, y luego se precipitó hacia la cama, donde se cubrió con las mantas.

—¿Gabriel? —preguntó ella, subiéndose las sábanas hasta el cuello—. En vez de champán, ¿puedo tomar una copa de oporto? ¿O eso lo toman solo los caballeros?

Su marido se acercó a la cama y se inclinó para besarla.

—Si te gusta el oporto, cielo, eso es lo que vas a tomar.

Mientras él se alejaba para llamar a un criado, Pandora se quitó la ropa interior debajo de las sábanas. La dejó caer por el borde del colchón y puso otra almohada más detrás de la espalda.

Gabriel regresó unos minutos después y se sentó en el borde de la cama. Le agarró una mano y dejó una funda de cuero rectangular sobre la palma.

—¿Una joya? —preguntó Pandora, sintiéndose tímida de repente—. No era necesario.

—Es costumbre que el novio regale algo a la novia el día de la boda.

Después de pelearse con el pequeño cierre dorado, Pandora abrió la caja y vio un collar con doble hilada de perlas en un lecho de terciopelo rojo. Abrió mucho los ojos mientras deslizaba el dedo debajo de una de las hebras, haciendo que las brillantes perlas rodaran entre sus dedos.

—Jamás había imaginado poseer algo tan elegante. Gracias.

—No se merecen, cielo.

—Oh... son tan... —comenzó, pero se detuvo al ver el broche de oro con diamantes engarzados. Estaba formado por dos partes que se entrelazaban en un remolino, con hojas con profundas aristas—. Volutas de acanto —comentó con una sonrisa de medio lado— iguales a las que hay talladas en el sofá del cenador de los Chaworth.

—He desarrollado cierta debilidad por ellas —dijo, acariciándola con la mirada mientras se ponía el collar. Las hiladas eran tan largas que no era necesario abrir el broche—. Te retuvieron el tiempo necesario para que yo te atrapara.

Pandora sonrió, disfrutando del peso frío y sensual de las perlas cuando se deslizaron por su cuello y sus pechos.

—Creo que fue usted el que se vio atrapado, milord.

Gabriel rozó la curva de su hombro desnudo con la yema de los dedos y siguió los hilos de perlas sobre sus senos.

—Milady, soy su cautivo para toda la vida.

Pandora se inclinó para besarle. La boca de Gabriel era firme y cálida y se amoldó a la de ella de una forma deliciosa. Cerró los ojos y separó los labios, perdida para todo lo que no fuera aquel dulce tormento y las aterciopeladas caricias de su lengua. Notó que se mareaba ante la penetrante ternura de su beso, que sus pulmones se dilataban como si estuviera inhalando vapor caliente. No se dio cuenta de que las sábanas habían caído hasta su cintura hasta que sintió la mano masculina en los pechos. Gabriel movió el collar sobre un sensible pico, una y otra vez. Ella se estremeció y se le aceleró el corazón de tal forma que pudo sentir los latidos en las mejillas, la garganta, los senos y las muñecas.

Gabriel la besó lentamente, hundiendo la lengua cada vez más hasta que ella gimió de placer. Pandora trató de librarse de las mantas, olvidándose de todo lo que no fuera la necesidad de estar más cerca de él. Al momento siguiente, estaba tendida sobre el colchón, y el cuerpo vestido de Gabriel cubría el suyo desnudo. Sentir el peso masculino era satisfactorio y excitante, y notaba la rígida virilidad entre los muslos y sobre el vientre. Cuanto más se retorcía hacia arriba, buscando la estimulación que ofrecía la presión, más mariposas sentía revoloteando en su interior.

Él respiraba como si estuviera en pleno tormento y reclamaba su boca con largos y febriles besos sin dejar de murmurar mientras sus manos vagaban libremente sobre ella.

—Tu cuerpo es exquisito... tan fuerte y suave... con estas curvas... y estas... Dios, te deseo tanto... necesito más manos para poder recorrerte entera.

Si hubiera podido hablar, ella le habría dicho que bastante peligroso era ya con solo dos.

Pandora quería sentir su piel, así que empezó a tirar de su ropa. Él la ayudó, aunque el proceso se complicó porque no parecía dispuesto a dejar de besarla más de unos segundos. Una prenda tras otra fue cayendo sobre la cama, hasta que Gabriel quedó completamente desnudo, con su piel dorada y sonrojada, suave a excepción del vello que le cubría el pecho y la ingle.

Después de arriesgarse a lanzar una mirada a la sorprendente erección, Pandora se puso nerviosa y apretó la cara contra su hombro. Una vez, en uno de los paseos por la finca, Cassandra y ella habían visto a un par de niños pequeños jugando en un arroyo mientras su madre, la mujer de un arrendatario, los cuidaba. Los críos estaban desnudos y no tenían vello, además sus partes íntimas eran tan inocentemente pequeñas que apenas llamaban la atención.

Lo que tenía Gabriel, sin embargo, habría llamado la atención a cien metros.

Él le puso la mano en la barbilla y lo obligó a mirarlo a los ojos.

—No tengas miedo —le dijo con la voz ronca.

—No lo tengo —replicó ella con rapidez. Quizá con demasiada rapidez—. Me sorprende porque... bueno... no es como lo que tiene un niño y...

Gabriel parpadeó. La diversión hizo más profundas las arruguitas en las esquinas de sus ojos.

—No lo es —convino—. A Dios gracias.

Pandora respiró hondo y trató de pensar a pesar de los nervios. Gabriel era su marido, y era un hombre bien constituido. Ella estaba determinada a querer cada parte de él, incluso esa tan intimidante. Sin duda, su antigua amante habría sabido qué hacer. Esa idea despertó su espíritu competitivo. Ahora que le había pedido que se deshiciera de esa mujer, tenía que demostrarle que sería una sustituta a la altura.

Tomando la iniciativa, le empujó el hombro al tiempo que trataba de incorporarse. Él no se movió, limitándose a lanzarle una mirada interrogativa.

—Quiero verte —le explicó ella mientras volvía a empujarle.

Esta vez, Gabriel se dejó llevar y acabó tendido boca arriba con uno de sus musculosos brazos detrás de la nuca. Parecía un león tomando el sol. Ella se apoyó en un codo y le deslizó la mano temblorosa por el vientre, sobre la carne magra que dibujaba los músculos. Se inclinó para acariciarle el espeso vello dorado del torso. Notó que Gabriel contenía la respiración cuando ella utilizó la punta de la lengua para rozarle la tetilla, que se puso dura como un diamante. Al ver que él no ofrecía ninguna objeción, continuó explorándolo. Le pasó el dorso de la mano por la elegante línea de la cadera y más abajo, hacia la ingle, donde la piel dorada era más sedosa y caliente. Al llegar al punto donde el vello se rizaba, vaciló y lo miró a la cara. La sonrisa se había desvanecido, sus mejillas estaban sonrojadas y había separado los labios como si quisiera hablar pero no pudiera.

Pandora pensó con ironía que, para ser un hombre tan elocuente, su marido había elegido un mal momento para mantener la boca cerrada. No le habrían venido mal un par de sugerencias aquí o allí. Pero él se limitaba a mirar hacia su mano como si estuviera en trance, y respiraba como una caldera de vapor averiada. La anticipación parecía haberlo dejado indefenso.

La parte más traviesa de su corazón saboreó la certeza de que esa criatura tan grande y viril se muriera por su contacto. Así que pasó la punta de los dedos entre el espeso vello púbico y el pesado miembro se sacudió contra la tensa superficie de su vientre. Él soltó un débil gemido por encima de su cabeza mientras contraía los poderosos músculos de sus muslos. Ella se sintió más valiente, así que se deslizó por la cama y agarró con delicadeza la rígida longitud. Era caliente como una plancha y casi igual de dura. La piel era satinada y más oscura y, a juzgar por la forma en la que palpitaba, extremadamente sensible. Fascinada, empezó a acariciarle la erección de arriba abajo, moldeando con los dedos los tensos montículos que había debajo.

Él contuvo la respiración. Su esencia en esa parte era limpia como el jabón pero templada, con un toque de picante sabor salado. Pandora se acercó, atraída por aquel aroma seductor. Siguiendo un impulso, frunció los labios y sopló una larga bocanada de aire en la longitud.

Gabriel soltó un sonido incoherente. Ella se inclinó más y lo rozó con la lengua, lamiéndolo de abajo arriba como si fuera un caramelo. La textura era sedosa y rugosa, diferente a todo lo que había probado antes.

En ese momento, él la cogió por debajo de los brazos y tiró de ella hacia arriba hasta sentarla a horcajadas sobre sus caderas, con su dureza aprisionada entre sus cuerpos.

—Estás volviéndome loco —murmuró él antes de aplastar los labios contra los de ella al tiempo que ahuecaba la mano sobre la parte posterior de su cabeza, sin importarle en lo más mínimo desplazar las horquillas que sujetaban sus rizos, mientras ponía la otra mano bajo su trasero desnudo.

Cuando ella comenzó a retorcerse sobre él, Gabriel guio sus movimientos hasta convertirlos en un ritmo lento que hacía que su miembro se deslizara con una sedosa fricción entre los pliegues resbaladizos. Sintió al mismo tiempo el vello del pecho masculino contra la punta de sus pezones, lo que envió ramalazos de fuego hacia cada célula de su cuerpo. Él moderó entonces los impulsos contra su sexo, haciéndolos más lentos y suaves. Era una sensación extraña y lasciva a la vez, untuosa, caliente, húmeda...

Ella levantó la cabeza y se quedó inmóvil, con la cara muy roja.

—Estoy... estoy mojada —susurró, mortificada.

—Sí. —Gabriel tenía los ojos entrecerrados y sus pestañas sombreaban las somnolientas profundidades de sus iris azules. Antes de que ella pudiera añadir otra palabra, él la había subido lo suficiente para poder rodearle el pezón con la boca. Ella gimió cuando él reanudó el ritmo debajo de ella, moviendo sus caderas con las manos para que montara su abrasadora dureza. Él era lento e implacable, y jugó con ella hasta que las sensaciones se hicieron tan desesperadas que la tensión la tenía atenazada.

Rodando con ella, Gabriel le puso la espalda sobre el colchón y comenzó a recorrer su cuerpo con besos cálidos y ligeros. Sus manos vagaron libremente, haciendo que su piel se erizara por todas partes. Trazó patrones sinuosos en el interior de su pierna, aventurándose cada vez más arriba, hasta llegar a la ardiente suavidad entre sus muslos. A pesar de la delicadeza con la que la tocaba, ella sintió la sutil presión de la yema de su dedo y se puso rígida al tiempo que se deslizaba hacia delante. La intrusión producía un intenso ardor que provocaba que sus músculos internos se tensaran, intentando mantenerlo fuera. Él murmuró algo contra su estómago, y aunque ella no pudo distinguir las palabras, el ronroneo de su voz la tranquilizó.

Gabriel comenzó a hundir el dedo a más profundidad, buscando los lugares más sensibles, los que la hacían jadear. Al mismo tiempo, bajó la boca al triángulo de rizos e indagó entre los delicados pliegues. Besando y succionando la pequeña cresta de su sexo, la mantuvo al borde de un placer intenso mientras movía incansablemente el dedo en su interior. Ella no pudo reprimirse y comenzó a impulsar las caderas una y otra vez con movimientos cortos, pidiendo en silencio que aliviara aquella necesidad. Notó que él retiraba su contacto durante un breve instante, aunque regresó con más presión. Se dio cuenta de que había añadido otro dedo al primero y empezó a protestar, pero él le hizo algo tan increíble con la boca que contuvo el aliento y separó los muslos temblorosos.

Con tierna paciencia la persuadió con caricias, chasqueando la lengua a un ritmo constante mientras estimulaba el duro brote. Ella gemía y se arqueaba sin control, moviendo la pelvis más arriba. Hubo un momento de silencio justo antes de que comenzara la cegadora liberación, que la recorrió de pies a cabeza. Se retorció jadeante, sollozando sin vergüenza entre los brazos de su marido. Una vez que los últimos estremecimientos se desvanecieron, cuando estaba demasiado aturdida para moverse, él retiró los dedos de su interior, dejando una extraña sensación de vacío, y la entrada de su cuerpo dilatada y palpitante.

Gabriel se movió sobre ella y se colocó entre sus muslos antes de deslizarle un brazo por debajo de la nuca.

—Permanece relajada, cielo —susurró—. Así...

Pandora no tenía elección: su cuerpo estaba tan laxo como un guante vacío.

Él se inclinó, y ella sintió la dura caricia de la erección en la vulnerable apertura. Dando vueltas lentamente, la abrasadora y pesada punta empujó con suavidad en su interior. La llenó poco a poco, con una ineludible y enorme presión. Ella contuvo el aliento cuando el dolor la dilató más de lo que hubiera creído posible. Su carne dividida palpitaba con fuerza alrededor del miembro de Gabriel.

Él se mantuvo inmóvil y la miró con preocupación mientras esperaba que se acostumbrara a su presencia. Le separó los mechones de la cara y la besó en la frente.

—No tienes que quedarte quieto —le dijo ella, cerrando los ojos para reprimir un repentino acceso de lágrimas.

Sintió el roce de sus labios en los párpados.

—Quiero esperar —susurró—. Quiero estar dentro de ti el mayor tiempo posible. El placer que me das es... es como descubrir el amor por primera vez. —Gabriel le cubrió la boca con un movimiento tan erótico que hizo que volviera a sentir mariposas en el estómago. Pandora fue consciente de que sus músculos internos ceñían de forma compulsiva la dureza que la empalaba, y sintió que él se hundía cada vez más profundamente. De alguna manera, su cuerpo le hizo sitio, dejando lugar a la insistente penetración. Ahora no era tan doloroso, y unas sutiles ondulaciones de placer atravesaban el decreciente malestar. Gabriel comenzó a moverse muy despacio, presionando con su calor a mucha profundidad mientras se deslizaba como la seda.

Pandora le rodeó el cuello con los brazos y echó la cabeza hacia atrás para que él la besara en el cuello.

—¿Qué debo hacer? —le preguntó sin aliento.

Gabriel emitió un silencioso gemido mientras su frente se arrugaba como si estuviera sufriendo un gran dolor.

—Solo abrázame —le pidió con la voz ronca—. Mantén unidas todas mis partes. ¡Dios mío! Nunca... —Se interrumpió y se hundió una vez más, estremeciéndose hasta que ella sintió sus ásperos temblores en el interior. Entonces lo rodeó con los brazos y las piernas, abrazándolo con todo su ser.

Después de mucho tiempo, él dejó de temblar y se derrumbó satisfecho y cansado. Aunque se movió parcialmente a un lado para no aplastarla.

Pandora jugueteó con los húmedos mechones que se rizaban en su nuca, y trazó la ordenada forma de la oreja.

—Tu forma de hacer el amor —le informó ella— es un regalo.

Pandora sintió la suave curva de su sonrisa contra el hombro.

16

—Nunca había pasado tanto tiempo en la cama —dijo Pandora cuatro días después, cuando la luz de media mañana atravesaba una rendija entre las cortinas—. Ni siquiera cuando estaba enferma. —Salvo un par de salidas, como una excursión para ver algunas antiguas estatuas sajonas y una tarde que tomaron el té en los jardines del hotel, habían permanecido en la intimidad de la suite—. Necesito hacer algo productivo.

Un perezoso brazo masculino la rodeó desde atrás y tiró de ella contra un torso duro y cubierto de vello.

—Pues a mí me ha parecido excepcionalmente productivo —le dijo Gabriel al oído con una voz sedosa y oscura.

—Me refiero a hacer algo útil.

—Has sido muy útil —aseguró, pasando la mano por su cadera desnuda.

—¿Haciendo qué?

—Satisfaciendo mis necesidades.

—No demasiado bien, por lo que parece, de lo contrario no tendría que seguir haciéndolo. —Pandora comenzó a arrastrarse por el colchón para escapar de la cama, y se rio cuando él se abalanzó sobre ella.

—Lo haces demasiado bien. Provocas que quiera cada vez más. —Gabriel se colocó sobre ella, inmovilizándola, y bajó la boca hasta su hombro para mordisqueárselo brevemente—. Me tienes obsesionado, con tu dulce boca, con esas manos... con tu hermosa espalda... y las piernas...

—Necesitas un hobby —dijo ella con severidad al sentir su erección contra el trasero—. ¿Alguna vez has intentado escribir poesía? ¿Construir un barco dentro de una botella?

—Tú eres mi hobby. —Gabriel apretó los labios contra su nuca, pues había descubierto que ese era un lugar particularmente sensible.

Gabriel era un amante tierno y apasionado, le gustaba explorar cada centímetro de su cuerpo con implacable paciencia. Le había enseñado a disfrutar de la anticipación, de las infinitas maneras de hacer crecer el deseo. Le gustaba guiarla durante horas de una lánguida sensación erótica a la siguiente, hasta que por fin dejaba que se liberara con temblorosas oleadas de placer. En otras ocasiones, jugaba con ella, burlándose hasta hacerla alcanzar un estado salvaje que satisfacía con potentes y profundos empujes. Ella siempre se quedaba un poco desorientada cuando todo pasaba, entre eufórica y temblorosa, pero él la acariciaba hasta que se relajaba y caía en un sueño tranquilo. Pandora jamás había dormido tanto en su vida, durante toda la noche y hasta bien entrada la mañana.

Al anochecer, pedían que les llevaran la cena a la suite. Un par de camareros del hotel, ambos con zapatos que no hacían ruido, entraban en la salita para cubrir la mesa con un mantel de lino blanco y colocar los correspondientes platos de porcelana, la cristalería y la cubertería de plata. También disponían unos pequeños cuencos con agua, cada uno cubierto con una ramita de hierba luisa, para que se lavaran los dedos entre los platos. Después, llevaban unas bandejas con platos humeantes cubiertos con tapaderas de plata y salían de la habitación para que se sirvieran ellos mismos en la intimidad.

Durante la cena, Gabriel era un compañero entretenido y una fuente inagotable de historias. Estaba siempre dispuesto a discutir cualquier tema y la animaba a que hablara con franqueza, a que hiciera tantas preguntas como quisiera. No parecía molestarle que saltara de un tema a otro sin aparente relación entre sí. De hecho, era como si no le importaran sus defectos; estaba dispuesto a aceptarla como era.

Al final de la comida, los camareros regresaban para retirar los platos y llevarles unas pequeñas tazas con café turco, un plato con queso francés y una bandeja llena de botellas con licores. Pandora adoraba los líquidos de los mismos colores de las piedras preciosas que se servían en minúsculos vasos de cristal con forma de dedal y bordes curvos. Sin embargo, eran una bebida fuerte, como descubrió una noche cuando cometió el error de probar tres especialidades diferentes. Cuando trató de levantarse de la silla, las piernas se le tambalearon de forma peligrosa, y Gabriel se acercó para ponerla en su regazo.

—Mi equilibrio está peor que nunca —confesó con desconcierto.

Gabriel sonrió.

—Sospecho que tiene que ver con el vasito que te has tomado de *Crème de Noyaux*.

Pandora se giró para lanzar una mirada perpleja al vaso medio lleno de crema de licor de almendras.

—Pero si ni siquiera la he terminado. —Con cierto esfuerzo, se inclinó para coger el vaso y se bebió el resto de un trago antes de volver a dejarlo vacío sobre la mesa—. No, así es mejor —aseguró con satisfacción. Lanzó un vistazo al vasito de Gabriel, que apenas había tomado un sorbo, y se estiró para alcanzarlo. Sin embargo, él tiró de ella hacia atrás con una risa ahogada.

—No, cielo, no quiero que te despiertes con dolor de cabeza.

Pandora le rodeó el cuello con los brazos y se lo quedó mirando fijamente con preocupación.

—¿He bebido demasiado? Es por eso por lo que me siento tan inestable. —Cuando Gabriel empezaba a responderle, ella lo interrumpió con su boca y se aferró a él envolviéndolo con su pasión.

Por la mañana, se despertó con el vago recuerdo de haber hecho cosas muy indecentes con él en esa silla... Se habían deshecho de la ropa, tirándola a un lado y... en algún momento... recordaba vagamente haberse retorcido y rebotado en su regazo mientras él la devoraba a besos... ¡Oh, quería morirse de vergüenza!

Además, le dolía la cabeza.

Por fortuna, al ver su incomodidad, Gabriel no le tomó el pelo, aunque le vio apretar los labios como si estuviera reprimiendo una sonrisa. Tenía un vaso de agua y polvo con sabor a menta para el dolor de cabeza encima de la mesilla en el momento en el que se despertó. Después de tomar la medicina, él la metió en un baño perfumado.

—Tengo la cabeza como una trilladora —se quejó ella.

Gabriel la bañó con una esponja llena de jabón mientras ella reposaba la cabeza en el borde de la bañera.

—Los alemanes llaman *katzenjammer* —explicó él— a la forma en la que uno se siente la mañana después de beber. Traducido significa «el llanto del gato».

Pandora sonrió un poco, pero no abrió los ojos.

—Lloraría si pensara que eso me haría sentir mejor.

—Deberías haber parado después del segundo vaso, pero sobreestimé tu aguante.

—Lady Berwick siempre dice que una dama nunca debe tomar más de un sorbito de vino o licor. Se sentiría muy decepcionada por lo mal que me he portado.

Gabriel se inclinó sobre ella y le rozó con los labios la mejilla manchada de agua.

—Entonces, no se lo diremos —susurró él—. Porque eres deliciosa cuando te portas mal.

Después del baño, la envolvió en una gruesa toalla de rizo y la llevó al dormitorio. Se sentó en la cama con ella y retiró con cuidado las peinetas de carey con las que se recogía el pelo. Pandora se inclinó hacia delante y apoyó la cabeza en su pecho mientras él comenzaba a frotarle el cuero cabelludo con las yemas de los dedos. El lento masaje le hizo sentir un hormigueo en el cuello, pero no podía permitirse disfrutar de él plenamente.

251

—¿Qué te preocupa? —preguntó Gabriel, acariciando con especial cuidado la zona alrededor de su oído malo.

—Una parte de mí no quiere regresar a Londres —admitió ella.

Él no dejó de masajearla.

—¿Por qué, mi amor?

—En cuanto volvamos, tendremos que enviar tarjetas de boda para que la gente sepa que pueden recibirnos, y corresponder con otras invitaciones. Además, necesitaré aprenderme el nombre de los sirvientes y hacerme con el control de los gastos domésticos. Y hacer un inventario de la despensa para ver si coincide con la cuenta del carnicero. Y algún día... deberemos ofrecer una cena.

—¿Y eso es tan malo? —preguntó él con simpatía.

—Prefiero que me guillotinen.

Gabriel la alzó contra su pecho y empezó a alisarle el cabello.

—Para empezar vamos a posponer eso de enviar las tarjetas de boda hasta que estés más centrada. La gente va a tener que esperar a que estés preparada. En cuanto a los sirvientes, no van a esperar a que lo domines todo desde el principio. Por otra parte, el ama de llaves ha logrado llevar el control del hogar de forma eficiente durante años, y si no deseas involucrarte en los detalles, procederá como de costumbre, a menos que le des órdenes expresas para cambiar algo. —Gabriel trazó un patrón sobre la parte superior de su espalda desnuda, provocándole un agradable escalofrío—. Te sentirás mejor cuando hayas hecho avances con la empresa de juegos de mesa. Al volver, dispondrás de tu propio coche, conductor y lacayo personal para que puedas ir a donde quieras.

—Gracias —repuso Pandora, satisfecha—. A pesar de que no es necesario contratar a un sirviente más. Le pediré al segundo lacayo que me acompañe cuando sea necesario, igual que hace Kathleen.

—Prefiero contratar a un lacayo para ti, servirá para tu comodidad y para mi paz mental. Estoy considerando un tipo en particular, es observador, capaz y digno de confianza, además de que necesita trabajo.

Pandora frunció el ceño.

—Creo que yo debería tener voz y voto en la elección, dado que es a mí a quien va a acompañar a todas partes.

Gabriel sonrió y le acarició la mejilla.

—¿En qué cualidades estás pensando?

—Me gustaría que tuviera una disposición alegre y ojos brillantes como Santa Claus. Y tiene que ser amable, con sentido del humor. También deberá poseer paciencia y excelentes reflejos, porque si estoy pensando mientras camino, puede que no me dé cuenta de que estoy a punto de ser atropellada por un carruaje que circule a demasiada velocidad.

Gabriel palideció sensiblemente, y la apretó con más fuerza.

—No es necesario que te alarmes —le tranquilizó ella con una sonrisa—. Todavía no he acabado bajo las ruedas de ningún vehículo.

Él pareció menos ansioso, pero continuó apretándola con fuerza.

—El hombre que tengo en mente tiene todas esas cualidades y alguna más. Estoy seguro de que te sentirás satisfecha con él.

—Seguramente —admitió Pandora—. Después de todo, mira todo lo que le tolero a mi doncella. Ese lacayo tendría que ser imposible de aguantar para que me disgustara.

17

—Mi lacayo es imposible —le dijo Pandora una semana después de haber regresado a Londres—. Tengo que encontrar otro de inmediato. —Acababa de regresar de la primera salida en su nuevo carruaje, y las cosas no parecían haber salido bien. Al cerrar la puerta del dormitorio tras ella, avanzó hacia Gabriel con el ceño fruncido mientras él se desabrochaba el chaleco.

—¿Algún problema? —preguntó él con preocupación. Dejó el chaleco a un lado y empezó a aflojarse la corbata.

—¿Un problema? No. Muchos problemas. Muchísimos problemas. He ido a visitar a Helen y al bebé, y luego me detuve en Winterborne's a... ¡Dios mío!, ¿qué es ese olor? —Pandora se detuvo frente a él, olfateando su pecho y su cuello—. Proviene de ti. Me recuerda al metal pulido y a algo que se ha puesto en mal estado en la despensa.

—Acabo de llegar del club de natación —explicó Gabriel, sonriendo ante su expresión—. Añaden cloro y otros productos químicos a la piscina para mantener limpia el agua.

Pandora arrugó la nariz.

—En este caso, la solución puede ser peor que el problema. —Se acercó a la cama y se tendió sobre el colchón para mirarlo mientras se desnudaba.

—Has dicho algo sobre tu lacayo —le recordó él mientras se desabrochaba los puños.

Gabriel estaba preparado para recibir algunas objeciones sobre Drago, un antiguo empleado de Jenner's. Realmente era una opción poco convencional ofrecerle el puesto de lacayo. Drago comenzó a trabajar en el club con doce años y había ascendido hasta llegar a ser portero de noche y, por fin, gerente de la sala principal. No tenía familia conocida, pues lo habían abandonado en un orfanato con una nota en la que solo aparecía su nombre.

Gabriel lo conocía desde hacía muchos años. No había ningún hombre en Londres en el que confiara más para vigilar a su mujer durante sus recorridos por la ciudad, y por eso había preferido pagarle una pequeña fortuna para contratarlo como lacayo de su dama.

El papel le iba bastante mejor de lo que se podía pensar. Uno de los requisitos para ser lacayo era estar bien familiarizado con las calles y las localizaciones importantes de Londres, y Drago conocía cada rincón de la ciudad. Era un hombre imponente físicamente, grande y musculoso, que transmitía un silencioso aire de amenaza capaz de intimidar a cualquiera que pensara en acercarse a Pandora. Estaba disponible siempre, y aunque carecía de sentido del humor, no se irritaba jamás. Tenía el don de percibir detalles de la vestimenta, posturas y expresiones de la gente, lo que lo llevaba a identificar riesgos y problemas antes de que ocurrieran.

Aunque Drago había aceptado a regañadientes el puesto, su falta de entusiasmo había resultado obvio.

—Lady Saint Vincent se olvida de la hora con facilidad —le había informado Gabriel—, por lo que tendrás que ser su agenda. Tiende a perder las cosas, lo que implica que no debes perder de vista guantes descartados, pañuelos, libros, cualquier cosa que pudiera dejar atrás. Es de carácter dulce e impulsivo, así que, por el amor de Dios, mantenla alejada de estafadores, vendedores callejeros, carteristas y mendigos. Además, suele distraerse, por lo que no permitas que cruce sin mirar o se pierda. —Dudó antes de añadir lo siguiente—: Tiene problemas de audición en el oído izquierdo que a veces le provoca vértigos y, sobre todo, cuando hay poca luz, no puede orientarse. Pediría mi cabeza si sabe que te lo he dicho. Bien, ¿tienes alguna pregunta?

—Sí. ¿Voy a ser su lacayo o su maldita niñera?

Gabriel lo había mirado fijamente.

—Entiendo que esto puede parecerte un trabajo por debajo de tus aspiraciones, dado lo que haces en el club, pero para mí no hay nada más importante que su seguridad. Lady Saint Vincent es una joven curiosa y muy activa que no piensa de forma convencional. Tiene mucho que aprender sobre el mundo y este sobre ella. Protege a mi esposa, Drago. No será tan fácil como piensas.

Drago asintió, moviendo la cabeza con cierta irritación.

Gabriel regresó al presente.

—Quería un lacayo con los ojos chispeantes como Santa Claus —se quejaba Pandora—, no un tipo con ojos de vikingo mercenario. Los lacayos deberían ir bien afeitados y mostrar una buena presencia, además de poseer nombres normales como Peter o George. Pero el mío es un gruñón que se llama Drago y oculta sus rasgos detrás de una barba negra. Deberías de haberlo visto cuando me detuve en el departamento de juguetes de Winterborne's. Se quedó junto a la puerta, con el ceño fruncido y los brazos cruzados. Los niños se pusieron nerviosos y empezaron a llamar a sus madres. —Lanzó a Gabriel una mirada llena de sospecha—. ¿Sabe cómo se comporta un lacayo?

—No demasiado —admitió él—. Drago ha trabajado en el club en diferentes puestos. Sin embargo, el mayordomo está enseñándole y aprende con rapidez.

—¿Por qué no puedo tener un lacayo normal, como tienen las demás damas?

—Porque no vas a frecuentar los mismos lugares que las otras damas. —Gabriel se sentó en una silla para quitarse los zapatos y los calcetines—. Estás buscando ubicación para una fábrica, entrevistándote con proveedores, minoristas y comerciantes al por mayor... Si Drago está contigo, por lo menos no estaré tan preocupado por tu seguridad. —Al ver que Pandora tensaba la mandíbula, Gabriel tomó otro camino—. Por supuesto, lo sustituiremos si así lo deseas —propuso, encogiendo los hombros de forma casual mientras empezaba a quitarse la camisa—. Pero sería una lástima. Drago creció en un orfanato y no tiene a nadie en el mundo. Siempre ha vivido en una pequeña habitación en el club. Tenía ganas de frecuentar por primera vez en su vida un hogar de verdad, ver cómo es la vida de familia. —Esa última frase era pura conjetura, pero funcionó.

Pandora lo miró con resignación al tiempo que lanzaba un suspiro.

—Oh, de acuerdo. Supongo que me lo quedaré. Lo entrenaré para que no asuste a la gente. —Se dejó caer de forma dramática en la cama, con los brazos y las piernas abiertos—. Mi propio *lacayonstruo* personal.

Gabriel echó un vistazo a la pequeña figura extendida sobre la cama y sintió una oleada de diversión mezclada con lujuria que le hizo contener el aliento. No pasó un segundo antes de que se hubiera puesto sobre ella y le devorara la boca.

—¿Qué haces? —preguntó Pandora con una risita, retorciéndose debajo de él.

—Acepto la invitación.

—¿Qué invitación?

—La que me haces cuando te recuestas en la cama en una pose seductora.

—Me dejé caer como una trucha moribunda —protestó ella, retorciéndose cuando él le empezó a subir las faldas.

—Sabías que no sería capaz de resistirme.

—Antes date un baño —le rogó—. No me gusta ese olor. Deberías ir a las cuadras y frotarte como a uno de los caballos, con jabón carbólico y un cepillo de abedul.

—¡Oh, qué traviesa...! Sí, hagamos eso —propuso él, dejando que su mano vagara por debajo de las faldas.

Ella aulló de risa mientras luchaba.

—¡Basta! ¡Estás contaminado! Ve al baño y lávate.

Él la inmovilizó.

—¿Serás mi doncella mientras me baño? —le preguntó de forma provocativa.

—Eso te gustaría, ¿verdad?

—Sí —susurró él, dibujándole el labio inferior con la lengua.

Los ojos azul oscuro de Pandora brillaron maliciosos.

—Le bañaré, milord —se ofreció—, pero solo si se compromete a mantener las manos quietas y a permanecer rígido como una estatua.

—Ya estoy tan rígido como una estatua. —Y se rozó contra ella para demostrárselo.

Pandora rodó por la cama con una sonrisa y lo guio al cuarto de baño, mientras él la seguía sin rechistar.

A Gabriel le sorprendía pensar que, hasta hacía poco tiempo, había pensado que ninguna mujer sería capaz de satisfacerlo como Nola Black y sus «perversos talentos», como tan secamente había definido su padre. Pero ni siquiera en los encuentros más apasionados con Nola había sido capaz de saciar una parte más profunda de su deseo, un hambre difícil de definir. Se trataba de una intimidad que iba más allá de la unión física. Cada vez que Nola y él habían intentado bajar la guardia, aunque fuera brevemente, sus afiladas armas habían dejado cicatrices mutuas. Ninguno de los dos había sido capaz de correr el riesgo de compartir los defectos y debilidades que tan celosamente vigilaban.

Sin embargo, con Pandora todo era diferente. Su esposa era una fuerza de la naturaleza, solo era capaz de entregarse si era por completo y de alguna manera, eso hacía que él mantuviera menos pretensiones cuando estaba con ella. Cada vez que él admitía tener defectos o cometer errores, ella parecía encantada, como si fuera todavía mejor por no ser perfecto. Pandora había logrado abrir su corazón con una facilidad aterradora, y luego había tirado la llave.

Él la amaba más de lo que resultaba conveniente para ninguno de los dos. Lo inundaba de una alegría que nunca había identificado antes con el acto sexual. No era de extrañar que la deseara constantemente. No era de extrañar que se sintiera posesivo y preocupado cuando la perdía de vista. Pandora no se hacía una idea de lo afortunada que era de que él no insistiera en que saliera acompañada de un guardaespaldas, un grupo de tiradores, caballería, arqueros escoceses e incluso algunos samuráis japoneses.

Era una locura permitir que una criatura tan perfecta y hermosa, un espíritu vulnerable como su esposa, vagara libremente por un mundo que podía aplastarla con casual indiferencia. Y él se veía obligado a permitirlo. Pero no se hacía ilusiones de que llegara a adaptarse a tal arreglo. Durante el resto de su vida, sentiría una punzada de miedo cada vez que ella saliera por la puerta, que lo dejaría con el corazón en un puño.

A la mañana siguiente, antes de marcharse, Gabriel tuvo una reunión de negocios con un arquitecto y un constructor —algo sobre la concesión del derecho de especular con una propiedad que poseía en Kensington— y puso un montón de cartas delante de Pandora.

Ella levantó la vista del escritorio de la sala, donde estaba escribiendo laboriosamente una carta a lady Berwick.

—¿Qué es esto? —preguntó con el ceño fruncido.

—Invitaciones. —Gabriel sonrió al ver su expresión—. La temporada no ha terminado todavía. Doy por hecho que deseas rechazarlas, pero a lo mejor alguna capta tu interés.

Pandora consideró el montón de sobres como si fuera una serpiente a punto de atacar.

—Supongo que en algún momento tendré que ser más sociable —comentó.

—Ese es el espíritu. —Él sonrió ante su tono reticente—. Próximamente ofrecen una recepción en la casa consistorial al príncipe de Gales, que por fin ha vuelto de su gira por la India.

—Podría considerarlo —concedió ella—. Sería mejor que asistir a cenas, donde me sentiría tan visible como la mujer barbuda en una feria campestre. Hablando de barbas, ¿hay alguna razón para que Drago no se la afeite? Ahora que es lacayo, debería deshacerse de ella.

—Me temo que ese aspecto no estaba abierto a negociaciones —replicó Gabriel con pesar—. Siempre la ha llevado. De hecho, cada vez que hace un juramento es por su barba.

—Bueno, pues eso es una tontería. Nadie puede jurar por una barba. ¿Y si le arde?

Gabriel sonrió y se inclinó hacia ella.

—Trata el asunto con Drago, si así lo deseas. Pero te lo advierto, está muy unido a ella.

—Bueno, por supuesto que está unido a ella, es su barba.

Gabriel le acarició los labios con los de él con persistente presión, hasta que ella abrió la boca y él pudo disfrutar de su sofocante calidez y de su dulzura. Al mismo tiempo le acarició la garganta con ternura, deslizando las yemas de los dedos por su piel. Al poco tiempo, él profundizó más el beso, y la aterciopelada caricia despertó un remolino erótico en el estómago de Pandora. La cabeza le daba vueltas y alargó la mano para mantener el equilibrio agarrándose a los antebrazos de Gabriel. Él se demoró para poner fin al beso, y se recreó un poco más antes de apartar la boca a regañadientes.

—Sé una buena chica hoy —murmuró.

Pandora sonrió con las mejillas en llamas, pero siguió sin ser capaz de pensar en nada mientras él salía. Cogió un pisapapeles de cristal con pequeñas flores de vidrio en el interior y lo hizo rodar entre sus dedos con aire ausente mientras escuchaba los sonidos de la casa a su alrededor. El abrir y cerrar de las ventanas. Las criadas barriendo y encerando el suelo, o ventilando y arreglando las salas.

Aunque estaba de acuerdo con Gabriel en que pronto necesitarían una casa más grande, le gustaba la disposición de la residencia de soltero de su marido, que no era tan pequeña ni masculina como había previsto. Para empezar no era un piso, sino una casa. Ocupaba una esquina de manzanas y disponía de amplias terrazas y ventanas panorámicas, techos altos y balcones con barandillas de hierro forjado. Poseía todas las comodidades modernas que se podían desear, entre las que se incluía un vestíbulo de entrada con azulejos que se calentaban con serpentines de agua caliente, y un montaplatos en el que subían la cena desde el sótano. Mientras estuvieron de luna de miel, Kathleen y Cassandra habían trasladado algunas de sus pertenencias desde Ravenel House para que estuviera más cómoda en su nuevo hogar. Entre ellos, un cojín de flores para hacer costura, una suave manta de viaje con borlas, algunos de sus libros favoritos y una colección de velas en tazas de cristales de colores. Helen y Winterborne le habían enviado un escritorio precioso con multitud de cajones y compartimentos, que incluso tenía integrado un reloj de oro en el panel superior.

La casa estaba muy bien llevada por un amable grupo de sirvientes que eran, en general, un poco más jóvenes que el personal de Eversby Priory, y también de Heron's Point. Todos se esforzaban en complacer al ama de llaves, la señora Bristow, que dirigía las tareas diarias con puntual eficiencia. Trataba a Pandora con una mezcla de amabilidad y deferencia, aunque parecía comprensiblemente perpleja por su absoluta falta de interés en los asuntos domésticos.

En realidad, había algunas pequeñeces que Pandora se sentía tentada a mencionar. Por ejemplo, el té de la tarde. La hora del té siempre había sido un ritual muy apreciado por los Ravenel, incluso cuando no se lo habían podido permitir. Todas las tardes disfrutaban de una amplia selección de tartas y pastelitos de crema, pastas y panecillos, bollos, dulces y otros postres en miniatura acompañados por humeantes tazas de té recién hecho que el servicio reponía a intervalos regulares.

Sin embargo, en su nuevo hogar el té consistía en un simple panecillo tostado o un solitario bollo de pasas, que servían con mantequilla y mermelada. Era perfectamente agradable, pero cuando ella recordaba los largos y lujosos tés de los Ravenel, este parecía aburrido e insípido en comparación. El problema era que incluso la más pequeña participación en la administración del hogar podría conducir a mayor responsabilidad. Por lo tanto, era más prudente permanecer en silencio y comerse el bollito. Además, ahora que tenía su propio carruaje, podía visitar a Kathleen y tomar el té en su casa cada vez que quisiera.

Pensar en el carruaje le recordó a su nuevo lacayo.

Tomó la campanilla de bronce del escritorio y la movió de forma tentativa, preguntándose si Drago respondería. Él no tardó ni un minuto en aparecer en el umbral.

—Milady.

—Adelante, Drago.

Era un hombre grande y musculoso, con unos hombros anchos que rellenaban perfectamente la librea de un lacayo, pero por alguna razón los largos faldones de la levita, los pantalones bombachos por las rodillas y las medias de seda no le iban demasiado bien. Parecía incómodo, como si el terciopelo dorado y azul oscuro trenzado fuera una afrenta para su dignidad. Mientras la miraba con aquellos agudos ojos oscuros, ella vio la pequeña cicatriz en forma de media luna que iba desde el exterior de su ceja izquierda hasta casi la esquina del ojo, un permanente recordatorio de que se había visto implicado en algún suceso peligroso hacía un tiempo. Su barba negra, no muy larga y bien recortada, parecía tan impenetrable como el pelaje de una nutria.

Ella lo observó con intensidad. Supo que tenía delante una persona que estaba tratando de llevar lo mejor posible una situación que le resultaba incómoda. Pandora conocía esa sensación. Y supo que esa barba... era un símbolo, se diera cuenta él o no. Una señal de que iría todo lo lejos que pudiera sin comprometer su verdadero yo. Algo que ella también entendía.

—¿Cómo le parece que debe pronunciarse su nombre? —le preguntó—. Lord Saint Vincent dice que es un sonido como Ah, pero al mayordomo lo hace como una A larga.

—Ninguno de los dos es correcto.

Tal como había descubierto en su breve e incómoda salida del día anterior, era hombre de pocas palabras.

Lo miró con perplejidad.

—¿Por qué no lo ha dicho?

—Nadie me lo ha preguntado.

—Bueno, lo estoy haciendo yo.

—Es como «dragón», pero sin n.

—Oh... —Pandora esbozó una sonrisa—. Me gusta más. Le llamaré Dragón.

Él enarcó las cejas.

—Es Drago.

—Sí, pero si añadiéramos esa letra, todos sabrían pronunciarlo y, lo más importante, a todo el mundo le gustan los dragones.

—No quiero gustar a nadie.

Con aquel pelo negro como el carbón, sus ojos oscuros y el aspecto que tenía un momento antes, como si fuera capaz de escupir fuego, el apodo era perfecto.

—¿No le gustaría considerarlo por lo...? —empezó ella.

—No —la interrumpió.

Lo miró de forma especulativa.

—Si se afeitara la barba, podría ser muy guapo.

El rápido cambio de tema pareció desequilibrarlo.

—No.

—Bueno, en cualquier caso, los lacayos no pueden tener barba. Es una ley, creo.

—No es una ley.

—Sin embargo, sí es una tradición —rectificó ella sabiamente—, e ir contra la tradición es casi como saltarse la ley.

—El cochero tiene barba —señaló Drago.

—Sí, los cocheros pueden, pero los lacayos no. Me temo que tendrá que deshacerse de ella. A no ser que...

Él entrecerró los ojos cuando se dio cuenta de que iba a asestarle el golpe de gracia.

—¿A no ser qué?

—Yo estaría dispuesta a pasar por alto su inadecuada apariencia —ofreció Pandora—, si me permite que le llame Dragón. Si no, la barba fuera.

—La barba se queda —espetó él.

—De acuerdo. —Pandora sonrió con satisfacción—. Necesitaré que el carruaje esté listo a las dos, Dragón. Eso es todo por ahora.

Él inclinó la cabeza de mala gana y empezó a volverse, pero se detuvo en el umbral al oír la voz de Pandora.

—Quería preguntarle una cosa más. ¿Le gusta usar la librea? —Dragón se volvió hacia ella—. Tengo una razón para preguntarlo —dijo ella ante su larga vacilación.

—No, no me gusta. Tiene demasiada tela por abajo... —Le mostró los faldones de la levita con desprecio—. Y es muy estrecha por arriba, por lo que no se pueden mover los brazos de forma adecuada. —Bajó la mirada con disgusto—. Los colores brillantes. La trenza dorada... Parezco un pavo real.

Pandora lo miró comprensivamente.

—El hecho es que... —dijo con seriedad— usted no es un lacayo, sino un guardaespaldas que hace las funciones de lacayo. Dentro de la casa, mientras ayude al mayordomo con la cena y todo eso, quizás insistan en que use librea. Pero cada vez que me acompañe fuera, creo que será mejor que se ponga su propia ropa, como corresponde a un guardia privado. —Hizo una pausa—. He visto a los niños de la calle y a algunos rufianes provocar a los lacayos —añadió con sinceridad—, en especial en las zonas más conflictivas de la ciudad. No es necesario estar sometido a tales molestias.

Él se relajó de forma ostensible.

—Sí, milady. —Antes de que se volviese, ella hubiera jurado que había visto una leve sonrisa debajo de las profundidades de su barba.

El hombre que acompañó a Pandora al carruaje era una versión muy diferente a la del torpe lacayo con librea. Se movía con confiada fluidez vestido con una chaqueta y un pantalón negros de buena calidad, así como un chaleco gris oscuro. La barba que podía haber estado fuera de lugar en un lacayo, parecía ahora más apropiada. Incluso se podía decir que parecía gallardo, y poseedor de cierto encanto. Aunque, claro, se suponía que los dragones no eran encantadores.

—¿Adónde quiere ir, milady? —preguntó Dragón, después de que bajara los escalones del carruaje.

—A la imprenta O'Cairre, en Farringdon Street.

Él le lanzó una mirada penetrante.

—¿En Clerkenwell?

—Sí. Está en el edificio Farringdon, detrás de...

—En Clerkenwell hay tres prisiones.

—También hay vendedoras de flores, fabricantes de velas y otros negocios respetables. Están recuperando esa zona.

—Pero lo hacen ladrones e irlandeses —argumentó el oscuro Dragón mientras Pandora subía al carruaje. Él puso en el asiento de al lado el maletín de cuero lleno de papeles, bocetos y prototipos de juegos. Después de cerrar la puerta del vehículo, se sentó en el pescante, con el conductor.

Pandora había estado estudiando una lista de imprentas antes de seleccionar las tres finalistas. La imprenta O'Cairre era de especial interés porque era propiedad de una viuda, que se había visto obligada a dirigir la empresa desde la muerte de su marido. A Pandora le gustaba la idea de apoyar a otras mujeres en sus negocios.

Clerkenwell no era la parte más peligrosa de Londres, a pesar de que su reputación se había visto empañada por el bombardeo que sufrió una prisión nueve años atrás. Los fenianos, una sociedad secreta que luchaba para conseguir la independencia de Irlanda, habían intentado sin éxito liberar a uno de sus miembros haciendo un agujero en un muro de la prisión. Como consecuencia habían muerto doce personas y otras muchas habían resultado heridas. Eso había dado lugar a una reacción negativa en la población, y el resentimiento hacia los irlandeses había tardado en desaparecer. En opinión de Pandora, era una lástima, dado que los miles de pacíficos irlandeses que residían en Londres no deberían verse castigados por las acciones de unos pocos.

Una vez que aquel distrito se convirtió en un respetable barrio de clase media, Clerkenwell se llenó de edificios altos, densamente emparedados entre las propiedades en ruinas. Las nuevas carreteras que estaban construyendo aliviarían en algún momento los congestionados callejones, pero por ahora el trabajo solo servía para que hubiera una serie de desvíos que hacían que fuera muy difícil acceder a Farringdon Street. El río Fleet Ditch se había convertido en una alcantarilla, y estaba ahora cubierto por la calzada, aunque su apestoso aroma se podía oler ocasionalmente por las rejillas de paso. Los estruendos y los silbidos de los trenes cortaban el aire cuando se acercaban a la estación de Farringdon Street, donde la empresa ferroviaria había construido una enorme nave.

El carruaje se detuvo frente a un edificio industrial de ladrillo amarillo. A Pandora se le aceleró el corazón cuando vio la imprenta con el doble escaparate con las ventanas divididas y el frontón tallado sobre la entrada. Las letras correspondientes a IMPRENTA O'CAIRRE habían sido pintadas con elaboradas letras doradas en el interior del frontón.

Dragón se apresuró a abrir la puerta del carruaje y a recoger el maletín de Pandora antes de bajar las escaleras. Tuvo cuidado de no permitir que la falda tocara la rueda cuando ella salió del vehículo. Abrió la puerta del negocio con la misma eficacia, y la cerró después de que entrara. Sin embargo, en lugar de esperar fuera de la tienda como un lacayo cualquiera, entró en el edificio y se situó junto a la puerta.

—No tienes que esperarme dentro, Dragón —murmuró Pandora mientras él le entregaba el maletín—. Mis asuntos se demorarán por lo menos una hora. Puedes ir a alguna parte a tomar una jarra de cerveza, o algo...

Él hizo caso omiso a la sugerencia y se mantuvo exactamente donde estaba.

—Voy a entrevistarme con un impresor —no pudo resistirse

a decir ella—. Lo peor que me puede pasar es que me corte con un papel.

Sin respuesta.

Suspirando, Pandora se volvió y se dirigió a la primera fila de mostradores que se extendían por el enorme interior y lo dividían en varios departamentos. Las imprentas eran el lugar más colorido y lleno de encanto en el que hubiera estado, con excepción quizá de los grandes almacenes Winterborne, a los que consideraba similares a la cueva de Aladino con sus joyas brillantes y los artículos de lujo. Pero este era también un nuevo mundo fascinante. Las paredes estaban empapeladas con estampados diversos: caricaturas, tarjetas, carteles, grabados, láminas de papel y decorados para teatros. En el aire flotaba una embriagadora mezcla de papel nuevo, tinta, pegamento y productos químicos, un olor que la hacía querer agarrar una pluma y empezar a dibujar. En la parte trasera de la nave se oían los sonidos mecánicos de las máquinas, que seguían un ritmo de puesta en marcha y parada cuando los aprendices hacían funcionar las prensas de mano.

En lo alto, secaban las impresiones en cientos de cuerdas que cruzaban la sala. Había torres de cartulinas por todas partes, y altas columnas de papel de más variedades de las que Pandora hubiera visto nunca en un solo lugar. En los mostradores había bandejas de impresión con bloques tallados con letras, animales, pájaros, gente, estrellas, lunas, símbolos de Navidad, vehículos, flores y miles de imágenes agradables.

Adoraba ese lugar.

Se le acercó una joven dama. Mostraba buen aspecto, con una figura delgada y de busto grande, con el pelo castaño y rizado además de unos ojos color avellana.

—Lady Saint Vincent —dijo antes de hacer una profunda reverencia—. Soy la señora O'Cairre.

—Un placer —dijo Pandora, radiante.

—Jamás me había sentido tan intrigada como lo he estado por su carta —aseguró la señora O'Cairre—. Ese juego de mesa parece algo muy inteligente, milady. —La mujer tenía un acento educado con un deje musical. Poseía un aire festivo que conquistó a Pandora desde el primer momento—. ¿Le gustaría sentarse conmigo y comentarme sus planes?

Se dirigieron a una mesa en un lugar protegido en un lateral de la enorme sala. Durante la hora siguiente, hablaron del juego y de qué componentes serían necesarios mientras mostraba los bocetos, notas y prototipos que llevaba en el maletín. Era un juego de temática comercial, con piezas que se movían alrededor de un recorrido que discurría entre los departamentos de una detallada tienda. Incluía tarjetas de mercancía, dinero y cartas para jugar que ayudaban u obstaculizaban el progreso de los jugadores.

La señora O'Cairre parecía entusiasmada con el proyecto e hizo muchas sugerencias sobre los diversos materiales que podían utilizar en cada parte.

—La cuestión más importante es el tablero de juego plegable. Podemos hacer la impresión litográfica directamente sobre el tablero con una prensa plana. Si quiere una imagen multicolor, podríamos crear una placa metálica para cada color, entre cinco y diez serían suficientes, y aplicar la tinta en capas hasta que se complete la imagen. —La señora O'Cairre miró pensativamente las piezas que Pandora había realizado—. Sería mucho más barato si aplicamos solo la imagen en blanco y negro y contratamos mujeres para que den el color a mano. Por supuesto, será más lento. Si su juego tiene una gran demanda, como estoy segura que será el caso, tendrá más beneficios si produce el juego completamente a máquina.

—Prefiero la opción de dar el color a mano —dijo Pandora—, quiero proporcionar puestos de trabajo a las mujeres que tratan de ganarse la vida y mantener a sus familias. Hay que tener en cuenta algo más que los beneficios.

La señora O'Cairre la miró durante un buen rato con calidez.

—Admiro que piense en eso, milady. Mucho. La mayoría de las mujeres de su clase no piensa en los pobres. Solo se dedican a hacer medias y gorros en sus grupos de caridad. Su negocio ayudará a los pobres mucho más que la costura.

—Eso espero —añadió Pandora—. Créame, mi forma de tejer no puede ayudar a nadie.

La mujer se rio.

—Me gusta usted, milady. —Se puso en pie y se frotó las manos con energía—. Venga a la trastienda si es tan amable y le daré un montón de muestras para que se lleve a casa y las estudie en su tiempo libre.

Pandora recogió los papeles y materiales del juego en el maletín. Miró por encima del hombro a Dragón, que la observaba desde detrás de la puerta. Él dio un paso adelante al ver que se dirigía hacia la parte trasera de la tienda, pero ella le hizo un gesto con la cabeza para que se quedara donde estaba. Lo vio fruncir el ceño, pero cruzó los brazos y se mantuvo en su lugar.

Pandora siguió a la señora O'Cairre hasta un mostrador a la altura de la cintura, donde un par de muchachos ataban páginas. A la izquierda, un aprendiz trabajaba en una prensa de pedal que funcionaba con enormes engranajes y palancas, mientras otro hombre operaba con una máquina de enormes rodillos de cobre que presionaban imágenes de forma continua en largos rollos de papel.

La señora O'Cairre la condujo hasta una sala rebosante de muestras de material. Se movió a lo largo de una pared con estanterías y cajones, donde la señora O'Cairre empezó a recoger trozos de papel, cartulinas, tableros, lona de unión y muselina, así como una gran variedad de hojas con tipografías. Pandora la siguió de cerca, recibiendo un puñado de páginas que guardó en el maletín.

Las dos se detuvieron ante un discreto golpe.

—Seguramente sea el chico del almacén —dijo la señora O'Cairre, dirigiéndose al otro lado de la habitación. Mientras Pandora continuaba rebuscando en los estantes, la impresora abrió la puerta lo suficiente para ver a un adolescente con una gorra calada sobre la frente. Después de un breve intercambio en voz baja, la señora O'Cairre cerró la puerta.

—Milady —dijo—. ¿Puede disculparme? Tengo que darle algunas instrucciones a un repartidor. ¿Le importa que la deje aquí durante un minuto?

—Por supuesto que no —dijo Pandora—. Me siento feliz como una almeja en marea alta. —Hizo una pausa para mirar con atención a la mujer, que seguía sonriendo... Pero la angustia ejercía una sutil tensión en sus rasgos, como en un ridículo cuando se tira del cordón—. ¿Ocurre algo? —le preguntó con preocupación.

La mujer se relajó al instante.

—No, milady, es que no me gusta que me interrumpan cuando estoy con un cliente.

—No se preocupe por mí.

La señora O'Cairre se acercó a los cajones y sacó un sobre abierto.

—Regresaré lo antes posible.

Cuando la dueña de la imprenta salió por la puerta del almacén, que cerró con firmeza a su espalda, cayó algo al suelo. Un trozo de papel.

Con el ceño fruncido, Pandora soltó el maletín y se inclinó para recuperar la página. Estaba en blanco por un lado y por el otro estaban impresas lo que parecían unas muestras tipográficas, pero no estaban organizadas como los ejemplos típicos. ¿Se había caído del sobre que la señora O'Cairre había sacado del cajón? ¿Era importante?

—Seguramente ambas opciones... —murmuró. Abrió la puerta y llamó a la impresora. Al no obtener respuesta, procedió por una galería escasamente iluminada que se abría a un espacio que parecía un almacén. Una hilera de ventanas divididas cerca del techo dejaba pasar la luz suficiente para iluminar un fregadero sobre el que había piedras litográficas y planchas de metal, así como rodillos, piezas de maquinarias y un montón de filtros y cubas. El fuerte olor a aceite y metal interrumpía la acre bienvenida de las virutas de madera.

Cuando salió de la galería, Pandora vio a la señora O'Cairre junto a un hombre, al lado de una enorme máquina de impresión a vapor. Era un tipo alto y de aspecto sólido, con la mandíbula cuadrada y una barbilla marcada, como si más que ser una barbilla fuera una protuberancia de la mandíbula. Tenía el pelo muy claro, como la luna, y apenas se apreciaban las cejas y las pestañas. A pesar de estar vestido con ropas oscuras capaces de pasar desapercibidas, el sombrero de copa era algo que solo usaría un caballero con medios. No sabía quién era ese hombre, pero, sin duda, no se trataba de un repartidor.

—Perdón —les interrumpió Pandora, acercándose a ellos—, quería preguntar...

Se detuvo en seco cuando la señora O'Cairre se giró para mirarla. El brillo de horror en los ojos de la mujer le resultó tan sorprendente que su mente se quedó en blanco. Volvió a mirar al visitante, cuyos ojos sin pestañas la estudiaban de una forma que le puso la piel de gallina.

—Hola —saludó Pandora con un hilo de voz.

Él dio un paso hacia ella. Hubo algo en su movimiento que provocó en ella la misma reacción instintiva que sentía al ver una araña o una serpiente reptando.

—Milady —la señora O'Cairre se interpuso con rapidez en su camino y la tomó de un brazo—, el almacén no es lugar para usted. Se le puede estropear el vestido... hay aceite y polvo por todas partes. Permita que la acompañe al interior.

—Lo siento —dijo Pandora confusa, dejando que la mujer la guiara de vuelta con rapidez por la galería hasta la trastienda—. No quería interrumpir su reunión, pero...

—No lo ha hecho. —La mujer forzó una ligera sonrisa—. El repartidor estaba comentándome un problema con un pedido. Me temo que debo regresar con él de forma inmediata. Espero haberle proporcionado suficiente información y muestras.

—Sí. ¿Le he causado problemas? Lo siento si...

—No, pero sería mejor que se marchara ahora. Tengo mucho que hacer. —La llevó de vuelta a la oficina, donde recogió el maletín sin pararse—. Aquí tiene su cartera, milady.

Confusa y mortificada, Pandora atravesó el lugar con ella hacia la parte delantera, donde estaba esperando Dragón.

—Me temo que no sé cuánto tiempo tardaré —añadió la señora O'Cairre—. Hay un problema con el pedido, eso es. Si estuviéramos demasiado ocupados para imprimir su juego, puedo recomendarle otra imprenta. Pickersgill's, en Marylebone. Son muy buenos.

—Gracias —dijo Pandora, mirándola con preocupación—. Una vez más, le pido disculpas si hice algo mal.

La dueña de la imprenta sonrió, aunque su aire de urgencia no la abandonó.

—Que Dios la bendiga, milady. Le deseo lo mejor. —La mujer clavó los ojos en la expresión ilegible de Dragón—. Será mejor que se vaya rápidamente, las obras hacen que el tráfico empeore por la tarde.

Dragón respondió con una breve inclinación de cabeza, tomó el maletín de Pandora, abrió la puerta y la llevó al exterior sin contemplaciones.

—¿Qué ha pasado? —preguntó Dragón bruscamente mientras recorrían un tablero hacia el carruaje, salvando el agujero que cubría la madera.

—¡Oh, Dragón! Ha sido muy raro. —Pandora describió la situación con rapidez, amontonando una palabra tras otra, aunque parecía que él la seguía sin dificultad—. No debería haber salido de la trastienda —terminó contrita—, pero es que...

—No, no debería. —No era una reprimenda, solo una confirmación serena.

—Había algo malo en ese hombre. Quizá mantenga una relación romántica con la señora O'Cairre y no quieren que los descubran. Aunque no parecía eso.

—¿Ha notado algo más? ¿Ha visto algo en el almacén que no pareciera pertenecer allí?

Pandora negó con la cabeza mientras llegaban junto al carruaje.

—No, que yo recuerde.

Dragón abrió la puerta y desplegó las escaleras.

—Quiero que el conductor y usted me esperen aquí cinco minutos. Tengo algo que hacer.

—¿Qué? —preguntó Pandora, subiéndose al vehículo.

—Una llamada de la naturaleza —dijo él sucintamente mientras ella se sentaba y agarraba el maletín que él le tendía.

—Los lacayos no tienen llamadas de la naturaleza. O al menos no deben mencionarlas.

—Mantenga las persianas bajadas —indicó él—. Cierre la puerta y no le abra a nadie.

—¿Y si es usted?

—No abra a nadie —repitió Dragón, armándose de paciencia.

—Debemos acordar una señal secreta. Una llamada especial.

Él cerró la puerta antes de que ella terminara de hablar.

Contrariada, Pandora se acomodó en el asiento. Si había algo peor que sentirse aburrida y ansiosa, era padecer ambas cosas a la vez. Se cubrió la oreja con la mano y se golpeó la parte trasera del cráneo, tratando de interrumpir el molesto tono. Se dedicó a ello unos minutos. Por fin, oyó la voz de Dragón en el exterior y sintió el leve traqueteo del vehículo cuando se subió junto al conductor. El carruaje se puso en marcha y recorrió Farringdon Street, alejándose de Clerkenwell.

En el momento en el que llegaron a casa en Queen's Gate, Pandora estaba casi fuera de sí por la curiosidad que la carcomía. Tuvo que recurrir a todo su autocontrol para evitar explotar cuando Dragón abrió la puerta y desplegó los escalones.

—¿Ha regresado a la imprenta? —preguntó, permaneciendo sentada. Sería impropio salir y hablar con él en la calle, pero no disfrutarían de ninguna privacidad hasta que entraran en la casa—. ¿Ha hablado con la señora O'Cairre? ¿Ha visto al hombre que le describí?

—He echado un vistazo por los alrededores del edificio —admitió Dragón—. A ella no le ha parecido muy bien, pero no podía detenerme. No he visto al hombre.

Se irguió de nuevo, esperando que Pandora saliera del carruaje, pero ella no se movió. Estaba segura de que había pasado algo y él no se lo había dicho. Si era así, hablaría con Gabriel al respecto, y luego buscaría información de segunda mano.

—Si tengo que confiar en usted, Dragón, no puede andar ocultándome cosas, o jamás me sentiré segura —dijo con una expresión muy seria cuando él se inclinó de nuevo hacia la puerta y la miró de forma interrogativa—. Además, ocultarme información importante no va a protegerme. Es justo lo opuesto. Cuanto más sepa, menos probable es que haga alguna tontería.

Dragón consideró sus palabras antes de ceder.

—Atravesé las oficinas y fui a ese almacén. Vi algunas cosas aquí... y allí. Vidrio, y tubos de caucho, cilindros de metal, restos de polvo de compuestos químicos.

—Pero todo eso es común en una imprenta, ¿verdad?

Él frunció el ceño y asintió.

—Entonces ¿qué es lo que le preocupa? —preguntó ella.

—Que también se utiliza para fabricar bombas.

18

En cuanto Gabriel llegó a casa después de un largo día lleno de reuniones, fue recibido por Drago, que lo esperaba en el vestíbulo de entrada.

—Milord... —Drago se adelantó para ayudarle, pero luego se detuvo para que fuera el primer lacayo quien le recogiera el sombrero y los guantes. Gabriel reprimió una sonrisa, pues sabía que Drago todavía no había aprendido el orden que seguían los pequeños rituales de la familia. Determinadas tareas correspondían a un servidor concreto y no se cedían con tanta facilidad.

Después de lanzar una mirada rápida y mordaz a la espalda del primer lacayo, Drago se concentró en Gabriel.

—¿Puedo hablar con usted, milord?

—Por supuesto. —Gabriel se dirigió a la cercana salita de mañanas, donde se detuvo frente a uno de los ventanales delanteros.

Drago le ofreció un breve testimonio de la visita a la imprenta en Clerkenwell, incluyendo la abrupta salida y los elementos sospechosos que había encontrado en las instalaciones, mientras él le escuchaba con el ceño fruncido.

—¿De qué compuesto químico se trataba? ¿Podrías aventurar una suposición?

Como respuesta, Drago sacó un pequeño tubo de vidrio con un tapón de corcho del bolsillo del abrigo y se lo entregó. Gabriel lo levantó en el aire y lo giró lentamente, observando cómo rodaban en el interior unos granos, que parecían de sal.

—Cloruro de potasio —informó Drago.

Era un producto químico común y fácilmente reconocible, que se utilizaba en jabones, detergentes, cerillas, fuegos artificiales y tinta. Gabriel le devolvió el tubo.

—La mayoría de la gente no vería motivo de preocupación si encontrara esto en una imprenta.

—No, milord.

—Pero tú sí te has preocupado.

—Por el desarrollo de la situación. Por la forma en que se ha comportado la señora O'Cairre. Por el hombre que ha visto lady Saint Vincent. Algo no encaja.

Gabriel pasó la mano por el marco de la ventana mientras miraba la tranquila calle e hizo tamborilear los dedos en la madera.

—Me fío de tu instinto —dijo finalmente—. Has visto suficientes problemas como para saber cuándo hay algo. Sin embargo, la policía descartará cualquier registro por falta de pruebas convincentes. No conozco ni un solo detective en el departamento que no esté loco o sea idiota.

—Sé con quién debo hablar.

—¿Con quién?

—No le gusta que se mencione su nombre. Dice que la mayoría de los detectives de Londres son demasiado conocidos por su aspecto y hábitos para ser de utilidad. Pronto harán una limpieza en el departamento y crearán una unidad especial. Por cierto, lo que acabo de decirle es secreto.

Gabriel enarcó las cejas.

—¿Cómo sabes todo eso cuando ni siquiera yo lo sé?

—Usted ha estado desaparecido en los últimos tiempos —le recordó Drago—. Algo referente a una boda.

Gabriel curvó los labios.

—Pues habla con tu contacto lo antes posible.

—Iré a verlo esta noche.

—Una cosa más... —Gabriel vaciló, casi temiendo la respuesta a lo que estaba a punto de preguntar—. ¿Has tenido alguna dificultad con lady Saint Vincent? ¿Ha discutido o ha intentado evadirte?

—No, milord. —Drago respondió sin vacilar—. De hecho, es un ladrillo.

—Oh... —repuso Gabriel, desconcertado—. Bueno. —Se dirigió hacia las escaleras para reunirse con su esposa mientras seguía pensando en la declaración. En las calles de Londres, decir que alguien era un ladrillo era el mayor elogio posible, y solo se utilizaba para hombres que fueran excepcionalmente leales y de buen corazón. Gabriel jamás había oído ese cumplido en labios de Drago. De hecho, nunca había oído que lo aplicaran a una mujer hasta ese momento.

Oyó la voz de Pandora en el dormitorio, donde se estaba cambiando de ropa y arreglándose el pelo. Ante su insistencia, ella dormía en su cama todas las noches. En un primer momento había ofrecido algunas vagas objeciones, como que tenía el sueño inquieto, lo que era cierto. Sin embargo, cada vez que lo despertaba, por las vueltas que daba en la cama, resolvía el problema haciendo el amor con ella hasta que se dormía agotada.

Al acercarse a la habitación, Gabriel se detuvo con una sonrisa al escuchar que Ida pronunciaba un sermón sobre cómo ser una dama, que parecía inspirado en el artículo de un periódico.

—... Se supone que las damas no corretean por las habitaciones tratando de ayudar a las personas —decía la doncella—. El artículo decía también que deberían descansar en un sofá, pálidas y frágiles, y permitir que trabaje la gente que pueda.

—¿Y ser un inconveniente para todo el mundo? —preguntó Pandora, airada.

—Todo el mundo admira a las damas delicadas —informó la doncella—. En el artículo se citaba a lord Byron: «Hay una dulzura en la decadencia de la mujer.»

—He leído a Byron —esgrimió Pandora, indignada—, y estoy segura de que jamás escribió tales tonterías. ¿Decadencia?,

¡ja! ¿En qué periódico lo has leído? Ya es demencial que aconsejen a mujeres sanas que actúen como si fueran inválidas, pero citar erróneamente a un poeta de esa categoría...

Gabriel llamó a la puerta y las voces se apagaron. Abrió con una expresión impasible, y fue recibido con la encantadora imagen de su esposa cubierta tan solo por el corsé, la camisola y las enaguas.

Pandora lo miró con los ojos muy abiertos y se sonrojó de pies a cabeza.

—Buenas noches, milord —dijo jadeante, tras aclararse la garganta—. Me estoy cambiando para la cena.

—Ya veo. —La recorrió lentamente con la mirada, deteniéndose en el suave peso de sus pechos, que eran presionados hacia arriba por el corsé, hasta el punto de verse casi desbordados.

Ida cogió un vestido desechado del suelo.

—Milady, voy a buscar una bata —le dijo a Pandora.

—No es necesario —la detuvo Gabriel—. Yo me ocuparé de mi esposa.

Ida lo miró nerviosa antes de hacer una reverencia y salir, cerrando la puerta a su espalda.

Pandora se quedó en el lugar, aunque miró nerviosa cómo él se paseaba por la habitación.

—Er... supongo que Dragón ha hablado contigo.

Él enarcó una ceja ante el apodo, pero no hizo ningún comentario. Su mirada se clavó en el frunce preocupado de su frente, en los espasmos nerviosos que hacían sus pies y sus manos, en los ojos que tenía tan abiertos como un niño al que fueran a castigar, y se vio invadido por una sensación de intensa ternura.

—¿Por qué estás tan incómoda conmigo, cielo? —le preguntó en voz baja.

—He pensado que podrías estar enfadado porque fui sola a la trastienda.

—No estoy enfadado. Solo un poco preocupado por la idea de que te ocurra algo. —Le agarró una mano y tiró de ella hasta

278

una silla cercana, donde tomó asiento antes de acomodarla sobre su rodilla. Ella se relajó y le rodeó el cuello con los brazos. Él se vio invadido por su perfume, con un ligero toque a flores y aire fresco, aunque prefería la sedosa fragancia de su piel sin aderezos, pues le resultaba más potente que cualquier afrodisíaco—. Pandora, no puedes correr riesgos entrando en lugares desconocidos sin protección. Eres demasiado importante para mí. Además, si privas a Drago de la oportunidad de intimidar y acosar a la gente, se va a deprimir.

—Lo recordaré la próxima vez.

—Prométemelo.

—Te lo prometo. —Ella apoyó la cabeza en su hombro—. ¿Qué ocurrirá ahora? ¿Dragón va a informar a la policía sobre lo que ha visto?

—Sí, y hasta que sepamos si vale la pena investigarlo o no, prefiero que no te alejes demasiado de casa.

—Gabriel... La señora O'Cairre es una mujer muy agradable. Fue muy amable y sintió un profundo interés por mi juego, estoy segura de que no haría daño a nadie a sabiendas. Si está envuelta en algo peligroso, quizá no sea culpa suya.

—Mi amor, deja que te advierta que a veces te sentirás decepcionada por las personas en las que crees. Cuanto más sepas del mundo, menos ilusiones te harás.

—No quiero ser tan cínica.

Gabriel sonrió contra su pelo.

—Ser un poco cínica hará que ser optimista sea más seguro. —La besó en el lado del cuello—. Ahora, vamos a ver cómo debería castigarte.

—¿Castigarme?

—Mmm.... —Aproximó las manos a sus delgadas piernas desnudas—. Nadie aprende correctamente una lección si no se refuerza.

—¿Qué opciones tengo?

—Todas comienzan eliminando tus enaguas...

Mientras él buscaba sus labios, ella los curvó en una sonrisa.

—No tenemos tiempo antes de la cena —dijo ella, retorciéndose mientras él alcanzaba el lazo justo por debajo de su cintura.

—Te sorprendería lo que puedo conseguir en solo cinco minutos.

—Dada mis recientes experiencias, no creo que me sorprenda nada.

Gabriel se rio contra su boca, saboreando su imprudencia.

—Un reto... Bueno, pues ahora, olvídate de la cena.

Pandora se contoneó entre chillidos mientras la despojaba de las enaguas y tiraba de ella hasta colocarla sobre su regazo, con las piernas desnudas colgando a cada lado de sus caderas. Le dejó puesto el corsé, con su rígido tejido que la obligaba a permanecer recta, pero retiró la camisola de sus hombros, y se centró en los pechos que quedaban realzados por la media copa del corsé. Besó las pálidas curvas, capturando sin prisa los pezones rosados con los labios antes de mover la lengua sobre ellos. La respiración de Pandora quedaba dificultada por el confinamiento de las ballenas y se inclinó para abrir los ganchos delanteros.

Gabriel la detuvo sujetándole suavemente las muñecas y devolvió los brazos a su cuello.

—Déjame actuar a mí —murmuró, acallando cualquier posible discusión con el simple hecho de cubrir sus labios con los de él. Era un señuelo que ella no podía resistir, y al instante el calor se avivó como las llamas en la leña.

Gabriel ajustó la posición de Pandora y dejó que su trasero se apoyara entre sus rodillas separadas, dejándola abierta y expuesta. Le mantuvo un brazo detrás de la espalda mientras deslizaba la otra mano entre sus muslos. Le hizo cosquillas con los dedos cuando los deslizó entre los sedosos pétalos, esparciendo el húmedo calor de su deseo, hasta que ella se estremeció en su regazo. Él sabía lo que le estaba ocurriendo, conocía la forma en la que el corsé hacía crecer la sensibilidad por debajo de la cintura. Al presionar la punta del dedo en el oculto capuchón del clítoris, ella se agitó con suavidad. Los gemidos femeninos se incrementaron cuando él rodeó el emergente brote y deslizó el dedo en la pequeña abertura que había detrás hasta hundirlo en su interior. Sintió que ella tensaba los muslos y las caderas, que luchaba por cerrar su cuerpo en torno a la juguetona estimulación.

Tras retirar la suave invasión, él continuó jugando con ella sin hacer ningún avance, obligándola a esperar, a arquearse y retorcerse cuando la frustración creció un poco más. La acarició con movimientos expertos y ladinos, evitando el lugar que ella necesitaba que tocara. Pandora tenía la mirada desenfocada y los ojos entornados, la cara exquisitamente enrojecida. La mantuvo al borde de la liberación, suavizando su contacto cada vez que el erótico tormento parecía a punto de liberarse.

Gabriel ahuecó la mano libre detrás de la cabeza de Pandora y le cubrió los labios con un beso que ella respondió de forma casi violenta, tratando de introducirle la lengua en la boca. Él le dejó libertad para que lo besara mientras le cubría el sexo con toda la mano, disfrutando de su empapado y ardiente centro.

Rompiendo el beso con un suspiro, Pandora se dejó caer hacia delante con rigidez y apoyó la cabeza en su hombro.

Cediendo, Gabriel la levantó y la llevó a la cama. Cuando le puso los pies en el suelo, Pandora se inclinó sobre el colchón. Estaba preparada para él y se estremeció de forma visible mientras Gabriel se desabrochaba los pantalones. Su miembro estaba duro e hinchado de una forma casi obscena. Casi le dolía la ingle al ver a su esposa esperando que la penetrara, confiada y entregada. Inocente. Pensó en lo que le había dicho una vez, que había ciertas cosas que los caballeros no piden a sus esposas. Había dicho algo sobre estar dispuesta, pero era obvio que no había entendido absolutamente nada de lo que había querido decir.

Le movió la mano por la estrecha espalda encorsetada, vacilando en el arco de los nudos mientras un montón de pensamientos eróticos inundaban su cabeza, pensamientos que no quería ocultarle a ella. No sabía si revelarle sus deseos privados haría que ella cambiara su actitud hacia él. Pero si alguien podía ser esposa y amante a la vez, si alguien podía ser capaz de aceptarlo por completo, incluyendo sus complejos antojos secretos y fantasías, era ella.

Antes de pensarlo dos veces, desató el nudo de los cordones del corsé. Sin decir una palabra, tomó los brazos de Pandora y los puso sobre la parte baja de la espalda. Ella se estremeció pero no se resistió. La posición hacía que se le tensaran los hombros y arqueara su cintura. Gabriel notó que su corazón se aceleraba mientras le ataba las muñecas al corsé, teniendo cuidado de no apretarlas demasiado.

Verla atada sobre la cama le hizo sentir una oleada de calor casi abrumadora. Se obligó a tranquilizarse mientras acariciaba sus nalgas. Percibió el desconcierto y curiosidad de Pandora y vio que flexionaba las muñecas para tantear las ataduras. Estaba medio desnuda y él completamente vestido, pero nunca se había sentido más expuesto. Esperó su reacción, dispuesto a liberarla de inmediato si ella se oponía. Pero Pandora permaneció en silencio, inmóvil salvo por el rápido ritmo de sus pulmones.

Poco a poco, dejó que su mano vagara hacia abajo, entre sus piernas, persuadiéndola para que las separara. Luego se sujetó la dolorosa rigidez y acarició sus pliegues una y otra vez con la punta de la erección. Vio que ella arqueaba más la espalda, y que abría y cerraba los dedos como los tentáculos de una anémona. Pandora emitió un áspero ronroneo y se impulsó hacia atrás, con lo que no solo le daba permiso para continuar, sino que le mostraba su placer. Era evidente que le permitiría esa y otras intimidades en el futuro, que siempre confiaría en él.

Lleno de alivio y emoción, se inclinó sobre ella y murmuró algunas palabras, algunas crudas descripciones sobre su posición que le resultaban imposibles de reprimir. En el momento en el que entró en ella, Pandora gritó y comenzó a palpitar. Sus músculos internos lo ciñeron mientras él continuaba embistiéndola con continuos empujones con los que casi le levantaba los pies del suelo. Se sumergió profundamente en las húmedas pulsaciones y la acompañó en lo que parecía un clímax estremecedor. Cuando por fin ella se quedó inmóvil y jadeante, él tiró de los cordones para liberarle las muñecas.

Luego se arrastró con ella sobre la cama y le desabrochó el corsé con voracidad. Una vez que la prenda estuvo abierta, rasgó la delgada capa de su camisola y se inclinó para lamerle la piel desde el ombligo a los pechos. Ella se movió como si quisiera escapar, y él se rio sin aliento mientras gruñía, sujetándole las caderas al colchón. Pero había llevado la diversión demasiado lejos, la necesidad lo había vuelto loco. Se subió sobre ella y sondeó con su miembro hasta que encontró el ángulo correcto. Mientras se deslizaba dentro de ella, sus músculos internos le acogieron de manera fluida, permitiendo que se deslizara hasta la empuñadura.

La expresión de Pandora se transformó, se volvió dócil como cuando una criatura salvaje acepta a su compañero, y arqueó las caderas hacia arriba, dándole la bienvenida. Él se apoderó de su boca mientras se sumergía en las profundidades, haciendo crecer las sensaciones hasta que ella empezó a jadear. Entonces, él giró las caderas, moviéndolas en un movimiento sinuoso que la envió a otro punto culminante. Pandora le mordió el hombro, le clavó las uñas, y las picaduras de dolor lo inflamaron más allá de la cordura. Se hundió en ella buscando su propio placer hasta que explotó en mil pedazos, hasta que se disolvió y se perdió en ella, entregándose por completo. No deseaba a ninguna otra mujer, ningún otro destino.

19

Al día siguiente, Dragón informó de que su contacto en el departamento de detectives había accedido a visitar la imprenta en Clerkenwell y preguntar por la señora O'Cairre. Mientras tanto, Pandora podría desarrollar sus actividades habituales, dado que el detective no veía ninguna razón para alarmarse.

La noticia fue bien recibida, ya que Pandora y Gabriel se habían puesto de acuerdo para asistir esa noche a una obra de teatro con Helen y el señor Winterborne, y más tarde disfrutar de una cena tardía. La comedia, una adaptación de *El heredero político*, se representaba en el Haymarket Royal Theatre, los escenarios de moda en Londres.

—Prefiero no ir a un lugar público hasta que se concluya la investigación —explicó Gabriel con el ceño fruncido mientras se ponía una camisa en el dormitorio—. La zona de Haymarket es conocida por su peligrosidad.

—Pero estaré contigo —señaló Pandora—, y también estará presente el señor Winterborne. Además, Dragón ha insistido en acompañarnos a pesar de que debe de ser su noche libre. ¿Qué podría pasarme? —Se miró en el espejo que había encima de la cómoda de caoba y se ajustó la doble vuelta de perlas sobre el corpiño de encaje del vestido de noche en tonos lavanda y marfil.

Gabriel emitió un sonido evasivo al tiempo que doblaba los puños de la camisa.

—¿Me pasas los gemelos? Están en el tocador.

Ella se los acercó.

—¿Por qué no permites que Oakes te ayude? Y en una noche que debes usar ropa formal. Debe sentirse perturbado.

—Es probable. Pero prefiero no tener que explicarle de qué son las marcas.

—¿Qué marcas?

Como única respuesta, él apartó la camisa abierta y dejó al descubierto las marcas rojas que tenía en el hombro, donde ella le había clavado los dientes.

Pandora se puso de puntillas para examinar las marcas, del mismo color que sus mejillas.

—Lo siento mucho. ¿Crees que habría chismes al respecto?

—¡Por Dios, no! Como a Oakes le gusta decir: «La discreción es la mayor cualidad de un ayuda de cámara.» Sin embargo —inclinó la cabeza dorada sobre la de ella—, hay algunas cosas que prefiero mantener en privado.

—Pobrecito. Parece como si te hubiera atacado un animal salvaje.

A él se le escapó la risa.

—Solo una zorrita —comentó— que se emocionó demasiado al jugar.

—Deberías morderle tú también —propuso Pandora contra su pecho—. Quizás eso le enseñaría a ser más suave contigo.

Él curvó la mano sobre su cara y le levantó la cabeza. Le mordisqueó con ternura el labio inferior.

—Me gusta tal y como es —susurró.

El interior de Haymarket era lujoso y opulento, con asientos y filas de palcos decorados con molduras doradas con forma de liras antiguas y coronas de roble acolchadas. La cúpula del techo estaba cubierta también de ornamentación dorada y representaciones rosadas de Apolo realizadas a mano, mientras que lámparas de araña de cristal tallado arrojaban su luz a la multitud que pululaba por debajo con sus mejores galas a la moda.

Antes de que comenzara la obra, Pandora y Helen estuvieron hablando sentadas en un palco mientras sus maridos alternaban con un grupo de hombres en un vestíbulo cercano. Helen estaba radiante, totalmente recuperada del parto, y llena de noticias, y parecía decidida a convencer a Pandora para que se uniera a la clase de esgrima para damas a la que asistía.

—Tienes que aprender esgrima, de verdad —insistió Helen—. Va bien para la postura y la respiración, y mi amiga Garrett, es decir, la doctora Gibson, lo considera un deporte muy emocionante.

Pandora no dudaba de que fuera cierto todo lo que le estaba contando su hermana, pero estaba segura de que poner a una mujer con problemas de equilibrio cerca de objetos puntiagudos no daría buenos resultados.

—Me gustaría poder hacerlo —dijo—, pero soy demasiado torpe. Ya sabes que no bailo bien.

—Pero el maestro de esgrima sabría enseñarte a... —La voz de Helen se desvaneció mientras miraba en dirección a los asientos del círculo superior, casi al mismo nivel que su palco—. Dios mío, ¿por qué te está mirando de esa manera aquella mujer?

—¿Quién? ¿Dónde está?

—A la izquierda de los asientos de platea. La morena de la primera fila. ¿La conoces?

Pandora siguió esa dirección con la mirada hasta una mujer de pelo oscuro que examinaba con interés el programa. Era delgada y elegante, con rasgos clásicos, ojos hundidos y largas pestañas, así como una nariz afilada sobre unos labios rojos y llenos.

—No tengo ni idea de quién es —dijo Pandora—. Es muy guapa, ¿verdad?

—Supongo. Lo único que puedo ver es su mirada punzante como una daga.

Pandora sonrió.

—Al parecer mi habilidad para molestar a la gente se ha extendido ahora incluso a los que no conozco.

La sorprendente mujer estaba sentada junto a un hombre robusto de bastante más edad que ella, con bigote y barba en dos tonos, gris oscuro en las mejillas y la mandíbula y blanco en la barbilla. El caballero tenía una postura militar, como si le hubieran atado la espalda al eje de un carro. Ella le tocó el brazo y le murmuró algo, pero él no pareció darse cuenta, pues tenía la atención puesta en el escenario del teatro como si estuviera viendo una representación invisible.

Pandora se vio asaltada por una desagradable sensación cuando la mirada de la morena se encontró directamente con la suya. Nadie la había mirado nunca con un odio tan gélido. No podía pensar en nadie que tuviera alguna razón para mirarla así, salvo...

—Creo que sé quién es —susurró.

Antes de que Helen pudiera responder, Gabriel ocupó el asiento vacío junto a Pandora. Él se giró de tal manera que sus hombros le bloquearon parcialmente la letal mirada de la mujer.

—Ahí están la señora Black y su marido, el embajador de Estados Unidos —le comunicó él en voz baja con una expresión dura—. No sabía que nos los encontraríamos aquí.

Al comprender que se trataba de un asunto privado, Helen se alejó en busca de su marido.

—Por supuesto que no —murmuró Pandora, sorprendida al ver cómo palpitaba un músculo en la tensa mandíbula de Gabriel. Su marido, siempre tan tranquilo y seguro de sí mismo, estaba a punto de perder los estribos allí mismo, en el Royal Theatre.

—¿Quieres que nos vayamos? —preguntó él con seriedad.

—No, en absoluto, quiero ver la obra. —Pandora prefería morir antes de dar a la antigua amante de su marido la satisfacción de hacerla abandonar el teatro. Se asomó por encima del hombro de Gabriel y vio que la señora Black seguía mirándola como si la hubieran tratado de forma injusta. Por el amor de Dios, si su marido estaba sentado a su lado... ¿Por qué no le decía él que dejara de quedar en evidencia públicamente? El pequeño drama había comenzado a atraer la atención de otras personas cercanas, así como a los ocupantes de algunos palcos más bajos.

Todo eso debía ser una pesadilla para Gabriel, para quien cada logro y error habían sido examinados durante toda su vida. Siempre había tenido cuidado de proteger su privacidad y mantener una fachada invulnerable. Pero, al parecer, la señora Black estaba decidida a dejar claro ante la mayor parte de la sociedad londinense... y su esposa... que habían sido amantes. Lo que suponía una fuente de vergüenza para Gabriel era que se había acostado con la esposa de otro hombre, y que estuviera haciéndose público de esa manera... Pandora lo sentía muchísimo por él.

—No nos puede hacer daño —le aseguró en voz baja—. Puede mirarme fijamente hasta que se le caigan los ojos, que no me va a molestar en lo más mínimo.

—Esto no va a volver a suceder, por Dios. Mañana iré a hablar con ella, y le diré que...

—No, no debes hacerlo. Estoy segura de que la señora Black está deseando que la visites. Pero te lo prohíbo.

Hubo un destello peligroso en los ojos de Gabriel.

—¿Me lo prohíbes?

Era muy posible que nadie le hubiera dicho algo así con anterioridad. Desde luego, no parecía gustarle.

Pandora le tocó la cara con la mano enguantada, acariciándole con suavidad la mejilla. Sabía que las demostraciones de afecto en público, incluso entre marido y mujer, eran muy inapropiadas, pero en ese momento solo le importaba llegar a él.

—Sí. Porque ahora eres mío. —Sonrió mientras le sostenía la mirada—. Solo mío, y no pienso compartirte. Esa mujer no tiene permitido disponer ni de cinco minutos de tu tiempo.

Por suerte, Gabriel respiró hondo y pareció relajarse.

—Eres mi esposa. Ninguna otra mujer puede reclamarme —confirmó él en voz baja, capturando su mano cuando ella comenzaba a bajarla. Se la sostuvo en el aire y desabrochó muy despacio los tres botones de perlas que cerraban el guante a la altura del codo. Pandora le lanzó una mirada interrogativa. Sin apartar la vista en ningún instante, Gabriel tiró de la punta de los dedos del guante, una a una. Ella contuvo el aliento cuando sintió que la piel de cabritilla se aflojaba.

—¿Qué estás haciendo? —susurró.

Él no respondió, solo le quitó el guante lentamente hasta que lo deslizó fuera del brazo. Pandora sintió que se ruborizaba. Que le hubiera desnudado la mano de aquella forma tan sensual frente a tantas miradas curiosas hacía que un baño de color agitara cada centímetro de su piel.

Una vez que la despojó del guante, Gabriel le dio la vuelta a la mano y apretó los labios contra la sensible superficie del interior de la muñeca, acariciando con un beso la vulnerable palma. Llegaron hasta ellos unos escandalizados jadeos y murmullos procedentes de la multitud. Era un gesto posesivo, íntimo, que tenía la intención no solo de demostrar la pasión que le inspiraba su esposa, sino también de recriminar a su antigua amante. A la mañana siguiente, el chisme que estaría en boca de toda la sociedad londinense sería que se había visto a lord Saint Vincent acariciando públicamente a su esposa en el Haymarket, ante los ojos de su antigua amante.

Pandora no quería que ese cotilleo sirviera para hacer daño a nadie, ni siquiera a la señora Black. Sin embargo, cuando Gabriel le dirigió una mirada de advertencia, como si la desafiara a protestar, ella mantuvo la boca cerrada y decidió que retomaría el problema más tarde, cuando estuvieran a solas.

Por suerte, las luces se apagaron y comenzó la obra. Que Pandora fuera capaz de relajarse y reír por los ingeniosos diálogos incluso en esas circunstancias fue una señal de la calidad de la producción y la habilidad de los actores. Sin embargo, era consciente de que Gabriel estaba sufriendo la comedia en lugar de disfrutar de ella.

En el intermedio, mientras Gabriel y Winterborne saludaban a sus conocidos en el pasillo de los palcos, Pandora habló en privado con Helen.

—Querida... —murmuró Helen, cubriendo su mano enguantada con la de ella—. Lo único que puedo decir por experiencia personal es que no resulta agradable tener conocimiento de las mujeres que puede haber frecuentado tu marido en el pasado. Pero muy pocos hombres llevan una vida casta antes de casarse. Espero que no pienses que...

—Oh, no culpo a Gabriel por haber tenido una amante —susurró Pandora—. No es algo que me guste, por supuesto, pero no puedo quejarme de las faltas de nadie cuando yo misma tengo tantas. Gabriel me habló sobre la señora Black antes de casarnos, y se comprometió a poner fin a la relación. Algo que, evidentemente, ha hecho. Lo que ocurre es que ella no parece habérselo tomado bien. —Hizo una pausa—. No creo que él le haya dado la noticia de forma correcta.

Helen curvó los labios.

—No creo que haya ninguna forma correcta de poner fin a una relación, no importa mucho cómo elijas las palabras.

—La pregunta es, ¿por qué su marido tolera tal comportamiento? Estaba haciendo una escena justo frente a él, pero no ha hecho nada al respecto.

Helen miró a su alrededor para asegurarse de que el palco estaba vacío al tiempo que alzaba el programa, con el pretexto de leer la información relativa al siguiente acto.

—Rhys me ha dicho, antes del descanso —comentó en voz muy baja—, que el embajador Black era teniente coronel en el ejército de la Unión durante la Guerra Civil Americana. Se rumorea que sufrió heridas en la batalla que imposibilitan que él... —Helen se ruborizó y se encogió de hombros.

—¿Imposibilitan qué?

—Que ejerza sus funciones maritales —murmuró Helen, poniéndose todavía más roja—. La señora Black es su segunda esposa, era viudo cuando se conocieron y, evidentemente, ella sigue siendo una mujer joven. Por eso él opta por mirar hacia otro lado cuando ella tiene sus asuntos.

Pandora suspiró.

—Ahora casi siento lástima por ella, aunque eso no implica que pueda disponer de mi marido —agregó con una sonrisa irónica.

Una vez concluyó la actuación, Pandora y Gabriel se abrieron paso lentamente entre los enjambres que inundaban los pasillos, los vestíbulos y el enorme hall de entrada, con sus altísimas columnas. Helen y Winterborne iban algunos metros por delante, pero resultaba fácil perderles la pista en medio de la compacta multitud. La obra había sido un éxito de público, y la presión de los cuerpos era tanta que Pandora comenzaba a sentirse nerviosa.

—Ya estamos llegando a la puerta —murmuró Gabriel, manteniendo un brazo a su alrededor de forma protectora.

Al salir del edificio, el hacinamiento era todavía peor. La gente se apretaba y empujaba en el área del pórtico de entrada, agrupándose entre las seis columnas corintias que se extendían hasta el borde de la acera. Una larga fila de carruajes y cabriolés privados tenía colapsada la calzada de tal forma que incluso algunos vehículos habían quedado atrapados. El espectáculo había atraído a carteristas, estafadores, ladrones y mendigos desde los callejones y vías cercanas. Un solitario policía de uniforme intentaba poner orden en la escena, pero con escaso éxito.

—Tanto vuestro conductor como el mío están bloqueados —le comunicó Winterborne a Gabriel, después de haber echado un vistazo. Hizo un gesto hacia el extremo sur de Haymarket—. Han aparcado por allí. Van a tener que esperar que el tráfico de la calle se aligere un poco para que tengan espacio para moverse.

—Podemos caminar hasta los carruajes —indicó Gabriel.

Winterborne le lanzó una mirada de irónica diversión.

—Yo no lo aconsejo. Acaba de pasar una multitud de *filles de Paris* en dirección al Pall Mall, y tendríamos que pasar por delante.

—Señor Winterborne, ¿se refiere a prostitutas? —preguntó Pandora, olvidándose de bajar la voz.

Algunas personas cercanas se volvieron hacia ella, enarcando las cejas.

Gabriel sonrió por primera vez en toda la noche y le apretó la cabeza contra su pecho.

—Sí, se refiere a prostitutas —murmuró él, besándola en la oreja con suavidad.

—¿Por qué las llaman *filles de Paris*? —preguntó Pandora—. París es una ciudad muy grande, y estoy segura de que no todas provienen de allí.

—Ya te lo explicaré más tarde.

—Pandora —la llamó Helen—, ven, quiero presentarte a algunas amigas del club de lectura, incluyendo a la señora Thomas, su fundadora. Están cerca de la última columna.

Pandora miró a Gabriel.

—¿Te importa si acompaño a Helen un momento?

—Prefiero que te quedes conmigo.

—Estaré aquí al lado —protestó ella—. Y total, vamos a tener que esperar a que llegue el carruaje.

Gabriel la soltó a regañadientes.

—Quédate donde pueda verte.

—Lo haré. Y... —le lanzó una mirada de advertencia—, no hables con esas francesas.

Él sonrió y la observó mientras se abría paso entre la multitud con Helen.

—La señora Thomas está intentando establecer salas de lecturas en las partes más deprimidas de Londres para los pobres —explicó Helen—. Es muy generosa. Me resulta fascinante. Verás como también la adoras.

—¿Quién puede unirse al club de lectura?

—Cualquiera que no sea hombre.

—Perfecto, cumplo los requisitos —aseguró Pandora.

Se detuvieron junto a un grupo de mujeres, y Helen esperó el momento oportuno para entrar en la conversación.

De pie tras ella, Pandora aflojó el echarpe de gasa blanca que tenía sobre los hombros y tocó la doble hebra de perlas que le rodeaba el cuello.

—Usted no es más que una niña torpe y flaca —le dijo al oído una voz femenina con acento americano—, justo como él la describe. ¿Sabe ya que me ha visitado después de la boda? Nos hemos reído mucho con su infantil enamoramiento. Lo aburre tanto que casi lo deja sin sentido.

Pandora se volvió para enfrentarse a la señora Nola Black. La mujer era impresionante, con rasgos perfectos, piel cremosa y sin defectos, profundos y oscuros ojos bajo unas cejas tan perfectamente delineadas que parecían finas líneas de terciopelo. Aunque la señora Black era casi de la misma altura que Pandora, su figura tenía forma de reloj de arena, con una cintura tan pequeña como el cuello de un gato.

—Eso no es más que un pensamiento maligno —le respondió Pandora con tranquilidad—. Gabriel no la ha visitado, o me lo habría dicho.

La señora Black parecía a punto de «provocar una pelea» como habría dicho Winterborne.

—Nunca le será fiel. Todo el mundo sabe que es una chica rara que consiguió pescarlo. Posiblemente él aprecie la novedad, pero esta acabará desapareciendo, luego la mandará a vivir al campo.

Pandora sintió una confusa mezcla de sentimientos. Celos, porque esa mujer conocía íntimamente a Gabriel y había significado algo para él, rechazo y también una profunda lástima, porque percibió dolor en la penetrante oscuridad de sus ojos. Detrás de aquella impresionante fachada, Nola Black era una mujer muy infeliz.

—Estoy segura de que piensa que eso es lo que debo temer —dijo Pandora—, pero en realidad no me preocupa. Y no lo pesqué. —Hizo una pausa antes de seguir—. Admito que soy peculiar, pero parece que a él le gusta que sea así.

Notó una leve señal de perplejidad entre esas cejas perfectas, y se dio cuenta de que la otra mujer había esperado una reacción diferente, quizá lágrimas o rabia. La señora Black quería pelea, porque en su opinión, Pandora le había robado a un hombre que le importaba. Debía ser muy doloroso saber que nunca volvería a tener a Gabriel entre sus brazos.

—Lo siento —se lamentó Pandora en voz baja—. Estas últimas semanas deben de haber sido horribles para usted.

—No se atreva a tratarme con condescendencia —espetó la señora Black en tono venenoso.

Helen fue consciente en ese momento de que su hermana estaba hablando con alguien y se volvió. Palideció al ver a la americana y rodeó a Pandora con un brazo.

—Tranquila —dijo Pandora—. No hay de qué preocuparse.

Por desgracia, no era del todo exacto. Al momento siguiente, Gabriel estaba junto a ellas, con una mirada asesina en los ojos. Casi no parecía darse cuenta de la presencia de Pandora o de Helen, pues la señora Black había acaparado toda su atención.

—¿Es que te has vuelto loca? —le preguntó a su antigua amante con una voz tan mortífera que a Pandora se le heló la sangre en las venas—. ¿Cómo se te ocurre acercarte a mi esposa?

—Estoy bien —intervino Pandora de forma apresurada.

En ese momento, las damas del club de lectura ya se habían vuelto en masa para observar la escena.

Gabriel cerró la mano alrededor de la muñeca enguantada de la señora Black.

—Quiero hablar contigo —murmuró.

—¿Y qué pasa conmigo? —protestó Pandora.

—Ve al carruaje —le indicó él con brusquedad—. Ahora está frente al pórtico.

Pandora miró hacia la larga fila de vehículos. Su carruaje había conseguido llegar junto a la acera y pudo ver a Dragón vestido con librea. Sin embargo, en su interior algo se rebelaba contra la idea de regresar al carruaje como si fuera un perro al que acabaran de recluir en la perrera. Y todavía peor, la señora Black estaba enviándole una mirada de triunfo a espaldas de Gabriel, después de haber conseguido por fin la atención que tanto había anhelado.

—Vamos a ver... —comenzó Pandora—, no creo que...

Otro hombre se unió a ellos.

—Quite la mano de encima de mi esposa. —La voz amenazadora pertenecía al embajador de Estados Unidos. Miraba a Gabriel con una especie de resignada hostilidad, como si fueran un par de gallos reacios que acabaran de verse arrojados a una pelea.

La situación estaba empeorando por momentos. Pandora miró a Helen con temor.

—Ayuda —susurró.

Helen, bendita fuera, se puso en movimiento, interponiéndose entre los dos hombres.

—Embajador Black, soy Helen Winterborne. Perdone mi atrevimiento, pero estoy segura de que nos presentaron en una cena que ofreció el mes pasado el señor Disraeli. ¿Es posible?

El hombre parpadeó, sorprendido por la repentina aparición de una mujer con el pelo platino y los ojos de un ángel. No se atrevió a tratarla con descortesía.

—No recuerdo haber tenido el honor.

Para satisfacción de Pandora, Gabriel soltó el brazo de la señora Black.

—Y aquí está el señor Winterborne —comentó Helen, que no pudo ocultar su alivio cuando llegó su marido para aplacar la situación.

Winterborne intercambió una rápida mirada con Gabriel, unos mensajes silenciosos que volaron por el aire como flechas invisibles. Rhys empezó a entablar una conversación con el embajador, que respondió con rigidez a las serenas y capaces frases. Era difícil imaginar una escena más incómoda, con Helen y Winterborne comportándose como si no pasara nada, mientras que Gabriel se mantenía callado, apresado en una furia silenciosa. La señora Black parecía deleitarse de la confusión que había creado, pensando al menos para sus adentros que seguía siendo una parte importante de la vida de Gabriel. De hecho, parecía brillar de entusiasmo.

Cualquier atisbo de simpatía que Pandora hubiera sentido por la mujer, había desaparecido. Por el contrario, se sentía bastante irritada con Gabriel por haber caído en la trampa de la americana, reaccionando con furia cuando debía haberla ignorado. A su antigua amante le había resultado demasiado fácil llevar sus instintos masculinos a un nivel violento.

Pandora suspiró y pensó que seguramente debía dirigirse al carruaje. Su presencia no ayudaba en absoluto, y se sentía más exasperada a cada minuto que pasaba. Incluso una conversación con Dragón sería mejor que eso. Dando un paso atrás, intentó abrirse paso hacia la acera.

—¿Milady? —le dijo una voz vacilante—. ¿Lady Saint Vincent?

La mirada de Pandora cayó sobre la solitaria figura femenina que había junto a la columna corintia en el extremo del pórtico.

Llevaba una boina, un vestido oscuro y un chal azul. La reconoció cuando la mujer sonrió.

—Señora O'Cairre —dijo preocupada, acercándose a ella—. ¿Qué hace aquí? ¿Cómo se encuentra?

—Bien, milady. ¿Y usted?

—Yo también —replicó Pandora—. Lamento la forma en que mi lacayo irrumpió ayer en la imprenta. Es un hombre muy protector. Solo hubiera logrado detenerlo con un golpe en la cabeza. Algo que, por cierto, llegué a considerar.

—No pasa nada. —La sonrisa de la señora O'Cairre fue algo forzada y sus ojos color avellana estaban empañados por la preocupación—. Sin embargo, hoy se ha acercado a la imprenta un hombre, haciendo preguntas. No ha querido dar su nombre ni qué le ocupaba. Perdone que le pregunte, milady, pero ¿ha hablado con la policía?

—No. —Pandora la miró con creciente preocupación, notando que la mujer tenía una pátina de sudor en la frente y las pupilas dilatadas—. Señora O'Cairre, ¿se encuentra en problemas? ¿Está enferma? Dígame cómo puedo ayudarla.

La mujer ladeó la cabeza y la miró con algo que parecía afecto pesaroso.

—Tiene buen corazón, milady. Perdóneme.

Un ronco grito masculino distrajo la atención de Pandora, que miró hacia la multitud. Le sorprendió ver a Dragón empujando violentamente a la gente para llegar hasta ella. Parecía haberse vuelto loco. ¿Qué le pasaba?

Llegó hasta ellas antes de que Pandora pudiera tomar aire. Se sorprendió al sentir que él le golpeaba la clavícula con la muñeca y el antebrazo como si tratara de rompérsela. Sintió una ráfaga de miedo ante el impacto, y se tambaleó hacia atrás. Él tiró de ella y la atrajo hacia su enorme pecho.

—Dragón, ¿por qué me ha golpeado? —preguntó desconcertada contra el suave terciopelo de su librea.

Él respondió algo, pero ella no pudo oírlo por culpa de los agudos gritos que habían empezado a surgir a su alrededor. Cuando él la apartó de su pecho, vio que la manga del uniforme estaba abierta como si la hubieran cortado con unas tijeras y que la tela empezaba a oscurecerse con una mancha húmeda. Sangre. Pandora negó con la cabeza, confusa. ¿Qué estaba pasando? Él estaba manchándola con su sangre. Había mucha. El olor a cobre inundó sus fosas nasales. Cerró los ojos y apartó la cara.

Al instante siguiente, supo que eran los brazos de Gabriel los que la rodeaban. Parecía estar dando órdenes a todos los que los rodeaban.

Completamente desconcertada, Pandora miró a su alrededor, agitada. ¿Qué había pasado? Se encontraba en el suelo, sobre el regazo de Gabriel. Y Helen estaba arrodillada a su lado. La gente se agolpaba a su alrededor, ofreciéndoles abrigos y consejos mientras un policía trataba de contenerlos. Era extraño y aterrador despertar en esa situación.

—¿Dónde estamos? —preguntó.

—Todavía estamos en el Haymarket, querida —respondió Helen, con la cara pálida pero guardando la calma—. Te has desmayado.

—¿De verdad? —Pandora trató de recordar. No era fácil pensar con su marido apretándole el hombro con todas sus fuerzas—. Milord, estás presionando demasiado. Me haces daño. Por favor...

—Mi amor —replicó él con la voz ahogada—, estate quieta. Estoy aplicando presión en la herida.

—¿En dónde? ¿Estoy herida?

—Te han apuñalado. Tu señora O'Cairre.

Pandora lo miró con asombro, como si a su lento cerebro le costara absorber la revelación.

—No es mi señora O'Cairre —replicó después de un momento, notando que le castañeaban los dientes—. Si va por ahí apuñalando a la gente, te aseguro que no quiero saber nada de ella. —Empezaba a molestarle más el hombro, y el sordo y punzante dolor que se extendía hasta el hueso. Todo su esqueleto temblaba sin parar, como si la estuvieran sacudiendo unas manos invisibles—. ¿Y Dragón? ¿Dónde está?

—La empezó a perseguir.

—Pero su brazo... estaba herido.

—Dijo que no era un corte profundo. Se pondrá bien.

Notaba como si le estuvieran quemando el hombro con grasa hirviendo. El suelo era duro y frío debajo de ella y su corpiño parecía empapado. Bajó la vista, pero Gabriel la había tapado con su abrigo. Intentó mover el brazo para levantar la prenda.

Helen la detuvo, poniéndole una mano en el pecho.

—Querida, intenta no moverte. Debes permanecer tapada.

—Tengo el vestido pegajoso —explicó con la voz jadeante—. El suelo está muy duro. No me gusta estar aquí. Quiero irme a casa.

Winterborne surgió entre la multitud y se puso en cuclillas a su lado.

—¿Ha parado de sangrar lo suficiente para poder moverla?

—Creo que sí —respondió Gabriel.

—Vamos a subir a mi carruaje. Les he enviado un mensaje a los médicos de la tienda. Se reunirán con nosotros en Cork Street. He abierto una clínica nueva en el edificio anexo a los grandes almacenes.

—Prefiero que la atienda el médico de mi familia.

—Saint Vincent, la tiene que ver alguien lo antes posible. Cork Street está a solo un kilómetro de distancia.

Ella oyó que Gabriel maldecía por lo bajo.

—Entonces, vamos allí.

20

Gabriel nunca había sentido nada así, algo que parecía real e irreal a la vez. Era una pesadilla. Jamás había tenido tanto miedo. Cada vez que miraba a su esposa, quería gritar de angustia y de rabia.

Pandora estaba muy pálida, y sus labios empezaban a adquirir un preocupante color morado. La pérdida de sangre la había debilitado mucho. Estaba apoyada en su regazo con las piernas extendidas por el asiento del carruaje. A pesar de que la habían cubierto con abrigos y mantas, se estremecía de forma continuada.

Tras arroparla una vez más con la ropa para que estuviera más cómoda, comprobó el vendaje que había elaborado. Había doblado varios pañuelos hasta formar una almohadilla que aseguró con unas corbatas que ató al hombro y al brazo, cruzándolas sobre la articulación y asegurándolas debajo del otro brazo. No podía dejar de recordar el momento en el que se derrumbó en sus brazos mientras la sangre manaba sin cesar por la herida.

Solo había sido cuestión de segundos. Había echado un vistazo por encima del hombro para asegurarse de que Pandora había atravesado la distancia que los separaba del carruaje, y en su lugar había visto a Drago luchando para abrirse paso entre la multitud para dirigirse hacia la esquina del edificio, donde Pandora charlaba con una desconocida. La mujer se había sacado algo de la manga, y él vio el revelador temblor de su brazo cuando abría una navaja. La corta y afilada hoja había reflejado las luces del teatro cuando la levantó en el aire.

Gabriel había llegado hasta el lugar donde se encontraba Pandora solo un segundo después de Drago, pero, en ese momento, la mujer ya le había clavado la hoja de la navaja.

—¿No sería raro que muriera por esto? —comentó Pandora, estremeciéndose contra su pecho—. Nuestros nietos no se sentirían nada impresionados. Preferiría que me hubieran apuñalado mientras hacía algo heroico, como rescatar a alguien. Quizá podrías decírselo..., aunque, claro... Supongo que si muero, no tendremos nietos nunca, ¿verdad?

—No vas a morir —repuso Gabriel de forma concisa.

—Todavía no he encontrado una imprenta adecuada —dijo ella, preocupada.

—¿Qué? —preguntó él, pensando que deliraba.

—Esto podría retrasar la producción. Del juego de mesa. Tiene que estar para Navidad.

—Todavía hay tiempo de sobra, *bychan* —intervino Winterborne, que estaba sentado junto a Helen en el asiento de enfrente—. No te preocupes por eso.

Pandora se relajó, ya más tranquila, y cerró el puño en un pliegue de su camisa, como si fuera un bebé.

Winterborne la miró como si quisiera preguntarle algo.

Con el pretexto de alisarle el pelo, Gabriel puso la mano sobre el oído bueno de Pandora y le dirigió al otro hombre una expresión inquisitiva.

—¿La sangre sale a borbotones? —preguntó Winterborne en voz baja—. ¿Como el latido de un corazón?

Gabriel negó con la cabeza.

El empresario se relajó un poco y se frotó la parte inferior de la mandíbula.

Tras apartar la mano de la oreja de Pandora, siguió acariciándole el pelo, hasta que vio que había cerrado los ojos. La incorporó un poco contra su pecho.

—Mi amor, no puedes dormirte.

—Tengo frío —se quejó ella lastimeramente—. Me duele el hombro. Y el carruaje de Helen es incómodo. —Hizo un sonido de dolor cuando el vehículo dobló una esquina, sacudiéndose con fuerza.

—Estamos llegando a Cork Street —explicó él antes de besarle la húmeda y fría frente—. En cuanto te lleve al interior, te darán un poco de morfina.

El carruaje se detuvo en ese momento. La levantó con sumo cuidado y la llevó al interior del edificio, sintiéndola muy ligera entre sus brazos, como si sus huesos fueran finos como los de un pájaro. Ella apoyó la cabeza en su hombro, y se le bamboleó mientras caminaba. Gabriel quiso transmitirle su fuerza, llenarle las venas con su sangre. Quería suplicar, sobornar, amenazar, herir a alguien.

El interior del edificio había sido renovado hacía poco tiempo, y ahora disponía de una entrada bien ventilada e iluminada. Pasaron junto a varias puertas de apertura automática que estaban identificadas claramente con los letreros correspondientes: enfermería, dispensario, oficinas administrativas, consultas, salas de examen y, al final del pasillo, una sala de operaciones.

Gabriel sabía que Winterborne tenía empleados a dos médicos a tiempo completo de los que se beneficiaban los cientos de hombres y mujeres que trabajaban para él. Sin embargo, los mejores doctores solían asistir a pacientes de clase alta, mientras que la clase media y los trabajadores tenían que conformarse con los servicios de profesionales con menos talento. Gabriel había imaginado que se encontrarían con un lugar en mal estado y unas consultas de calidad mediocre donde atenderían un par de médicos desganados. Pero debería había haber sabido que Winterborne no había escatimado gastos a la hora de construir un centro médico.

Fueron recibidos en el vestíbulo de la zona de cirugía por un médico de mediana edad con una espesa cabellera blanca, frente ancha, ojos penetrantes y rasgos agrestes. Tenía el aspecto que debería tener un cirujano: capaz y digno, con los recursos que dan los conocimientos obtenidos tras décadas de experiencia.

—Saint Vincent —dijo Winterborne—, te presento al doctor Havelock.

Una enfermera con el pelo castaño entró con rapidez en el espacio, sin que le importaran mucho las presentaciones. Estaba vestida con una falda pantalón y llevaba la misma bata blanca de lino que el cirujano. Su cara era joven y limpia, y poseía unos agudos ojos verdes, con los que evaluaba a los recién llegados.

—Milord —le dijo la mujer a Gabriel—, por favor, traiga aquí a lady Saint Vincent —le ordenó sin andarse con rodeos.

Él la siguió a una de las salas de examen, que estaba bien iluminada con lámparas quirúrgicas y reflectores. También estaba impoluta; las paredes aparecían cubiertas con placas de cristal y el suelo era de baldosas vidriadas, con algunos surcos para desviar el líquido. En el aire flotaba el aroma a productos químicos: ácido carbólico, alcohol destilado y algo de benceno. Gabriel deslizó la vista por una gran variedad de vasos metálicos, aparatos de vapor para esterilizar, mesas con lavabos y bandejas con instrumental, así como un fregadero de gres.

—Mi esposa tiene mucho dolor —dijo bruscamente, mirando a la mujer por encima del hombro. Se preguntó por qué no les habría acompañado el doctor.

—Ya tengo preparada una inyección hipodérmica con morfina —repuso la enfermera—. ¿Ha comido algo en las últimas cuatro horas?

—No.

—Excelente. Por favor, deposítela con suavidad en la camilla.

La voz era clara y firme. Un poco impertinente por el aire de autoridad que proporcionaba la bata de cirujano, y que la hacía parecer otro médico más.

A pesar de que Pandora tenía los labios apretados, soltó un gemido cuando Gabriel la dejó en la camilla de cuero. La superficie tenía una parte móvil, que servía para elevar ligeramente la parte superior del cuerpo. La enfermera retiró la capa que cubría el corpiño de encaje blanco, ahora empapado de sangre, y cubrió a Pandora con una manta.

—Ah, hola —saludó Pandora con un hilo de voz mientras jadeaba de forma superficial, mirando a la mujer con los ojos apagados y nublados por el dolor.

La enfermera sonrió al tiempo que tomaba la muñeca de Pandora para comprobar su pulso.

—Cuando te invité a conocer el nuevo consultorio —murmuró la joven—, no me refería a que lo hicieras como paciente.

Pandora curvó los labios resecos mientras la mujer examinaba la dilatación de sus pupilas.

—Vas a tener que ponerme un parche —dijo Pandora.

—¿La conoces? —preguntó Gabriel, desconcertado.

—De hecho, milord, soy amiga de la familia. —La enfermera cogió un artilugio que consistía en una placa auricular, un tubo flexible cubierto de seda y un trozo de madera en forma de trompeta. Llevó un extremo a la oreja, aplicó el otro en varios lugares del pecho de Pandora y escuchó con atención.

Cada vez más nervioso, Gabriel miró hacia la puerta, preguntándose dónde demonios estaba el doctor Havelock.

La enfermera tomó un trozo de algodón, lo humedeció en la solución que había en un pequeño frasco y limpió un trozo de piel en el brazo izquierdo de Pandora. Posteriormente, se acercó a una bandeja de instrumental para coger una jeringuilla de vidrio provista de una aguja hueca. Poniéndola en posición vertical, apretó el pistón para eliminar el aire que había en la cámara.

—¿Te han puesto antes una inyección? —le preguntó a Pandora con suavidad.

—No. —Pandora tendió la mano hacia él, y Gabriel entrelazó sus dedos fríos.

—Vas a sentir un pinchazo —advirtió la enfermera—, pero será muy breve. Luego notarás una oleada de calor y el dolor desaparecerá.

—¿No debería ser un médico el que hiciera esto? —preguntó Gabriel bruscamente, mientras la enfermera buscaba una vena en el brazo de Pandora.

Ella no respondió en el momento, ya que había clavado la aguja. Presionó el émbolo lentamente mientras Pandora le apretaba los dedos. Gabriel la observó sin poder hacer nada, y luchó para mantenerse sereno y firme, a pesar de que todo su ser le impulsaba a explotar. Todo lo que le importaba estaba en aquel frágil cuerpo que reposaba en la camilla de cuero. Notó que la morfina empezaba a hacer efecto, que Pandora relajaba los dedos, y que desaparecía la tensión que percibía alrededor de sus ojos y su boca.

«¡Gracias a Dios!»

—Soy la doctora Garrett Gibson —se presentó la joven, tras dejar a un lado la hipodérmica vacía—. Tengo titulación como médico; he sido entrenada por sir Joseph Lister en su método antiséptico. De hecho, le he ayudado a realizar operaciones quirúrgicas en la Sorbona.

—¿Doctora? —preguntó Gabriel, al que había pillado con la guardia baja pensar que una mujer podía haber estudiado medicina.

Ella lo miró con ironía.

—Soy la única con titulación en Inglaterra hasta el momento. La Asociación Médica del Reino Unido ha hecho todo lo posible para asegurarse de que ninguna otra mujer sigue mis pasos.

Gabriel no quería que fuera ella la que asistiera a Pandora. No había manera de saber qué podía esperar de una doctora en una sala de operaciones, y no quería que la intervención de su esposa estuviera rodeada por circunstancias extravagantes. Quería que la atendiera un doctor, un hombre con experiencia y seguridad en sí mismo. Quería que todo fuera convencional, seguro y normal.

—Necesito intercambiar unas palabras con Havelock antes de que continúe con la cirugía —pidió él.

La doctora Gibson no pareció sorprendida.

—Por supuesto —respondió en un tono uniforme—. Pero me gustaría pedirle que retrasara la conversación hasta que haya evaluado el estado de lady Saint Vincent.

El doctor Havelock entró en ese momento en la estancia y se acercó a la camilla.

—Ha llegado ya la enfermera y está lavándose —murmuró el médico a la doctora Gibson antes de volverse hacia Gabriel—. Milord, hay una zona de espera junto a la sala de operaciones. Podría esperar allí con los señores Winterborne mientras echamos un vistazo al hombro de su esposa.

Tras besar los dedos helados de Pandora y dirigirle una sonrisa tranquilizadora, Gabriel salió del quirófano.

Una vez que encontró la zona de espera, se dirigió al lugar donde se encontraba sentado Winterborne. Su esposa no estaba a la vista.

—¿Una doctora? —exigió con el ceño fruncido.

Winterborne pareció sentirse algo culpable.

—No consideré que fuera necesario contártelo. Pero respondo por ella; supervisó el parto de Helen y el puerperio.

—Esa cuestión es muy diferente a una cirugía —aseguró Gabriel en tono seco.

—En América hay doctoras desde hace más de veinte años —señaló Winterborne.

—Me importa un bledo lo que hacen en Estados Unidos. Quiero que Pandora disfrute del mejor tratamiento médico posible.

—Lister ha mencionado públicamente que la doctora Gibson es una de las mejores cirujanas que ha podido tutelar.

Gabriel negó con la cabeza.

—Si voy a poner la vida de Pandora en manos de desconocidos, quiero que sea alguien con experiencia. No una mujer que apenas tiene edad suficiente para haber pasado por la universidad. No quiero que ayude en la intervención de mi esposa.

Winterborne abrió la boca para discutir, pero pareció pensárselo mejor.

—Es muy probable que yo mismo tuviera pensamientos similares si estuviera en tu lugar —admitió—. Lleva un tiempo acostumbrarse a la idea de que una mujer pueda ser médico.

Gabriel se dejó caer en una silla cercana. Se dio cuenta entonces de que notaba una especie de vibración en las extremidades, un zumbido constante por culpa de la tensión nerviosa.

Lady Helen se acercó en ese momento con una pequeña toalla blanca doblada. La tela estaba húmeda y desprendía vapor. Sin decir palabra, se acercó a él y le limpió la mejilla y parte inferior de la mandíbula. Cuando bajó la toalla, él vio que estaba manchada de sangre. Luego bajó el paño y empezó a limpiarle la sangre que se le había secado en los pliegues de los nudillos y entre los dedos. Ni siquiera se había dado cuenta. Agarró la tela para hacerlo por sí mismo, pero ella no soltó el tejido.

—Por favor —dijo Helen en voz baja—. Tengo que hacer algo.

Él se relajó y la dejó continuar. Poco después de que terminara, entró el doctor Havelock en la sala de espera. Gabriel se levantó con el corazón acelerado.

El médico tenía una expresión muy seria.

—Milord, al examinar a lady Saint Vincent con el estetoscopio, hemos detectado un latido en el lugar de la lesión, lo que indica que hay corriente arterial. La arteria subclavia ha sido dañada o parcialmente seccionada. Si tratamos de reparar la laceración, corremos el riesgo de que ocurran ciertas complicaciones que pongan en peligro la vida de su esposa. Por lo tanto, la solución más segura es practicar una doble ligadura. Ayudaré a la doctora Gibson en el proceso, pero podríamos tardar hasta dos horas antes de finalizarlo. Mientras tanto...

—Espere un momento —lo interrumpió Gabriel con cautela—. ¿No querrá decir que la doctora Gibson le ayudará a usted?

—No, milord. Será ella la que realice la cirugía. Está más versada en las últimas y más avanzadas técnicas.

—Quiero que lo haga usted.

—Milord, hay muy pocos cirujanos en Inglaterra capaces de poder realizar esta operación. Yo no soy uno de ellos. La arteria que tiene dañada lady Saint Vincent está muy profunda y parcialmente cubierta por el hueso de la clavícula. La zona de la opera ción no ocupa más de cinco centímetros. La sutura es cuestión de milímetros. La doctora Gibson es una cirujana muy meticulosa. Tiene la cabeza fría. Sus manos son capaces, sensibles y experimentadas, perfectas para procedimientos delicados como este. Además, está entrenada en cirugía antiséptica moderna, lo que hace que la ligadura de arterias sea mucho menos peligrosa que en el pasado.

—Quiero una segunda opinión.

El médico asintió con calma, pero su mirada era penetrante.

—Nuestras instalaciones están disponibles para cualquier persona que elija, y puede contar con nuestra ayuda para lo que necesite. Pero es mejor actuar cuanto antes. En los últimos treinta años, solo he visto sobre media docena de casos con lesiones similares a la que tiene lady Saint Vincent que hayan llegado a la mesa de operaciones. Es cuestión de minutos que se produzca una insuficiencia cardíaca.

Gabriel notó que se le paralizaban todos los músculos y que se le congelaba en la garganta un grito de angustia. No podía aceptar lo que estaba ocurriendo.

Pero no había otra opción. A pesar de haber sido bendecido con una vida llena de infinitas posibilidades y alternativas que la mayoría de los seres humanos no disfrutaban, en ese momento no tenía más que una opción. En ese momento, justo cuando más importaba.

—De los casos que llegaron a la mesa de operaciones —preguntó con voz ronca—, ¿cuántos sobrevivieron?

Havelock desvió la vista antes de responder.

—El pronóstico en este tipo de lesiones es desfavorable. Pero su esposa tiene más posibilidades en manos de la doctora Gibson.

Lo que significaba que no tenía ninguna.

Gabriel notó que las piernas se le aflojaban y, por un momento, pensó que se caería de rodillas.

—Dígale que adelante —llegó a decir.

—¿Nos da su consentimiento para que la doctora Gibson realice la operación?

—Sí.

21

Durante las dos horas siguientes, Gabriel permaneció sentado en un rincón en la sala de espera, con el abrigo sobre las rodillas. Estuvo silencioso y apartado, apenas vagamente consciente de que llegaron Devon, Kathleen y Cassandra para acompañarlos a él y a los Winterborne. Por suerte, todos parecieron entender que él no quería compañía. El sonido de sus voces le resultaba tan irritante como los sollozos ahogados de Cassandra. No quería que hubiera emociones a su alrededor o se desmoronaría. Encontró el collar de Pandora en uno de los bolsillos del abrigo y enredó los dedos entre las vueltas, haciendo rodar las perlas entre los dedos. Ella había perdido mucha sangre. ¿Cuánto tiempo tardaba el cuerpo humano en producir más?

Clavó los ojos en el suelo de baldosas, que eran similares a las que había en la sala de examen, salvo que allí había canaletas entre ellas. El quirófano debía tenerlas también. No podía dejar de pensar en su esposa, en su mente daba vueltas sin cesar al hecho de que estaba inconsciente en la mesa de operaciones. Su suave piel marfileña había sido atravesada por una navaja, y ahora estaban reparando el daño con más cuchillas.

Pensó en los momentos anteriores al ataque, en la incontrolable furia que había sentido al ver a Nola con Pandora. Conocía a su antigua amante lo suficientemente bien como para saber que había dejado caer en los oídos de Pandora palabras llenas de veneno. ¿Sería ese el último recuerdo que tendría su esposa de él? Tensó los dedos sobre el collar hasta que se rompió uno de los hilos y las perlas rodaron esparciéndose por el suelo.

Gabriel permaneció inmóvil mientras Kathleen y Helen se inclinaban para recuperarlas, y Cassandra se alejaba para recoger las más lejanas.

—Milord —la oyó decir. Estaba de pie frente a él, con las manos ahuecadas—. Estoy segura de que pueden limpiarse y volver a hilarse.

De mala gana dejó que las deslizara en sus manos. Cometió el error de mirarla a la cara y vio sus ojos húmedos, con los iris azules bordeados de negro. ¡Dios!, si Pandora moría, no sería capaz de volver a ver a esa gente. No soportaría mirar esos malditos ojos Ravenel.

Se levantó, salió de la sala de espera y fue al pasillo, donde apoyó la espalda en la pared.

Unos minutos después, Devon dobló la esquina y se acercó a él. Gabriel mantuvo la cabeza gacha. Ese hombre le había confiado la seguridad de Pandora, y él había fracasado por completo. La vergüenza y la culpa que sentía eran insoportables.

En su campo de visión apareció un frasco plateado.

—Mi mayordomo, en su infinita sabiduría, me entregó esto cuando salía de casa.

Gabriel tomó la petaca, la abrió y tomó un largo trago de brandy. Un suave fuego marcó el camino hacia su estómago, descongelando sus heladas entrañas.

—Fue culpa mía —dijo por fin—. No la vigilé lo suficientemente bien.

—No seas idiota —replicó Devon—. No existe nadie capaz de vigilar a Pandora cada minuto del día. No puedes tenerla bajo llave.

—Si sobrevive, lo haré —lo interrumpió. Notó un nudo en la garganta y tuvo que tomar otro trago de brandy antes de ser capaz de hablar de nuevo—. Ni siquiera llevamos un mes casados y ya está en una mesa de operaciones.

—Saint Vincent... —La voz de Devon tenía una nota de pesarosa diversión—. Cuando heredé el título, no estaba preparado para asumir la responsabilidad de cuidar de tres inocentes jóvenes y una viuda malhumorada. Cada una iba en una dirección diferente, actuando según sus particulares impulsos y metiéndose en problemas. Pensé que jamás sería capaz de atarlas con rienda corta. Pero un día, de repente, me di cuenta de algo.

—¿De qué?

—De que nunca podría controlarlas. Son así. Lo único que puedo hacer es amarlas, tratar de mantenerlas a salvo por todos los medios a mi alcance, aun sabiendo que no siempre será posible. —La voz de Devon parecía irónica—. Tener familia me ha convertido en un hombre feliz, pero también me ha despojado de toda la tranquilidad, seguramente para siempre. Sin embargo, en general, no he hecho mal negocio.

Gabriel volvió a cerrar la petaca y se la tendió en silencio.

—Te dejo solo ahora —dijo Devon—. Regresaré a esperar con los demás.

Justo antes de que se cumplieran tres horas, el silencio de la sala se vio interrumpido por unos murmullos.

—¿Dónde está lord Saint Vincent? —Oyó que preguntaba la doctora Gibson.

Gabriel negó con la cabeza. Esperó como un alma en pena, observando la delgada forma de la doctora cuando apareció a la vuelta de la esquina.

La mujer se había quitado la ropa de cirugía. Su pelo castaño estaba recogido en trenzas a ambos lados de la cabeza y se unían en un único montón en la parte trasera. Un estilo pulcro y ordenado que recordaba vagamente a una colegiala. Sus ojos verdes daban cuenta de su estado cansado pero alerta. A medida que se enfrentaba a él, una leve sonrisa rompió la capa de autocontrol con la que dominaba su carácter.

—Hemos superado el primer obstáculo —le comunicó ella—. Su esposa ha salido de la operación en buen estado.

—¡Dios! —susurró él, cubriéndose los ojos con una mano.

Se aclaró la garganta y apretó los dientes para contener el temblor fruto de la emoción.

—He sido capaz de llegar a la parte dañada de la arteria sin tener que actuar sobre la clavícula. En lugar de utilizar seda o crin —continuó la doctora Gibson, ante su falta de respuesta, como si estuviera dándole tiempo para recuperar el habla—, he recurrido a reducir el daño con ligaduras especiales de catgut, que son reabsorbidas luego por los propios tejidos. Todavía es un material nuevo, pero prefiero utilizarlo en estos casos. Así no es necesario eliminarlas más tarde, por lo que se minimiza el riesgo de infecciones o hemorragias.

Gabriel, que por fin había logrado controlar el exceso de emoción, la miró con una intensa preocupación.

—¿Qué pasará ahora? —preguntó con brusquedad.

—La principal preocupación es lograr que se mantenga quieta y relajada. Es la única manera de permitir que la sutura se afiance y no provoque una hemorragia. Cualquier problema se producirá en las primeras cuarenta y ocho horas.

—¿Es por eso por lo que no ha sobrevivido nadie? ¿Por las hemorragias?

Ella le dirigió una mirada interrogante.

—Havelock me habló de los otros casos similares al de Pandora —le explicó.

La mirada de la doctora se hizo más suave.

—No debería haberlo hecho. Al menos, sin situarlos en la perspectiva correcta. Esos casos no tuvieron éxito por dos razones: los médicos utilizaron técnicas quirúrgicas muy anticuadas, y las operaciones se llevaron a cabo en ambientes contaminados. La situación de Pandora es bastante diferente. Todos nuestros instrumentos se han esterilizado previamente, y se ha desinfectado cada centímetro cuadrado de la sala de operaciones. Todos los que participamos en la cirugía nos lavamos con solución carbólica. La herida estaba limpia y se la hemos cubierto con un apósito antiséptico. De hecho, me siento muy optimista con la recuperación de Pandora.

Gabriel dejó escapar un suspiro.

—Me gustaría creerla.

—Milord, nunca he tratado de dulcificar la verdad a nadie. Siempre relato los hechos tal cual son. Que su reacción ante estos sea esa, no es responsabilidad mía.

Las asépticas palabras casi le hicieron sonreír.

—Gracias —repuso con sinceridad.

—De nada, milord.

—¿Puedo verla?

—Pronto. Todavía está recuperándose de la anestesia. Con su permiso, quiero que permanezca aquí, en una habitación privada, al menos dos o tres días. Yo estaré por aquí todo el tiempo, por supuesto. En el caso de que se produzca alguna hemorragia, podré operarla de forma inmediata. Ahora, voy a volver al quirófano para ayudar al doctor Havelock con el postoperatorio... —La voz de la doctora se desvaneció al ver a los dos hombres que entraban por la puerta y atravesaban el vestíbulo—. ¿Quiénes son?

—Uno de ellos es mi lacayo —repuso Gabriel al reconocer la imponente forma de Drago. El otro era un extraño.

Cuando se acercaron, Drago clavó en él los ojos con una oscura intensidad, como si tratara de leer su expresión.

—La operación ha sido un éxito —informó él.

Drago relajó los hombros, y en su rostro apareció una expresión de alivio.

—¿Has encontrado a la señora O'Cairre? —preguntó Gabriel.

—Sí, milord. La han detenido y está en Scotland Yard.

—Doctora Gibson —dijo al darse cuenta de que todavía no había hecho las presentaciones pertinentes—, le presento a mi lacayo, Dragón... Es decir, Drago.

—Ahora soy Dragón —aseguró el hombre en tono definitivo—. Es como le gusta a milady. Me ha acompañado el hombre del que le hablé, milord. El señor Ethan Ransom, de Scotland Yard.

Ransom parecía demasiado joven para la profesión a la que

se dedicaba. Por lo general, que un hombre fuera ascendido a detective era fruto de haber formado parte del cuerpo un número de años, cuando ya estaba desgastado por las dificultades físicas de la labor policial. El tipo que había ante él era delgado y de huesos grandes, con una altura superior al metro setenta y cinco que se necesitaban para pertenecer a la fuerza metropolitana. Tenía la típica fisonomía irlandesa, con el pelo y los ojos oscuros, la piel clara y cierto aire rudo.

Gabriel lo observó con atención; había algo en él que le resultaba familiar.

—¿Nos conocemos de algo? —exigió la doctora Gibson, a la que evidentemente le había ocurrido lo mismo que a él.

—En efecto, doctora —respondió Ransom—. Hace año y medio, el señor Winterborne me pidió que la protegiera, así como a lady Helen, cuando tuvieron que arreglar unos asuntos en la parte peligrosa de la ciudad.

—¡Oh, sí! —La doctora entornó los ojos—. Usted es el hombre que nos seguía, oculto entre las sombras, y que interfirió de forma innecesaria cuando alquilamos un carruaje.

—Les estaban atacando un par de estibadores —señaló Ransom con suavidad.

—Tenía la situación bajo control —fue la enérgica respuesta de la doctora Gibson—. Ya me había ocupado de un hombre y estaba a punto de encargarme del segundo, pero usted intervino en la refriega sin ni siquiera preguntar.

—¿Cómo dice? —dijo Ransom en tono serio—. Pensé que necesitaba ayuda. Obviamente, era una suposición errónea.

—Supongo que no podía esperar que se cruzara de brazos y dejar que una mujer ganara el combate —dijo la doctora de mala gana, algo apaciguada—. Después de todo, el orgullo masculino es algo muy frágil.

Los ojos de Ransom se iluminaron con una sonrisa, pero desapareció con rapidez.

—Doctora, ¿podría describirme brevemente la herida que ha sufrido lady Saint Vincent?

—Se trata de una sola puñalada en el lado derecho del cuello —explicó la doctora, después de recibir un gesto de asentimiento por parte de Gabriel—. Entró un par de centímetros por encima de la clavícula y alcanzó una profundidad de unos seis centímetros. Perforó el músculo escaleno anterior y laceró la arteria subclavia. De hecho, si la hubiera seccionado por completo, lady Saint Vincent se habría quedado inconsciente en diez segundos y muerto dos minutos después.

Gabriel contuvo la respiración al escucharla.

—La única razón por la que no ocurrió así —informó Gabriel— fue porque Dragón bloqueó la trayectoria del cuchillo con el brazo. —Miró al lacayo con curiosidad—. ¿Cómo sabías lo que iba a hacer?

—Tan pronto como vi que la señora O'Cairre apuntaba al hombro —explicó Dragón mientras sujetaba el extremo suelto de su improvisado vendaje—, pensé que esa mujer iba a clavarle el cuchillo como si fuera la palanca de una bomba. Una vez vi matar a un hombre de esa manera en un callejón cerca del club, cuando era niño. No lo olvidé nunca. Es una manera extraña de apuñalar a alguien. Le hizo caer al suelo y no había sangre.

—Porque la sangre habría llenado la cavidad torácica y colapsado el pulmón —informó la doctora Gibson—. Es una manera eficaz de matar a alguien.

—No es un método que use un matón callejero —comentó Ransom—. Es más... profesional. La técnica requiere cierto conocimiento de anatomía. —Suspiró—. Me gustaría saber quién mostró a la señora O'Cairre cómo hacerlo.

—¿No se le puede preguntar a ella? —preguntó la doctora Gibson.

—Desafortunadamente, los detectives están manejando el interrogatorio tan mal que casi parece algo deliberado. La única información real que vamos a obtener de la señora O'Cairre es lo que le dijo a Dragón cuando la atrapó.

—¿Qué fue? —preguntó Gabriel.

—La señora O'Cairre y su marido formaban parte de un grupo de anarquistas irlandeses que aspiran a derrocar el gobierno. Se llaman a sí mismos *Caipíní an Bháis*. Un grupo que se escindió de los fenianos.

—El hombre que vio lady Saint Vincent en la imprenta es un colaborador —añadió Dragón—. La señora O'Cairre me confesó que es uno de los jefes. Al temer que su anonimato se hubiera visto comprometido, le dijo a la señora O'Cairre que apuñalara a lady Saint Vincent. La señora O'Cairre me dijo que lo lamentaba mucho, pero que tenía que hacerlo.

En el silencio que siguió, la doctora Gibson miró el brazo vendado de Dragón.

—¿Le ha visto alguien ese corte? Venga conmigo —continuó ella, sin esperar respuesta—, le echaré un vistazo.

—Gracias, pero no necesito que...

—Se lo desinfectaré y lo vendaré correctamente. Es posible que necesite algún punto.

Dragón la siguió de mala gana.

La mirada de Ransom estuvo clavada en la doctora durante unos segundos, mientras ella se alejaba, con la falda arremolinándose alrededor de sus caderas y sus piernas. Luego volvió a mirar a Gabriel.

—Milord, sé que este no es el mejor momento, pero, a la mayor brevedad posible, me gustaría ver los materiales que lady Saint Vincent trajo de la imprenta.

—Por supuesto. Dragón le ayudará en todo lo que necesite. Quiero que alguien pague por lo que le han hecho a mi esposa —aseguró mientras lo miraba con dureza.

22

—Su esposa todavía está desorientada por la anestesia —advirtió la doctora Gibson mientras acompañaba a Gabriel a la habitación de Pandora—. Le he dado otra dosis de morfina. No solo para el dolor, sino también para aliviar las náuseas que provoca el cloroformo. Por lo tanto, no se alarme por nada de lo que diga. Seguramente no le prestará mucha atención, y es posible que cambie de tema en medio de una frase o que diga algo confuso.

—Hasta ahora, ha descrito una conversación normal con Pandora.

La doctora sonrió.

—Hay un tazón con pequeños trozos de hielo junto a la cama. Podría intentar convencerla para que tome un poco. ¿Se ha lavado las manos con jabón carbólico? Queremos mantener el ambiente tan aséptico como sea posible.

Gabriel entró en la pequeña habitación sin apenas muebles. La luz de gas estaba apagada, y la estancia estaba iluminada por el tenue resplandor de la lámpara de alcohol que había en la mesilla.

Pandora parecía muy pequeña en la cama. Estaba inmóvil, boca arriba, con las extremidades extendidas, los brazos a ambos lados del tronco. Jamás dormía de esa forma. Por la noche, siempre estaba acurrucada, o estirada, o abrazada a la almohada, o había destapado una pierna y dejado la otra cubierta. Su tez se veía pálida y poco natural, como un camafeo de porcelana.

Gabriel ocupó una silla junto a la cama y le apresó la mano con cuidado. Los dedos estaban laxos y relajados, como si estuviera sosteniendo un pequeño paquete de piezas de madera.

—Puede estar unos minutos a solas con ella —concedió la doctora Gibson desde la puerta—. Después, si no le importa, dejaré que los miembros de la familia también la vean, así podré mandarlos para casa. Si lo desea, puede dormir esta noche en una habitación de invitados en la residencia Winterborne...

—No, yo me quedo aquí.

—Entonces traeremos una cama plegable.

Rodeando los dedos de Pandora con los suyos, Gabriel apretó el dorso de los mismos contra su mejilla y los mantuvo allí. El familiar olor de su esposa había desaparecido por un olor impersonal y estéril. La piel de los labios parecía áspera y agrietada, pero el resto había perdido el aspecto frío y espantoso, y la respiración era constante. Se sentía muy aliviado al poder sentarse a su lado y tocarla. Llevó la mano libre a su cabeza y le acarició con el pulgar el sedoso nacimiento del pelo.

Notó cierto movimiento en sus pestañas, que se agitaron en el aire. Poco a poco, ella volvió la cara hacia él. Se percibía el tono azul oscuro de sus ojos, y se vio traspasado por una sensación tan aguda que sintió ganas de llorar.

—Esta es mi chica —susurró. Tomó un hielo del recipiente y se lo dio. Pandora lo sostuvo en la boca, dejando que el líquido fuera absorbido por los tejidos secos del interior de sus mejillas—. Pronto estarás mejor —aseguró—. ¿Te duele algo, mi amor?

Pandora negó levemente con la cabeza, sin dejar de mirarlo. De repente, ella frunció el ceño.

—La señora... Black... —pronunció con la voz ronca.

Él notó que se le encogía el corazón en el pecho como un trapo escurrido.

—Lo que sea que te dijo, Pandora, no era cierto.

—Lo sé. —La vio abrir los labios y buscó otra piedra de hielo en el recipiente. Chupó el trozo hasta que se disolvió—. Ella dijo que yo te aburro.

Gabriel la miró sin comprender. De todas las alocadas ideas que Nola podría haber tenido... Enterró la cabeza en el brazo y se rio hasta quedarse sin aliento, con los hombros temblorosos.

—Jamás me he aburrido contigo —consiguió decir finalmente, mirándola—. No me he aburrido ni un segundo desde que te conocí. Lo cierto es que después de que pase esto, mi amor, no me importaría aburrirme unos días.

Pandora esbozó una leve sonrisa.

Incapaz de resistir la tentación, Gabriel se inclinó hacia delante y le dio un rápido beso en la boca. Primero miró la puerta vacía, por supuesto, sospechando que si la doctora Gibson le hubiera visto, le habría hecho esterilizar los labios.

Durante los dos días siguientes, Pandora durmió profundamente, despertando durante breves intervalos, en los que mostraba poco interés por su entorno. A pesar de que la doctora aseguró a Gabriel que los síntomas eran los normales en cualquier paciente después de haber estado anestesiado, le desconcertaba ver a su enérgica esposa reducida a esa condición.

Pandora mostró destellos de su habitual vivacidad en solo dos ocasiones. La primera fue cuando su primo West fue a visitarla y se sentó junto a su cama, después de haber viajado en tren desde Hampshire. A ella le encantó verlo y después de diez minutos, trató de convencerlo de que la letra de la canción *Rema, rema en tu bote*, incluía las frases «suavemente baja la cadena» y «la vida es un sueño mantequilloso».

La segunda fue cuando Dragón atravesó la puerta y la miró con una expresión preocupada en su normalmente estoico rostro, mientras Gabriel la alimentaba con algunas cucharadas de helado de fruta.

—¡Es mi guardaespaldas Dragón! —había exclamado al darse cuenta de la presencia de la enorme figura en el umbral, y le había exigido que se acercara para mostrarle el vendaje que llevaba en el brazo. Sin embargo, se había quedado dormida incluso antes de que él se acercara a la cama.

Gabriel se quedó a su lado cada minuto posible, aunque de vez en cuando se retiraba a la cama plegable cerca de la ventana para dormir un poco. Sabía que los familiares de Pandora estaban dispuestos a sentarse a su lado, y que seguramente encontrarían molesto que fuera tan reacio a salir de la estancia y confiarla a uno de ellos. Sin embargo, permanecía con Pandora tanto por el bien de ella como por el de él mismo. Cuando pasaba más de unos minutos alejado de ella, la ansiedad le hacía encogerse y le agobiaba hasta tal punto que esperaba encontrarla desangrada por una hemorragia fatal cuando regresara a su lado.

Era perfectamente consciente de que tal ansiedad derivaba del océano de remordimientos en el que estaba hundido en ese momento.

Daba igual que le dijeran que no había sido el culpable, esgrimiría con facilidad la misma cantidad de razones para demostrar lo contrario. Pandora había necesitado que la protegiera, y él no lo había hecho. Si hubiera tomado decisiones diferentes, ella no se encontraría en la cama de un hospital con una arteria recién suturada y un agujero en el hombro.

La doctora Gibson acudía con frecuencia a examinar a Pandora, controlando la fiebre o cualquier signo de supuración, buscaba también señales de inflamación en el brazo o en la parte superior de la clavícula, además de observar la compresión de los pulmones. Comentaba que Pandora parecía estar sanando bien. Si no había problemas, su esposa podría reanudar sus actividades normales al cabo de un par de semanas. Sin embargo, tendría que tener cuidado durante unos meses. Cualquier sacudida brusca, como el impacto de una caída, podría provocar un aneurisma o una hemorragia interna. Le esperaban meses de preocupación.

Durante mucho tiempo, iba a tener que mantener a Pandora tranquila y segura.

La perspectiva que se extendía ante él y las pesadillas que lo atormentaban cada vez que trataba de dormir, así como el estado confuso de Pandora y su letargo, lo hacían mostrarse seco y sombrío. Además, a pesar de que iba contra toda lógica, la bondad de sus amigos y parientes le hacía sentirse todavía más crispado. Los arreglos florares le irritaban de manera especial, y se recibían a todas horas en la clínica. La doctora Gibson se negaba a permitir que traspasaran el vestíbulo de entrada, por lo que se amontonaban allí en una fúnebre abundancia que cargaba el aire de un nauseabundo olor espeso y dulzón.

Estaba llegando la tercera noche cuando Gabriel levantó la vista al percibir que entraban dos personas en la estancia.

Eran sus padres.

Verlos lo llenó de alivio. Al mismo tiempo, su presencia abrió las espitas de las emociones que había reprimido hasta ese momento.

Se puso en pie con torpeza, intentando controlar la respiración, con los miembros rígidos tras haber pasado horas en la dura silla. Fue su padre el que se acercó antes y lo estrechó en un fuerte abrazo capaz de triturarle los huesos.

Después se aproximó su madre, que lo acogió con aquella ternura y firmeza que tan familiares le resultaban. Era a ella a quien siempre había acudido en primer lugar cuando había hecho algo mal, pues sabía que nunca lo condenaría o criticaría, incluso aunque se lo mereciera. Su madre poseía una fuente inagotable de bondad, era la persona a la que podía confiar sus peores pensamientos y temores.

—Le prometí que nada volvería a hacerla daño —confesó Gabriel contra su pelo con la voz quebrada.

Evie le dio unas suaves palmaditas en la espalda.

—No la vigilé cuando debía haberlo hecho —continuó—. La señora Black se acercó a Pandora después de la obra de teatro, y yo... yo agarré a esa zorra por el brazo, demasiado distraído por mi furia para fijarme... —Dejó de hablar y se aclaró la garganta con fuerza, intentando no ahogarse por la emoción.

—¿Recuerdas que te conté que una vez tu pa... padre resultó

gravemente herido por mi culpa? —preguntó Evie en voz baja después de esperar a que él se calmara.

—Eso no fue culpa tuya —intervino Sebastian en tono irritado desde la cabecera de la cama—. Evie, no habrás albergado esa idea absurda durante todos estos años, ¿verdad?

—Es la sensación más terrible del mundo —murmuró ella—. Pero no es culpa tuya, y que te atormentes de esa forma no será de ayuda para ninguno de los dos. Querido, ¿estás escuchándome?

Gabriel mantuvo la cara hundida en su cabello y negó con la cabeza.

—Pandora no te echa la culpa de lo ocurrido —aseguró Evie—, igual que tu padre no me culpó a mí.

—Es que ninguno de los dos tiene la culpa de nada —insistió su padre—, y ya empiezo a enfadarme con este disparate. Es evidente que la única persona que tiene la culpa de la lesión de esta pobre chica es la loca que intentó atravesarla como a un pato. —Subió las sábanas que cubrían a Pandora y se inclinó para besarla con ternura en la frente antes de sentarse en la silla, junto a la cama—. Hijo mío... la culpa, en la medida adecuada, puede ser una emoción útil. Sin embargo, cuando es excesiva se vuelve contraproducente y, todavía peor, tediosa. —Estiró las largas piernas y las cruzó con negligencia—. No hay razón para rasgarse las vestiduras por Pandora. Se va a recuperar por completo.

—¿Ahora eres médico? —preguntó Gabriel con sarcasmo, aunque parte del peso de la pena y de la preocupación se aligeró ante la confianza con que hablaba su padre.

—Me atrevo a decir que he visto suficientes enfermedades y lesiones en mis tiempos, incluidas puñaladas, y puedo predecir el resultado con exactitud. Además, sé que esta chica tiene espíritu. Se recuperará.

—Estoy de acuerdo —apoyó Evie con firmeza.

Gabriel dejó escapar un suspiro tembloroso y apretó con fuerza los brazos a su alrededor.

—A veces, echo de menos los días en los que podía resolver

los problemas de mis hijos con una siesta y una galleta —la escuchó decir con tristeza un rato después.

—Una siesta y una galleta no le harían daño en este momento —comentó Sebastián en tono firme—. Gabriel, vete a buscar una cama y descansa unas horas. Nosotros nos quedaremos con tu pequeña cría de zorro.

23

En la semana y media que llevaba en casa, Pandora se había preguntado más de una vez si habría regresado de la clínica con el marido cambiado.

No se trataba de que Gabriel se comportara con indiferencia o frialdad... de hecho, ningún hombre habría sido más atento. Insistía en ocuparse de ella, la ayudaba en sus necesidades más íntimas y hacía todo lo que era humanamente posible para asegurar su comodidad. Le cambiaba el vendaje, la bañaba con la esponja, le leía o le masajeaba los pies y piernas durante largos intervalos para mejorar su circulación.

Se había empeñado en darle de comer con una cuchara de té helado de frutas o *blancmange*. El *blancmange*, por cierto, había resultado ser una revelación. Todo lo que antes había pensado que no le gustaba —suavidad, blancura y falta de textura— había resultado ser lo mejor de aquel manjar. Aunque Pandora podría haberse alimentado por sí misma, Gabriel se había negado a dejar que sostuviera la cuchara. De hecho, había tardado dos días en convencerlo de que le dejara hacer tal cosa.

Pero los cubiertos eran su menor preocupación. Gabriel había sido una vez el hombre más encantador del mundo, pero en esos momentos se habían desvanecido tanto su humor irreverente como sus ganas de jugar. Ya no flirteaba con ella, no se burlaba ni le gastaba bromas... Solo mostraba un calmado estoicismo sin fin que comenzaba a agotarla. Entendía que estaba profundamente preocupado por ella, por los posibles contratiempos de la recuperación, pero echaba de menos al Gabriel de antes. Añoraba aquella energía y el humor que conseguía conectarlos a un nivel invisible. Y ahora que se sentía mejor, el férreo control que él ejercía sobre ella cada minuto del día empezaba a hacer que se sintiera un poco acorralada. En realidad, se sentía atrapada.

Cuando se quejó a Garrett Gibson, que la visitaba todos los días para valorar sus progresos, la doctora la sorprendió poniéndose del lado de Gabriel.

—Tu marido ha experimentado una gran conmoción tanto a nivel mental como emocional —le explicó Garrett—. En cierta forma, él también ha resultado herido y necesita tiempo para recuperarse. Las heridas invisibles a veces pueden resultar tan devastadoras como las físicas.

—Pero ¿volverá a ser como era? —tanteó Pandora.

—Espero que casi por completo. Sin embargo, ha adquirido la conciencia de que la vida puede ser muy frágil. Una enfermedad potencialmente mortal tiende a cambiar nuestra perspectiva de las cosas.

—¿*Blancmange*? —tanteó Pandora.

—Tiempo. —Garrett sonrió.

—Voy a tratar de tener paciencia con él —aseguró Pandora con un suspiro de resignación—, pero está siendo demasiado precavido. Ni siquiera me deja leer novelas de aventuras porque tiene miedo de que me aumente la presión sanguínea. Hace que todo el mundo en la casa vaya de puntillas y que susurre en vez de hablar para que no me moleste el ruido. Cada vez que viene una visita, se asoma y me controla el tiempo para asegurarse de que no me canso. Ni siquiera me besa como Dios manda, solo me da besitos como si fuera su tía abuela.

—Es posible que lord Saint Vincent esté exagerando —reconoció Garrett—. Ya han pasado dos semanas, y tú te recuperarás bien. No es necesario darte más medicación para el dolor y te ha

326

vuelto el apetito. Creo que te beneficiaría hacer alguna actividad controlada. El exceso de reposo puede hacer que los músculos y los huesos se debiliten.

Sonó un golpe en la puerta de la habitación.

—Adelante —invitó Pandora, y Gabriel entró en la estancia.

—Buenas tardes, doctora Gibson —saludó antes de acercarse a Pandora—. ¿Cómo se encuentra mi esposa?

—Está curándose con rapidez —explicó Garrett con tranquila satisfacción—. No hay señales de aneurisma, hematoma, edema o fiebre.

—¿Cuándo puedo comenzar a pasear? —preguntó Pandora.

—A partir de mañana es aceptable que hagas salidas cortas. Quizá podrías hacer algo fácil, como visitar a tus hermanas, o ir a la sala de té que hay en Winterborne...

Gabriel puso una expresión atronadora.

—¿De verdad está proponiendo que salga de casa? ¿Que se exponga en lugares públicos plagados de gérmenes, bacterias, parásitos, a calles sucias...?

—Por el amor de Dios —protestó Pandora—. No estoy pensando en salir corriendo a revolcarme en la tierra.

—¿Y qué pasa con su herida? —exigió Gabriel.

—La herida se ha cerrado —dijo Garrett—. Milord, a pesar de que es comprensible su cautela, Pandora no puede permanecer para siempre en un ambiente estéril.

—Creo que... —intentó intervenir Pandora, pero su marido no le prestó atención.

—¿Y si se cae? ¿Y si alguien tropieza accidentalmente con ella? ¿Y qué pasa con el bastardo que ordenó el ataque? Que la señora O'Cairre se encuentre bajo custodia no significa que Pandora esté segura. Ese tipo puede enviar a otra persona.

—No lo había pensado —admitió Garrett—. Es evidente que no tengo potestad en la cuestión de los conspiradores.

—Dragón estará conmigo —señaló Pandora—. Él me protegerá. No puedo quedarme encerrada en casa durante mucho más tiempo —continuó con el tono más razonable que pudo reunir al ver que Gabriel no respondía, y se limitaba a mirarla con expresión pétrea—. Me he atrasado mucho en la producción del juego. Si pudiera salir, quizás entonces...

—Ya le he dicho a Winterborne que el juego no estará listo a tiempo para Navidad —intervino Gabriel con brusquedad—. Vas a tener que elaborar otra programación de producción. Más adelante, cuando lo permita tu salud.

Pandora lo miró con asombro.

Quería controlar también su negocio. Pensaba decidir cuándo, cuánto y cómo podía trabajar y le obligaría a pedirle permiso para lo que quisiera hacer, todo en nombre de que así protegía su salud. Sintió que su temperamento empezaba a hacer erupción.

—¡No tenías derecho a hacer eso! —exclamó—. ¡No es una decisión que te corresponda tomar a ti!

—Sí, lo es cuando tu salud está en juego.

—La doctora Gibson acaba de decir que puedo empezar a salir.

—La primera vez que saliste te viste envuelta con un grupo de terroristas políticos radicales.

—¡Le podría haber pasado a cualquiera!

Él la miró inflexible.

—Pero te ha pasado a ti.

—¿Estás diciendo que fue culpa mía? —Pandora miró con asombro al desconocido de mirada fría que había a los pies de su cama, que había pasado de amante esposo a enemigo con desconcertante rapidez.

—No, no estoy diciendo eso. ¡Maldición! Pandora, tranquilízate.

Ella notó que le costaba respirar, y parpadeó para disipar la rabia que empañaba su visión con una nube roja.

—¿Cómo voy a tranquilizarme si estás rompiendo las promesas que me hiciste? Esto es lo que temía. Esto es lo que te dije que no quería.

—Pandora —la voz de Gabriel cambió, haciéndose urgente

y susurrante—, respira hondo. Por favor. Te vas a poner histérica. —Se volvió hacia la doctora Gibson mientras maldecía por lo bajo—. ¿No puede darle algo?

—¡No! —gritó Pandora furiosa—. No se sentirá satisfecho hasta que me tenga sedada en el ático con el tobillo esposado a la pared.

La doctora los consideró con cuidado, mirando de uno a otro como si se encontrara en un partido de tenis. Se acercó a la cama y metió la mano en su maletín de médico para sacar un talonario de recetas y un lápiz. Escribió una receta profesional, que le tendió a ella.

Pandora leyó el papel echando humo.

Tome un marido sobreexcitado y adminístrele reposo obligatorio en cama.

Aplique tantos abrazos y besos como sea preciso hasta que se alivien los síntomas.

Repita las veces necesarias.

—No puedes decirlo en serio —dijo Pandora, mirando la expresión seria de Garrett Gibson.

—Te sugiero que sigas las instrucciones al pie de la letra.

—Prefiero un enema —aseguró con el ceño fruncido.

La doctora se volvió, pero antes Pandora alcanzó a ver el destello de una sonrisa.

—Mañana me pasaré por aquí, como siempre.

Tanto Gabriel como ella permanecieron en silencio hasta que Garrett Gibson salió de la habitación y cerró la puerta.

—Déjame ver la receta —ordenó Gabriel de forma cortante—. Le diré a Dragón que la lleve a la botica.

—Lo haré yo —respondió Pandora con los dientes apretados.

—De acuerdo. —Gabriel se alejó para recolocar la caótica colección de artículos que había en la mesilla; tazas y vasos, libros, cartas, lápices y papel en blanco, naipes y una campanilla que Pandora todavía no había usado porque nunca se quedaba sola el tiempo necesario para que llegara a precisar llamar a alguien.

Le dirigió una mirada retadora a su marido. Gabriel no estaba sobreexcitado, resultaba agobiante. Pero al observarlo de cerca, vio las ojeras que tenía, las líneas de expresión, más profundas que antes por la tensión, el rictus que aparecía en su boca. Gabriel parecía cansado y triste, inquieto a pesar de la calma exterior. Se le ocurrió que, además de su constante preocupación por ella, las dos semanas de celibato no habían sido la mejor cura para su carácter.

Pensó en los besos breves y secos que le daba últimamente. Sería bueno que la abrazara, que la abrazara de verdad, que la besara de la forma en que acostumbraba a hacerlo. Como si la amara.

Amor... Él usaba a menudo esa palabra como mote cariñoso, «mi amor». Le había demostrado sus sentimientos de mil maneras, pero nunca se lo había dicho antes. En cuanto a ella... Era una florero que se las había arreglado de alguna forma para pescar al más guapo del baile, al hombre que todas las debutantes querían. Evidentemente no era justo para ella ser la que corriera ese riesgo.

Pero alguien tenía que hacerlo.

Observó a Gabriel mientras él ordenaba las medicinas y, finalmente, decidió tomar el toro por los cuernos.

—Probablemente ya lo sabes —dijo sin rodeos—, pero te amo. De hecho, te amo tanto que no me importa tu monótona belleza, tus prejuicios contra ciertos tubérculos o la extraña preocupación que muestras por alimentarme con una cuchara. No pienso obedecerte nunca, pero siempre te amaré.

La declaración no era precisamente poética, pero parecía ser lo que él necesitaba oír.

La cuchara cayó de forma ruidosa sobre la mesilla. Al instante, él se sentó en la cama y la atrajo contra su pecho.

—Pandora —dijo con la voz ronca, apretándola contra su

acelerado corazón—. Te amo más de lo que puedo soportar. Para mí lo eres todo. La razón por la que gira la tierra y por la que la noche sigue al día. Eres lo que dota de significado a la primavera y la explicación de por qué se han inventado los besos. Eres la única razón de que mi corazón siga latiendo. Dios me perdone, pero no soy lo suficientemente fuerte para sobrevivir sin ti. Te necesito demasiado... Te necesito.

Se volvió hacia él. Aquí estaba por fin su marido, con su boca caliente y voraz. Sentir su sólido torso contra ella hizo que las puntas de sus pechos se convirtieran en puntos palpitantes. Pandora echó la cabeza hacia atrás y él se dio un festín en el lateral del cuello, usando la lengua y el borde de los dientes hasta que la hizo estremecer de placer.

Gabriel levantó la cabeza respirando con dificultad y la abrazó, meciéndola contra su cuerpo. Pandora sentía la lucha que se desarrollaba en su interior, el violento deseo contra la forzada contención.

Cuando intentó alejarla de él, apretó los brazos alrededor de su cuello.

—Quédate en la cama conmigo.

Él tragó saliva de forma ostensible.

—No puedo, o te devoraré. No seré capaz de contenerme.

—La doctora dijo que todo está bien.

—No puedo arriesgarme a hacerte daño.

—Gabriel —le dijo muy seria—. Si no me haces el amor, me pondré a subir y a bajar las escaleras mientras canto *Sally in our alley* con toda la fuerza de mis pulmones.

Él entrecerró los ojos.

—Inténtalo y te ataré a la cama.

Pandora sonrió y le mordisqueó la barbilla, adorando la textura áspera de su rostro.

—Sí, venga... Hazlo.

Él gimió, comenzando a alejarse, pero, en ese momento, ella logró deslizar una mano dentro de sus pantalones. Lucharon, aunque no fue una pelea justa porque él estaba demasiado aterrado de hacerle daño, y el deseo que sentía por ella era demasiado violento para pensar con claridad.

—Así, con suavidad —lo engatusó Pandora, desabrochándole los botones y deslizando las manos dentro de su ropa—. Tú lo harás todo y yo me quedaré quieta. No me harás daño. ¿Ves?, es la manera perfecta para mantenerme en la cama.

Gabriel maldijo, tratando desesperadamente de contenerse, pero ella sentía que su resistencia se desmoronaba, que estaba cada vez más excitado, así que se movió en la cama, deslizándose debajo de él. Notó que contenía el aliento y, por fin, con un sonido primitivo, apresó el corpiño del camisón, rompiendo la parte delantera. Inclinó la cabeza sobre sus pechos y cerró la boca sobre un pezón para empezar a succionarlo, moviendo la lengua sobre él. Ella llevó las manos a su cabeza y enredó los dedos en su hermoso cabello entre dorado y ámbar. Él se trasladó luego al otro pecho, que succionó mientras deslizaba las manos sobre su cuerpo.

Oh, a él se le daba bien eso, su sensible contacto y experiencia conseguían que las sensaciones se extendieran sobre su piel como una red de chispas. Por fin, la tocó entre las piernas, acariciándola con suavidad, deslizando los dedos con tanta lentitud que ella acabó gimiendo y arqueándose en una muda súplica. Él profundizó la caricia. Por fin, metió las manos por debajo de su trasero y la alzó hacia él, sosteniéndola como un cáliz mientras la buscaba con la boca. Ella sollozó, se retorció cuando él la premiaba con unas sensaciones sedosas y aterciopeladas que la convertían en fuego líquido. Pandora contrajo y relajó los muslos impotente mientras recibía las sensaciones con el cuerpo tenso, envuelta en el calor que irradiaba desde su ingle. Sentía la punta de la lengua de Gabriel contra el brote extremadamente sensible de su sexo, y le hacía hormigueantes cosquillas que aumentaban el placer hasta casi el borde de la culminación.

Había habido momentos en los que la había mantenido así durante horas, atormentándola con la estimulación precisa para mantener la excitación pero retrasando la liberación hasta que

332

ella pidiera clemencia. Pero ahora, por suerte, no la hizo esperar. Pandora se estremeció presa del éxtasis mientras él clavaba los dedos en su trasero para levantarla con más firmeza contra su boca.

Por fin, se quedó relajada y ronroneó cuando él la cubrió con su cuerpo. Gabriel la penetró despacio, invadiéndola con su dura y gruesa erección. Él se apoyó en los codos después de hundirse hasta el fondo, y no se movió, sino que buscó sus ojos con una pasión reprimida. Pandora notó lo tenso y pesado que estaba, preparado para la conclusión. Pero él siguió inmóvil, soltando aire cada vez que ella lo ceñía con sus músculos internos.

—Dímelo otra vez —susurró Gabriel finalmente, con los ojos brillantes y la cara sonrojada.

—Te amo —repitió ella y alzó los labios hacia los de él, sintiendo su profundo estremecimiento cuando alcanzó la liberación, y la marea avanzó y retrocedió en ondas perezosas.

Aunque el tema del negocio del juego de mesa de Pandora no volvió a salir esa noche, ella supo que Gabriel no se interpondría en su camino cuando decidiera reanudar su trabajo. No le gustaría que lo hiciera y le transmitiría sin duda sus opiniones al respecto, pero poco a poco entendería que cuanto más aceptara su libertad, más fácil le resultaba a ella estar cerca de él.

Los dos sabían ahora que ella significaba demasiado para él y que no se arriesgaría a perder su afecto. Sin embargo, Pandora nunca utilizaría su amor como un látigo sobre su cabeza. Su matrimonio sería una asociación que, igual que cuando bailaban el vals, no era perfecta, no siempre resultaba elegante, pero encontrarían juntos el camino correcto.

Gabriel durmió en su cama esa noche, y cuando despertó a la mañana siguiente, estaba en la misma posición de siempre. Tendidos ambos de costado, con los cuerpos acoplados; él tenía las largas piernas estiradas por detrás de ella y un brazo alrededor de su cintura. Ella se movió disfrutando del contacto. Se estiró hacia él y buscó la áspera textura de la barba en su mandíbula antes de sentir la presión de sus labios contra los dedos.

—¿Cómo estás? —preguntó él con la voz ronca.

—Muy bien. —Pandora aventuró la mano hacia abajo, insinuándose entre sus cuerpos hasta apoderarse de la dura, ardiente y aterciopelada longitud con la palma—. Pero, solo para asegurarnos, deberías tomarme la temperatura.

Gabriel se rio y apresó su mano antes de rodar sobre la cama.

—No empieces otra vez, zorrita. Tenemos cosas que hacer hoy.

—Oh, es cierto. —Lo observó mientras se ponía un traje—. Voy a estar muy ocupada. Primero voy a desayunar unas tostadas y luego tengo intención de pasar cierto tiempo mirando la pared. Después de eso, espero hacer algo diferente, como hundirme en las almohadas y estudiar el techo...

—¿Qué te parece recibir una visita?

—¿Quién?

—El señor Ransom, el detective. Quiere hacerte unas preguntas desde que regresaste de la clínica, pero le dije que esperara hasta que te encontraras bien.

—¡Oh! —Pandora tenía encontradas sensaciones al respecto. Sabía que él se interesaría por la visita a la imprenta, y también sobre la noche en la que la apuñalaron, algo que no tenía demasiadas ganas de revivir. Por otro lado, si podía ayudar a que se hiciera justicia y conseguir estar más segura, valdría la pena. Además, tendría algo que hacer—. Dile que venga cuando más le convenga —dijo—. Mi horario es bastante flexible. Salvo el momento a media mañana en el que tomo el *blancmange*, es algo que no me perdería por ninguna razón.

24

A Pandora le cayó bien Ethan Ransom al instante. Era un joven de buen aspecto con un aire de tranquila reserva y un particular sentido del humor que rara vez permitía que saliera a la superficie. Pero poseía también un atractivo aspecto juvenil; tenía algo que ver con su forma de hablar, con su cuidado acento de clase media, como un escolar aplicado. O quizá tuviera que ver con la forma en que le caía sobre la frente el lacio cabello oscuro.

—Pertenezco a la oficina de servicios secretos —explicó Ransom cuando estaba sentado en la salita con Pandora y Gabriel—. Somos parte del departamento de detectives, pero reunimos información de inteligencia relacionada con asuntos políticos y respondemos directamente al ministro del Interior en lugar de al director general del distrito. —Vaciló como si estuviera considerando sus próximas palabras—. No he venido en calidad oficial. De hecho, prefiero mantener mi visita en secreto. Mis superiores se disgustarían, por decirlo con suavidad, si supieran que estoy aquí. Sin embargo, la falta de interés en el ataque a lady Saint Vincent, así como en la muerte de la señora O'Cairre ha sido... notable. No soporto quedarme de brazos cruzados.

—¿La muerte de la señora O'Cairre? —repitió Pandora, estremeciéndose—. ¿Cuándo ha ocurrido? ¿Cómo?

335

—Hace una semana. —Ransom desvió la mirada a Gabriel—. ¿No se lo ha notificado?

Gabriel negó con la cabeza.

—Me temo que se ha suicidado —dijo Ransom, apretando los labios—. La oficina del forense envió un médico para que se llevara a cabo la autopsia, pero no se sabe cómo la enterraron antes de que se pudiera hacer. Ahora, el forense se niega a pedir que la desentierren. Eso significa que no hay investigación. El departamento quiere barrer el caso debajo de la alfombra. —Les miró con cautela antes de continuar—. Al principio pensé que se trataba de indiferencia o pura incompetencia, pero ahora creo que se trata de algo mucho más siniestro. El servicio secreto ha pasado pruebas por alto, o las ha destruido de forma deliberada, por no hablar de que el interrogatorio de la señora O'Cairre fue una farsa inútil. Me dirigí a los detectives asignados al caso y les hablé de la visita de lady Saint Vincent a la imprenta. También me aseguré de qué sabían sobre el hombre que vio en el almacén. Nadie le hizo a la señora O'Cairre ni una pregunta sobre él.

—Mi esposa casi fue asesinada delante del Haymarket, y ¿ellos ni siquiera lo han investigado? —preguntó Gabriel tan furioso como incrédulo—. Por Dios, voy a ir a Scotland Yard y removeré el avispero.

—Lo puede probar, aunque pienso que va a perder el tiempo. No van a hacer nada. Hay tanta corrupción en el departamento y en toda la policía del distrito, que es imposible saber en quién confiar. —Ransom hizo una pausa—. He seguido investigando por mi cuenta.

—¿Cómo puedo ayudarle? —preguntó Gabriel.

—En realidad, lo que necesito es la ayuda de lady Saint Vincent. Antes de explicarle todo, debe saber que al final hay una pequeña trampa.

Gabriel le miró fijamente durante un buen rato, pensativo.

—Siga.

Metiendo la mano en el bolsillo del abrigo, Ransom sacó un

pequeño bloc de notas con algunas páginas sueltas en el interior. Extrajo un trozo de papel y se lo mostró a Pandora.

—Milady, ¿reconoce esto? Estaba en la bolsa de muestras que le entregaron en la imprenta.

—Sí, es el papel que encontré en el almacén. Parece una muestra de tipografías. Fue la razón de que siguiera a la señora O'Cairre fuera del almacén. Se le cayó y pensé que podía necesitarla.

—No se trata de muestras tipográficas —explicó Ransom—. Es una clave cifrada. Una combinación de letras del alfabeto que se utilizan para descifrar mensajes codificados.

Pandora abrió los ojos asombrada.

—¡Qué interesante!

Él esbozó una rápida sonrisa.

—En realidad, en mi mundo es bastante convencional. Todo el mundo utiliza mensajes cifrados, tanto la policía como los delincuentes. El departamento cuenta con dos expertos criptógrafos a tiempo completo para ayudar a desentrañar todas las pruebas que encontramos. —Volvió a ponerse serio—. Ayer cayó en mi poder un telegrama cifrado que no podía ser descodificado con la clave más reciente de nuestra oficina central. Pero lo he intentado con esta clave... —hizo un gesto señalando el trozo de papel—, y funcionó.

—¿Qué es lo que dice? —se interesó Pandora.

—Fue enviado a un líder conocido de *Caipiní an Bháis*, el grupo de radicales con el que estaba conectada la señora O'Cairre. Se refiere a la recepción que ofrecerán mañana por la tarde en la casa consistorial al Príncipe de Gales. —Hizo una pausa y guardó la clave de cifrado de nuevo en el cuaderno—. El telegrama fue enviado por alguien del Ministerio del Interior.

—¡Santo Dios! —dijo Gabriel, con los ojos abiertos como platos—. ¿Cómo se ha enterado?

—Por lo general, los telegramas enviados desde el Ministerio del Interior se escriben con los espacios en blanco impresos con un número especial que permite que sean enviados de forma gra-

337

tuita. Se llama número franco. Eso hace que el telegrama sea más susceptible de ser examinado, dado que los empleados de la oficina de telégrafos están adiestrados para asegurarse de que no se abusa del privilegio. Un empleado vio un número franco en un mensaje codificado, y eso va contra el procedimiento, por eso me lo pasó. Fue un error, o un descuido, no sé, que el remitente no haya usado uno sin identificar.

—¿Por qué, en nombre de Dios, quiere alguien del ministerio conspirar con anarquistas irlandeses? —preguntó Gabriel.

—Hay ministros al servicio de Su Majestad que se oponen con firmeza a la idea del Home Rule, el estatuto que dotaría a los irlandeses de cierta autonomía dentro del Reino Unido. Saben que si los conspiradores irlandeses cometen un acto de violencia pública, como el asesinato del Príncipe de Gales, se atajaría cualquier posibilidad de autonomía. Habría represalias brutales en Irlanda y se expulsarían a miles de irlandeses de Inglaterra, que es lo que quieren precisamente los miembros del gobierno anti Home Rule.

—¿Y eso qué tiene que ver conmigo? —preguntó Pandora.

Ransom frunció el ceño y se inclinó hacia delante tocándose la punta de los dedos de una mano con los de la otra.

—Milady, creo que el hombre que vio en el almacén irá a la recepción. Creo que pertenece al Ministerio del Interior. Y ahora que la señora O'Cairre ha muerto, usted es la única que puede identificarlo.

—Ni hablar, Ransom —respondió Gabriel antes de que Pandora tuviera oportunidad de reaccionar. Aunque no levantó la voz, su tono contenía la misma intensidad que un grito—. Si cree que voy a permitir que mi mujer se ponga en peligro es que está loco.

—Lo único que tendría que hacer es asistir a la recepción unos minutos y ver si está allí —explicó Ransom—. Una vez que nos indique quién es, podrá llevársela a un lugar seguro.

—Si prefieres pensarlo así, sería una salida corta como las que me recomendó la doctora —indicó Pandora a Gabriel.

Le lanzó una mirada de incredulidad.

—¡Colaborar para frustrar el asesinato del Príncipe de Gales no es una salida corta!

—Milord —intervino Ransom—. Si la conspiración llega tan lejos como me temo, lady Saint Vincent no estará segura hasta que identifiquemos a ese hombre y lo detengamos. Va a tener que protegerla cada minuto, que mantenerla confinada y fuera de la vida pública por un tiempo indefinido.

—No tengo ningún problema para ello —espetó Gabriel.

—Pero yo sí —contrapuso Pandora en voz baja. Su mirada se encontró con la de él y al ver su angustiada furia, le brindó una débil sonrisa de disculpa—. Y sabes que lo haré.

—No vas a meterte en esto —informó Gabriel con dureza—. No me importa lo que digas o hagas, no va a ocurrir.

—¿Quién iba a imaginar que mi primera salida sería para ver al Príncipe de Gales? —comentó Pandora con suavidad mientras se bajaba del carruaje frente al edificio Guildhall, que hacía las funciones de casa consistorial de la City.

—Cierto, ¿quién? —fue la desabrida respuesta de Gabriel. La ayudó a bajar con cuidado mientras Dragón se aseguraba de que la puerta no le pillaba la falda del vestido. Iba con un modelo de brillante satén rosa, con las faldas bordadas con hilos de oro. Una capa de gasa velaba el corpiño y ayudaba a ocultar el vendaje que seguía cubriendo la herida.

Miró a Dragón, no parecía más feliz que su marido ante la situación.

A pesar de la expresión melancólica del lacayo, llevaba ropa de gala, que adaptaron a su figura después de haberla comprado en Winterborne's. El guardaespaldas había aceptado acompañar a Pandora y a Gabriel en el interior de la casa consistorial, y llamaría menos la atención si iba vestido como los demás hombres presentes.

—No hay que preocuparse de nada —aseguró Pandora con

una confianza que no sentía—. Nos daremos una vuelta por el edificio, os mostraré al hombre que vi en el almacén, si es que está aquí y luego regresaremos a casa.

—Esto es una locura —murmuró Gabriel.

Dragón se mantuvo en silencio, aunque su expresión era de completo acuerdo.

—Como dijo el señor Ransom —le recordó Pandora a Gabriel—, estaré mucho más segura cuando capturen a este colaborador. Y el señor Ransom estuvo de acuerdo en dejarte cinco minutos a solas con él, aunque solo Dios sabe por qué deseas hablar con un hombre tan terrible.

—No vamos a hablar con él —replicó Gabriel con sequedad.

Cruzaron el patio pavimentado con piedra caliza hasta la enorme entrada abovedada del edificio Guildhall, un consistorio magnífico construido en el siglo XV. Recientes restauraciones habían recuperado la elegancia y los detalles del espíritu gótico, pero poseía una extravagante mezcla de estilos y ornamentaciones. El Guildhall era utilizado para todo tipo de eventos cívicos, entre los que se incluían banquetes y reuniones anuales, así como recepciones del alcalde o bailes.

En el patio se había reunido una enorme multitud, que se agolpaba en la parte cercana a la entrada del pórtico sur.

Pandora observó todo con asombro.

—Debe de haber al menos unos dos mil invitados.

—Más bien cerca de tres mil —indicó Gabriel—. ¡Maldita sea! Como te atrapen en un aplastamiento... o como alguien te golpee...

Ella se aferró a su brazo.

—Estaré pegada a ti.

Un minuto después, se acercó Ethan Ransom, espigado y elegante con su traje formal. Pandora se lo quedó mirando, perdida en la sensación de que veía en él algo familiar. La forma de caminar, la configuración de la cabeza.

—Qué raro... —murmuró.

—¿Qué ocurre? —preguntó Gabriel.

—Acabo de tener la sensación de que esto ya lo he experimentado... Es como si estuviera viviendo algo que ya he vivido. —Hizo una mueca—. La doctora Gibson me advirtió de que podía ocurrirme algo parecido durante unas semanas, como si hubiera tenido una especie de amnesia.

Ransom se acercó a ellos y se inclinó ante Pandora.

—Buenas noches. Milady, está impresionante.

Ella sonrió e hizo una reverencia.

—Señor Ransom...

—¿No debería haber más agentes uniformados ante una multitud de esta índole? —preguntó Gabriel a medida que avanzaban hacia la entrada—. Hasta ahora solo he visto a dos.

—Debería —repuso Ransom con sarcasmo—. Es espectacular la falta de presencia policial, ¿verdad? —Echó un vistazo a las filas de la guardia montada Coldstream y a los agentes de la guardia de honor—. Y estos no llevan armas de verdad —comentó—. Pero sí podemos recrearnos en montones de galones, charreteras, medallas y petos brillantes. Si los anarquistas atacan, podremos cegarlos con nuestras relucientes condecoraciones.

Entraron en el edificio Guildhall y recorrieron un largo y ancho pasillo, que desembocaba al final en una sala de gran altura. Se trataba de un espacio impresionante, con un elevado techo de madera de roble formado por vigas arqueadas y elegantes paneles en la pared con forma de ventanas góticas. Se había colocado un suelo de madera temporal sobre la piedra original para el evento, con lo que desde el pasillo, parecía que se accedía a una antigua mansión señorial. La sala rectangular estaba dividida en ocho partes. En el extremo oeste había una orquesta tocando y en el extremo más oriental se veía una enorme tarima. Unas columnas de mármol imitaban en el estrado una arcada más, con franjas de tela verde profusamente adornadas con flores, que inundaban el aire con su olor. En la parte delantera de la tarima se habían colocado un par de pesadas sillas estilo inglés.

Pandora miró a la multitud con incertidumbre. La sala estaba llena de gente, que no dejaba de moverse. Incluso aunque el hombre del almacén estuviera allí, ¿cómo iba a verlo con todo lo que ocurría a su alrededor? Algunas parejas bailaban el vals al ritmo de la exuberante música que tocaba la orquesta. Otras personas estaban agrupadas en corrillos, donde charlaban y reían. Comenzó a sentir un agudo pitido en el oído y se cubrió la oreja con una mano.

Gabriel la acompañó a lo largo de la sala.

—Trata de buscar por secciones —sugirió él en el oído bueno.

Se desplazaron lentamente por la habitación, deteniéndose a menudo para intercambiar saludos con algunos conocidos. Gabriel le presentó a lo que le pareció un centenar de personas. Su marido poseía una memoria impresionante para los nombres y detalles, y no se olvidaba de preguntar por la tía de alguien que estaba enfermo o por el progreso de las memorias que estaba escribiendo algún anciano caballero. Sin embargo, el tema principal de las conversaciones, como es lógico, era la experiencia que Pandora había sufrido delante del Haymarket, hacía quince días. El asalto, que todo el mundo pensaba que se trataba de un robo, era catalogado por todo el mundo como un acto abominable e impactante, y ocasionaba un gran interés y simpatía. Recibir tanta atención la hacía sentirse incómoda y tímida, pero Gabriel había conseguido que la conversación fluyera sin problemas.

La orquesta ejecutaba muy bien las partituras, y la música flotaba en el aire como si tuviera alas. Los acordes del vals inundaron cada parte de la sala. Las notas de *El vals del ruiseñor*, *El vals de la boda del hada* y *El vals de los ecos nocturnos* resonaron sin pausa en la estancia. Comenzó otra melodía y, después de los primeros acordes, Gabriel y ella se miraron porque reconocieron *Sally in our alley*, con ritmo de vals. Se echaron a reír.

En ese momento, Pandora miró por encima del hombro de

Gabriel al extremo oriental de la enorme sala y vio a un hombre con el pelo platino. La diversión desapareció de golpe. Asustada, se acercó a Gabriel y se ocultó detrás de él antes de asomar de nuevo la cabeza. Reconoció la cara ancha y cuadrada, la barbilla marcada y la tez pálida.

—¿Lo has visto? —preguntó Gabriel.

Ella asintió.

—Acaba de salir de detrás de la tarima. —Respiró hondo antes de continuar—. Ahora está recorriendo el lado norte de la sala.

Gabriel se volvió para mirar al hombre con los ojos entrecerrados.

Ransom se unió a ellos con una sonrisa fingida.

—¿Es ese? —preguntó, clavando los ojos en la espalda del hombre del pelo claro.

Pandora asintió moviendo la cabeza.

—Es el señor Nash Prescott —informó Ransom en voz baja—. Es uno de los subsecretarios del Ministerio del Interior. De vez en cuando recibo órdenes de él.

Pandora miró de nuevo al hombre, que había llegado a la puerta de acceso a la gran sala, y salió por ella.

—Se va —anunció Gabriel.

—No si yo puedo impedirlo —dijo Ransom entre dientes. Fue tras él, avanzando entre la masa de parejas que bailaban el vals, con las que chocó no pocas veces.

—Me pregunto qué estaría haciendo detrás de la tarima —reflexionó Pandora.

—Lo voy a averiguar —dijo Gabriel, haciéndole un gesto a Dragón, que se había acercado—. Vigílala —le ordenó. Luego clavó los ojos en el banco de piedra que ocupaba una de las ocho partes de la enorme estancia—. Pandora, siéntate ahí durante unos minutos.

—Yo prefiero... —Pero él ya había comenzado a alejarse.

Pandora se lo quedó mirando con el ceño fruncido.

—Bueno, menuda decepción —dijo ella mientras Dragón la

acompañaba al banco de piedra. Soltó un suspiro—. Otra vez sentada en los rincones.

Dragón no respondió, solo se paseó inquieto a su alrededor.

Pandora admiró la gracia y elegancia de las parejas que pasaban bailando por delante de ella. Le gustaba la forma en la que se arremolinaban las faldas alrededor de sus piernas antes de azotar los pantalones de los caballeros en dirección opuesta. Una mujer se trastabilló ligeramente a corta distancia, y su pareja compensó el desequilibrio de forma automática. El gesto hizo que ella se sintiera un poco mejor con respecto a sus habilidades para la danza. Si una mujer tan elegante podía cometer ese error...

Sus pensamientos se vieron interrumpidos cuando Dragón se detuvo ante el banco. Lo vio pasar la mano con suavidad sobre algunos paneles de la pared, empujándolos, e incluso le dio un par de golpes.

—¿Qué está buscando? —le preguntó, perpleja.

—No lo sé. —Pero continuó tanteando.

—¿Por qué no se sienta?

—No puedo.

—¿Por qué?

—Porque me siento inquieto.

—Dragón, no quiero ser antipática, pero los lacayos no deben hablar de cuestiones personales.

—No es ese tipo de inquietud. Y esta noche soy un guardaespaldas, no un lacayo.

—Tiene razón —corroboró Pandora—. De hecho, parece un perfecto caballero. —Se dio cuenta de que otra pareja tenía dificultades en la misma zona que la anterior. Esa vez fue el caballero el que tropezó, como si el zapato se le hubiera enganchado en el borde de una tabla—. Quizás una preciosa mujer lo vea desde el otro lado de la estancia —continuó Pandora—. Y se diga para sus adentros: «¿Quién es el gallardo caballero de la barba? Me gustaría que me pidiera un baile.»

—Yo no bailo.

—Ni yo. —Vio a más parejas bailando en las proximidades, y frunció el ceño cuando vio que otra mujer tropezaba—. Dragón, ¿sería difícil levantar una de las tablas del suelo?

—No. Se trata de una construcción temporal. Pero no puedo destrozarla en pleno baile.

—Quizá cuando haya una pausa en el baile podría ayudarme a buscar. He visto que tres parejas tropezaban en el mismo punto exacto del suelo. Justo ahí. Estoy segura de que se trata solo de un tablero mal puesto. Pero ahora entiendo lo que quiere decir con que está inquieto.

Los acordes del vals se apagaron, y la orquesta atacó *Dios salve a la reina* para anunciar la llegada del Príncipe de Gales al Guildhall. Como exigía la etiqueta, todo el mundo se puso en pie, con los brazos a los costados, para cantar el himno.

Dragón, sin embargo, no parecía demasiado preocupado por observar las reglas de la etiqueta. Se paseó entre las parejas mientras cantaba con la mirada clavada en el suelo. Pandora se reunió con él; sus escarpines tenían una suela muy fina y podía sentir hasta la más leve holgura de las tablas... y llegó a un borde definido, que parecía no haber sido encajado con precisión.

—Es aquí —susurró, pasando el pie por encima. Algunas personas la miraron irritadas, ya que era de muy mala educación no cantar el himno.

Dragón metió la mano en la chaqueta de gala y sacó un paquete de cuero muy gastado. Lo desenrolló, dejando a la vista una robusta selección de herramientas, y se arrodilló en el suelo.

Cuatro trompetas entraron en la sala, seguidas por un cuarteto de comisarios con varas de plata. La orquesta empezó a tocar cuando el alcalde y su esposa subieron a la tarima, seguidos por los oficiales de la City, así como concejales y miembros de la Cámara de los Comunes del consistorio.

Cuando Dragón empezó a tantear los bordes de la pieza de madera, la gente que había alrededor se puso a protestar.

—¿Se puede saber qué está haciendo? —exigió un hombre

en tono indignado—. Está interfiriendo en el discurso del alcalde y, además... —se detuvo cuando Dragón desmontó la tabla y la dejó a un lado.

Pandora miró la ordenada fila de cilindros de latón que había instalada en el espacio que quedaba entre el pavimento temporal y el suelo de piedra original.

—¿Qué es eso? —preguntó Pandora, aunque temía conocer la respuesta—. Espero que sea algún tipo de dispositivo de ventilación.

—Lo es —murmuró Dragón, tirando de las tablas limítrofes, para revelar otra fila de relucientes cilindros—. Van a ventilar el techo del edificio.

—¡Bombas! —gritó un hombre cerca de ellos—. ¡El suelo está lleno de bombas!

La música se detuvo y se formó una gran confusión en la enorme sala. Había ensordecedores chillidos flotando en el aire mientras la multitud comenzaba a salir en estampida hacia las puertas.

Al ver que Pandora se quedaba quieta, aturdida, Dragón se levantó de un salto y la protegió con su cuerpo, impidiendo que fuera aplastada.

—¿Dónde se ha metido lord Saint Vincent? —preguntó ella—. ¿Lo ve?

La respuesta de Dragón quedó ahogada por el rugido.

La multitud enloqueció de miedo, y los empujaba sin control. Así que él comenzó a avanzar hacia las puertas con Pandora acurrucada contra su cuerpo. En el momento en el que ella sintió que era Gabriel quien la rodeaba, se volvió hacia él ciegamente. Sin decir una palabra, él la tomó en brazos y la condujo a un lado de la habitación mientras Dragón bloqueaba a las personas que los empujaban.

Los tres alcanzaron con rapidez una de las arcadas, y Gabriel la dejó en el suelo.

Ella se agarró con fuerza de las solapas de su chaqueta y lo miró con desesperación.

—Gabriel, tenemos que salir de aquí inmediatamente.

—Todo va bien.

—No, no está bien —insistió ella—. Hay bombas bajo el suelo, alineadas como sardinas en una lata. Y van a explotar en mil pedazos.

Gabriel metió la mano en el bolsillo y sacó un objeto peculiar... Una especie de reloj con un cartucho metálico más pequeño.

—Estaba debajo de una tabla suelta detrás del escenario.

—¿Qué es?

—Es un mecanismo de alarma que estaba unido a un detonador. Era lo que haría explotar la carga.

—¿Ya no va a explotar? —preguntó Pandora con preocupación.

—No, porque lo arranqué de la fila de bombas. —Gabriel miró a Dragón—. Hay menos gente por la puerta norte, vámonos. Asegúrate de que nadie la golpea.

—Ahora mismo estoy más preocupada por las bombas que porque alguien me empuje —confesó Pandora, tirando de él con impaciencia. Gabriel mantuvo un brazo a su alrededor y, con Dragón al otro lado, se dirigieron hacia la puerta que daba acceso a un patio en la parte trasera de la sala, el que comunicaba el edificio con Basinghall Street. Pandora se sintió aliviada al respirar por fin aire fresco. Se detuvieron bajo el refugio de un edificio de la corte.

En el exterior reinaba un pandemónium cuando un mar de humanidad inundó los terrenos cercanos al Guildhall. La gente corría en todas direcciones, presa del pánico. Los guardias a caballo se movían por la zona mientras esperaban que las furgonetas policiales y los carruajes de caballos actuaran. Los gritos surcaban el aire cuando la policía hacía señales. Pandora hundió la cabeza en el pecho de Gabriel.

—¿Ha perdido a Prescott? —oyó que preguntaba su marido.

Volvió la cabeza y vio a Ethan Ransom, parecía sentirse igual que ella, cansado pero enervado, como si una corriente eléctrica estuviera estimulando sus músculos. Dragón le entregó en silencio el mecanismo de detonación. Ransom lo giró entre sus dedos, examinándolo con atención.

—Lo seguí por Gresham Street y lo arrinconé finalmente junto a los trenes de mercancías de General Railway Goods Depot. Sin embargo, antes de que pudiera ponerle la mano encima, él... —Ransom negó con la cabeza con la piel pálida—. Píldoras de estricnina —explicó—. Las ingirió justo delante de mí. Lo siento, milord, pero al final no va a tener esos cinco minutos con él. —Metió el mecanismo en el bolsillo—. Sabe Dios hasta dónde se extiende esto, o qué miembros del Ministerio del Interior y del cuerpo de detectives pueden estar involucrados. Prescott no actuó solo.

—¿Qué va a hacer? —preguntó Gabriel.

Ransom sonrió sin humor.

—Todavía no estoy seguro. Pero, sea lo que sea, tengo que tener cuidado.

—Si puedo ayudar de alguna forma... —se ofreció Gabriel.

—No —lo interrumpió Ransom—. Es mejor que nuestros caminos se separen para siempre. Ahora que ha muerto, lady Saint Vincent está segura. Cuanto menos tengan que ver conmigo, mejor. No comenten con nadie los acontecimientos de esta noche. Ni la visita que les hice.

—¿No volveremos a verle de nuevo? —preguntó Pandora, cabizbaja.

Un destello de calidez genuina brilló en sus ojos mientras la miraba.

—No si yo puedo evitarlo, milady.

Ransom estrechó la mano de Dragón, pero dudó al volverse hacia Gabriel. Por lo general, cuando dos hombres intercambiaban un apretón de manos, era porque tenían rangos similares.

Fue Gabriel quien se acercó y le tendió la mano.

—Buena suerte, Ransom.

El detective hizo un breve saludo con la cabeza antes de volverse.

—Me gustaría preguntarle una cosa —dijo Gabriel.

Ransom se volvió de nuevo sobre sus talones y enarcó las cejas con expresión inquisitiva.

—¿Qué relación tiene con los Ravenel? —La mirada de Gabriel era firme y especulativa.

Pandora miró asombrada a su marido y luego a Ethan Ransom, que vaciló más de lo que cabía esperar antes de responder:

—Ninguna en absoluto. ¿Por qué lo pregunta?

—Cuando lo vi por primera vez —explicó Gabriel—, pensé que tenía los ojos negros. Pero son de color azul oscuro, bordeados de un aro negro. Solo he conocido a cuatro personas en mi vida con los ojos de ese color, y todos son Ravenel. —Hizo una pausa—. Y ahora usted.

Ransom respondió con una risa seca.

—Mi padre era guardia de prisión. La profesión de mi madre es mejor que no la mencione en esta conversación. No soy un Ravenel, milord.

—¿Qué crees que le ocurrirá al señor Ransom? —preguntó Pandora durante el trayecto de vuelta a casa. Dragón había preferido sentarse en el pescante, con el conductor, dejándolos disfrutar de cierta intimidad. Ella se acurrucó contra el costado de su marido, mientras él le acariciaba el brazo con su cálida mano.

—Está en una situación difícil —comentó Gabriel—. Acusar a los funcionarios del gobierno de conspirar con el terrorismo más radical y violento no es bueno para su salud.

Pandora frunció el ceño, preocupada.

—Gabriel... —Se vio obligada a interrumpirse cuando un bostezo irreprimible se apoderó de ella—. ¿Crees de verdad que existe alguna conexión entre el señor Ransom y mi familia?

—Sería una coincidencia extraña —admitió él—. Pero ha

habido algunos momentos en los que notaba matices familiares en sus expresiones y gestos.

—Sí, yo también me he dado cuenta. —Pandora se frotó los ojos—. Me cae bien. A pesar de lo que acaba de decir, espero que volvamos a encontrarnos con él.

—Es posible. —Gabriel la subió a su regazo, acomodándola mejor—. Descansa. Pronto estaremos en casa y te llevaré a la cama.

—Solo si me acompañas y te acuestas conmigo. —Le tocó los labios con la punta de un dedo, tratando de resultar seductora—. Haré que valga la pena.

—Te lo agradezco —dijo él, que parecía divertido—. Pero ya estás medio dormida.

—No estoy cansada —insistió Pandora, sintiendo que la invadía una oleada de amor por él, una emoción demasiado intensa para que su cuerpo pudiera contenerla. Gabriel era su compañero, su amante, su marido... Todo lo que ella no sabía que había deseado siempre—. Mi cerebro quiere permanecer despierto.

—Apenas puedes mantener los ojos abiertos —se burló él con ternura—. Prefiero esperar hasta mañana, cuando haya más posibilidades de que participemos los dos.

—Te enseñaré lo que es participación —amenazó ella—. Te voy a atacar y te voy a exprimir al máximo.

—Tranquila, mi pequeña pirata. —Gabriel sonrió y le acarició el pelo hasta que ella se relajó contra él—. Ya tendremos tiempo para eso. Soy tuyo esta noche y para siempre, en la alegría, en la adversidad y en los mil choques de la naturaleza. —Su voz era irresistiblemente suave, como el terciopelo—. Pero ahora lo único que quiero es abrazarte, Pandora... Mi corazón, mi lento vals, mi dulce destino. ¿Me dejas guardar tu sueño esta noche? Te prometo que por la mañana te adoraré como te mereces. ¿Qué te parece?

Sí. ¡Oh, sí! Que la adorara sonaba bien. Y la parte de guardar su sueño también. De repente, Pandora se sintió muy cansada. Demasiado exhausta para decir nada. Su mente vagó a la deriva hacia un lugar cálido, una suave oscuridad, mientras Gabriel la acunaba entre sus brazos. Sintió que él susurraba algo en su oído malo, pero en esta ocasión, sabía exactamente cuáles eran sus palabras... Y se durmió con una dulce sonrisa en los labios.

Epílogo

6 de diciembre de 1877

—No te muevas —murmuró Garrett Gibson, tirando con suavidad del lóbulo de la oreja de Pandora mientras introducía la punta de un tubo de acero en su oído. La doctora entrecerró los ojos para ver a través de una lente de aumento microscópico, mientras Pandora permanecía tendida de costado en una camilla de cuero.

Por el momento, había descubierto que Pandora podía oír el tictac de un reloj con su oído izquierdo a un par de centímetros y detectar una voz a volumen normal a dos metros, aunque no podía escucharla si hablaba en voz baja a ninguna distancia.

Sin quitar el otoscopio del oído de Pandora, Garrett cogió un lápiz y dibujó un diagrama con rapidez.

—La membrana timpánica, también llamada tímpano, está perforada —murmuró—. Se puede ver la irregular mella que produjo la lesión de la infancia y algunas cicatrices por la inflamación crónica. El tímpano se regenera constantemente con células nuevas, al igual que la piel, por lo que este tipo de perforación acostumbra a curarse con rapidez. Sin embargo, hay casos como el tuyo, donde no es así, sobre todo cuando una infección grave acompaña a la lesión inicial. —Retiró el otoscopio con cuidado y Pandora se incorporó para mirarla.

—¿Se puede hacer algo? —preguntó Pandora.

—Puesto que la lesión persiste desde hace muchos años, no esperaría que recuperaras la audición por completo. Sin embargo, creo que podemos conseguir unas mejoras sustanciales, así como reducir de forma drástica, o incluso eliminar, los acúfenos y el vértigo.

Pandora casi temblaba de emoción.

—¿De verdad?

—Empezaremos con un enjuague diario de una solución antiséptica en el oído para estimular la curación. Concertaremos otra cita dentro de una semana, entonces, aplicaré nitrato de plata en los bordes de la perforación para estimular el crecimiento del nuevo tejido.

—¿Cómo lo pondrás ahí dentro?

—Fundiré una pequeña gota de nitrato de plata en la punta de un alambre de plata y la aplicaré unos segundos. No te hará ningún daño. Si por alguna razón este tratamiento no resultara tan eficaz como espero, consultaré con un colega que está teniendo cierto éxito usando parches de membrana de colágeno para cubrir el tímpano perforado.

—Si llegara a haber alguna diferencia, sería... —Pandora se interrumpió, buscando la palabra correcta—. ¡Sería mágico!

Garrett sonrió.

—La magia no existe, Pandora. Es cosa de habilidad y conocimiento.

—De acuerdo, llámalo como quieras. —Pandora sonrió—. Pero el resultado es el mismo.

Después de salir de la clínica, Pandora se acercó a Winterborne's con Dragón pisándole los talones. Era el día de San Nicolás, cuando la tienda descubría el árbol de Navidad bajo la cúpula de vidrio de colores que se elevaba sobre el pasillo central. La gente venía de muy lejos para ver el árbol de más de diez metros, cuyas ramas estaban adornadas con magníficas figuras y decoraciones brillantes, y envueltas en cintas de colores.

Cork Street estaba llena de multitud de compradores cargados con paquetes y bolsas, niños que agarraban conos de caramelos y otras golosinas con manos pegajosas. Las multitudes se reunían alrededor de los escaparates para ver los lujosos artículos que se vendían en los diferentes departamentos. Entre otros unas tarjetas de Navidad pintadas a mano, trenes de juguete que daban vueltas por unas pistas en miniatura. Uno de los escaparates más populares mostraba los manjares y dulces que se podían adquirir en el famoso vestíbulo central de los grandes almacenes, incluyendo un enorme carrusel de pan de jengibre con el techo de caramelo, y jinetes sobre caballos también realizados con pan de jengibre.

Después de entrar en la tienda, Dragón tomó la capa y los guantes de Pandora y se retiró a una de las esquinas. Llevaba puesta la librea, como hacía cuando se trataba de una ocasión particular en la que era necesario lucirla. Ese día hacía una semana que se había puesto a la venta en los grandes almacenes el juego de mesa que Pandora había diseñado, por lo que él había considerado que era necesario que tuviera puesta la ropa azul y dorada de lacayo que tanto odiaba mientras ella obtenía del gerente del departamento de juguetes la información relativa a las ventas de su diseño.

Pandora atravesó los espacios con una enorme presión nerviosa en el estómago. Había una tienda de comestibles solo para niños, con cajones, mostradores y otros muebles a escala de los más pequeños, para que trabajaran con frutas y verduras artificiales. Ella deslizó la mirada por los conjuntos de té en porcelana, las casas de muñecas, los libros, los carruajes de juguete, las armas y las muñecas. Sonrió mientras observaba jugar a dos niñas con una cocina de juguete en miniatura, con su juego completo de sartenes y utensilios de cocina.

Pandora tenía previsto comercializar dos nuevos juegos de mesa las próximas Navidades: un conjunto de bloques de madera pintados con animales, así como cartas y otro juego de cartas para niños basado en los cuentos de hadas. Lo que no había confiado más que a Gabriel era su deseo de intentar escribir un libro para niños. Solo una historia sencilla, animada y entretenida. Dado que no tenía demasiado talento para dibujar las ilustraciones, tendría que buscar un dibujante...

De repente, algunos niños inquietos que pululaban cerca de Dragón atrajeron su atención, ya que era evidente que querían acceder a los libros que había detrás de él. Dragón, por supuesto, no se movió. Él no sabía casi nada de niños y parecía considerarlos adultos bajitos y desaliñados con una mala percepción de la realidad. A su alrededor se había formado un pequeño grupo, tres niños y dos niñas, ninguno más alto que su cintura. Todos estiraban el cuello, un tanto desconcertados por la figura extraña del musculoso lacayo vestido con terciopelo azul, que lucía una espesa barba, una cicatriz y tenía el ceño fruncido.

Con una nueva sonrisa, Pandora se acercó a los niños y se puso en cuclillas a su lado.

—¿Sabéis quién es? —preguntó con un susurro un tanto teatral. Los niños se volvieron hacia ella con los ojos abiertos como platos—. Es el capitán Dragón, uno de los piratas más feroces y valientes que jamás surcó los siete mares. —Al notar el interés que crecía en el grupo, ignoró la incrédula mirada de Dragón—. Ha oído las serenatas de las sirenas, luchado contra un pulpo gigante —continuó con entusiasmo—. También tuvo de mascota una ballena que seguía la estela de su barco y le pedía galletas de mar.

Uno de los niños miró la sombría cara de Dragón con asombro antes de mirarla.

—¿Por qué va vestido de lacayo?

—Se mareaba —le confió Pandora con pesar—. Todo el tiempo. No pudo soportarlo más. Por eso, ahora es lacayo, y en sus días libres, un pirata de tierra.

Los niños se reunieron con cautela alrededor del gigante.

—¿Tiene una pata de palo? —preguntó uno.

—No —gruñó Dragón.

—¿Pasea a la gente por la plancha?

—No.

—¿Cómo se llamaba su ballena?

Dragón parecía exasperado.

—Se llamaba *Burbujas* —intervino Pandora apresuradamente antes de que él pudiera añadir una palabra.

—Su nombre —corrigió Dragón— es *Salpicador*.

Divertida, Pandora se retiró mientras los niños seguían intentando exprimir más información. Sí, una vez había visto a una sirena con el pelo verde, cantando y tomando el sol en una roca. Si también había un tesoro oculto, un cofre de lingotes de oro enterrado en un lugar secreto, no lo iba a admitir jamás. Solo los piratas idiotas se jactaban de su botín. Mientras Dragón mantenía entretenidos a los niños —o quizás era al revés—, Pandora avanzó para interesarse por las ventas de su juego.

Cuadró los hombros y cruzó al otro lado del árbol de Navidad... Y se detuvo cuando vio la alta y esbelta figura de su marido. Estaba medio sentado y medio apoyado en una mesa de exhibición, con los tobillos cruzados con indiferencia. Gabriel era pura elegancia aristocrática, sensualidad casual. La luz de las lámparas arrancaba brillos dorados y bronceados de su pelo. Cuando la vio, sonrió de medio lado, con los ojos brillantes como un cielo azul de invierno.

Por la reacción agitada y el extático murmullo de las damas que hacían compras en las cercanías, era un milagro que nadie se hubiera desmayado. Se acercó a él con una sonrisa irónica.

—¿Milord?

—Sabía que te encontraría aquí después de la visita con la doctora. Y mientras te estaba esperando... he oído un rumor sobre una determinada empresaria, cuyos juegos de mesa se agotaron en algo menos de una semana.

Pandora parpadeó, confusa.

—¿Se han vendido todos? ¿Los quinientos?

Gabriel se levantó y se alejó de la mesa, que estaba vacía, salvo por un cartel expuesto en un pequeño caballete.

El juego de mesa de la temporada
EL GRAN JUEGO DE LAS COMPRAS
próximamente estará disponible otra vez

—Hablé con Winterborne hace solo unos minutos —continuó Gabriel—. Le duele su corazoncito mercantil al no ser capaz de vender un producto con tanta demanda. Quiere más juegos en cuanto puedas producirlos.

Pandora hizo algunos números mentalmente.

—¡Cáspita! Voy a tener que contratar a más mujeres y nombrar a Ida gerente.

—¿A tu doncella?

—Sí, quiere el trabajo desde hace meses y hasta ahora me he resistido, pero es inevitable. Ya en septiembre le hice un comentario sobre lo mucho que le gusta decirme qué debo hacer, y lo feliz que le haría tener un equipo de mujeres que supervisar —explicó ella al ver su perplejidad—. Le encantó la idea.

—¿Por qué es un problema?

Pandora lo miró con resignación.

—Mi pelo es lacio y sin cuerpo, jamás se forman rizos. Ida es la única capaz de manejarlo y hacer que los rizos se mantengan en su sitio. Nunca esperé tener que elegir entre llevar el pelo horrible y mi negocio.

Gabriel se acercó un paso más y le acarició las hebras más cercanas a la sien.

—Me encanta tu pelo —murmuró—. Es como tener la medianoche entre mis manos.

Ella se retorció con una risa ahogada.

—No, no puedes ponerte romántico en la sección de juguetes.

—¿No funciona?

—Sí, ese es el problema.

Gabriel la siguió con la mirada mientras ella rodeaba la mesa vacía.

—¿Qué te dijo la doctora Gibson del oído?

Deteniéndose justo delante de él al otro lado de la mesa, Pandora sonrió.

—Dice que va a mejorar con el tratamiento adecuado. Que desaparecerán los zumbidos, que no perderé el equilibrio y que dejaré de tener miedo a la oscuridad.

Sus miradas se encontraron en un momento de deleite compartido y de triunfo. Antes de que Pandora pudiera moverse, Gabriel se estiró por encima de la mesa y le agarró la muñeca, rápido como un felino.

—Ven aquí —murmuró, tirando de ella con suavidad.

Pandora intentó resistirse. Sabía que se había ruborizado, y su corazón se había acelerado.

—Milord —le rogó con un susurro—. No delante de toda esta gente.

Él curvó los labios.

—Pues busca un rincón en el que pueda besarte correctamente.

Pandora se encontró vagando entre la multitud con las mejillas sonrojadas con su marido a la zaga. Cuando se detuvieron para permitir que algunos compradores se cruzaran ante ellos, le llegó su voz aterciopelada desde atrás, cerca de su oído bueno.

—Pase lo que pase, mi amor, sabes que no tienes que tener miedo a la oscuridad. Siempre estaré ahí para evitar que te caigas.

Cuando sus dedos se entrelazaron, Pandora supo que a pesar de lo lista que era la doctora Garrett, estaba equivocada sobre una cosa. Había magia en el mundo, y era perceptible cada día, poseía la misma fuerza que movía las mareas y hacía palpitar el corazón del hombre.

Inspirada por ese pensamiento, Pandora, lady Saint Vincent, una mujer con poco control, empezó a besar a su marido en unos grandes almacenes. Y él, un caballero obviamente encandilado por ella, le devolvió el beso.

Nota de la autora

Me ha encantado tener la oportunidad de saber más sobre medicina y cirugía en la época victoriana cuando me documentaba para escribir este libro, sobre todo mediante la lectura de revistas médicas, catálogos de instrumentos quirúrgicos y libros de texto sobre cirugía, principalmente en la década de 1870 (gracias, Google Books). Aunque algunas de las prácticas y procedimientos eran tan primitivos como me había imaginado, la medicina victoriana resultó ser más avanzada de lo que esperaba. Alrededor de 1865, sir Joseph Lister transformó la cirugía con las prácticas antisépticas y estériles, convirtiéndose en el padre de la medicina moderna. Los avances en anestesia hicieron posible que los cirujanos realizaran procedimientos delicados y complejos, como el que se describe en este libro, algo que no habían podido hacer antes. Los médicos tuvieron la oportunidad de usar microscopios con nuevas lentes más potentes y aplicar los conocimientos acumulados de química para diagnosticar y tratar con precisión condiciones como la anemia de Helen.

El carácter de Pandora es mi homenaje a la diseñadora de juegos de mesa Elizabeth Magie, que inventó varios juegos, entre ellos uno llamado El juego del propietario, que desarrolló en 1906. Charles Darrow vendió finalmente su versión del juego a Parker Brothers y lo llamó Monopoly. Durante décadas, se ha dado a Charles Darrow todo el crédito por la creación del

Monopoly, pero este no existiría sin el papel que jugó Elizabeth Magie como inventora original.

La referencia de Gabriel a «los mil choques de la naturaleza» es de Shakespeare, del monólogo «ser o no ser» de *Hamlet*. Creo que es una expresión perfecta para describir los desafíos y conflictos a los que nos enfrentamos en la vida diaria.

He tratado de reflejar toda la información sobre el derecho a la propiedad de las mujeres británicas en 1877 con la mayor precisión posible. La sociedad y el gobierno se resistieron durante mucho tiempo a la idea de que una mujer casada tuviera propiedades y una identidad legal separada de su marido. Una serie de enmiendas aprobadas en 1870, 1882 y 1884 permitieron gradualmente que las mujeres poseyeran su propio dinero y propiedades en lugar de depender siempre de sus maridos.

También es cierto que, como afirma Pandora, la reina Victoria se opuso al sufragio femenino. Como escribió Victoria en 1870: «Estoy ansiosa de saber que todos los que pueden hablar o escribir se oponen a esa locura que son los derechos de la mujer, con todos sus horrores, una ley que va contra el sexo débil y se olvida de todos los sentimientos femeninos y del decoro. Las feministas deberían pensárselo mejor. Las mujeres se vuelven asexuales al alegar igualdad con el hombre, convirtiéndose en seres odiosos y repugnantes que seguramente perecerán sin la protección masculina.»

Después de haber leído tanto sobre la increíble frustración y el sufrimiento de nuestras hermanas de un pasado no tan lejano, valoro más que nunca los derechos por los que lucharon y que tanto costó ganar. Jamás menospreciaré su valor, queridas amigas. Nuestras opiniones y nuestras voces son valiosas. La chispa que tienes dentro iluminará a generaciones futuras, igual que la de esas maravillosas mujeres nos iluminaron a nosotras.

La *blancmange* favorita de Pandora

Confieso que he leído muchos romances históricos a lo largo de los años sin saber lo que era la *blancmange*. Ahora lo sé y voy a compartir con vosotras el conocimiento que tanto me costó conseguir (de acuerdo, fueron solo diez minutos).

Blancmange, la típica comida de la época victoriana que tomaban las personas más elegantes o delicadas, es una palabra de origen francés que significa algo blanco que se come, y es deliciosa. Se trata de un plato increíblemente delicado, ligero, parecido a un pudin, aunque no se puede llamar pudin, ya que no lleva huevo.

Conseguí una docena de recetas de la época, y mi hija y yo probamos las dos que nos pareció que funcionarían mejor. Se puede hacer *blancmange* con gelatina o con almidón de maíz, pero preferimos el almidón de maíz, que es más cremoso. Asimismo, nos inclinamos por usar leche entera, o al menos utilizar una mezcla que contenga la mitad desnatada y la mitad entera, porque no es posible hacer un *blancmange* sin nata, igual que no se puede hacer una tortilla sin huevo.

Ingredientes:
2 tazas de leche
½ taza de azúcar
¼ taza de maicena

1 cucharadita de vainilla o de extracto de almendra (la almendra es más tradicional)

Jarabe de caramelo o salsa de frutas

(También se necesitarán cuatro tazas de té, ½ taza pequeña o uno de esos moldes de silicona para hacer magdalenas en el horno.)

Instrucciones:

1. Verter una taza de leche en una cacerola pequeña y calentarla a fuego lento (que suelte vapor y haga pequeñas burbujas en los bordes).

2. En un recipiente aparte, mezclar el otro vaso de leche, la harina de maíz y el azúcar, y batir hasta que esté suave.

3. Verter el contenido del recipiente en la cacerola, y subir la temperatura a media-alta. Seguir removiendo o la mezcla se pegará en el fondo y la *blancmange* ya no será blanca.

4. Cuando la mezcla empiece a hervir de verdad (fijarse en que las burbujas son más grandes) remover sin parar durante 20 segundos, a continuación, retirar del fuego. Verter en cuatro tazas de té, en las tazas pequeñas o en el molde de silicona.

5. Dejar enfriar en la nevera durante al menos seis horas, y servir con un chorrito de salsa. (Si se ha utilizado un molde de silicona para magdalenas, desmoldar sobre un plato.)

6. Comer con delicadeza mientras se lee una novela romántica.

Mi marido Greg comió las cuatro raciones en una ocasión (ya que es realmente ligera), y nos sugirió que a cualquier persona con apetito de verdad podría gustarle que se sirva acompañada de galletas.